ro
ro
ro

rororo sprachen
Herausgegeben von Ludwig Moos

Wortschatz und Grammatik sind die Pflicht, Idioms die Kür beim Erwerb einer Sprache. Wer Idioms versteht, begreift viel von der anderen Mentalität und Kultur; wer sie beherrscht, bewegt sich elegant
auf dem fremden Sprachterrain. Doch die Hürde der Idiomatik ist
hoch. Die "figurative expressions" des Englischen nutzen meist andere Bilder als die uns vertrauten, oft werden sie zu mehreren eingesetzt oder verkürzt verwendet, mitunter zwingt ihre Drastik auch
zur Vorsicht im umgangssprachlichen Gebrauch. *Idioms im Griff*
ordnet über 2000 idiomatische Redewendungen und Begriffe nach
77 Bedeutungsfeldern – von Angst über Sex bis Zustimmung. Dieses assoziative Verknüpfen und die prägnanten Satzbeispiele erleich-
tern das Lernen und den sicheren Gebrauch.

Ronald Lister ist Engländer und Verfasser von Sprachkursen, Klemens
Veth lehrt an der University of Northumbria in Newcastle upon
Tyne Germanistik.

RONALD LISTER / KLEMENS VETH

IDIOMS IM GRIFF

PHRASAL VERBS, REDEWENDUNGEN UND METAPHERN NACH SITUATION

Rowohlt Taschenbuch Verlag

Originalausgabe
Veröffentlicht im Rowohlt Taschenbuch
Verlag GmbH, Reinbek bei Hamburg,
September 1999
Copyright © 1999 by Rowohlt Taschenbuch
Verlag GmbH, Reinbek bei Hamburg
Umschlaggestaltung Büro Hamburg
(Illustration Gerd Huss)
Druck und Bindung Clausen & Bosse, Leck
Printed in Germany
ISBN 3 499 60507 4

Inhalt

Vorwort

Idioms sind Wendungen und Begriffe mit einer übertragenen Bedeutung, die sich nicht wortwörtlich in eine andere Sprache übersetzen, sondern nur mit anderen Spracheigentümlichkeiten übertragen lassen, zum Beispiel jemanden auf die Schippe nehmen, frech wie Oskar oder Schmutzfink.

Gute Kenntnisse der englischen Idiomatik sind heutzutage unerläßlich für alle, die diese Weltsprache sicher gebrauchen möchten. *Idioms im Griff* bietet über 2000 der häufigsten englischen Wendungen und idiomatischen Begriffe auf eine leicht lernbare Weise an: mit treffenden Entsprechungen, schlüssigen Herleitungen und griffigen Beispielsätzen. Ähnliche und gleichbedeutende Begriffe werden in 77 Kategorien zusammengefaßt, das dient vor allem als wirksame Gedächtnisstütze. Sie haben so die Möglichkeit, schrittweise den gesamten Stoff durchzuarbeiten oder thematisch nach Belieben vorzugehen.

Die Beispielsätze enthalten nicht nur den Eintrag selbst, sondern mitunter weitere Wendungen und idiomatische Ausdrücke, die in vielen Fällen einen eigenen Eintrag an einer anderen Stelle im Buch haben. Diese Wendungen haben wir, zusammen mit den "schwierigeren" Begriffen, mit Sternchen gekennzeichnet und am Ende des Satzes ins Deutsche übertragen. Idioms, die anderswo zusätzlich vorkommen, sind im alphabetischen Verzeichnis am Ende des Buches mit einem Nummernkreuz # gefolgt von der Seitenzahl angegeben.

Die Beispiele enthalten eine Vielzahl von Witzen, die entweder Wortspiele mit den sinnfälligen und semantischen (sprich "echten") Bedeutungen einer Wendung sind oder sich über bestimmte Verhaltensweisen lustig machen. Wir haben uns bemüht, mit diesen Witzen die breite Palette des angelsächsischen Humors ein wenig wiederzugeben.

Wir hoffen, daß die bunten Hintergründe der Wendungen und der Humor der Anwendungsbeispiele die Bewältigung dieses wichtigen Bereiches der englischen Sprache für Sie zu einer unterhaltsamen und anregenden Aufgabe machen.

Technische Einleitung

Die englische Idiomatik läßt sich grammatisch in drei Hauptgebiete einteilen: 1. Phrasal Verbs, 2. Metaphern und Vergleiche, 3. Redensarten und Redewendungen.

Durch Anhängen einer Präposition oder eines Adverbs (in/out/up/down usw.) bilden viele englische Verben sogenannte *Phrasal Verbs*. Sie nehmen eine idiomatische Bedeutung an, die von der Grundbedeutung des Verbs stark abweicht, etwa wie im Deutschen das Verb "ziehen" durch das Vorsetzen von "auf" (jemanden aufziehen) die Bedeutung "jemanden veräppeln" annimmt. Diese Verben haben sich in die Richtung einer volleren Phrase entwickelt, ohne bereits die selbständige Bedeutung einer Redewendung erlangt zu haben. Deswegen kann man *Phrasal Verbs* als die erste Stufe der Idiomatik bezeichnen. Zum Beispiel bilden die Grundverben "do", "have", "let" und "go" unter anderem folgende Phrasal Verbs: "do someone in" (jemanden umbringen), "have someone on" (jemanden auf den Arm nehmen), "let someone down" (jemanden enttäuschen/im Stich lassen) und "go in for something" (sich mit etwas beschäftigen).

Metaphern sind bildliche Begriffe, die aus einem oder mehreren Wörtern bestehen und die figürlich eine Person, eine Qualität oder ein anderes Substantiv darstellen, zum Beispiel Meister Reineke (Fuchs); Dame des horizontalen Gewerbes; flüssiges Brot (Bier); Nachtwächter beziehungsweise Weihnachtsmann (Vollidiot). *Vergleiche* sind feststehende Begriffe, die eine Person oder Qualität mit einem anderem Substantiv vergleichen. Zum Beispiel reden wie ein Wasserfall; pünktlich wie die Maurer; schlafen wie ein Murmeltier; kornblumenblau (besoffen); kohlrabenschwarz.

Redensarten und *Redewendungen* sind voll entwickelte idiomatische Ausdrücke, wie die feststehenden Redensarten und Sprichwörter, zum Beispiel "was macht die Kunst?" oder "Lügen haben kurze Beine", oder die nicht feststehenden wandelbaren Redewendungen, die je nach Situation weiter definiert werden müssen, zum Beispiel "etwas aus dem Effeff beherrschen" und "jemandem einen Bären aufbinden", wo die Objekte der Wendungen noch nicht bestimmt sind.

Eine durchgehende Charakteristik der von uns aufgeführten Einträge ist die Erklärung der Ursprünge und geschichtlichen Entstehung jener Ausdrücke, die als besonders eigenartig bezeichnet werden können.

Die Normannen besetzten England im Jahre 1066, und obwohl dadurch Französisch bis ins Mittelalter als Verwaltungssprache vorherrschte, blieb die Umgangssprache des Volks vorwiegend angelsächsischen oder keltischen Ursprungs. Das erklärt die germanischen und gälischen Wurzeln eines Großteils der Wendungen. Dazu gesellten sich später anglisierte Begriffe ausländischer Herkunft, die aus der Neuen Welt und über die Stützen des britischen Weltreichs – besonders die Seefahrt, den Handel und das Militär – vermittelt wurden. Viele Wendungen sind leichter zu verstehen, wenn man diesen Hintergrund kennt. Dazu kommt, daß eine Fülle von Begriffen (zum Beispiel "lurch" im Ausdruck "leave someone in the lurch" – jemanden im Stich lassen) außer in idiomatischen Wendungen heutzutage kein selbständiges Dasein als Wörter mehr haben; sie sind veraltet und wurden nur durch Wendungen bis in die Gegenwart hinübergerettet.

Bei der etymologischen Erforschung wurden verschiedene Werke vom Schlage "Warum sagen wir das?" und die Wörterbücher von Oxford University Press und Chambers als Richtlinie zu Hilfe gezogen. Einige Ursprünge, die wir ausführlicher behandeln möchten, werden jedoch von diesen Quellen als "unbekannt" angegeben.

Eine *Verballhornung* ist eine Verformung des Urbegriffs, häufig in der irrtümlichen Hoffnung, ihn zu verbessern.

Ein *Hüllwort* oder verhüllender Begriff (auch Euphemismus genannt) ist ein Begriff, der auf beschönigende Weise einen härteren oder gröberen Begriff ersetzt, zum Beispiel der Ausruf "Scheibenkleister".

Ein *Stabreim* ist ein reimender Begriff, worin mehrere Bestandteile denselben Anfangsbuchstaben oder Anlaut haben, zum Beispiel right as rain; different as chalk and cheese; wild and woolly.

Verben mit der Endung *-ize* (zum Beispiel emphasize; organize) und Wörter, die auf *-ization* (zum Beispiel organization) enden – die internationale Form des Englischen – können in Großbritannien auch mit "-ise" beziehungsweise "-isation" geschrieben werden. Die Ausnahme bilden einige Verben wie "advertise" oder "advise", bei denen die Schriftform "ise" im internationalen Schriftverkehr immer noch gehandhabt wird. Die Faustregel bei den Verben mit -ise ist, daß sie keine Substantive mit der Endung "-isation" bilden.

Der Anfangsbuchstabe von englischen Vornamen, die in Wendungen vorkommen, wird meist klein geschrieben, zum Beispiel "a smart alec" (Neunmalkluger), "a silly billy" (Dummkopf), "not on your nelly" (auf keinste Weise). Die Ausnahmen bilden Wendungen, in denen eine Person mit Vor- und Nachnamen genannt wird oder in denen die Vornamen mehr betont werden, zum Beispiel "every Tom, Dick and Harry" (Hinz und Kunz), "before you could say 'Jack Robinson'" (ehe man sich's versah), "sweet Fanny Adams" (nichts).

In der Vergangenheit bekleideten Männer alle wichtigen Ämter und Positionen in der Gesellschaft, somit hatten sie auch in der Sprachpflege das Sagen. Aus diesem Grund tragen viele Wendungen und Begriffe eine überwiegend männliche Prägung. Die moderne Umgangssprache zeigt aber wenig Respekt vor dem Geschlecht und, ähnlich wie mit "Hans im Glück" und "Suppenkasperl", sind englische Ausdrücke wie "every Tom, Dick und Harry" und "happy as Larry" ebenfalls auf Frauen anwendbar.

1 Anfangen / Aufhören / Aufgeben

To keep (oder start) the ball rolling
Die Sache in Gang/ins Rollen bringen; etwas in Schwung/am Leben halten; den Anfang machen; die Sache weitertreiben. Die Wendung geht auf den Präsidentschaftswahlkampf von William Harrison 1840 zurück, als seine Anhänger große Bälle durch die Straßen trieben und die Losung "keep the Harrison ball rolling" schrien.

▶ *The animal refuge still needs another 20000 DM to keep the ball rolling.*

▶ *We've bought in plenty of booze* for the party; that should keep the ball rolling.* [*alkoholische Getränke]

▶ *Since you're all new on this course, I want each one of you to get up in turn and tell the others your background*. Who wants to start the ball rolling?* [*Herkunft, Ausbildung oder Erfahrung]

To start from scratch (with something)
Bei Null oder ohne Vorkenntnisse anfangen; bei Adam und Eva beginnen. "The scratch" ist die Startlinie beim Pferderennen, genannt nach der Weise, in der die ungeduldigen Pferde den Boden mit den Hufen scharren. (Siehe auch "up to scratch", Seite 81.)

▶ *I'm going to study the Romance languages* at Stuttgart. I already know French and Italian, but I'll also have to start from scratch with Spanish.* [*Romanistik]

▶ *The tour guide had already been explaining the history of the Loire castle to the first group of tourists for three minutes, when a second group arrived and he had to start again from scratch for their benefit*.* [*in ihrem Interesse]

▶ *Some families along the Polish side of the Oder lost all their possessions during the floods and had to start from scratch rebuilding their homes.*

To kick off (with something oder by doing something)
Eine Rede, Arbeit oder Tätigkeit mit etwas anfangen; mit etwas loslegen; den Reigen eröffnen. "Kick off" ist ein Fußballausdruck für "anstoßen" oder "das Spiel beginnen".

▶ *At the board meeting*, the new managing director kicked off by saying how happy she was to have joined the company.*

[*Vorstandssitzung]

▶ *The exam kicked off with a question about the French Revolution.*

▶ *An American team will arrive in Dar es Salaam tomorrow to kick off the investigation into the embassy bomb blast.* (CNN-Bericht)

▶ *A small boy warned his younger brother who was learning to spell at school, "Don't spell 'cat'. They kick off at school by asking you to spell 'cat', and if you can, then the words just get harder and harder".*

To go about oder set about (a task / doing something)

Sich an eine Aufgabe heranmachen; eine Tätigkeit unternehmen / in Angriff nehmen. **To set about someone** heißt jemanden körperlich angreifen.

▶ *How does one set about (go about) finding a reasonably-priced flat here in Munich?*

▶ *No wonder your wallpaper is all cock-eyed*; you're going (setting) about it the wrong way.*   [*schief]

▶ *You must have said something in the bar to anger him. Why else should he set about you?*

▶ *The press set about the pianist Liberace when they discovered that he suffered from Aids.*

To tie up the loose ends

Die letzten Kleinigkeiten einer Arbeit erledigen; den noch ausstehenden Krimskrams abwickeln. "Loose ends" sind die loshängenden Seilenden eines Segels oder einer Ladung, die nach einem Arbeitsvorgang als Abschluß noch fest gebunden werden müssen. (Siehe auch "be at a loose end", Seite 29.)

▶ *When will you finish the kitchen renovation? – We'll finish on Friday, but we'll come back one day next week to tie up a few loose ends, such as covering up pipes and cables.*

To give over something oder **leave off something**
oder **lay off something** oder **cut it out** oder **knock it off**
Mit etwas aufhören; etwas lassen (als Befehl oder Empfehlung wie
'pack it in' unten). **To knock off (work)** ist: Feierabend machen;
mit der Arbeit aufhören. (Siehe auch "knock off something" – etwas
klauen, Seite 388.)

▶ *You're boozing* too much; if I were you* I'd give over (cut it out/
leave off usw.) for a while.*   [*saufen *an deiner Stelle]

▶ *My wife is always nagging at me* to leave off (give over/lay off)
smoking.*   [*nörgelt an mir herum]

▶ *We're sick and tired of your whingeing*, so knock it off (give over/
leave off)!*   [*wir haben die Nase voll von deinem Gejammer]

▶ *I'll pick you up after work tonight. What time do you knock off?*

▶ *The things doctors and nurses get up to* in the hospital at night. I
once heard a nurse telling a doctor to 'cut it out' and she wasn't
taking about any surgery.*   [*anstellen; ausfressen]

Come off it!
Hör doch auf damit!; nun mach mal halblang! Ursprünglich ein Ausdruck aus dem amerikanischen Poolbillard: "come off the side-
spin!" (hör auf, dem Ball Effet zu geben!), im übertragenen Sinn:
"hör auf mit der Übertreibung!"

▶ *Come off it! There's no way we could buy that expensive house.*

Put a sock in it! oder cut the cackle!
Halt die Klappe! Die alten Plattenspieler mit großem Schallhorn hatten keinen Lautstärkeregler, und eine gängige Methode, sie leiser zu
stellen, bestand darin, eine Socke in diesen Trichter zu stopfen. "Cut
the cackle!" (hör auf mit dem Geschwätz) ist eine Anspielung auf das
ständige und ärgerliche Gackern (cackle) einer Henne.

▶ *The teacher ordered the pupils who were talking at the back of the
class to cut the cackle (to put a sock in it).*

To pipe down

Ruhig werden; schweigen. Der Begriff kam aus der Kriegsmarine, wo viele Befehle immer noch gepfiffen werden. "Pipe down" heißt "mit der Pfeife Nachtruhe befehlen".

▶ *Children, pipe down, will you*! I'm speaking on the phone!*

[*endlich]

To chuck something in oder pack something in oder jack something in

Mit etwas aufhören; etwas aufgeben, aufstecken, an den Nagel hängen. **Pack it in!** – hör auf damit! – wird auch als Befehl angewandt. Zusätzlich bedeutet **to pack (them / the public) in**: das Publikum in Scharen anziehen.

▶ *Erik has chucked (packed/jacked) in his job in Bremen.*
▶ *The kids became too boisterous* on the back seat of the car and their father ordered them to pack it in (cut it out/knock it off).*

[*ausgelassen]

▶ *Blockbusters* like Jurassic Park and Titanic used to pack them in.*

[*Knüller; Kassenschlager]

▶ *My fiancée* told me that she was going to jack in our engagement* because her feelings towards me had changed. But when I asked her for the diamond ring back, she said that only her feelings towards me had changed, ... not her feelings towards the ring.*

[*Verlobte *Verlobung]

To put someone out to grass

Jemanden in den Ruhestand versetzen / schicken. So wie man einem ausgedienten Pferd auf der Weide das Gnadenbrot gibt. Das Gras der Weide wird dabei mit der Pension eines ausgedienten Angestellten verglichen.

▶ *I'm not ready to be put out to grass without a fight; I've still ten active working years in front of me.*
▶ *Schönefeld has already rationalized three major companies and put a lot of people out to grass.*

It's not over till the fat lady sings

Es ist alles offen, bis eine endgültige Entscheidung oder ein Ergebnis vorliegt; man sollte nicht zu früh jubeln oder aufgeben; es ist noch nicht aller Tage Abend. Der Spruch stammt aus der amerikanischen Theaterwelt, wo das Finale häufig von stümperhaftem Gesang begleitet wurde. Der Auftritt einer dicken Sängerin war daher für viele ein Zeichen dafür, daß man den Saal, ohne etwas zu versäumen, verlassen konnte.

> ▶ *Mr Pollmeier of Althoff KG says that they intend to order components * from us but it's not over till the fat lady sings; we still have to agree the price and get the contractual details in black and white.* [* Einzelteile]

> ▶ *There are still ten minutes to go in the match and Germany can still get a goal to equalize *; it's not over till the fat lady sings.*
[* den Ausgleichstreffer erzielen]

> ▶ *The politician said that opinion polls * could not be relied on, that it's not over till the fat lady sings and that anything could happen before the elections.* [* Meinungsumfragen]

To shelve something oder put something on the shelf

Etwas zu den Akten legen / auf Eis legen. Die Anspielung gilt hier einem Ladenhüter, der vom Ladentisch auf ein Lagerregal weggeräumt wird, um Platz für die besser laufenden Waren zu machen – ein Sinnbild für die auf unbestimmte Zeit verschobene Behandlung eines Falls oder ein auf ein Abstellgleis gesetztes Projekt. Der Begriff **be on the shelf** (auf unbestimmte Zeit verschoben) bezieht sich auf zurückgestellte oder aufgegebene Projekte, aber häufig auch auf ältere Frauen, die unverheiratet sitzengeblieben sind.

> ▶ *Our company has shelved plans to buy the cable network; cable networks are expensive to maintain or extend and can easily become white elephants *.* [* (teures) Faß ohne Boden]

To go by the board

Aufgegeben oder nicht berücksichtigt werden. Das Sinnbild ist Abfall, der über Bord geworfen wird und am Rand des Schiffes (by the board) vorbeitreibt.

▶ *Many developing countries have different priorities* * from us, and issues* * such as animal welfare or the environment often go by the board.*   [*Hauptziele; Prioritäten *Themen; Fragen]

To wrap up
Abschließen; abschließend sagen oder tun. Wie ein Paket, das zusammengestellt und am Ende zum Verschicken eingewickelt wird. Der Begriff ist sowohl transitiv (wrap up something) als auch intransitiv anwendbar. (Siehe auch "wrap up a deal", Seite 336.)

▶ *I'd like to wrap up my speech now. I see that there are only four minutes left, and I'd like to leave time for the applause.*

There you go!
Bitte schön!; und fertig ist die Laube! Abschlußformel bei einer vollzogener Handlung. Sehr häufig gebraucht von Kassiererinnen bei der Aushändigung des Kleingeldes oder der Ware, von Verkäufern bei der Abwicklung eines Geschäfts und von Handwerkern bei dem letzten Handgriff.

▶ *Two cakes at 3 marks each. Four marks change. There you go!*
▶ *I had to ring your doorbell because I couldn't get this parcel through the letter box. There you go!*
▶ *It's just the light bulb that needs changing. I'll have it fixed in a jiffy* *. ... There you go!*   [*im Nu]

To get rid (oder get shot) of something
Etwas loswerden. "Rid" ist vom gleichnamigen Verb abgeleitet, das mit dem deutschen "roden" (Land durch die Entfernung von Bäumen und Hindernissen urbarmachen) verwandt ist. Man sagt auch **rid oneself of something** – sich von etwas befreien. Bei "get shot of something" ist der Hinweis auf ein altes oder krankes Tier, das mit einem Gnadenschuß getötet (shot) wird.

▶ *Did you get rid of your old dishwasher? – Yes, I divorced him!*
▶ *I think my parents are trying to get shot of me. They've put a notice on my door, "Check-out time* * is at eighteen".*   [*Abreisezeit]
▶ *We'll never rid ourselves of the war of the sexes. There's too much fraternization* * with the enemy.* [*Verbrüderung; Fraternisierung]

It's the end of the road oder **the end of the line (for someone)**

Es ist das Aus für jemanden; mit jemandem ist es jetzt vorbei; das Ende der Fahnenstange ist erreicht. Das Ende einer Straße (road) oder Verkehrslinie (line) bezeichnet, wie weit jemand mit seinem Vorhaben oder seiner Tätigkeit gehen kann.

▶ *Another fifteen years and it'll be the end of the road for analogue TV-broadcasting; almost all programs will be in digital format.*

▶ *New anti-theft devices and satellite tracking* * will mean the end of the line for many car thieves.*   [*Aufspüren; Anpeilung]

To kiss goodbye to something

Etwas als verloren betrachten; etwas abschreiben. Sinngemäß "(jemandem) beim Abschied eine Kußhand zuwerfen", hier scherzhaft in bezug auf verlorengegangene Gegenstände, gescheiterte Hoffnungen und Chancen angewandt.

▶ *You'd better lock up your bicycle before leaving it there; you can kiss goodbye to it if you don't.*

▶ *At the Battle of Yorktown in 1781 the United States of America were born and the defeated British had to kiss goodbye to their American colonies.*

▶ *The Scholz family don't have any money. They've five children and the guy is an invalid alcoholic. Sending the bailiffs * there again would only be another wild-goose chase*, so we'll have to kiss goodbye to the furniture we delivered.*

[*Gerichtsvollzieher *eine aussichtslose Suche]

2   Angst / Depression / Negative Gefühle

A scaredy-cat oder **fraidy-cat** [US]

Angsthase; Bangbüx. Die scherzhaften Adjektive "scaredy" und "fraidy", die eine ängstliche Katze beschreiben, sind von "scared" und "afraid" (verängstigt) abgeleitet.

▶ *You can either go to the dentist and have your teeth treated, or be a scaredy-cat and put up with * the discomfort.*   [*sich abfinden mit]

To give someone (oder get) the willies / the creeps
Jemanden mit Angst oder Abscheu erfüllen; das große/kalte Grausen kriegen; jemanden überläuft es eiskalt.

► *When she saw Ralf in hospital after the accident, the metal pins sticking out of his legs gave her the willies (the creeps).*

► *Many houses in that street are empty and waiting to be demolished; you can get the creeps (the willies) just walking through there at night.*

To give someone (oder get oder be all) goose pimples oder goose bumps [US]
Eine Gänsehaut geben (bekommen/haben). Die genoppte Haut einer gerupften Gans ist hier sinnbildlich für den Hautzustand, der von Gefühlen der Angst, des Ekels oder der Kälte herrührt.

► *The sound of rats scurrying around * in the flat at night gave Helga goose pimples (goose bumps).*   [* herumhuschen, herumflitzen]

► *The water in the lake was icy; I'm all goose-pimples.*

To put the wind up someone (oder get the wind up)
Jemandem Angst einjagen (oder Angst bekommen); Manschetten/das Fracksausen haben beziehungsweise kriegen.

► *Lindenberg got the wind up when a police car stopped just outside his house; he mistakenly connected it to a recent dispute in a bar.*

► *The sight of helmeted riot police descending from trucks put the wind up many of the demonstrators.*

To be yellow(-bellied) oder be lily-livered oder be chicken
Feige sein. Die alten· Heilpraktiker aus der Antike glaubten, daß das menschliche Naturell vom Wechselspiel der fünf Humoren oder Körpersäfte abhängig sei und daß man verschiedene menschliche Eigenschaften von der Körperfarbe ablesen könne. Die Leber (liver) mit ihrer gelben Gallenflüssigkeit war der Sitz von Mut, und wenn die Galle (sprich: Mut) dieses Organ verließ, wanderte sie zum Gesicht oder zum Bauch (belly) mit dem Ergebnis, daß die Leber weiß wie eine Lilie (lily) wurde. Gelbe Haut und eine lilienweiße Leber wur-

den so zu Farben der Feigheit. Man sagt auch **to have a yellow streak** (wörtlich: einen gelben Hautstreifen haben) – einen feigen Wesenszug haben. Da Hühner als leicht aufgeschreckt gelten, werden sie im letzten Begriff zum Sinnbild eines Feiglings (**a chicken** – Hasenfuß).

 ► *I detest* * *people who keep dogs. They are lily-livered cowards who haven't the guts* * *to bite people themselves.* (Spruch des schwedischen Dramatikers August Strindberg, 1849–1912)   [*hasse
*Schneid; Mumm]

To frighten the life out of someone oder frighten someone out of their wits

Jemandem Todesangst einjagen; jemanden aufschrecken. Sinngemäß: man kommt vor Angst um den Verstand (wits). **Be frightened out of one's wits** – Todesangst haben.

 ► *Don't creep up* * *on people like that; you frightened the life out of me! (frightened me out of my wits!)*   [*sich heranschleichen]

To scare the living daylights out of someone

Jemanden zu Tode erschrecken. "Daylights" ist eine Anspielung auf "lights", das im letzten Jahrhundert in England "Augen", aber früher in Amerika "die Lungen" bedeutete. Der Verlust dieser lebenswichtigen Körperteile wird hierbei auf einen Riesenschreck zurückgeführt (siehe auch Seite 140). **To be shit scared** oder **scared to death** – Schiß haben.

 ► *Many inhabitants of Los Angeles are scared to death of earth tremors; they remember the 1994 earthquake that measured 6.8 on the Richter scale and killed 57 people.*
 ► *A clock is something that scares the daylights out of you when you're at work.*
 ► *That's a big dentist's bill for pulling just one tooth from your nipper* *. – Yes, but the dentist claims my son hollered* * *so loudly that he scared the living daylights out of patients in the waiting room, and half of them cleared off* *.*   [*Kleinkind *schrie *abhauten]

To have kittens

Einen Schreck kriegen; Zustände kriegen, am Rotieren sein. Nach einem früheren Aberglauben, daß die Unterleibsschmerzen einer schwangeren Frau durch das Kratzen von Kätzchen (kittens) im Mutterleib verursacht wurden.

► *Jutta had kittens when she looked out of the window and saw that her toddler * had somehow left the garden and was crossing the main road.* [*ein Kleinkind, das gerade laufen gelernt hat]

► *The jet had crashed near Novosibirsk and people waiting at Moscow airport for news of their relatives were having kittens.*

To scare / bore / worry someone stiff oder
scare / bore / worry the pants off someone

Jemanden zu Tode erschrecken / langweilen oder jemandem eine wahnsinnige Angst einjagen. Die passiven Formen in Verbindung mit "stiff" lauten **be scared stiff, be bored stiff** und **be worried stiff** – durch Schreck, Langweile oder Angst gelähmt. Die Wendung "scare / bore the pants off someone" ist eine Anspielung auf Blähungen, die durch Angst oder Langweile entstehen und dermaßen groß sind, daß sie sinngemäß "jemandem die Hosen (pants) wegblasen".

► *Konstanze never travels by plane. Flying scares her stiff (scares the pants off her).*

► *The speeches at the presentation ceremony were tedious * and we were all bored stiff (oder and they bored the pants off us).*

[*langwierig; langweilig]

► *We were worried stiff in case the flames sprang over from the next house to ours.*

► *Wolves scare me stiff. – What steps * would you take if you saw a wolf? – Very long ones.* [*Maßnahmen; Schritte]

To be in a blue funk

Eine Heidenangst / einen Mordsbammel haben. In bezug auf Emotionen ist Blau überhaupt eine negative Farbe, zum Beispiel **to have (oder get oder give someone) the blues** – deprimiert / niedergeschlagen sein; schwermütig werden; jemanden melancholisch stimmen. "Funk" kommt wahrscheinlich vom altniederländischen Wort "foncke", das damals Funken oder Rauch bedeutete; sinngemäß "sich im Rauch der Angst befinden".

► *The burglar was in a blue funk, hiding under a desk while the security guards inspected the office.*

► *Here in Finland, the long winters with months of darkness can easily give you the blues.*

To have butterflies in one's stomach
(oder **in one's tummy**)

Ein ängstliches oder mulmiges Gefühl im Magen haben (vor einem wichtigen oder unangenehmen Ereignis). Schmetterlinge, die im Magen herumschwirren und Unruhe stiften, sind hier das Sinnbild für eine Spannung, die jemanden ängstlich oder besorgt macht. **Tummy** (Bäuchlein), ein Begriff aus der Kindersprache, ist umgangssprachlich für Magen (stomach).

► *A lot of air passengers get butterflies in their tummies just before take-off.*

To be (oder keep someone) on tenterhooks

Äußerst gespannt oder ungeduldig auf etwas warten; wie auf glühenden Kohlen sitzen; jemanden auf die Folter spannen. Im früheren Textilgewerbe wurde Tuch auf mit Haken (hooks) versehene Streckrahmen (tenter) gespannt.

► *The examination board will not keep candidates on tenterhooks and will announce the results very soon.*

► *The river is rising quickly and could break its banks at any moment; the whole town is on tenterhooks.*

To turn on the waterworks

Anfangen zu weinen; losheulen. Sinnbildlich: das Wasserversorgungssystem öffnen. Das lautmalende Verb **to blubber** (heulen oder plärren) ist mit dem deutschen Verb "blubbern" sprachgeschichtlich verwandt. **To blubber easily** or **turn on the waterworks easily** – nahe am Wasser gebaut haben.

► *The walls of our apartment are so thin that whenever there's a weepie * on TV, the people next door start to blubber too.*

[*Schmachtfetzen – auch "tear-jerker" genannt]

▶ *The Schulze in your street who has just died, he had no friends or relatives and left over a million marks to an animal shelter*. Why are you turning on the waterworks? You didn't even know the guy*. – I know, that's why I'm blubbering.* [*Tierasyl *Kerl]

To be gutted
Bitter enttäuscht sein; bestürzt sein. Ein Gefühl, als ob einem die Eingeweide (guts) soeben herausgenommen wurden.

▶ *We had booked our honeymoon holiday six months in advance and, two weeks before departure, we were gutted to hear that it had been cancelled.*

To take someone down
(oder come down) a peg (or two)
Jemandem einen Dämpfer aufsetzen; kleinlaut werden; einige Pflöcke zurückstecken müssen. Ehrenfahnen wurden früher an Pflöcken am Schiffsmast angebunden. Je höher die Fahnen, desto größer die Ehre. Wenn die Fahnen an einen niedrigeren Pflock gehängt wurden, bedeutete das einen Gesichtsverlust, was dann die Stimmung an Bord drückte.

▶ *A spell* in the Army with its rigid discipline often takes big-headed recruits down a peg or two.* [*eine Zeitlang]

▶ *I'm a good bricklayer but when I visited the old-town renovation in Krakow, some of the craftsmen there took me down a peg.*

To be in the doldrums
Niedergeschlagen sein; unter einer Flaute leiden, keinen Aufwind oder Auftrieb haben. "The doldrums" ist die englische Bezeichnung des Kalmengürtels um den Äquator, einer windstillen Zone, in der die Segelschiffe früher häufig ein flaue Zeit des ziellosen Treibens verbrachten.

▶ *Christoph is in the doldrums today. – Yes, Germany lost against Croatia last night; that's a hard blow for a die-hard* football supporter.* [*eingefleischt]

▶ *There are not enough customers in the shops; the retail sector* is currently in the doldrums and waiting for a new boom.*
[*der Einzelhandel]

To be (oder feel) down in the dumps

Sich trübselig oder deprimiert fühlen; ganz down sein. "Dump" ist wahrscheinlich mit dem niederländischen Wort "dompig" (niedrig; nebelig; schwül) verwandt, das, aufs Gemüt angewandt, früher "bedrückt" oder "traurig" bedeutete. Es hat, trotz der sinnfälligen Bedeutung, mit dem englischen Begriff "a dump" (Müllkippe) semantisch keine Verbindung.

▶ *We spent our holidays in Borneo feeling down in the dumps; the smog from forest fires stopped all planes taking off and we were confined * to our hotel rooms for over a week wearing dust masks.*
[*eingesperrt; beschränkt (auf)]

▶ *I've been really down in the dumps lately. My wife threatened to run out on me * .... and even that didn't help.* [*mich verlassen]

▶ *Whenever I'm down in the dumps, I just buy myself a new dress. – So that's where you get your dresses.*

To smell a rat

Verdacht schöpfen; Lunte riechen; den Braten riechen. So wie eine Katze aus der Ferne eine Ratte riechen kann.

▶ *Tressler smelt a rat when he got home and saw his young son sitting in front of the fire in the living room. – What's fishy * about that? – He didn't have a fireplace.* [*verdächtig; faul; nicht ganz astrein]

▶ *I smelt a rat last night when my wife put the phone down after ten minutes and said that it was a wrong number.*

To be dull as ditchwater

Sterbenslangweilig, äußerst fade oder uninteressant sein. Sinngemäß: fade wie fauliges abgestandenes Wasser in einem Graben (ditch).

▶ *Some people like that comedian, but I find him dull as ditchwater.*

▶ *The book was great, but the film they made of it was dull as ditchwater.*

To not give (oder **care**) **a fig / a rap /
a straw / a hoot / a hang / a damn** (derb) /
a tinker's cuss / a monkey's (derb) / **a toss** (derb) /
a fuck (derb) / **a shit** (derb)

Sich keinen Deut / nicht die Bohne für etwas interessieren; sich einen feuchten Dreck um etwas scheren. "A fig" (Feige) steht symbolisch für "Vagina", die einer trockenen Feige ähneln sollte. Das ist ebenfalls der Ursprung von "fig" als Zeichen der Verachtung (aus dem italienischen "fico"), indem der Daumen durch die ersten zwei Finger der geballten Faust geschoben wird. "A rap" war eine Falschmünze, die im Irland des 18. Jahrhunderts im Umlauf war. "A hoot" (wörtlich "Schrei") ist eigentlich eine amerikanische Verformung des kleinsten griechischen Buchstabens "iota" (Jota), das genau wie ein Strohhalm (a straw) symbolisch für eine Kleinigkeit steht. "Straw" im Sinne von Kleinigkeit findet man auch wieder im Sprichwort **a drowning man will clutch at** (oder **grasp at**) **a straw** – der Ertrinkende klammert sich an einen Strohhalm, das heißt, jemand in Schwierigkeiten nützt jede noch so kleine Rettungschance aus. "A hang" bezieht sich auf eine öffentliche Hinrichtung durch den Strang, die früher viele Schaulustige anzog.

Der Fluch "damn!" oder "damn it!" bedeutet verdammt! oder verflucht! "A tinker's cuss" ist wörtlich "der Fluch (cuss) eines Kesselflikkers (tinker)". **"A little tinker"** ist die scherzhafte Bezeichnung eines unartigen Kindes oder Kleintiers. "A toss" ist die Masturbation oder das Wichsen, und dementsprechend ist "a monkey's" die Kurzform von "a monkey's toss" (siehe auch "toss off", Seite 330).

▶ *Heidrun has moved to Wilmersdorf. – I don't give a rap (straw / tinker's cuss usw.) where she moves to.*

▶ *Florian doesn't give a fig (a rap usw.) what people say about him.*

▶ *I don't give a damn (a toss / a rap usw.) how you repair my car, that's not my profession. Just get the repair done!*

▶ *I left the cat in the kitchen, and while I was away the little tinker knocked over two flower vases and there was dirt all over the floor.*

▶ *You know the trouble * with referees; they don't give a toss * who wins.*   [* der Haken / das Problem (bei) *einen feuchten Dreck; Hochwerfen einer Münze]

To be in (oder **get into**) **a flap** oder **a tizzy** oder **a stew**

Aufgeregt sein; in geistige Verwirrung geraten; am Rotieren sein. "Flap" ist eine Anspielung auf das wilde Flattern einer Fahne in Windböen. Die Herkunft des Substantivs "tizzy" liegt im letzten Jahrhundert, ist aber unbekannt. "Stew" ist eine Anspielung auf die Ausdünstung eines dampfenden Eintopfs (a stew), die emotionelle Aufregung darstellen soll. Das Adjektiv "stewed" bedeutet aber nicht aufgeregt, sondern "besoffen" (siehe Seite 371).

> ► *I was in such a flap about what my husband had done, I went to have a bath and once in the bathtub, I realized that I'd forgotten to take off my clothes; .... but it was okay, because I'd forgotten to run the bath * as well.*   [*das Bad einlaufen lassen]

To be all at sea

Nicht mehr weiterwissen; verwirrt sein; im dunkeln tappen. Eine Anspielung auf ein Schiff von früher, das sich außer Sichtweite einer Küste befindet und für das sich daher der genaue Ort nicht bestimmen läßt.

> ► *In May 1981 the new South African Ambassador to Uruguay Mr E.J. Fourie committed a diplomatic booboo * when he gave his first press conference on arrival in Montevideo. It was immediately clear that he was all at sea and didn't know what neck of the woods * he was in when he kicked off * his speech by saying, I am very happy to be here in ... Peru.*   [*Schnitzer *in welchem Land *anfing]

To be at the end of one's tether
oder **at the end of one's rope** [US]

Am Ende seiner Kräfte oder Geduld sein. "A tether" ist ein Strick, mit dem man ein Pferd anbindet. Ein Pferd, das in seiner Bewegung durch die Länge der Leine beschränkt ist, steht hier symbolisch für einen Verzweifelten, der alles probiert hat und nicht weiterweiß.

> ► *I've had this washing machine repaired six times in three months; I'm at the end of my tether (my rope) with it!*

To feel (oder be) down in the mouth

Sich niedergeschlagen oder bedrückt fühlen; traurig aussehen. Wörtlich: mit hängendem Mund, das heißt mit den Mundwinkeln nach unten.

▶ *Come on! Don't look so down in the mouth! Just because you've failed the exam, it's not the end of the world**.

[*davon geht die Welt nicht unter]

▶ *You're a bit down in the mouth this morning. – Little wonder, I've got the daddy * of all hangovers **.   [*den Größten aller *Kater]

▶ *Have you been married long? – No. I've got a stinker of a cold *; that's why I'm looking down in the mouth.*

[*eine saumäßige Erkältung]

To get out of bed on the wrong side (this morning)

Übel gelaunt sein; mit dem linken / falschen Fuß zuerst aufstehen. Die verkehrte oder unglückträchtige Seite eines Bettes ist die linke Seite. Stammt von dem Aberglauben her, daß der Teufel vor seiner Verbannung an der linken Seite Gottes wohnte und daß man deswegen immer mit dem rechten Bein zuerst aufstehen sollte.

▶ *Dieting can cause you to become grumpy *. I work at the reception desk of a health farm *, and we always get some guest who has got out of bed on the wrong side.*   [*barsch *Gesundheitsfarm]

▶ *Don't be so gruff *! Look who's got out of bed the wrong side this morning.*   [*barsch]

Arbeit / Energie / Mühe

To chuck something

Etwas werfen / schmeißen. Auch im übertragenen Sinne: **to chuck something in** – etwas aufgeben oder an den Nagel hängen – und **to chuck the whole thing** – alles hinschmeißen; die Flinte ins Korn werfen. **To get (oder give someone) the chuck** heißt: entlassen werden oder rausfliegen. (Siehe auch "chuck it down" – wie aus Eimern gießen, Seite 92.)

▶ *Klaus, chuck me that screwdriver!*
▶ *Why chuck in your studies now when you're in your final year?*
▶ *My business is now a success, but there were times when I wanted to chuck the whole thing.*
▶ *Klara is no longer with us; she's been given the chuck.*

Plonk oneself down

Platz nehmen; sich hinsetzen / hinknallen. "Plonk" ist ein lautmalendes Verb, das den Aufschlag eines fallenden Gegenstands nachahmt. **To plonk (something) down** – hinplumpsen (intransitiv) oder etwas hinknallen (transitiv). **To take a pew** – Platz nehmen oder sich hinsetzen. "Pew" ist eigentlich eine Kirchenbank, hier scherzhaft für Stuhl gebraucht.

▶ *Doctor, I'm suffering from a split personality*. – Plonk yourselves down here (take a pew here), and tell me about yourselves.*

[*gespaltene Persönlichkeit]

To pop oder stick something somewhere

Etwas hineinstecken, hinaufsetzen oder hinstellen; etwas schnell hintun. (Siehe auch "pop" – flitzen, Seite 110.) **To bung something somewhere** – etwas unvorsichtig hintun oder hinschmeißen – kann mitunter als Synonym gebraucht werden, wenn die Handlung ohne besondere Sorgfalt erfolgt. Ebenfalls abgeleitet vom Substantiv **a bung** (ein Spund im Waschbecken) ist der Ausdruck **be / get bunged up** (verstopft sein / werden), der verstopfte Abfluß- und Abzugrohre beschreibt.

▶ *It's only a fuse* that has blown*; I'll just pop (stick/bung) in a new one.* [*Sicherung *durchgebrannt]
▶ *The bookcase is full and so I bunged the books in my wardrobe.*
▶ *I've a cold and my nose is all bunged up.*

To hump oder lug something

Etwas Schweres schleppen; eine Last tragen. "Hump" kommt vom gleichnamigen Wort für einen Buckel und bedeutete ursprünglich: auf dem Rücken schleppen. "Lug" kommt vom gleichnamigen technischen Begriff für einen Henkel oder ein Aufhängungsohr zum

Aufheben eines schweren Gegenstands und bedeutete früher:
etwas an diesem Henkel oder Ohr schleppen. (Siehe auch "lugs",
Seite 184.)

▶ *When we travel, it's always yours truly * that always has to hump*
  (lug) the heaviest suitcases.   [* meine Wenigkeit]
▶ *Four die-hard * golfers went off to play a round of golf. When they*
  arrived back late at the clubhouse one of them explained the delay.
  "At the second hole, Frank had a heart attack and snuffed it *. All
  the way after that, it was – play the ball, lug Frank, play the ball,
  lug Frank".   [* eingefleischte * ins Gras beißen]

To be bone-idle oder bone-lazy

Stinkfaul sein. "Idle" ist untätig oder faul. "Bone" bezieht sich auf
den Begriff **a lazy-bones** (Faulpelz; fauler Knochen), der besagt, daß
jemand bis auf die Knochen faul ist.

▶ *[Foreman] Stop sleeping on the job, you lazy-bones. [Worker] Can't*
  a man even close his eyes for a few moments of prayer!
▶ *Your workers are bone-idle; they haven't done a stroke * for an*
  hour. – How do you know? – I've been standing here all the time
  watching them.   [* keinen Handschlag getan]
▶ *Ingo is bone-lazy. When someone asked him what he did to bring*
  home the bacon *, he replied, "As little as possible". Some mali-
  cious tongues * say that's why he married a widow with three chil-
  dren.   [* die Brötchen verdienen * böse Zungen]

Not to do a stroke (of work)
oder not to do a hand's turn

Überhaupt nichts tun; keinen Handschlag tun; keine Hand rühren.
"A stroke" ist der Hieb beziehungsweise Schlag einer Waffe oder
eines Werkzeugs; das Anhängsel "of work" ist nicht zwingend. "A
hand's turn" ist eine Handumdrehung.

▶ *When we got married, my husband told me that he didn't believe*
  in combining a career and marriage; … that's why he hasn't done
  a stroke since.
▶ *Have you heard about Mike? He was eating his sandwiches on the*
  river bank next to his office when he fell in and drowned. – Well,

Mike was a dyed-in-the-wool union member; he never did a
stroke * during his lunch hour.*

[*eingefleischtes Gewerkschaftsmitglied *Schwimmzug]

To be at a loose end oder at loose ends [US]

Beschäftigungslos sein; eine Beschäftigung oder ein Ziel suchen;
nichts mit sich anzufangen wissen. "Loose ends" sind eigentlich die
Enden der Befestigungsseile einer Ladung oder eines Segels, die an
nichts gebunden sind und ziellos herumbaumeln. (Siehe auch "tie
up the loose ends", Seite 12.)

▸ *There is not a lot for young people to do in our suburb; some of
them, when they are at a loose end, turn to vandalism for kicks*.*

[*aus Spaß]

Get-up-and-go oder oomph oder vim

Energie; Schwung; Pep. Der erste dieser dynamischen Substantive
für Elan heißt wörtlich: aufstehen und gehen. Das lautmalende
"oomph" beschreibt den Aufprall eines harten Faustschlags auf einen Gegenstand. "Vim" ist eine Beugungsform des lateinischen "vis"
(Kraft).

▸ *Put more vim (oomph) into your work.*
▸ *When you're young, you're full of get-up-and-go. By the time
you're fifty, your get-up-and-go has got up and gone.*

To get (oder go) through something
like a dose of salts

In Null Komma nichts erledigen. "Salts" ist hier das Abführmittel
Bittersalz, das schnell den Ausweg aus dem Darm findet. Ein scherz-
haftes Sinnbild für jemanden, der eine Aufgabe schnell bewältigt.

▸ *I gave Sigrid a pile of invoices to process and she got through the job
like a dose of salts.*

To bend over backwards

Sich zerreißen, um etwas zu tun. Wörtlich: sich nach hinten biegen.
Diese schwierige körperliche Verdrehung ist sinnbildlich für die allergrößte Mühe, die man sich wegen etwas oder jemandes gibt. Ein

weniger starkes Synonym ist **to go out of one's way (to do something)** (wörtlich: einen Umweg für etwas / jemanden machen) – sich besondere Mühe geben, etwas zu tun.

▶ *When we arrived at the hotel and told the receptionist that our luggage had been lost in transit during the flight, she went out of her way to be helpful; she lent us some clothes and continually rang the airport to see if our cases had arrived.*

▶ *My health insurance company doesn't pay much if you're ill but they bend over backwards to make things more comfortable. They once painted my bedroom walls yellow, so that the colour didn't clash * with my jaundice *.*   [*sich beißen *Gelbsucht]

▶ *Celebrities * are people who bend over backwards to become famous and then wear shades * to avoid being recognized.*

[*Berühmtheiten *eine Sonnenbrille]

To get (oder pull) one's finger out
Sich endlich an die Arbeit machen; Dampf dahinter machen. Die Anspielung dieses Begriffs aus der Seemannssprache ist, daß jemand mit dem Finger in einer Körperhöhle (zum Beispiel in der Nase) müßig herumbohrt, anstatt den Arbeitspflichten nachzugehen.

▶ *Get your finger out! The deliveries must be finished by five o'clock.*

To get stuck in (into something / a meal / someone)
Sich intensiv mit einer Aufgabe befassen; tüchtig reinhauen beim Essen; jemanden hart anfallen. Der Leitfaden bei diesen drei Bedeutungen ist das Verb "stick" (sich kräftig hineinstecken, hier als Partizip Perfekt "stuck"), das die Energie der verschiedenen Handlungen (Arbeiten, Essen und Kämpfen) wiedergibt.

▶ *If you don't get stuck in at school, you may find it difficult to get a good job later.*

▶ *As soon as I get home, I'm going to get stuck into a large pizza.*

▶ *One ice-hockey player was fouled and immediately got stuck into his opponent.*

Graft

Harte Arbeit; Maloche. Immer ohne Artikel. Obwohl "graft" im allgemeinen eigentlich die Vermehrung von Bäumen und Pflanzen durch das Pfropfen ist, hat diese Bedeutung nichts mit dem Ursprung des Begriffs zu tun, der entfernt mit dem deutschen Verb "graben" verwandt ist. "A grafter" war eine Art Spaten, der früher von Straßen- und Bauarbeitern gebraucht wurde. **A grafter** heute ist ein Arbeitstier oder Wühler, auch **workaholic** genannt. **To graft** ist schuften, nicht nur in bezug auf körperliche Arbeit.

> ▶ *I've had enough of grafting on cold building sites.*
> ▶ *They say that graft doesn't hurt you, but why risk it?*

A grind

Eine Plackerei oder Knochenarbeit. Eine Anspielung auf das laute Mahlen der schweren Mühlsteine. **The daily grind** – der alltägliche Trott.

> ▶ *As the sun rose over Königsberg, the daily grind of bringing home the bacon * had already started.*   [*die Brötchen verdienen]
> ▶ *Theo used to be a dentist but he quit*; he couldn't stand the grind*.*   [*gab es auf *laute Schleiferei]

To work one's butt off [US]

Sich (den Arsch) abrackern; sich abschuften. "Butt" ist eine Abkürzung von "buttocks" oder Hintern. Wörtlich: sich dermaßen abarbeiten, daß einem der Arsch abfällt. In Anlehnung an diese Bedeutung bezeichnet "butt" auch einen Zigarettenstummel (**a cigarette butt**).

> ▶ *I'm not going to work my butt off for that piddling* wage.*
>   [*popelig]

To work like a dog / horse / Trojan

Wie ein Berserker / Tier / Pferd schuften; Knochen- oder Schwerarbeit leisten; sich abrackern. Im Gegensatz zu den Vergleichen mit einem Tier hat "to work like a Trojan" (wie ein Trojaner) den Beiklang, daß etwas Großartiges geleistet wird. In vielen Gedichten spendete der römische Dichter Vergil den Trojanern hohes Lob für ihren Fleiß.

▶ *If you want to pass this year's maths (math [US]) exams you will have to work like a dog (horse/Trojan) to stand any chance.*

Donkey work

Routinemäßige Schwerarbeit, die keine besonderen Qualifikationen verlangt; mühselige und geistig anspruchslose Routinearbeit (wie die, die von einem Esel – "donkey" – geleistet wird).

▶ *Before Namibian independence, most supervisory posts were held by Europeans or whites and the donkey work was performed by natives.*

▶ *We built our own house. We hired contractors for the construction work and installations but my wife and I saved a lot of money by doing most of the donkey work ourselves.*

To fight (oder quarrel) hammer and tongs

Sich energisch wehren / schlagen; sich heftig streiten. Das Sinnbild ist ein Schmied, der das weißglühende Werkstück mit einer Zange (tongs) festhält, um es mit Hammerschlägen zu formen.

▶ *Allotment holders * fought hammer and tongs against the plan to evict them and develop their gardening plots for housing.*

[*Schrebergartenpächter]

▶ *My husband and I fought hammer and tongs last night, but I won, ... I had the hammer.*

To move heaven and earth oder pull out all the stops (to do something)

Sich die unwahrscheinlichste Mühe geben; Himmel und Hölle / Erde in Bewegung setzen; alle Register ziehen. "Stops" sind Registerzüge, mit denen man die Lautstärke einer mächtigen Kirchenorgel erhöht.

▶ *We are moving heaven and earth (pulling out all the stops) to install the machinery on time for the planned start of production.*

By hook or by crook

Auf nur irgendeine Weise; auf Biegen oder Brechen. Im Mittelalter hatten einige Bauern das Recht, Brennholz von Bäumen des Lehnsherrn zu sammeln. Das taten sie mit einem Haken (hook) oder einem Hirtenstab (crook).

▶ *I'll pay off my debts by hook or by crook, even if it means taking on a second job.*

▶ *That rattling noise * in your motor is very elusive *, but we'll solve the problem by hook or by crook.*   [* Rasseln
* schwer zu bestimmen]

To knuckle down (to something)

Sich hinter etwas klemmen; sich in eine Aufgabe hineinknien. "Knuckle" bedeutete früher das Knie und nicht nur Fingerknöchel wie heute. (Siehe auch "knuckle under" – klein beigeben, Seite 230.)

▶ *There are only ten days until your exams, so you had better start knuckling down.*

▶ *When you return to work after a holiday in the sun, it's difficult to knuckle down to the routine again.*

To do one's level best

Sein Bestmögliches tun. Ein Zug erreicht seine Höchstleistung auf ebener (level) Strecke. Hier ist es auf einen ehrlichen Versuch übertragen.

▶ *I can't promise that we'll have the renovation finished before Easter, but we'll do our level best.*

To burn the midnight oil

Bis spät in die Nacht arbeiten. Die Wendung stammt aus der Zeit der Öllampen.

▶ *The tax year ends on Friday and our returns * still aren't ready. It looks like I'll have to burn the midnight oil all this week.*

[* Steuererklärungen]

▶ *As a student I often burnt the midnight oil swotting up for * my exams.*   [* (ein Fach) büffeln]

Spadework

Die zugrundeliegende Vorarbeit; die detaillierte Kleinarbeit oder Planung, worauf alles basiert. Eine Anspielung auf Ausgrabungsarbeiten beim Legen eines Fundaments.

▶ *Documentary films often need a lot of spadework, such as back-*

ground research, text writing and organization of the film sequen-
ces.
► *The introduction of the Euro as a single European currency needed*
  years of spadework in the countries involved.

To leave no stone unturned
oder **explore every avenue**
Nichts unversucht lassen; bei einer Suche keine Mühe scheuen; alle
möglichen Wege prüfen. Der Ausdruck "leave no stone unturned"
geht zurück auf eine Schlacht von 477 v. Chr., als die griechischen
Sieger jeden Stein umdrehten, um den verborgenen Schatz der besiegten Perser zu finden.
► *Scientists are leaving no stone unturned (are exploring every ave-*
  nue) to find a remedy for breast cancer.
► *Two kilos of nuclear waste are still unaccounted for*, and the re-*
  processing plant* will leave no stone unturned (explore every ave-
  nue) to trace their whereabouts*.
     [*noch vermißt *Wiederaufbereitungsanlage *Verbleib]

To keep someone (oder **be**) **on the trot** oder **on the go**
Jemanden in Trab (im Gange) halten; jemanden antreiben; auf Trab
sein. Wie ein Pferd, das man eine Zeitlang ununterbrochen traben
(trot) läßt. "On the go" ist wörtlich: ständig hin und her laufen. Als
Synonym kann ebenfalls die Wendung **to keep someone on
their toes** (wörtlich: jemanden auf den Zehen halten, das heißt
nicht ausruhen lassen) gebraucht werden, eine Anspielung auf die
Betriebsamkeit, die aufrechterhalten werden muß. Diese Wendung
hat aber die zusätzliche Bedeutung aufmerksam oder schlagfertig
halten.
► *Busy at work? – We've been on the go without a break since April.*
► *Once in a while the boss arrives unexpectedly, just to keep us on our*
  toes (on the go/on the trot).

To make heavy weather of something

Etwas beschwerlich oder mühsam finden; sich mit etwas schwertun.
Der Ausdruck stammt aus dem Schiffsbau für das schlechte Fahrver-
halten eines neuen Schiffes, das sich bei der Probefahrt so verhält, als
wäre schon schwierige See.

> ► *Wallpapering is not a difficult task, but it's surprising how many*
> *people make heavy weather of it.*

To get weaving oder get cracking

Endlich Dampf dahinter machen; mit etwas loslegen; sich an die
Arbeit machen. Beide Begriffe besagen, daß jemand säumig ist und
Tempo machen muß oder mit einer Tätigkeit in Verzug ist und endlich anfangen sollte. Die Tätigkeit im ersten Begriff ist das Weben
(weaving), da die Arbeit an einem Webstuhl sehr betriebsam aussieht. "Cracking" ist hier das Knallen einer Peitsche, eine Anspielung darauf, daß die Kutsche oder der Pferdekarren endlich loszie-
hen soll.

> ► *It's two o'clock and if you don't get cracking (weaving) with pack-*
> *ing the consignment for Sweden, we'll miss the plane this eve-*
> *ning.*
> ► *The dinner break finished ten minutes ago, so get weaving!*

To pull one's weight

Sich voll einsetzen; seinen Mann stehen. Der Ausdruck beschreibt
einen Ruderer, der sich mit voller Kraft in die Riemen legt.

> ► *The United Nations expects every country to pull its weight with*
> *financial contributions.*
> ► *Brüns has not been pulling his weight in the office lately.*

4 Arbeitsplatz / Beruf

An outfit

Ein Betrieb oder Verein; eine Organisation; ein "Laden". Die Anspielung zielt auf die Ausrüstung oder Ausstattung des Betriebs, die die Firma darstellt. "An outfit" ist auch ein Kleid oder Kostüm (zum Beispiel "a nice evening-wear outfit" – ein nettes Abendkleid).

> *Language schools are springing up all along the English South Coast, but many of them are badly-organized outfits.*

> *Reed Elsevier is a giant publishing outfit.*

> *A multi-millionaire's kid went to his dad and asked him for a Mickey-Mouse outfit*; ... so his father bought him a small car-hire business in Florida.* [*Mickey-Maus Kostüm; kleiner Betrieb]

Someone's line (of work / business)

Jemandes Beruf, Branche oder Arbeitsgebiet. "Line" ist die allgemeine Richtung oder Linie, der man beruflich folgt. **To be in the building line (farming line** usw.**)** – in der Baubranche (Landwirtschaft usw.) tätig sein. **To be in the line of someone's work / business** – in die allgemeine Richtung der Tätigkeiten hineinpassen, das heißt zu jemandes Pflichten oder Geschäften gehören.

> *What's your line of work? – I'm in the textile line.*

> *In my line of business, profit margins * are small.*

[*Gewinnspannen]

A plum job

Ein Traumjob; eine gutbezahlte / begehrte Stelle. Eine saftige Pflaume ist hier sinnbildlich für eine Bombenstelle. Das Adjektiv "cushy" im ähnlichen Begriff **a cushy number** oder **cushy job** (ein ruhiger Job) ist vom Hindi-Wort "khush" (angenehm) abgeleitet, einem Überbleibsel aus der englischen Kolonialzeit in Indien.

> *Werner has angled himself* a plum job: short hours, low stress and good pay.* [*sich etwas angeln]

A shrink oder **headshrink**
Psychiater(in); Gehirnklempner(in). Wörtlich: ein Gehirnschrumpfer, das heißt ein Arzt, der das aufgeblasene Selbstbewußtsein oder den Größenwahn der Patienten wieder auf normal herunterbringt. Eine psychiatrische Klinik oder Klapsmühle wird als **a loony bin** oder **a funny farm** (wörtlich: ein Eimer beziehungsweise eine Farm für Verrückte) bezeichnet. Loony und funny sind umgangssprachliche Adjektive für "verrückt" oder "rappelig".

▶ *Any minister that raises taxes before an election should be sent to the loony bin.*

▶ *I can't understand my shrink; first he tells me he doesn't believe in shock therapy, then he gives me the bill.*

The troops
Das Personal; die Mitarbeiter. Einige umgangssprachliche Bezeichnungen für diese Berufe sind: **a Mrs Mop** – eine Putzfrau (wörtlich: Frau Mop), **a spark / sparky** – Elektriker (von "spark" – Funken), **a brickie** – Maurer (von "brick" – Ziegel), **a chippie** – ein Tischler oder Zimmermann (von "chip" – Holzspan). Der Begriff **a chippie** (von "chip" – Kartoffelstäbchen) kann auch eine Frittenbude bezeichnen. **A pen-pusher** oder **pencil-pusher** [US] (sinngemäß: jemand, der einen Kuli oder Bleistift vor sich schiebt) ist die abfällige oder scherzhafte Bezeichnung eines Büromenschen. **A rep**, die Abkürzung von "representative" (Handelsvertreter) hat die Verbform **to rep** – als Handelsvertreter arbeiten. Eine andere verbreitete Abkürzung ist **a temp** (von "temporary worker") – Aushilfskraft, die die Verbform **to temp** (als Aushilfskraft arbeiten) hat.

▶ *Ingo made his pile* .... as a sparky in the red-light district of Amsterdam.*   [* hat sein Schäfchen geschoren; Kohle gemacht]

▶ *Every Christmas all the other troops in this building come out of the woodwork * looking for tips *. A lady came to me yesterday and said, "Merry Christmas, I'm the Mrs Mop that empties your wastepaper basket and cleans the floor after you", and I replied, "Merry Christmas, I'm the pen-pusher that fills the basket and dirties the floor".*   [* aus dem Nichts in Scharen erscheinen *Trinkgelder]

A dogsbody
Ein Kuli oder Hiwi, der alles tut. In der Handelsmarine war "dogs-body" ursprünglich eine Mahlzeit aus alten Essensresten, die einem Hundekörper ähneln sollte und die den einfachen Matrosen ab und zu auf langen Reisen aufgetischt wurde. Der Spitzname dieses Essens wurde dann auf die Matrosen selbst und später auf jeden Handlanger übertragen. **An odd-job man** ist ein Gelegenheitsarbeiter.

▶ *I'm just a dogsbody at home. My husband and children leave all the cleaning and cooking to me.*

A man Friday oder **girl Friday**
Ein(e) vielseitige(r) Mitarbeiter(in) oder ein Mädchen für alles (vom treuen Diener "Man Friday", entnommen aus dem Roman "Robin-son Crusoe" von Daniel Defoe). Der Begriff **a Jack of all trades** (ein Alleskönner) wird genau wie "man/girl Friday" gewöhnlich po-sitiv angewandt, obwohl er eigentlich vom Ausdruck **a Jack of all trades and master of none** stammt – jemand, der von allem nur ein bißchen versteht, aber keine Fertigkeit völlig beherrscht.

▶ *I wouldn't be able to cope without Irma in the office; she does everything that needs doing; she's a real Girl Friday.*

▶ *Stefan is a carpenter but he can turn his hand * to bricklaying or electrics; he's a Jack of all trades.*   [*sich einer Sache zuwenden]

To bring home the bacon
Seinen Lebensunterhalt/die Brötchen verdienen. Früher wurde auf Jahrmärkten ein mit Fett eingeschmiertes Schwein losgelassen, um von den Teilnehmern gefangen zu werden. Der Gewinner konnte das Schwein zum Speckmachen nach Hause nehmen.

▶ *We handicapped people want to work and bring home the bacon just like you.*

▶ *How did you bring home the bacon in the Sahara? – I used to fell * trees. – But there aren't any trees in the Sahara. – Not now there aren't.*   [*Bäume fällen]

▶ *I bring home the bacon ... and my wife burns it every morning.*

To moonlight

Illegal nebenberuflich arbeiten; schwarz arbeiten. Der Ausdruck entstand ursprünglich im Irland des 19. Jahrhunderts, als aufständische Bauern nächtliche Widerstandsaktionen gegen die englischen Großgrundbesitzer ausführten. Nicht zu verwechseln mit **to do a moonlight flit** – bei Nacht und Nebel wegziehen, ohne seine Schulden beglichen zu haben.

▶ *Rosenwanger has been using the firm's van for moonlighting at weekends.*

▶ *Böhm ran up large debts* in Bremerhaven and when the situation became impossible, he did a moonlight flit to Cologne.* [*machte hohe Schulden]

To give someone (oder get) the boot / the push / the sack / the chop oder to sack someone oder fire someone oder to axe someone (oder axe jobs)

Jemanden entlassen / feuern; jemandem kündigen oder den Laufpaß geben. "The boot" und "the push" sind der symbolische Tritt beziehungsweise Schub in den Rücken. "The sack" (Sack) war die Werkzeugtasche eines Handwerkers, die er bei der Entlassung zurückerhielt. "Fire someone" bedeutet: jemanden schnell entlassen, wie zum Beispiel eine menschliche Kanonenkugel abgefeuert (fired) wird. "A chop" ist der Hieb eines Beils oder einer Axt, vergleichbar mit dem Verb "axe someone" – jemanden abhalftern, wörtlich: mit einer Axt abhacken.

▶ *Hundreds of thousands of jobs in the steel industry have been axed in the Ruhr area since the war.*

▶ *We can't give Berta the chop; she's the only one that understands the filing system*.* [*Ablagesystem]

▶ *We have a great fire-alarm in the office; the moment someone gets sacked, all the staff are immediately alarmed.*

▶ *After what my boss said, I'm never going to work for that creep* again. – What did he say? – He said, 'You're fired!'* [*Fiesling]

To give someone their (oder **get one's) cards**
Jemanden entlassen; entlassen werden. "Cards" waren die früher üblichen Arbeits- und Sozialversicherungspapiere. Heute hat das Wort die Bedeutung: Endabrechnung eines Arbeitsverhältnisses.

▶ *We've put a little extra in your pay packet this month; ... your cards.*

To be on the dole
Arbeitslosengeld beziehen. Vom deutschen "Teil" über das altenglische "tal" – ein Teil der Unterstützungskasse, der jemandem zukommt. Heute "Stempelgeld" oder "Stütze".

▶ *The government have found a good way of shortening the dole queues *; they're going to make the unemployed stand closer together.*   [* Arbeitslosenschlangen]

▶ *The only positive thing about being on the dole is that you don't have to worry about being late for work.*

▶ *Berndt has been on the dole so long, every year the Arbeitsamt invite him to their annual staff dance *.*   [* Betriebsfest]

5 | Arm / Reich

To feel the pinch / draught
Knapp bei Kasse sein; eine finanzielle Durststrecke haben. Die Geldknappheit macht sich bemerkbar, so wie ein starker Kniff (pinch) weh tut oder ein kalter Luftzug (draught) auf der Haut zu spüren ist.

▶ *Now that my husband has lost his job, we are feeling the pinch (draught) with the mortgage payments *.*   [* Hypotheken-zahlungen]

▶ *Spending on health care has been reduced and hospitals will feel the pinch (the draught) this year.*

To cadge (something)
Etwas schnorren; nassauern. "A cadge" – eine Variante von "cage" (Käfig) – war ursprünglich der Warenkorb der Hausierer und Straßen-

händler, die häufig nebenbei auch noch bettelten. Daher **a cadger** (wörtlich: der Träger eines "cadge") – ein Schnorrer. "Cadger" ist auch der Ursprung des Begriffs **an old codger** (ein alter Knacker), der einen launischen Alten auf scherzhafte oder leicht abfällige Weise bezeichnet.

> ▶ OK, I'll come to the bar with you, but could I possibly cadge a few drinks from you; I've left my money at home.

> ▶ The old codger at the end of the street is always complaining to the Council about my dog.

To panhandle (someone for something) [US]

Jemanden um etwas anbetteln; jemanden anschorren. Das Verb beschrieb ursprünglich die drehende Bewegung einer Goldwäscherpfanne (pan). Das Schütteln einer Bettelschale, mit der Geld anstelle von Gold gesammelt wird, wird hier mit der Handhabung (handling) dieser Pfanne verglichen. Diese Bettelei auf offener Straße, heutzutage meistens mit ausgestreckter Hand statt Schale, heißt **panhandling**.

> ▶ A hobo * was panhandling a passer-by. "Have you a dime * for a cup of coffee?" The passer-by replied, "But I don't drink coffee." – "Have you enough money for a cup of tea then?" – "Oh, I'll manage somehow, thank you!" [*Landstreicher(in) *Zehncentstück]

> ▶ In our hotel in Morocco we were surrounded by outstretched palms. – Date palms *? – No, palms * of people panhandling.
>
> [*Dattelpalmen *Handteller]

A hobo [US]

Ein Landstreicher. Eine Abkürzung von "hoe boy", einem armen Tagelöhner von früher, der von Farm zu Farm zog, um Unkraut auf den Feldern wegzuhacken (hoe). **A down-and-out** – ein Stadtberber oder Landstreicher – ist ein zusammengesetzter Begriff aus dem Boxsport für jemanden, der k.o. (out) am Boden liegt (down). Auch als Adjektiv anwendbar, im Sinne von: gesellschaftlich am Boden zerstört, das heißt bettelarm. **A no-hoper** ist ein Hoffnungsloser oder sozial Unterprivilegierter (auch **an underdog** genannt), der keine Chance erhält oder ausnutzen kann. "Underdog" – ein Begriff aus den früheren Hundekämpfen für den Unterlegenen – und "no-hoper" sind Teilnehmer an einem Kampf oder Wettbewerb, denen man überhaupt keine Chance einräumt.

▶ *Government taxation is directed towards* down-and-outs; it's creating so many of them.*   [* ausgerichtet auf]

▶ *A down-and-out tried to panhandle* me in a dark alley one night, but I refused to give him anything. Then he pleaded, "But I'm just a poor hobo, all I have in the world is this dirty-great* switchblade knife*." I was immediately overwhelmed* with pity for the plight* of this underdog. My wife had often called me a skinflint* in the past and I decided to give the no-hoper a couple of dollars. At the end of the day*, he was just a poor hobo.*   [* anschnorren * riesig * Springmesser; Schnappmesser (im UK auch "flick-knife" genannt) * überwältigt von * Notlage * Knauser * schließlich]

A skinflint

Geizhals; Geizkragen. Von "skin" (abhäuten) und "flint" (Feuerstein) zusammengesetzt, im Sinn von: so geizig, daß er einen Stein abhäuten würde. Die Begriffe **tight-fisted** und **tight-arsed** (grob) beschreiben einen geizigen Typ, der seine Faust (beziehungsweise seinen Arsch) dicht hält und nie mit dem Geld herausrückt.

▶ *Watch out on the dark stairs here. The last tenants* were so tight-arsed that they took the light bulbs with them when they moved.*

[* Mieter]

▶ *Scotsmen dislike foreigners calling them skinflints. One outraged* Aberdeen man wrote a letter to the Times in London complaining, "If you write any more wisecracks* about tight-fisted Scotsmen, I'll have to stop borrowing your newspaper".*   [* empört * Witze]

To be on one's beam ends

In großer Geldnot sein; auf dem trockenen sitzen. "Beams" sind die horizontalen Balken oder Spanten eines Schiffs, die das Deck tragen. Wenn ein Schiff auf Grund läuft und schräg mit seinen Spanten auf dem Meeresgrund sitzt, ist dies ein Sinnbild für eine finanzielle Notlage.

▶ *Two men were walking down the street. One was a musician; the other was on his beam ends as well.*

Not to have a penny to one's name
oder **not to have two pennies to rub together**

Keine müde Mark haben; bettelarm sein. Die Begriffe haben die wörtlichen Bedeutungen "keinen Penny auf seinen Namen haben" und "(so arm, daß man) nicht einmal zwei Pennies zusammenreiben kann". Anstelle der Münzeinheit "penny/pennies" in diesen Ausdrücken kann man wahlweise "mark/marks" oder je nach Kontext andere kleine Fremdmünzen setzen, obwohl der Ausdruck "penny" eigentlich überall, einschließlich der USA, als Gattungsbegriff gilt.

▶ *Our family didn't have two pennies to rub together. It was enough to break anyone's heart; even burglars used to break in and leave things.*

▶ *They divorced because of religious differences; she worshipped money, and he didn't have two marks to rub together.*

▶ *Without my wife I'd never be what I am today; ... without a penny to my name.*

To be stony broke oder be skint oder
not have a red cent [US]

Klamm sein; keinen (roten) Heller haben; restlos abgebrannt sein. "Stony broke" (wörtlich: gebrochen wie die Steine) setzt sich aus dem Adjektiv "broke" (finanziell gebrochen; pleite) und dem Adverb "stony" (steinig, das heißt in einer harten Lage) zusammen. "Skint" ist eine Verformung von "skinned" (enthäutet), das heißt, jemandem wurde alles, selbst die Haut abgenommen. Der amerikanische Begriff "red cent" entstand, als die frühere Cent-Münze aus rotem Kupfer noch im Umlauf war. Man ersetzte sie später durch eine andere Münze, und sie wurde wertlos. Daher auch der Ausdruck **not worth a red cent** – keinen lumpigen Heller wert sein.

▶ *Our family was stony broke; things were so desperate* in our house, we kids used to put a tooth under the pillow and the Tooth Fairy* would leave an IOU*.* [*schlecht; verzweifelt *(wörtlich) Zahnfee *Schuldschein]

▶ *They say that it pays* to be clever. So how come* I'm skint?*
[*lohnt sich *warum]

To be well-heeled
Reich oder fein gekleidet sein; gut betucht sein. Die Anspielung richtet sich auf die besonders feinen Hacken (heels) der Schuhe. Das Gegenteil heißt **down-at-heel** (wörtlich: mit abgetretenen Hacken) – heruntergekommen, und, um bei Sinnbildern der abgenutzten Kleidung zu bleiben, **out-at-elbow** (wörtlich: mit verschlissenen Ellenbogen).

▶ *A well-heeled yuppie is belting* along the Autobahn when he crashes his BMW and rips his arm off* while being thrown clear*, out of the car. A highway patrolman* arrives and the yuppie shouts: My poor BMW! My BMW! – Patrolman: You should be more concerned about your arm that was ripped off. – Yuppie: My Rolex watch! My Rolex!*   [*rast *reißt seinen Arm ab
                              *aus dem Auto herausgeworfen *Autobahnpolizist]

A fat cat
Ein Steinreicher, besonders ein Manager oder Direktor mit Bombengehalt und Riesenzulagen (welche in der öffentlichen Meinung als unangemessene Bereicherung betrachtet werden). Eine fette Katze ist ein sehr verhätscheltes Wesen, das sich überfressen hat.

▶ *In Britain today many directors of the public utilities* have the reputation of jacking up* their salaries and becoming fats cats as soon as the companies are privatized.* [*öffentliche Versorgungs-
                              betriebe wie Gas, Wasser und Elektrizität *stark erhöhen]

▶ *We didn't accept Stüber's job application; he wanted a fat-cat salary and we didn't think he justified it.*

▶ *What gift do you give a fat cat who has everything? – A burglar alarm.*

Posh oder **ritzy**
Vornehm (und reich); nobel. Die volkstümliche Version des Ursprungs von "posh" lautet, daß der Begriff ein Initialwort aus dem 18. Jahrhundert sei. Er soll auf die Schiffsreise zwischen England und Kolonialindien zurückgehen, als reiche Passagiere die teuersten Kabinen auf der Schattenseite des Schiffs mieteten, um sich vor der Sonne des Südens zu schützen, das heißt "**P**ort **O**ut" (Backbord oder

die linke Seite bei der Hinreise) und "**S**tarboard **H**ome" (Steuerbord
oder die rechte Seite bei der Heimreise). Einige Wortforscher zweifeln
an der Echtheit dieser Quelle und verfolgen das Adjektiv auf ein veraltetes Wort für "Geld" aus der Zigeunersprache Romani zurück. Das
Synonym "ritzy", von der Luxushotelkette des Schweizers C. Ritz gebildet, wird, dem Ursprung entsprechend, meist in bezug auf Hotels,
Restaurants, Wohnungen und vornehme Gegenden angewandt.

> ► *The school in Klee Allee is where the posh kids go.*
> ► *We put up at * a ritzy hotel on the Ku'damm; was your hotel posh?*
>   *– Well, the one we stayed at had a mention in the Michelin Guide,*
>   *... and that mention was, "Don't!"*   [*stiegen ab]

To be rolling in it (beziehungsweise **in money)**
oder **be filthy rich** oder **have money to burn** oder
be loaded
Steinreich / stinkreich sein; im Geld schwimmen. "Loaded" ist wörtlich "(mit Geld) schwer beladen".

> ► *The Duke of Westminster is rolling in it (is filthy rich / has money*
>   *to burn / is loaded); he owns a large part of the posh area of London*
>   *and is one of the world's richest men.*
> ► *I love my husband for what he is, ... filthy rich.*
> ► *She has money to burn. Even the rings around her eyes have dia-*
>   *monds in them; when she comes to a wishing well*, she doesn't*
>   *throw in coins, only cheques.*   [*Wunschbrunnen]

To be born with a silver spoon in one's mouth
Ein Kind reicher Eltern sein; mit einem silbernen / goldenen Löffel
im Munde geboren werden. Frisch getaufte Kinder erhielten früher
silberne Löffel als Geschenk von den Paten.

> ► *Henriette is a rich kleptomaniac*. She was born with a silver*
>   *spoon in her mouth and every time she goes to a restaurant, she*
>   *tries to collect the set.*   [*Kleptomane]
> ► *Günter is a lazy sod*. He was born with a silver spoon in his*
>   *mouth, ... and hasn't stirred since*.* [*fauler Knochen *hat sich
>   seither nicht gerührt]

6 Ausdauer / Sturheit

Dyed-in-the-wool oder **die-hard** oder **card-carrying**
In der Wolle gefärbt; eingefleischt; hartgesotten. Die Färbung (dying)
von Rohwolle im frühen Stadium noch vor der Bearbeitung erweist
sich viel widerstandsfähiger und damit waschechter als die Färbung
einer Fertigware. "Die-hard" bezeichnet sinngemäß jemanden, der
schwer umzubringen ist, das heißt, der seine Ansichten (sowie sein Leben) nicht leicht aufgibt. Als Substantiv hat **a die-hard** die Bedeutung
"Ewiggestriger" oder "Befürworter einer unnachgiebigen Politik", im
letzteren politischen Sinne auch **a hard-liner** genannt. "Card-carrying" ist eine scherzhafte Ableitung von "card-carrying Communist"
– einem eifrigen Parteimitglied, das immer seine Mitgliedskarte bei
sich trägt. Der Begriff wurde von Raymond McCarthy (1909–1957) geprägt, der eine Hexenjagd auf Kommunisten in den USA entfesselte.

- ▶ *Mr Blume is sometimes accused of being a dyed-in-the-wool (die-hard/card-carrying) atheist; in fact he does not deny the existence of a God, he only rejects revealed religion* *.   [* Offenbarungsreligion; die Religionen, nach denen sich Gott einem Sterblichen offenbart]

- ▶ *The members of Greenpeace tend to be dyed-in-the-wool (die-hard/card-carrying) ecologists who don't avoid dangerous confrontations at sea.*

- ▶ *Dyed-in-the-wool (die-hard) vegetarians are up in arms * about the poor choice of salad meals in the staff canteen.*   [* in Aufruhr]

- ▶ *The policy of "land for peace" is anathema * to die-hards (hardliners) among the Zionists.*   [* ein Greuel]

To hang on to something like grim death
Sich mit aller Kraft an etwas festklammern; etwas unbedingt beibe-
halten wollen. Der Tod, hier als furchterregend oder grimmig (grim)
beschrieben, läßt einen nie los (hangs on to someone).

- ▶ *The rollercoaster * ride lasted eight minutes and we hung on like grim death the whole time.*   [* Achterbahn]

- ▶ *Monsieur Dupont's wife refused to desert her Sarejevo home during the whole siege; rather than join him in Marseille, she hung on to the villa like grim death.*

To stick to one's guns

Auf seinem Standpunkt beharren; fest zu seiner Meinung oder seinen Grundsätzen stehen. So, wie gute Artilleristen auch im dichtesten Kampfgetümmel bei ihren Kanonen (guns) auf ihren Posten bleiben.

▶ *A vet who originally claimed that mad-cow disease came from sheep offal * in animal feedstuffs took a lot of flak *, but he stuck to his guns and didn't retract * his claim.*   [*Innereien *heftige Kritik *zurückziehen]

Hard-boiled oder hard-nosed

Hart und sachlich; hartgesotten; abgebrüht. Das Adjektiv "hard-boiled" ist von hartgekochten Eiern abgeleitet. "Hard-nosed" war die Beschreibung eines Jagdhunds, der die Spur des Wilds mit seiner Nase hartnäckig weiterverfolgt.

▶ *Our team are hard-nosed (hard-boiled) professionals who won't be intimidated * by newspaper reports that they are no-hopers * in the match against Ajax on Thursday.*   [*eingeschüchtert *Hoffnungslose]

To be hellbent on doing something

Wild entschlossen sein, etwas zu tun. Ursprünglich bezeichnete "hellbent" jemanden, der mit geneigtem (bent) Kopf blindlings in die Hölle (hell) oder wie ein Besessener rennt.

▶ *The terrier was hellbent on chasing a rabbit into its warren *; now it's stuck down there somewhere.*   [*Kaninchenbau]

▶ *Neubauer is coming over to your house right now; you'd better ring the police because he's hellbent on beating you up.*

To be as stubborn as a mule

Dickköpfig wie ein Stier; störrisch wie ein Esel; mit dem Kopf durch die Wand gehen wollen. In Analogie zu einem Maultier (mule).

▶ *Little Jens is only three years of age but he is as stubborn as mule when it comes to eating time.*

Betonung / Flüche

Slap-bang oder **slam-bang** [US]

Voll dagegen (laufen / rennen / fahren). Um 1780 herum war "a slap-bang" die Benennung eines billigen Restaurants, das nur eine einzige Tagesspeise führte und keinen Kredit annahm. Die Kunden klatschten (slapped) das Geld einfach mitten auf den Tisch und erhielten das Essen sofort da hingeknallt (banged). In Anlehnung an diese schlagenden Handlungen bezeichnet der Begriff (in den USA als "slam-bang" amerikanisiert) heute einen Frontalzusammenstoß und auch, von der Tischmitte abgeleitet, die Mitte von etwas, wie im Ausdruck **slap-bang** (oder **slam-bang) in the middle (of something)** – mitten in etwas; voll / genau in der Mitte.

▶ *How can I get to the hospital fast? – Just plonk yourself* slap bang in the middle of that by-pass*.* [*knall dich *Umgehungsstraße]

▶ *Why did you drive slap-bang into a lamppost on a clear day? – I was blinded. – By another car? – No, by all the safety stickers on my windscreen.*

Any old ...

Im übertragenen Sinne hat "old" nichts mit Alter zu tun. Der Gebrauch der fakultativen Einfügung "old" verleiht dem Gespräch einen umgangssprachlichen Anhauch. Es wird als Betonung oder Verstärkung nach "any" (irgend) eingeschoben, wenn eine Reihe negativer Möglichkeiten zur Wahl stehen oder wenn Sorglosigkeit im Spiel ist. Besonders in den Ausdrücken **any old how** (irgendwie, wie's grad kommt), **any old place** oder **any old where** (irgendwo), **any old time** (irgendwann), **any old thing** (irgend etwas, zum Beispiel "any old house / woman"). Abgesehen von "any" und in Verbindung mit einem Substantiv oder zweiten Adjektiv wirkt "old" verstärkend im Sinne von "wirklich", zum Beispiel "to have a good old time" – sich köstlich amüsieren, "my poor old feet" – meine (wirklich) armen Füße, "the room needs a good old clean" – das Zimmer muß einmal ordentlich sauber gemacht werden. Mit einer Person wirkt "old" fast immer freundschaftlich, zum Beispiel "I saw old Gregor yesterday" – ich habe unseren Freund Gregor gestern gesehen – oder **you silly old thing!** – du Dummerchen! "Old" ist zwingend in den folgenden drei feststehenden Ausdrücken: **little old me** – ich Arme(r), und die männlichen Anreden **old chap** oder **old bean** – olles Haus; alter Schwede; alter Kupferstecher. "Bean" (wörtlich Bohne) im letzten Begriff ist eigentlich ein volkstümlicher Begriff für "Kopf" oder "Rübe" (siehe Seite 185) und folglich hier "Person".

- ► *I don't want any old doctor to treat me; I want Doctor Braun.*
- ► *Any old washing machine won't do; I want a Miele.*
- ► *We don't go any old place for our holidays; we go to Biarritz.*
- ► *Widmann is a jerry-builder*; he builds houses any old how, any old where.* [*Baupfuscher]
- ► *Klaus Behler? Why hello old bean. Fancy that*, seeing you again after all these years!* [*nicht zu fassen!; na so etwas!]

Damned oder **bloody** oder **flipping** oder **fucking** (grob) oder **frigging** (grob) oder **blooming**
Riesen-...; Scheiß-...; verdammt. Grobe Betonungen der Verärgerung oder Ungeduld, aber auch der Bewunderung, zum Beispiel "bloody good" (verdammt gut). "Flipping" und "frigging" sind verhüllende Ausdrücke für "fucking" (vom Verb "fuck" – ficken).

- ► *Don't make such a frigging (damned/blooming usw.) nuisance of yourself*!* [*sei nicht so verdammt lästig]
- ► *What do you get when you cross * a hooker * with a computer: ... a fucking smart alec *.* [*kreuzen *Hure *ein Neunmalkluger]
- ► *Margret was a mollycoddled* posh* kid who went to a private girls' school. At 16, she was still so out of touch* that she thought "fucking" was a town in China.* [*verhätschelt *reich *weltfremd]

To swear like a trooper oder **swear like a fishwife**
Wie ein Rohrspatz schimpfen. Genauso wie Fuhrleute in Deutschland für ihre Flüche bekannt waren, hatten in England einfache Soldaten (troopers) und Fischweiber (fishwives) den Ruf, außerordentlich viele Kraftausdrücke zu gebrauchen.

- ► *Excuse my husband's French *! He sometimes swears like a trooper (like a fishwife) when he's riled *.* [*derbe Ausdrucksweise *verärgert]

An old fogey oder **an old fart** (grob)

Ein(e) rückständige(r) Opa/Oma. "Fogey" leitet sich vom Adjektiv
"foggy" (nebelig) ab, um den benebelten Geist eines Alten wiederzugeben. Der zweite Begriff, wörtlich "alter Furz", ist natürlich unan-
ständig.

▶ *The old fogey (old fart) at number 37 always chases us when we play*
  football on the grass, even though we don't harm anyone.

A bugger (grob) oder **a beggar** oder **a sod**

Wichser. Das Substantiv "bugger" und das Hüllwort "beggar" (wörtlich: Bettler) sind vom französischen "bougre" (die veraltete Benennung eines Bulgaren, die später zum Schimpfwort für einen Sodomiten degradierte) abgeleitet. Zusammen mit "sod" (kurz für Sodomit)
bezeichnen sie auf beleidigende Weise einen Scheißkerl, zum Beispiel **a silly bugger / beggar / sod** (Hornochse) und **lazy bugger / beggar / sod** (fauler Knochen), wogegen bei den Begriffen **a
poor bugger / beggar / sod** (armes Schwein beziehungsweise
Pechvogel) und **a lucky bugger / beggar / sod** (Glückspilz), Mit-
leid beziehungsweise Neid mitschwingt.

▶ *Johann's a wimp * but his wife Bertha will never leave him; she's*
  spent too long training the poor sod.   [* Schlappschwanz]

▶ *300 DM for a new Epson colour printer! You're a lucky sod; you al-*
  ways seem to be at the right place at the right time to snap up a
  *bargain *.*   [* bei einem billigen Angebot sofort zuschlagen]

A get oder **a git**

Blödmann; Arschloch. Beide Schimpfwörter, vom Verb "beget" (zeu-
gen) abgeleitet, bedeuteten ursprünglich ein uneheliches Kind oder
einen Bastard.

▶ *When his TV went on the blink * during the middle of his favourite*
  *program, Gerhard got up and thumped * it with his fist shouting,*
  "You git!"   [* kaputtging; flackerte * einschlug]

▶ *I don't think Wilhelm is coming to pick us up; the lazy git is prob-*
  ably still in bed.

A toe-rag oder **a scumbag** oder **twat** (derb)
Arschloch; Kotzbrocken; Miststück. Im 18. Jahrhundert, war "toe-
rag" ein Schimpfwort für einen Landstreicher, der mit zerfetzten
Fußlappen (rags) und sichtbaren Zehen (toes) herumlief. "A scumbag" ist wörtlich "eine Tasche voll schmutzigen Schaums". "A twat"
ist ein veraltetes Wort für die Vagina, vom altnordischen "thveit"
(ein Durchgang). **A creep** (Fiesling) ist eine Anspielung auf ein
Kriechtier.

▶ *How could Gabriele fancy* * *a creep like Uli Köhler?*   [*mögen]
▶ *You're just a scumbag; nothing more than a dirty toe-rag! – Well,*
  nobody's perfect.

8 Betrug / Lüge

Eyewash
Vortäuschung; Augenwischerei. Augenwasser oder eine Lösung zum
Ausspülen der Augen ist hier ein Sinnbild für einen vorsätzlichen op-
tischen Betrug oder eine Verdrehung der Fakten. Ein minder hartes
Synonym ist **window-dressing** (wörtlich: Schaufensterdekora-
tion) – Schönfärberei.

▶ *These recent unemployment figures are window-dressing since they*
  are not seasonally-adjusted *; the underlying* * trend is much worse*
  than suggested.   [*saisonbereinigt *zugrundeliegend]

Someone saw someone coming
In jemandem ein leichtes Opfer für einen Betrug gesehen haben; jemanden leicht übertölpeln können. Der Ausdruck (wörtlich: jemanden kommen sehen) besagt, daß das Opfer wegen seines auffällig
leichtgläubigen Aussehens schon in der Ferne (im Kommen) vom
Bauernfänger ausgesucht wird. Der Ausdruck wird fast immer in der
Vergangenheit, nach dem vollzogenen Betrug, angewandt.

▶ *What! You paid 1200 marks for that painting. It's only a print and*
  thousands of them were churned out * in the eighties. They saw you*
  coming.   [*massenweise produziert]

To be on the fiddle

Auf betrügerische Weise leben; krumme Touren machen. Wörtlich:
auf der Fidel sein. Vom früheren Glauben, daß viele Straßenmusi-
kanten, in diesem Fall Geigenspieler, Betrüger waren. Das Synonym
to fiddle hat auch die transitive Form **fiddle something** – etwas
(Rechnungen, Stromuhren usw.) frisieren. **A fiddler** ist ein Gauner.

  ▶ *Scholtes has just bought a brand-new car and he's supposed to be*
    unemployed; I'm sure he's on the fiddle.

  ▶ *I have no pangs of conscience* about fiddling my expenses ac-*
    count; all the reps * in this firm do it.   [* Gewissensbisse *Vertre-
    ter]

To do someone

Jemanden reinlegen; jemanden betrügen oder neppen. Im Englischen wie in einigen anderen Sprachen (vergleiche "baiser" auf französisch) sind bestimmte Verben des Geschlechtsverkehrs ebenfalls
im Sinne von "betrügen" anwendbar. (Siehe "screw someone", Seite
329). Dies ist auch der Fall bei "do", zum Beispiel **to do someone**
oder **do it with someone** – jemanden bumsen. Diese geistige Verbindung zwischen Sex und Betrug stammt von betrügerischen Da-
men des horizontalen Gewerbes, die ihre Kunden regelrecht ab-
schröpften. Der ehemalige US-Präsident Ronald Reagan sagte einmal
im Sinne, daß viele Politiker betrügerisch sind, "Politics is the second
oldest profession, but it bears a striking resemblance to the first" (die
Politik ist das zweitälteste Gewerbe, aber sie hat eine erstaunliche
Ähnlichkeit mit dem ersten). Im Hinblick auf "do" hat das Wortspiel
mit diesem Verb eine Fülle von geistreichen Autostickern erzeugt,
zum Beispiel "windsurfers do it standing up". Zwei andere häufige
Bedeutungen von "do" sind "do someone" – jemandem passen oder
genug sein, zum Beispiel "two kilos of tomatoes will do me" (siehe
Seite 306), und "do" im Sinne von "einen Ort besuchen / mitnehmen", zum Beispiel "we'll do Rome tomorrow" (siehe Seite 112).

  ▶ *That computer only has an old 386 chip inside and is not worth 800*
    DM; you've been done.

To take someone to the cleaners
Jemanden bis aufs Hemd ausziehen; jemandem das ganze Geld abluchsen. Die Taschen von Kleidung, die in die Reinigung (cleaners)
gebracht wird, kommen meist leer zurück.

▶ *The gambling joint* we visited in Las Vegas was so posh*, you
had to wear a tie to be taken to the cleaners and lose your shirt.*

[*Spielhölle *vornehm]

A clip joint
Ein Nepplokal. Die Ränder der früher im Umlauf benutzten Gold- und
Silbermünzen wurden auf unehrliche Weise abgeschnitten (clipped),
bis der Inhalt an Edelmetall fast nichts mehr wert war. Dieses Sinnbild wird verstärkt durch die überlagerten Anklänge an das Scheren
("clipping" oder "shearing") von Schafen. So wie Gäste in einem Lokal
mit überhöhten Preisen bis aufs Hemd ausgezogen werden.

▶ *I'm not going to "Showboat"; it's a clip joint. – The drinks are very
expensive, but it's the only place open at this time of night.*

To cook the books
Die Geschäftsbücher frisieren. Das Sinnbild vom Kochen (das heißt
das Essen schmackhafter oder verdaubarer machen) wird auf das Fäl-
schen von Bilanzen übertragen, da sie mit diesem Betrug annehmba-
rer gemacht werden. **Creative accounting** – kreative Buchführung
– ist eine Manipulation der Bilanz, die hart an der Grenze des Erlaubten liegt.

▶ *1998 was a bad year for Lederer's business and out of desperation he
resorted* to cooking the books, or 'a little creative accounting', as he
preferred to tell the judge.* [*zurückgreifen]

To diddle someone (out of something oder into something)
Jemanden übers Ohr hauen; jemandem etwas abluchsen; jemanden
so verschaukeln, daß er etwas tut. Eine Anspielung auf "Jeremy Diddler", einen Schwindler aus einem Theaterschwank 1803 von James
Kenney. **A diddler** – ein Betrüger.

▶ *A terminally-ill * man gathered together his doctor, his priest and*

*his lawyer and gave them each 100,000 marks to keep until his death
and then place in his coffin * in order to see him through the afterlife *.
Six months after the man died, the three trustees * met over a beer. –
Priest: I'm a sinner, for I didn't want to waste the money and only put
half of it in the coffin. I donated the rest to a charity * in Africa. – Doctor: I too diddled my patient out of money. I only put a third of it in the
coffin. The rest I gave to cancer research. – Lawyer: I don't believe in
monkey business *. I was straight as a die * and put a cheque for the full
amount in the coffin.*   [*todkrank *Sarg *jemandem für das
Leben nach dem Tod reichen *Treuhänder
*Wohltätigkeitsverein *krumme Touren *grundehrlich]

▶ *Mario had been divorced three times and his view of bachelors
was, 'A bachelor is a man who's diddled some poor woman out of
a divorce'.*

To pull (oder play) a dirty trick on someone oder pull a fast one on someone

Jemandem ein linkes Ding drehen; jemanden übers Ohr hauen; jemanden reinlegen. Das Verb "pull" (ziehen) in beiden Begriffen ist
eine Anspielung auf Gauner und Zauberkünstler, die gezinkte Karten
und Tricks aus der Tasche ziehen. Für die erste Wendung sagt man
auch abgekürzt **do the dirty on someone**. Der Begriff "a fast one"
kommt aus dem Cricketspiel für einen unfairen harten Wurf des
Balls direkt auf den Körper des Schlagmanns.

▶ *What a dirty trick Koch pulled on me. He told the boss that I was
using the firm's van at weekends.*

To double-cross someone

Ein Doppelspiel mit jemandem treiben; jemanden hintergehen oder
reinlegen. Der Begriff bezeichnete ursprünglich einen bestochenen
Jockey, der zwei Parteien betrog. Zuerst nahm er Schmiergeld an, um
das Rennen zu schmeißen und dadurch dem Pferdebesitzer in die
Quere zu kommen (to cross). Dann aber bezahlte er hinterrücks aus
diesem Geld die anderen Jockeys, um ihn gewinnen zu lassen, und
durchkreuzte (crossed) so gleichzeitig die Pläne der Schmiergeldge-
ber. Wobei der Jockey mit dem übrigen Geld auf sich selbst wettete
und selbst etwas an dem Betrug verdiente.

> ► *My wife's double-crossing me with another man. – How do you know that? – She came home this morning and said she'd spent the night with her friend Hannelore, but she can't have, … because I did.*

A spin doctor

Ein(e) Öffentlichkeitsreferent(in), der / die Probleme in einem besseren Licht erscheinen läßt; ein Medienjongleur, der heikle oder politisch brisante Angelegenheiten beschönigt und verharmlost. Ursprünglich ein amerikanischer Begriff für einen erfahrenen Pool- und Baseballspieler, der dem Ball unberechenbaren Effet (spin) gibt. Diese Drehungen des Balls entsprechen hier einer verdrehten Wahrheit oder der beschönigenden Wiedergabe eines Problemzustands.
To doctor something – etwas verfälschen oder frisieren, und in bezug auf Aussehen – verschönern.

> ► *Of course the power station says that the nuclear waste is harmless; what else would their spin doctors say?*
> ► *The report originally recommended that ten police officers be dismissed, but when the government published it, there was no talk of dismissals; the report had clearly been doctored at a high level.*

To fob off something oder
palm off something (on someone)

Jemandem etwas (Untaugliches) andrehen; jemandem etwas aufhängen. Der Begriff "fob" stammt wahrscheinlich von deutschen Einwanderern in die USA, die das Verb "foppen" gebrauchten, um den Hohn für den Käufer beim betrügerischen Verkauf von Ramschwaren auszudrücken. Das Verb "palm" (wörtlich: den Handteller gebrauchen) kommt von der Zauberkunst, wo die Handfläche häufig bei Tricks eingesetzt wird, um Münzen und Kleingegenstände zu verbergen oder wegzuzaubern. Beide Verben werden ebenfalls im selben Sinne von Unehrlichkeit angewandt, wenn jemand mit leeren Versprechungen oder mit lahmen Ausflüchten abgespeist wird – **to fob / palm someone off with empty promises (with lame excuses)**.

> ► *I never go to that market: they always try to fob off (palm off) junk on you there.*

▶ *Schneider tried to fob me off with an excuse for not attending the meeting, but I knew the truth; he had been in court that morning on an assault charge *.* [*Anklage auf Körperverletzung]

To lead someone up the garden path

Jemanden irreführen; jemanden an der Nase herumführen. Gesagt ursprünglich von Männern, die Frauen auf einen Spaziergang im Garten luden, mit der geheimen Absicht, da Annäherungsversuche zu unternehmen.

▶ *Some of my patients try to lead me up the garden path with their complaints; they are often just trying to get a sick note * for work.* [*Krankenschein]

To gyp someone (out of something)

Jemanden betrügen; jemanden über den Löffel balbieren. Wahrscheinlich von "gypsy" – Zigeuner abgeleitet, da sie als betrügerisch galten. Zigeuner sind auf englisch nach "Egypt" (Ägypten) benannt, da man dies früher irrtümlicherweise für ihr Herkunftsland hielt. Eine mögliche Quelle von "gyp" ist auch der veraltete Begriff "gippos" für Hausdiener(innen) an der Cambridger Universität, die wegen der armen Herkunft von vielen Studenten mit Mißtrauen angesehen wurden.

▶ *Bogus * security-alarm installers are gypping old folks out of their money; they take a large deposit and are never seen again.* [*falsch]

To hoodwink someone

Jemanden betrügen; jemanden hinters Licht führen. Eine Zusammensetzung der zwei Verben "hood" (verdecken) und "wink" (blinzeln). Abgeleitet von Straßenräubern, die beim Überfall dem Opfer einen Sack oder eine Kapuze (hood) über den Kopf zogen. Die Verblendung des Opfers ist sinnbildlich durch das Blinzeln wiedergegeben.

▶ *Critics claim that psychics such as Uri Geller with his spoon-bending tricks are just trying to hoodwink a gullible * public.* [*leichtgläubig]

► *Ralf's just hoodwinking you when he says that the furniture is antique and goes back to Louis the Fourteenth. What he means is that it goes back to Louis's store if Louis doesn't get his money before the fourteenth of this month.*

Monkey business oder jiggery-pokery

Unfug; krumme Touren. Der erste Begriff ist eine Anspielung auf die schalkhaften Spielereien von Affen. "Jiggery-pokery" ist ein zusammengesetzter Reim schottischen Ursprungs aus den veralteten Dialektwörtern "jouk" (Trick) und "pauk" (verschmitzt), der im 19. Jahrhundert in der Form "joukery-paukery" – listige Masche – enstand.

► *A Swedish sailor said that the ship had unloaded the cargo from Iran in Rotterdam, then reloaded the same cargo the next day: that is when he suspected some monkey business (jiggery-pokery).*

To sell someone (oder buy) a pig in a poke oder sell someone (oder buy) a pup

Jemanden beschwindeln/über den Löffel balbieren; die Katze im Sack kaufen. Betrüger auf Jahrmärkten boten Ferkel in Säcken ("poke" ist ein altes Wort für "Tasche" oder "Sack") zum Verkauf, tauschten dann aber den Vorzeigesack mit einem anderen Sack, der meist nur ein Hündchen (pup) oder Kätzchen beinhaltete. (Siehe auch "let the cat out of the bag", Seite 168.)

► *You've been sold a pup mate*, this watch is not gold.*

[* Freundchen]

► *I always inspect the goods the day before the auction; that reduces the chance of buying a pig in a poke (buying a pup).*

To take someone for a ride

Jemanden reinlegen; jemanden an der Nase herumführen. Ursprünglich eine verhüllende Umschreibung für eine Mordmethode der amerikanischen Gangster, die das nichtsahnende Opfer zu einer Spazierfahrt einluden, um es unterwegs umzubringen.

► *Kahlmeier is a credible* rogue who made his golf course project look safe as houses* and took over three hundred investors for a ride.*   [*glaubhaft *absolut sicher; mündelsicher]

To sell someone down the river

Jemanden verraten oder betrügen; jemandes Vertrauen nicht recht-
fertigen. Die Wendung entstand bei schwarzen Sklaven am oberen
Lauf des Mississippi, die Angst hatten, an Plantagenbesitzer flußab-
wärts verkauft zu werden, da die Arbeitsverhältnisse dort viel härter
waren.

▶ *We were sold down the river when we bough a timeshare* on the*
  Costa del Sol; the development of the villa complex never went
  ahead as promised.   [*Besitzanteil an einer Ferienwohnung]

▶ *Stefanie believed her husband to be faithful, but he sold her down*
  the river and had affairs with other women.

To rip someone off oder
rook someone (of something)

Jemanden neppen; jemanden ausnehmen. Das Sinnbild bei "rip off"
ist ein Kleidungsstück, wie zum Beispiel ein Hemd, das vom Leib ge-
rissen wird (ripped off). Das Verb hat als Substantiv **a rip-off** – ein
Nepp oder Beschiß. Der zweite Begriff kommt vom diebischen Verhalten der Saatkrähe (a rook), einem Verwandten der Raben und El-
stern.

▶ *It's your own fault that Schmidt ripped you off (rooked you); you*
  should have demanded a contract in writing and not relied on his
  word.

Sham oder **bogus**

Falsch; gefälscht. "Sham" ist eine Verformung des Substantivs
"shame" (Schande). **A sham** – ein Heuchler oder eine Augenwischerei – ist wahrscheinlich auch die Grundlage des amerikanischen
Worts **a scam** – ein Geldbetrug oder Nepp. "Bogus" stammt von den
veralteten keltischen Wörtern "bogy" und "bugaboo" (eine gespen-
stige Erscheinung), wie sie heute noch in den gleichbedeutenden Begriffen **a bogeyman** und **a bugbear** (Popanz; Schreckgespenst)
fortbestehen.

▶ *That company doesn't deal with the public; it's a bogus firm set up*
  by the Russian Mob* for money-laundering*.

[*Mafia *Geldwäsche]

▶ *The Algerian was indignant * at being told that his marriage was a sham to gain a residence permit in France.* [*empört]

To welsh on someone / something

Sein Wort nicht halten; jemanden sitzenlassen; eine Schuld nicht bezahlen. Das Verb bezieht sich auf die Waliser (Welsh), die früher viel ärmer als die Engländer waren und bei diesen als betrügerisch galten.

▶ *Schönbohm welshed on his promise to sell me the house if I hung on * another month; now it is clear that he was just waiting for a better offer all along.* [*abwarten]

To pull the wool over someone's eyes

Jemandem etwas vormachen; jemanden hinters Licht führen. "Wool" bezieht sich hier auf eine Wollperücke von früher, die, wenn sie über die Stirn gezogen wurde, den Träger blind machte. Der Gelackmeierte wird dabei mit diesem blinden Perückenträger verglichen.

▶ *Erna's been around * too long to let anyone pull the wool over her eyes.* [*ist viel herumgekommen; hat zuviel Erfahrung]

▶ *American films depicting * the folk hero Wilhelm Tell with a crossbow * are pulling the wool over our eyes since crossbows were unknown in 13th-century Switzerland.* [*darstellen *Armbrust]

▶ *Today we passed a house for sale next to the urban railway *. The sign read "For sale owing to relocation *" and my wife commented that the estate agent * was trying to pull the wool over people's eyes, and that she would "relocate" as well if she had to put up with * the continual racket * of trains going by.* [*Stadtbahn *wegen Versetzung / Umzugs *Grundstücksmakler *sich mit etwas abfinden *Krach]

To kid (someone)

Spaß machen; mit jemandem scherzen; jemanden auf den Arm nehmen. Das Verb kommt von "kid" (Ziegenkitz), im Sinne von: spielen wie ein Kitz. **Kid** beziehungsweise **kiddie** wurde später auch für ein Kindchen oder einen Balg angewandt, in Anlehnung an das junge Tier. Einige feststehende Ausdrücke mit dem Verb "kid" sind **don't kid yourself** – mach dir nichts vor; **no kidding?** – ehrlich?; und die scherzhafte Behauptung **I kid you not** – das ist mein Ernst.

▶ *The fellow* * *was over two metres high; I'm not kidding you.*
[*Kerl]

▶ *Don't kid yourself; you'll never get to Spain in that old car!*

▶ *The Dead Sea is so caustic* *, you can burn your stomach if you swallow any water. – No kidding?*
[*ätzend]

A white lie

Eine falsche Erklärung, um die Gefühle eines anderen zu schonen; eine Notlüge / fromme Lüge. Weiß ist symbolisch für ein reines Gewissen.

▶ *The candidate was pleasant but totally unsuitable for the job, and the human resources manager* * *told a white lie saying that the position had already been filled.*   [*Leiter der Personalabteilung]

▶ *Little Udo grew up believing the white lie that his father was dead: in fact he was in prison serving a life sentence.*

To fib

Oberflächlich lügen; flunkern. **A fib**, eine Verformung von "fable" (Fabel), ist eine unwichtige oder belanglose Lüge.

▶ *Listen Neureuther, I wasn't born yesterday* *. Every time Fortuna Köln have a home match, your grandmother suddenly falls ill and you have to take the day off work to drive her to the doctor. – Good heavens, you're right sir! You don't think she's fibbing do you?*
[*ich bin nicht von gestern]

▶ *Sylvia has discovered the secret of eternal youth; … she fibs about her age.*

▶ *A psychologist was called as an expert in a criminal trial, and when asked by the judge to state his profession, he declared, "I'm the top psychologist in Hessen". After the trial, his wife told him that he could have been more modest when stating his profession. He replied, "I couldn't tell a fib; after all, I was on oath* *."* [*unter Eid]

To lie through one's teeth

Hanebüchen lügen; das Blaue vom Himmel herunterlügen. (Wörtlich: durch die Zähne lügen.) Von der Unterstellung her, daß man nicht ehrlich redet, wenn der Mund nicht richtig aufgemacht wird.

A lying toad (eine lügende Kröte) ist ein ausgesprochener Lügner oder Lügenmaul. Der Ursprung des Begriffs ist der mittelalterliche Krötenschlucker (toad / toady), der auf Jahrmärkten als Versuchskaninchen für die Wunderwirkung einer Schwindelarznei diente. (Siehe toady, Seite 256.)

▶ *Dogs don't talk, and if any dog tells you he can, he's lying through his teeth.*

▶ *That's a downright* lie. It's as false as the teeth you're lying through.* [* ausgesprochen]

▶ *Doctor, you've got to help me, everyone thinks I'm a lying toad. – I find that hard to believe.*

Echt / Falsch / Unsinn

It's the gospel truth oder **it's gospel**
Es ist die reine Wahrheit; ungelogen! Eine Anspielung auf die vermeintlich unanfechtbare Wahrheit des Evangeliums (the gospel). **To take something as gospel** – etwas für bare Münze nehmen.

▶ *I've put your cheque in the post. It's the gospel truth.*

▶ *Franz is a nice guy, but don't take everything he says as gospel.*

The real McCoy
Das Original oder der / die / das Echte; eine waschechte Sache oder Person; der wahre Jakob. Kid McCoy war ein amerikanischer Preisboxer um 1870 herum. In einer Bar zweifelte jemand einmal an seiner wahren Identität und wurde prompt mit einem Schlag von McCoy bewußtlos geschlagen. Als er zu sich kam, mußte der ungläubige Thomas zugeben, daß sein Gesprächspartner in der Tat der wahre McCoy war.

▶ *The garage said that for BMW replacement parts, you should only buy the real McCoy and not cheap foreign parts.*

▶ *The new porter tried to water the plastic plants in the foyer today; he couldn't tell them from the real McCoy.*

▶ *What! Helmut has been wearing a wig all these years, and I thought his hair was the real McCoy.*

▶ *Yes that's true. Mr Jungblut is an "Amtsrichter", the real McCoy.*
▶ *It was an Indian restaurant all right; the real McCoy. When the waiter brought a glass of water, he warned me not to drink it.*

To be as straight as a die

Grundehrlich sein. Der Vergleich dreht sich um das Adjektiv "straight" (geradlinig), das sowohl ehrlich als auch schnurgerade bedeutet. Mit "die" ist hier nicht "Würfel", sondern ein Gewindeschneider für Schrauben gemeint, da bei diesem Präzisionswerkzeug keine Abweichung von der Norm zulässig ist.

▶ *I don't believe that Olga has taken the money from the till, she's as straight as a die.*
▶ *A major problem in apprehending* * *IRA terrorists in Ulster was that they often had no previous criminal record and were regarded amongst their communities as being as straight as a die.*

[*verhaften]

▶ *There's a sure-fire* * *way to find out if a man is as straight as a die; just ask him. If he says "yes", you know he's crooked* *.* (Spruch von Groucho Marx)   [*todsicher *krumm; betrügerisch]

Warts and all

Schonungslos wahr; realistisch hart. Oliver Cromwell (1599–1658) ließ sich einmal vom Maler Peter Lily porträtieren. Da es damals üblich war, Gönner und Auftraggeber im Bild schmeichelhaft darzustellen, gab der puritanische Cromwell die Anweisung, er wolle sein Porträt "warts und all" (mit Warzen und allen körperlichen Verunzierungen). Der Ausdruck ist in die Geschichte eingegangen und beschreibt heute eine schonungslose Kritik oder die ungeschminkte Wirklichkeit.

▶ *I only know Beate from her e-mails. Tell me what she really looks like, warts and all.*
▶ *I'm not trying to run down* * *your country. I'm just describing it warts and all.*   [*heruntermachen]

To bark up the wrong tree

Eine falsche Lösung oder den verkehrten Schuldigen suchen; auf der falschen Fährte / dem Holzweg sein. Wie ein Hund, der irrtümlich eine Katze in einem bestimmten Baum wähnt und sie da anbellt.

► *Detectives soon realized that they had been barking up the wrong tree and that the murderer was not a man, but a woman.*

► *You're barking up the wrong tree by looking for the problem in the motor; that noise is coming from the car's suspension *.*

[* Federung]

► *We're bailiffs * and we've come to seize * the property of Mr Ulrich Kleber. – There's no Uli Kleber living here; you're barking up the wrong tree. – Are you certain this is the wrong address? – Have I ever lied to you?* [* Gerichtsvollzieher * beschlagnahmen]

A dummy run oder a dry run

Ein Probelauf; eine Trockenübung. "Dummy run" ist ein Begriff aus der Kriegsmarine für einen Torpedo, der mit einer Attrappe (dummy) als Sprengkopf abgefeuert wird, um mit dem Gewicht und der Form der Attrappe eine realistische Verhaltensweise des Geschosses zu ermöglichen. "Dry run" konnte von Schmugglern stammen, die während der Prohibitionszeit Alkohol über die kanadische Grenze nach Amerika transportierten, aber zuerst die Sicherheit des Wegs in bezug auf Kontrollen mit einem leeren (also "trockenen") LKW ausprobierten.

► *Before every launch of an Ariane rocket in French Guiana, millions of dollars are at stake * and technicians always bite their fingernails; there are no dummy runs in this game.* [* auf dem Spiel]

A red herring

Ein Ablenkungsmanöver oder ein täuschendes Argument; eine falsche Fährte. Unter Fuchsjägern herrschte die volkstümliche Meinung, daß ein gesalzener Räucherhering (früher "red herring" genannt), der über die Spur eines Fuchses gezogen wird, die Hunde von der Fährte ablenken könne.

► *Some Irishmen claim that the description of the problems in Ulster as 'a Catholic-versus-Protestant dispute' is a red herring to divert attention from British colonialism.*

▶ *Our company tested several promising drugs last year, but most of them proved to be costly red herrings.*

To take something with a pinch of salt

Etwas nicht ganz wörtlich nehmen; von einer Geschichte nur die Hälfte glauben. Aus dem Lateinischen "cum grano salis". Die Grundidee ist, daß eine Prise Salz (pinch of salt), so wie sie das Essen etwas schmackhafter macht, eine Geschichte auch glaubhafter werden läßt. Dann kann man die Erzählung besser "schlucken".

▶ *You have to take what Kümmerlohn says with a pinch of salt. – That's an understatement; you need a wagon-load.*

My foot! oder my eye!

Unsinn!; papperlapapp! Mit "my foot" unterstellt man, daß die Geschichte falsch ist und daß man nicht darüber stolpern (sprich "darauf hereinfallen") wird. "My eye" bezieht sich auf einen früheren Brauch, bei einer unglaublichen Erzählung, das untere Augenlid nach unten zu ziehen, im Sinne von "mir kommen Tränen in die Augen".

▶ *Hannover is only a half hour's drive from Bremen. – A half hour? My eye! I like to see you do it in a half hour.*

▶ *Brettschneider is very generous. – Generous? My foot. He wouldn't even buy me a cup of coffee yesterday.*

Balderdash oder twaddle oder piffle

Unsinn; Gewäsch. "Balderdash" ist ein veraltetes Wort für ein Fuselgemisch aus verschiedenen Alkoholsorten. Später auch für das unsinnige Gerede gebraucht, das aus dem Konsum desgleichen resultierte. "Twaddle" ist eine Verformung des alten Worts "tattle" wie es heute noch in **to tittle-tattle** (klatschen) und **tittle-tattle** (leeres Geschwätz, vom altniederländischen "tatelen" – schwatzen) vorkommt. "Piffle" könnte eine Verformung von "piddle" (Urin; Pipi) sein. Alle Substantive werden häufig in Verbindung mit "a load of" (**a load of balderdash/nonsense** – eine Menge Blödsinn), "downright" und "utter" (**utter/downright twaddle/nonsense** – ausgesprochener/blanker Unsinn) näher bestimmt.

▶ *You can always tell when Stefan is talking utter twaddle, … his lips are moving.*

▶ *I never repeat personal tittle-tattle about other people, … so listen carefully the first time.*

To talk through one's hat

Unsinn / Gewäsch reden. Wahrscheinlich vom Reden der Kirchenbesucher untereinander mit vorgehaltenen Hüten während des Gottesdiensts, um nicht respektlos zu erscheinen und um das Gespräch zu dämpfen. Diejenigen, die etwas entfernt standen, empfanden diese Unterhaltung als ein unverständliches oder unsinniges Gerede.

▶ *Anke is always talking through her hat; but I'd really enjoy her conversation if it weren't for two things, … my ears!*

(A load of) of rubbish oder tripe oder bunkum oder bunk oder claptrap oder boloney (baloney) oder malarkey oder tommyrot oder tosh oder fiddlesticks oder poppycock oder bull(shit) oder bollocks oder balls

(Eine Menge) Blödsinn; dummes Gerede; Stuß. "Tripe" bezeichnet die Innereien eines Tiers (Kaldaunen), die, obwohl eßbar, von vielen als nutzloser Abfall (rubbish) angesehen werden. Der Begriff "bunkum" oder "bunk" wird vom Bezirk Bunkum im US-Bundesstaat North Carolina abgeleitet, dessen Abgeordneter Felix Walker für seine unsinnigen und langen Reden im US-Congress um 1820 herum bekannt war. "Claptrap" stammt aus der Theaterwelt des 18. Jahrhunderts und bezeichnete die absichtliche Pause nach einem Witz oder einer geistreichen Bemerkung, um die Zuschauer zum Klatschen (clap) anzuregen. Da bei unsinnigem Gerede viele Zuschauer nicht in diese Falle (trap) hineintappten, wurden Klatschmaschinen eingesetzt. "Boloney" war ursprünglich eine abfällige amerikanische Bezeichnung für die Bologna-Wurst der italienischen Einwanderer. Griechische Einwanderer dagegen, die "malakia" für Unsinn gebrauchten, waren vermutlich für "malarkey" verantwortlich. "Tommyrot" ist eine Verformung von "tummy rot", wörtlich "Verfaulung (rot) des Bauchs (tummy)", der Bezeichnung von minderwertigen

Lebensmitteln, die vor dem Verbot von Bezahlung in Naturalien 1831 an die Arbeiter anstelle von Bargeld als Lohn verteilt wurden. "A tosher" war früher ein Kanalisationsarbeiter, der mit einer langen Stange die Abwasserkanäle von Hindernisse freimachte. Die herausgefischten Gegenstände (im Volksmund "tosh" genannt), obwohl minderwertig oder fast wertlos, wurden häufig zum Verkauf angeboten. "Fiddlesticks" (wörtlich: Fidelbogen) war ein früherer Slangbegriff für den männlichen Schwanz. "Poppycock" ist eine Verformung des altniederländischen "pappekak" (Viehmist). "Bollocks" und "balls" sind zusätzlich immer noch umgangssprachliche Begriffe für Hoden.

▶ *A CDU deputy accused the SPD minister of talking a load of claptrap (bunkum / bunk / bull / bullshit).*

▶ *Heinrich only reads the broadsheets*. He thinks that tabloids* specialize in sensationalism and claptrap (tripe).* [*großformatige Zeitungen *Boulevardpresse]

▶ *Some say that my stockbroker* is a bear*, some say he's a bull*; in my considered opinion*, he's just bull.*   [*Makler *Baissier
*Haussier *meiner festen Überzeugung nach]

A cock-and-bull story

Eine Lügengeschichte; ein Ammenmärchen. "The Cock" und "The Bull" waren die Namen von zwei sich gegenüberstehenden Wirtshäusern auf der früheren Postkutschenstraße nördlich von London, wo sich Reisende die Wartezeit während des Pferdwechsels mit der Erzählung von unglaublichen Geschichten vertrieben. Die Gebäude der alten Wirtshäuser sind in der Stadt Milton Keynes noch erhalten geblieben.

▶ *The police described Pohl's version of the collision as a 'cock-and-bull story' to cover up his guilt.*

▶ *The rings in corn fields are not caused by spaceships; that is a cock-and-bull story. The concentric circles are man-made hoaxes*.*

[*Fopperei; Streiche]

10 Ereignis / Ergebnis / Überraschung

A do
Eine Feier. Das Verb "do" wird hier als Substantiv gebraucht im Sinne von "Veranstaltung".
- ▶ *The 750th anniversary of Cologne Cathedral was a big do.*
- ▶ *Ludmila's marriage was a big do; there were some 800 guests.*

What's cooking?
Was ist los? Was geht hier vor? (Wörtlich: Was wird gekocht?)
- ▶ *I saw a crowd in front of your house last night and I wondered what was cooking? – It was my wife, the kitchen had caught fire.*

To be the thin end of the wedge
Ein kleiner Anfang, der später ausufern oder überhandnehmen wird; der Auslöser einer Kettenreaktion; die Spitze des Eisbergs. Die dünne Spitze (thin end) eines eingetriebenen Keiles (a wedge) wird immer breiter, bis er endlich den Holzscheit spaltet, das heißt, ein kleiner Anfang zeitigt eine große Wirkung. Die Metapher beschreibt häufig ein bescheidenes Zugeständnis an jemanden, das zum Nachteil des Gewährers von vielen anderen auch in Anspruch genommen wird, bis "alle Dämme brechen".
- ▶ *Tobacco companies defended the first court cases against them for causing cancer tooth and nail *, fearing that it was the thin end of the wedge.*   [*verbissen (verteidigen)]
- ▶ *The Chinese don't often allow hot-air balloonists to enter their air space; they view such concessions as the thin end of the wedge.*

There will be the devil to pay
Da wird etwas Unangenehmes/ein Unglück geschehen; da ist der Teufel los. "Devil" war Seemannssprache für den untersten Schiffsrumpf, der periodisch kalfatert oder mit Pech abgedichtet werden mußte. Da das Hochziehen aus dem Wasser und das Kalfatern viel Geld kosteten, vermied man riskante Manöver in seichten Gewässern, bei denen das Pech abgekratzt werden konnte.
- ▶ *It is important to limit the proliferation * of nuclear weapons, otherwise there will be the devil to pay.*   [*Verbreitung]

▶ *If we don't get the river banks strengthened before the next floods,*
  there'll be the devil to pay.

▶ *There'll be the devil to pay if the local factories keep pumping toxic*
  waste * into the water and air. The fish in the bay are already so
  riddled with mercury *, they are taking their own temperature; the
  birds don't sing any more, they just cough.   [*Giftmüll *von
                                                          Quecksilber durchsetzt]

To boil down to something

Der Kern oder springende Punkt einer Situation sein; auf etwas hin-
auslaufen. Wenn eine Suppe oder Brühe auf einer Flamme einkocht
(boils down), dampft das Wasser ab, und die eigentlichen Zutaten
werden sichtbar. So wie man den Kern der Sache ausmacht und die
Lage dann zusammenfassend beurteilen kann.

▶ *The accidents in this factory all boil down to carelessness.*

The bottom line

Das Endergebnis; das Fazit. Ein Begriff aus der Buchhaltung für den
Endbetrag einer Bilanz, der die Höhe des erzielten Gewinns oder den
Verlust zeigt. Im übertragenen Sinne die zusammenfassende Beurtei-
lung einer Situation, ob positiv oder negativ.

▶ *There are many factors that influence the Earth's climate, but the*
  bottom line is that global warming will continue.

To pan out [US]

Sich entwickeln; (gut / schlecht) ausgehen. Eine Anspielung auf das
Ergebnis einer Spülung mit der Goldwäscherpfanne (pan), das heißt
der Ertrag an Gold, der aus dieser Pfanne kommt (pans out). Sinnbildlich für das Endergebnis einer Entscheidung oder den Ausgang
einer Handlung.

▶ *I've only been trading three months; I'll have to wait at least a year*
  to see how business pans out.

To be a turn-up for the book / books

Eine Riesenüberraschung sein. "Book" ist hier das Kassenbuch eines Buchmachers, das seine Einkünfte aus Wetten festhält. "A turn-up" (gebildet vom Verb "turn up" – erscheinen) war ein unerwarteter Ausgang eines Wettrennens, der für das Wettbüro einen Schlag ins Kontor bedeutete. Der Begriff bezeichnet heutzutage sehr ungewöhnliche Ereignisse und (häufig auf ironische Weise) unerwartete Verhaltensweisen.

- *Many people thought that Rolls-Royce would always be a British company, so when they were bought out* by Volkswagen it was a turn-up for the book (books).*   [*aufgekauft]
- *The sudden fall of the Berlin Wall was a turn-up for the book.*
- *Patricia says she's sorry about what happened last night. – High-and-mighty* Patricia saying she's sorry, that's a turn-up for the book!*   [*hochnäsig]
- *Rainer's flat was spick and span*. – Well, that's a turn-up for the book!*   [*blitzsauber]

To be (oder come) like a bolt out of the blue

Wie ein Blitz aus heiterem Himmel sein / kommen. "A bolt" oder "bolt of lightning" (Blitzstrahl) symbolisiert ein unangenehmes und unerwartetes Ereignis. Der Begriff **out of the blue** – völlig unerwartet – hat dagegen nicht unbedingt einen negativen Beiklang. **To disappear into the blue** – an einen unbekannten oder fernen Ort verschwinden; sich plötzlich in nichts auflösen.

- *The news that our company had been taken over by an asset-stripper* came like a bolt out of the blue.*

  [*Ausschlachter von Unternehmen]
- *We hadn't seen Achim for ten years and then suddenly out of the blue he turns up on our doorstep.*
- *Mrs Wickert still doesn't know what happened to her husband; he left for work as usual one morning and just disappeared into the blue.*
- *Come on Ulrich! Where is the money we gave you? Ten thousand marks don't just disappear into the blue.*

To be flabbergasted oder **be gob-smacked**
Völlig verblüfft sein; von den Socken sein. "A gob" ist ein Maul oder
eine Gosche und "gob-smacked" (wörtlich: in die Fresse gehauen)
vergleicht einen Schlag ins Gesicht mit der Schockwirkung einer guten oder schlechten Überraschung.

▶ *What did you think when you were offered the job as general manager? – I was flabbergasted (gob-smacked).*

(Well) I'll be blowed! oder **well, blow me!**
Menschenskind! "Blow" wird hier im veralteten Sinne von "verdammen" angewandt, das heißt, ich bin so überrascht, ich komme in die
Hölle. Der Ausdruck **you could have knocked someone down
with a feather** – jemand war völlig von den Socken (wörtlich: jemand war dermaßen überrascht, daß man ihn / sie mit einer Feder
hätte umhauen können) – wird nur in der Vergangenheit (im Präter-
itum) gebraucht.

▶ *When I was ten years old I started sleep-walking. The first time my
mother told me that I had walked into the kitchen in my sleep, you
could have knocked me down with a feather.*

▶ *A man came home at an ungodly hour* * *in the middle of the night
and as he was undressing, he accidentally woke his wife who asked
him why he had no underwear on. The man then exclaimed, "Well
blow me, I've been robbed!"*   [*zu einer unchristlichen Stunde]

(Why / how / who / when) on earth oder
the dickens oder (stärker) **the heck** oder
(noch stärker) **the hell** oder (grob) **the fuck**
(Warum / wie / wer / wann) in aller Welt; zum Teufel. Eine Betonung,
die einem Fragewort angehängt wird, um Überraschung oder Bestürzung auszudrücken. "Heck" und "dickens" sind künstliche Ersatz-
wörter für jeweils die Hölle (hell) und den Teufel (devil).

▶ *Why on earth (the heck/the hell/the fuck) did you do such a silly
thing?*

▶ *Who the heck (the hell/on earth/the fuck) told you that? It's a
downright lie* *.*   [*glatte Lüge]

▶ *When on earth (the heck/the hell/the fuck) am I supposed to fin-*

ish this task? I'm up to my eyes * in work as it is.   [*bis über
beide Ohren (stecken)]

▶ *Where on earth has Thalbach got to? There are customers waiting
at his desk.*

▶ *It was a very though-provoking * TV-program. And the thought it
provoked was, "Why on earth am I watching this bull *?"*
[*nachdenklich stimmend *Unsinn]

Great Scott! oder holy smoke! oder holy cow! oder holy mackerel! oder stone the crows! oder cor! oder cor blimey!

Großer Gott!; Mensch Meier!; ach du grüne Neune!; ach du heiliger
Bimbam / Strohsack! Alle Begriffe sind Ausrufe der Bewunderung, des
Entsetzens oder der Überraschung. "Scott" ist hier General Winfield
Scott, ein Held des Krieges zwischen Mexiko und den USA Mitte des
19. Jahrhunderts "Holy smoke" ist eine scherzhafte Anspielung auf
den heiligen weißen Rauch, der bei der Papstwahl vom Vatikan auf-
steigt. Die heilige Kuh von Indien ist das Sinnbild für "holy cow",
und im "holy mackerel!" wird diese Kuh scherzhaft durch ausgerech-
net eine Makrele ersetzt. "Stone the crows!" (wörtlich: die Krähen
mit Steinen bewerfen) – mich laust der Affe! – vergleicht eine Überraschung mit Krähen auf den Erntefeldern, die plötzlich durch
Steine aufgescheucht werden. "Cor blimey" ist eine Verformung des
Fluchs "God blind me" (möge Gott mich erblinden lassen).

▶ *Cor blimey! Where did you get that gaping wound * on your hand?*
[*klaffende Wunde]

▶ *Holy mackerel! You've got a beautiful house here.*

▶ *Great Scott! It's Rainer. What are you doing in Karlsruhe?*

Speak (beziehungsweise talk) of the devil (and he will appear)!

(Scherzhaft:) Wenn man vom Teufel spricht (dann kommt er). Beschreibt jemanden, von dem gerade die Rede ist und der unerwartet
auf der Bildfläche erscheint.

▶ *Horst has just bought a house in Bad Nauheim. Speak of the devil,
there he is outside that shop!*

▶ *Two priests in the Vatican were discussing the Pope when he suddenly passed them by in the corridor, and one of the priests exclaimed, 'Speak of the devil!'*

To be an eye-opener

Eine Überraschung. Wörtlich: etwas, das einem die Augen öffnet, das heißt etwas, das eine überraschende Wahrheit offenbart.

▶ *The newspaper report that such a high-ranking politician was in fact gay was an eye-opener for many people.*

▶ *I heard something this morning that was a real eye-opener. – What was it? – My alarm clock.*

11 Essen / Trinken / Rauchen

I could murder (a meal / a beer)

Ich könnte jetzt ein Essen / ein Bier vertragen. Mit "murder" (wörtlich: umbringen) besagt der Ausdruck, daß jemand einen Bärenhunger oder großen Durst hat und das bewußte Essen oder Getränk gierig vertilgen beziehungsweise wegputzen würde. Dieselbe Assoziierung von Mord mit Aufessen beziehungsweise Austrinken kommt auch im Begriff **polish off** vor (siehe unten).

▶ *I could murder a cool drink and an ice-cream right now.*

To polish off

Schnell aufessen oder austrinken; verputzen; aussüffeln. Die schnellen Handbewegungen beim Essen und Trinken erinnern an das Polieren eines Tisches, wobei der Staub wie Essen verschwindet. (Siehe auch Seite 359.)

▶ *After mating*, the black widow* spider polishes off her mate.*

[* nach der Paarung * Schwarze Witwe]

To put away (food / drink)

Essen verdrücken; (Getränke) runterkippen. Wörtlich: (Gegenstände irgendwohin) wegräumen. Dasselbe Verb in bezug auf Personen – **put someone away** – bedeutet jemanden einsperren oder in eine Anstalt stecken.

▶ *We'd better buy in some more food and drink for the party; you know how the guests put it away the last time.*

▶ *We won't be seeing Holtermann at work for a while; the judge put him away for eight months yesterday.*

To scoff (down) oder wolf down something

Gierig verschlingen. "Scoff" kommt vom "schoft" (eine Mahlzeit) aus dem Afrikaans. "Wolf down" meint: (etwas) wie ein Wolf hinunterschlingen.

▶ *Lady passenger: Sorry conductor, but my little boy has just scoffed the train tickets. – Conductor: Then I suggest you buy a second helping*.*   [*Portion]

▶ *Patient: Last night I had a nightmare; I dreamt that I wolfed down a giant candy floss* and it almost choked me. – Nurse: Well, you're all right now, ... but where's your pillow got to*?*

[*Zuckerwatte *verschwunden]

▶ *There's a stray* black moggie* in the kitchen. – Black cats are unlucky. – This one is for you; your dinner was on the table and he's scoffed it.*   [*streunende *Mieze]

To be off one's oats

Keinen Appetit haben; nicht essen wollen. Das Sinnbild ist ein Pferd, das seinen Hafer (oats) verschmäht. **To get one's oats** (es mit jemandem treiben) hat aber, außer sinnbildlich, mit Essen nichts zu tun; es ist eine Anspielung auf die "tierische" sexuelle Potenz eines Mannes, der eine Frau "vernascht", so wie ein starkes Pferd seinen Hafer mampft. (Siehe auch "sow one's wild oats", Seite 202.)

▶ *Thanks for offering me a sandwich, but I've a cold and I'm off my oats today.*

▶ *Jens works on as a steward on an international ferry; it's an ideal job for getting your oats in vacant cabins.*

To be a good trencherman

Ein großer Esser vor dem Herrn sein; immer einen gesegneten Appetit haben. "A trencherman" – ein Arbeiter, der Straßengräben (trenches) aushebt – soll wegen der Schwerarbeit ständig Hunger haben.

> ► *One evening during a discussion about the royals * in a bar, one high-ranking civil servant * who had attended a banquet * in honour of the Queen, said of her, "By gum *, she's a good trencherman".*   [* die Königsfamilie * hoher Beamter * Bankett * alle Achtung!; Hut ab!]

To make someone's mouth water

Bei etwas läuft einem das Wasser im Munde zusammen. Speisen, die appetitlich oder lecker sind, können als **mouth-watering** oder **scrumptious** beschrieben werden. "Scrumptious", ein Kunstwort aus "sumptuous" (üppig) und "crunch" (knuspern), wird ebenfalls auf attraktive Frauen und Männer angewandt, die "zum Anbeißen" aussehen.

> ► *Opal Fruits are made to make your mouth water.* (Werbeslogan)
> ► *You know Ursula? She's a scrumptious chick * isn't she?* [* Mieze]

Nosh oder grub

Das Essen; Fressalien; Fraß. Beide Substantive werden ohne Artikel gebraucht. "Nosh" ist vom deutschen "naschen" abgeleitet und fand seinen Weg ins Englische über Jiddischsprechende in den USA. **A nosh-up** ist ein Festessen (vergleiche "slap-up meal", unten). "Grub" kommt vom gleichnamigen Verb für "aufwühlen", eine Anspielung auf Tiere, die ihr Futter im Boden aufstöbern.

> ► *What nosh would you like? – Five bangers * with fried eggs and chips, not spuds *. For dessert, I'll have plum pudding with a large dollop * of cream on top. And a cup of coffee. – Sugar in your coffee? – No thanks, I'm on a diet.*   [* Würste * Kartoffeln * Klacks]

A slap-up meal

Ein Essen mit allen Schikanen; ein Festessen. Eine Anspielung auf eine Völlerei, wobei man sich so voll frißt, daß man am Essen fast erstickt und auf den Rücken geklatscht (slapped) werden muß. Der Begriff **a square meal** (eine anständige Mahlzeit) kommt von den viereckigen Tellern der früheren Kriegsmarine, die wegen ihrer leichten Ablageform üblich waren.

▶ *Do you know what it means to go home every night to a slap-up meal? – Yes, it means you've gone home to the wrong house.*

To go on a binge oder to binge

Eine Eß- oder Freßorgie unternehmen; auf Sauftour gehen. Die leeren Fässer mit Rum und Proviant an Bord von Schiffen wurden regelmäßig gespült, um sie sauberzuhalten. Diese Säuberung wurde damals "a binge" genannt. Das rumhaltige Spülwasser von der Säuberung der Rumfässer wurde auch gierig von den Matrosen getrunken, manchmal übermäßig. Die Essensreste wurden auch gleich vor Ort konsumiert. "Binge" wurde daher die Bezeichnung für jede Fresserei oder Sauferei.

▶ *I can never lose weight; the first thing I do when I come off* a diet is to go on a binge (is to binge).*   [*aufhören mit; runterkommen von]

▶ *When the mayfly* hatch* in spring the river trout go on a binge.*   [*Eintagsfliegen *ausschlüpfen]

To eat like a horse

Enorm viel essen; wie ein Scheunendrescher fressen. Aber **I could eat a horse** – ich habe einen Bärenhunger.

▶ *Cruise passengers tend to eat like a horse (oder like horses) since all food is included in the cost of the holiday.*

▶ *Let's stop here for a meal; I could eat a horse after that ramble*.*   [*Wanderung]

▶ *Waiter, I'm so hungry I could eat a horse. – Then you've come to the right place sir.*

To be piping hot

Kochendheiß. Eine Anspielung auf heiße Pasteten, die, frisch aus dem Ofen, noch aus Löchern im Teig zischen oder pfeifen (pipe). Außer bei Eßwaren wird dieses Adjektiv ebenfalls auf kochendheißes Wasser angewandt. Kalte oder kalt gewordene Speisen und Heißge-

tränke werden als **stone-cold** – eiskalt (wörtlich: kalt wie ein Stein)
– bezeichnet, ein Adjektiv, das in bezug auf Emotionen auch gefühllos bedeuten kann.

> ► *My family have a piping-hot shower every morning, ... and then I*
>   *have a stone-cold one.*
> ► *That meal was piping hot, wasn't it? – No, smoke always comes*
>   *out of my ears while I'm eating.*
> ► *There are several flies in my coffee. – Yes, it's the piping-hot water*
>   *that kills them.*
> ► *Watch out waiter, you've got your thumb in my soup. – Don't*
>   *worry about my thumb sir, the soup is stone-cold anyway.*
> ► *Werner pleaded to keep his job but the boss remained stone-cold.*

To smoke like a (factory) chimney oder
be a chain-smoker

Rauchen wie ein Schlot; Kettenraucher sein. **Chain-smoking** – das
Kettenrauchen. **To kick smoking (**oder **the habit)** – sich das Rauchen (oder eine andere Sucht wie "drugs" – Rauschgift) abgewöh-
nen; es aufstecken. Das Sinnbild ist das Wegstoßen (kick) eines Gegenstands mit dem Fuß.

> ► *In spite of the doctor's warning my father smoked like a chimney*
>   *(was a chain-smoker) until his death.*
> ► *I'm going to give up chain-smoking. – I should think someone Who*
>   *wants to smoke chains anyway?*
> ► *Margit finds it easy to kick smoking. She's done it so many times*
>   *before.*

A fag oder a tab oder a ciggy oder a butt [US]

Glimmstengel; Fluppe. Das amerikanische "butt" (Zigarette – siehe
auch Seite 188) bedeutet in Großbritannien nicht Zigarette, sondern
"Kippe".

> ► *Do you smoke fags? – What else can I do with them?*
> ► *Smokers are people who puff butts, cigars and going up steps.*
> ► *Have you got a tab? – Lots of them, thanks.*
> ► *They say that the three most popular things in life are a drink, and*
>   *a fag afterwards.*

12 Fähigkeiten / Können / Erfahrung

To be able to do something with one hand tied behind one's back oder ... **do something standing on one's head**

Etwas mit links (mit seinem kleinen Finger) tun können. Sinngemäß: selbst wenn ich mit schwierigen Auflagen benachteiligt oder gehandikapt wäre beziehungsweise mit einer Hand hinter dem Rücken gebunden oder während eines Kopfstands.

► *Does Kurt know Mercedes motors? Why*, he can assemble them with one hand tied behind his back (... standing on his head).*

[*aber (sicher)]

To turn one's hand to something

Sich einer Tätigkeit oder einem Zeitvertreib zuwenden. Sinngemäß: seine Hand mit etwas beschäftigen. **To keep one's hand in** – nicht aus der Übung kommen; seine Fertigkeit (hier sinnbildlich "Hand") durch Übung behalten. Jemand mit viel Erfahrung auf einem Gebiet wird als **an old hand** oder **an old stager** (ein alter Hase) bezeichnet. "Stager" ist ein veraltetes Wort für Schauspieler, von "stage" (Bühne) abgeleitet.

► *Konrad is an old stager; he's worked 30 years in this factory and can turn his hand to almost any task.*

► *I was a carpenter before I retired, but I still do a little woodwork now and again, just to keep my hand in.*

A dab hand at something

Ein Könner auf einem handwerklichen oder sportlichen Gebiet; ein As in etwas. "Dab" ist wahrscheinlich lautmalend für "adept" (geschickt).

► *Thats a job for Leo, he's a dab hand at fiddly* jobs with small screws.*

[*knifflige]

► *Esther is a dab hand at tennis.*

To get the hang of oder **the knack of something**
(Eine Arbeitsweise) kapieren; den Bogen herauskriegen. Der erste Begriff bezieht sich auf Kleidung und Gegenstände (wie zum Beispiel Gemälde), die am Körper oder an der Wand richtig hängen (hang) müssen. **The knack** ist das Talent zu etwas, zum Beispiel "I don't have the knack" – ich habe nicht das Geschick dafür. **To have a knack of (doing something)** – es mit seltenem oder ärgerlichem Talent verstehen, etwas zu tun.

▶ *The video recorder appears complicated, but you'll soon get the hang (the knack) of it.*

▶ *I'll never get the hang of Skat; it may be just a card game, but it's beyond me* *.*   [*mir zu schwer]

▶ *The weather has a knack of always raining when I go on holiday.*

▶ *Silvia has a knack of getting her way with people.*

The acid test oder **litmus test** oder **the proof of the pudding (for something)**
Die Prüfung auf Qualität, Leistung oder Echtheit; die Nagelprobe; die Zerreißprobe. "The litmus test" oder "acid test" ist die Lackmusprobe auf eine Säure. Die letzte Wendung ist vom Sprichwort **the proof of the pudding is in the eating** (wörtlich: der beste Beweis des Puddings ist der Geschmack) – Probieren geht über Studieren – abgeleitet. Dem Pudding wurde früher Rum oder Branntwein beigemischt und "proof", das "Beweis" bedeuten kann, weist wahrscheinlich ebenfalls auf diesen Alkoholinhalt (the proof) hin.

▶ *Working with real patients is the acid test (the proof of the pudding) for a good doctor.*

▶ *The first year is the proof of the pudding (the acid test) for new firms since most new companies fold* * during the first year of trading.*   [*Pleite gehen]

To be on the ball
Völlig dasein; auf Zack sein. Ein Begriff aus den Anfängen des Baseballspiels für einen Werfer, der die Technik des Werfens vollkommen im Griff hat.

▶ *We doctors work twelve hours a day at the hospital and you must always be on the ball, since you never know when an emergency may arrive.*

There's more than one way to skin a cat

Es gibt mehrere Methoden, eine Aufgabe zu verrichten; es gibt mehrere Wege zum Ziel. Ursprünglich aus der Jägersprache; wörtlich "mehr als eine Methode, eine Katze zu enthäuten".

▶ *Some demolition companies pull down large blocks floor by floor; we use dynamite to blow away the base supports and collapse the buildings onto themselves; there's more than one way to skin a cat.*

▶ *If you ask Norbert to help you, he'll refuse. Your best bet * is to talk to his wife first; there's more than one way to skin a cat.*

[* das beste für Sie]

To be a feather in someone's cap

Etwas mit Stolz vorzeigen können; etwas als Trophäe oder persönliche Errungenschaft besitzen (wie die Falkenfedern am Jägerhut).

▶ *There is no doubt that Birgit's computer skills are a feather in her cap when it comes to applying for new jobs.*

▶ *Winning an Oscar for best film is quite a feather in a director's cap.*

To have something at one's fingertips

Ein Fach aus dem Effeff beherrschen; ein Verfahren durch und durch verstehen; etwas unmittelbar zur Verfügung haben. Die Berührung mit den Fingerspitzen (fingertips) ist ein Sinnbild dafür, daß ein Könner keinen Rat zu holen braucht; er / sie hat schon das nötige Wissen, um mit einer Arbeit unmittelbar loslegen zu können. Die Wendung wird ebenfalls im Sinne von "leichten Zugang zu Informationen haben" gebraucht.

▶ *I'm not sure where the pro-forma invoices * are filed *. Ask Hanna, she's got the office routine here at her fingertips.*

[* Pro-forma-Rechnungen * abgelegt]

▶ *Before you enter the exam room, you must have the workings * of a four-stroke motor * at your fingertips.* [* Arbeitsweise * Viertaktmotor]

▶ *Uli's got the art of chatting up * girls at his fingertips.*

[* anmachen; anbaggern]

▶ *Some Service Providers say that with an Internet connection to your*
computer, you have a mine of information * at your fingertips.
[* eine Menge Information]

There are no flies on someone

Jemand kennt alle Schliche; weiß, wo Barthel den Most holt; läßt
sich nicht leicht übers Ohr hauen. Das Sinnbild ist ein gesundes
Pferd oder eine Kuh, die ständig in Bewegung bleibt, so daß die Fliegen und Bremsen sich nicht auf der Haut festsetzen können. Daher
ein Sinnbild für einen fähigen (gesunden) Kopf oder jemanden, der
keinen Unsinn duldet beziehungsweise einen Trick leicht durch-
schaut.

▶ *Moritz will repair your satellite receiver; there are no flies on him.*

▶ *You'll never get that car past the German customs without papers.*
There are no flies on them; it's not like in Belo-Russia.

It's like teaching (oder don't teach)
your grandmother to suck eggs

Da will das Ei wieder klüger sein als die Henne. Da ältere Großmütter
in der Regel zahnlos sind, können sie problemlos ein Ei in den Mund
legen und an ihm saugen; sie sind sozusagen Asse im Saugen von
Eiern (sucking eggs). Im übertragenen Sinne haben Grünschnäbel
auf einem Gebiet oder in einem Fach denen mit viel Erfahrung
nichts zu sagen.

▶ *Of course I know where to connect the brown wire; I've wired more*
plugs * than you've had hot dinners *, so don't teach your grand-
mother to suck eggs.   [* Stecker * als du zählen kannst]

To know one's onions

Im Geschäft bewandert sein; gut unterrichtet sein. Man vermutet,
daß "onions" (Zwiebel) hier ursprünglich eine Verfälschung von
"things" (Sachen) sei, das heißt seine Sache oder sein Fach.

▶ *You've been working as an agony aunt * on a newspaper for eight*
years, so if you know your onions, how come * they refused you for
a job doing the same thing on the radio? – They s-s-said, I-I-I
w-w-was t-t-too t-t-tall.   [* Briefkastentante * warum]

To know (a place / something) like the back of one's hand

Ein Ort (oder Fach) wie seine Westentasche kennen. Wörtlich "wie die Hinterseite seiner eigenen Hand kennen".

▶ *I see that you have a blind woman working in the office and that she doesn't use a blind stick to get around. – Yes, that's Dagmar, she doesn't need a stick; she already knows every nook and cranny * of the office like the back of her hand.* [*alle Ecken und Winkel]

To know something (oder have something) off pat

Etwas parat haben; etwas auf der Pfanne haben; etwas in- und auswendig beherrschen. "Pat" ist ein veraltetes Adverb für genau, wahrscheinlich vom Verb "to pat" (leicht klopfen) abgeleitet, im Sinn von zum Beispiel zerknitterte Kleidung glattstreichen oder Teig genau formen.

▶ *My Maths teacher used to do everything to embarrass me. He once asked me if I knew my multiplication tables off pat.*

To be (oder bring someone) up to scratch

In Form sein; (nicht) auf Zack sein; jemanden / etwas auf Vordermann bringen. Die in einem Pferderennen nicht zugelassenen Pferde können an der Startlinie (the scratch) nicht antreten. Nur Pferde, die die Vorschriften erfüllen, werden an diese Linie (up to scratch) herangeführt. Die Verneinung **not be up to scratch** – nicht auf dem nötigen Leistungsniveau sein – kommt auch häufig vor. (Siehe auch "start from scratch", Seite 11.)

▶ *We need factory operatives * here, but a lot of candidates that the Arbeitsamt sends us are not up to scratch for one reason or another.* [*Maschinenbediener(innen)]

▶ *Some mature students * have forgotten a lot of their Maths when they come to college, so we run refresher courses * to bring them up to scratch again.* [*Spätstudierende *Auffrischungslehrgänge]

▶ *Many public buildings are falling into disrepair * and need much more funding to bring them up to scratch.* [*baufällig werden]

To get somewhere (oder do something) under one's own steam

Eine Strecke mit seinen eigenen Transportmitteln schaffen; etwas mit eigener Kraft / ohne die Hilfe anderer erreichen. Abgeleitet von der Zeit, als Dampfkraft noch der Hauptantrieb für die meisten Verkehrsmittel war.

▶ *Theo is blind but he finds help from others patronizing * and prefers to do everything under his own steam if possible.*   [*gönnerhaft]

▶ *My car has broken down and I can't pick you up; do you think you can get to work under your own steam this morning?*

To take something in one's stride

Mit etwas gut fertig werden. In Analogie zu einem Pferd, das vor Hindernissen nicht anhält und das Hecken und Gräben im Wege überspringt.

▶ *Rüttgers has only been with us three weeks but I'm satisfied with his work; he's taken the office routine in his stride.*

▶ *Some Moslems in our factory take the fasting during Ramadan in their stride; for others it can be a strain.*

To know what's what

Wissen, wie es in der Welt zugeht; wo es langgeht. Wörtlich "wissen, was was ist".

▶ *Twenty smackers * for that taxi journey! You're trying to diddle * me. I know what's what. I haven't ridden in taxis all these years for nothing *! – But I bet you tried!*   [*Piepen *neppen *nicht umsonst]

To know (oder show someone) the ropes

Sich auskennen; jemanden mit einer Arbeitsweise oder Organisation vertraut machen. Die großen Segelschiffe hatten früher komplizierte Takelagen und nur die erfahrenen Matrosen kannten alle Seile (ropes), die die Segel richteten.

▶ *In the accounts department, it takes at least a month before new employees know the ropes.*

▶ *Your ex-husband has gone stateside * with your son, so you'll have to hire an American lawyer or someone who knows the ropes in the American legal system.*   [*in die USA gefahren]

▶ *Unfortunately the firm doesn't pay us any bonus for showing apprentices the ropes.*

To know the ins and outs (of something)

Sich in einer Sache genau auskennen; die Einzelheiten eines Verfahrens gut kennen. Wer eine Straße oder einen Weg gut kennt, der weiß die Stellen, wo der Weg einen Bogen nach innen macht (the ins) und wo er nach außen biegt (the outs).

▶ *Complicated fraud trials can be very confusing for judges who don't know the ins and outs of accountancy and tax law.*

▶ *All engineering apprenticeships in this company last three years; it takes that long to master the technical ins and outs.*

▶ *In my opinion, it pays * to know all the ins and outs of Word for Windows.*   [* es lohnt sich]

▶ *I don't know the ins and outs of this particular case, but as a rule of thumb *, pet owners are liable * for the damage caused to a third party * by their animals.*   [* Faustregel * haften * einem Dritten]

To know every trick in the book (oder of the trade)

Durchtrieben sein; mit allen Wassern gewaschen sein; mit allen Hunden gehetzt sein. Mit dem "Buch" ist hier die Bibel und mit "trick" ein Wunder gemeint. Daher die ursprüngliche Bedeutung – jedes Wunder in der Bibel kennen. "Every trick of the trade" bezeichnet alle beruflichen Kniffe oder Schliche. **To try every trick in the book** (oder **every trick of the trade**) – es mit allen Tricks / Mitteln versuchen.

▶ *Axel is an experienced salesman, he knows every trick in the book about selling life-insurance policies.*

▶ *I've tried every trick in the book and I still can't get the car to start.*

▶ *Amanda has got a crush on * Stefan; she's tried every trick in the book to attract his attention.*   [* in jemanden verknallt sein]

To wangle something (for someone)

Etwas organisieren oder irgendwie hinkriegen; etwas für jemanden deichseln. Ein Begriff aus der Druckersprache Anfang des 18. Jahrhunderts für die Änderung eines Textes, um ihn den damals beschränkten technischen Bedingungen der Druckerpresse anzupassen. **To do something by a wangle** – etwas durch einen Kniff oder Schiebung hinkriegen.

▶ *The match is sold out, but I can wangle you a couple of tickets.*

▶ *Detlef has been with Internet provider AOL for three years now and hasn't paid a single mark. How does he wangle it?*

A sea dog
Ein Seebär. Der Begriff bezeichnete ursprünglich englische Piraten wie Drake und Raleigh, die während der Regentschaft von Elizabeth I (1533–1603) die Weltmeere befuhren und, wie ausgehungerte Hunde, spanische Galeeren überfielen. Jetzt die Beschreibung eines erfahrenen Matrosen. Das Gegenteil heißt **a landlubber** (eine Landratte), wobei "lubber" ein veraltetes Wort für Tolpatsch ist, das heißt jemand vom festen Lande, der auf See unbeholfen wirkt.

▶ *When the ferry began to sway in the rough sea, it stood out a mile * who were sea dogs and who were landlubbers.*   [* war nicht zu übersehen]

13 Fortschritt / Erfolg

To pick up
Besser oder schneller werden; beschleunigen; sich von einer Krankheit erholen. **A pick-me-up** ist ein Stärkungsmittel oder eine Ermunterung. (Siehe auch "pick up something" – etwas erwerben – als transitives Verb, Seite 350.)

▶ *As meteors enter the Earth's gravity * their speed picks up and they burn up harmlessly.*   [* Anziehungskraft]

▶ *Business was slack * the last three months, but it's started to pick up.*   [* flau]

▶ *I hear your son has whooping cough *? – Yes, but he's picking up now.*   [* Keuchhusten]

To go down well with someone

Bei jemandem gut ankommen; von jemandem positiv aufgenommen werden. Eine Anspielung auf eine Mahlzeit, die bestens herunterrutscht.

> ▶ *My speech must have gone down well with the audience; when I sat down they said it was the best thing I'd ever done.*

To get / put one's act together

Sich zusammenraffen; die Dinge auf die Reihe kriegen. "Act" meint hier alle Requisiten und Darsteller einer Zirkusnummer oder eines Zaubertricks, die ein Organisator zusammenbringen (get together) muß, ehe die Nummer bühnenreif ist.

> ▶ *Johann has managed to stop drinking and is starting to get (put) his act together; he now has a nice flat and a regular job in a supermarket.*

> ▶ *It has been three years since the railway network was privatized and yet many operators still haven't got their act together; too many trains are overcrowded or arrive late.*

And Bob's your uncle!

Und die Sache ist geritzt!; und fertig ist die Laube / der Lack! 1886 erhielt Richard Balfour, der spätere Premierminister von England, eine wichtige, aber ihm der Erfahrung nach nicht zustehende Stelle in der Regierung durch die einfache Fürsprache seines hochgestellten Onkels Lord Salisbury, dessen Vorname Richard die Koseform "Bob" hat. Wer einen solchen Gönneronkel hat, für den kann nichts schiefgehen. Dieser Begriff aus der Ämterpatronage bezeichnet jetzt einen leicht erzielten Erfolg oder eine schnell durchgezogene Aktion.

> ▶ *You put your cash card in here, tap in your PIN-number and the amount you want, and Bob's your uncle, out comes the money.*

> ▶ *When I found some glass in my toothpaste tube, I complained to the manufacturer, and Bob's your uncle, they gave me vouchers for a year's supply.*

To score a bull's-eye

Sein Ziel erreichen; Erfolg haben; genau ins Schwarze treffen. "Bull's-eye" ist der Mittelpunkt einer Schießscheibe.

▶ *After the Princess's death, publishers rushed to get "Diana books"*
onto the market, since it was probable that the first ones would
score a bull's-eye.

▶ *We decided that the best place to look for mushrooms was in a*
wood about 15 km away, and sure enough, we scored a bull's-eye; we
picked seven baskets.

To be (just) a flash in the pan

Nur ein kurzlebiger Erfolg sein; eine Eintagsfliege sein. Der Ausdruck
hat nichts mit Bratpfannen zu tun. Er stammt von dem Pulverbehäl-
ter (pan) eines alten Steinschloßgewehrs, der mit einem spektakulä-
ren Aufflackern versagt, ohne den Schuß abzugeben. Die Fehlzündung eines solchen unzuverlässigen Gewehrs ist der Inbegriff eines
erfolgversprechenden Anfangs, der im Nu verpufft.

▶ *The good marks in Biology in Anett's school report were just a flash*
in the pan; all her other subjects were 'could do better'.

▶ *The Irish tap-dance spectacle Riverdance was in danger of being*
just a flash in the pan when the star performer Michael Flatley left
in a huff* after an argument with the producer; fortunately they
found a good replacement.   [*eingeschnappt]

Hand over fist

Am laufenden Band; mit großen Schritten. Ein Begriff aus der Seefahrt, ursprünglich als "hand over hand" (Zug um Zug) gebraucht,
um die schnelle Klettermethode der Matrosen auf der Takelage zu
beschreiben. Der Begriff bezeichnet gewöhnlich einen guten und
ständigen Verdienst (**earn / make money head over fist**) oder
einen schnellen Fortschritt (**improve head over fist**).

▶ *When I first set up in business there was no-one else selling carpets*
around here, and I made money hand over fist.

▶ *The medicine is working wonders *; Sabine's condition is improv-*
ing hand over fist.   [*Wunder tun]

▶ *After that three-month stay in Bordeaux your French has improved*
hand over fist.

Everything is hunky-dory

Alles ist prima / in bester Ordnung / in Butter; alles paletti. Zwei verschiedene Quellen dieses Adjektivs werden angegeben. Erstens, daß der Begriff eine Verballhornung von "Huncho-dori" ist, einer bei US-Matrosen beliebten Bordellstraße in Yokohama. Das Adjektiv könnte sich auch gut vom altniederländischen Wort "honk" (Ziel) entwickelt haben, mit der Bedeutung, daß man sicher und unversehrt am Ziel war.

▶ *Ingo has a good job at the University, but everything's not hunky-dory there and staff cut-backs * are planned.*   [*Kürzungen]
▶ *How's tricks *? – Everything is hunky-dory!*   [*was macht die Kunst?]
▶ *Everything at home was hunky-dory until my mother decided to remarry; then I couldn't get on with * my step-father *.*   [*mit jemandem auskommen *Stiefvater]
▶ *A technician arrived at the office to repair a mainframe * that was down *. He simply tapped on the computer and everything was hunky-dory again. He then presented a bill for 2000 marks and the boss objected, "2000 marks is a bit steep * for just tapping on a computer". The technician then presented an itemized invoice *: Tapping on a computer – 2 DM; Knowing exactly where to tap – 1998 DM.*
          [*Großrechner *eine Panne hatte *happig *detaillierte Rechnung]

To hit the jackpot

Das große Los ziehen; ein einträgliches Geschäft abschließen. Wörtlich "seine Hände auf die Spielkasse schlagen". "A jackpot" war ursprünglich die Spielkasse im Poker, so genannt, weil man, um sie zu gewinnen, ein Blatt mit mindestens zwei Buben (jacks) haben mußte. Der Begriff wird dementsprechend meist in bezug auf Erfolg in Geldsachen angewandt.

▶ *A husband rushes into the house and hollers * to his wife: Bärbel, I've hit the jackpot; I've won a million marks in the Lotto! – Wife: Shall I pack some bathing suits for the world cruise? – Husband: I don't care what you pack, as long as you're out of the house by noon.*   [*schreit]

To make one's mark
Sich einen Namen machen; erfolgreich werden. "Mark" ist hier ein
Schönschriftzeichen, das für Leute von Rang und Namen als Unter-
schrift diente.

▶ *Gianni Versace left Italy and made his mark as a fashion designer*
  in America.
▶ *We had been producing computer programs for two years, but it*
  was really only with our spreadsheet program * that we made our
  mark.   [* Tabellenkalkulation]

To lick someone / something into shape
Jemanden / etwas leistungsfähig machen; jemanden / etwas auf Vordermann bringen. Die Wendung bezieht sich auf Tiere, die ihre Neu-
geborenen ablecken. Wenn man einmal "in shape" ist, dann ist man
gut in Form.

▶ *Christian was a little weak in spoken English but a three-month*
  stay in Manchester licked him into shape.
▶ *The new Russian Minister of Finance promised to lick the economy*
  into shape.

To pull / produce the rabbit out of the hat
Unter Druck oder schwierigen Umständen die Lösung eines Pro-
blems aus dem Nichts hervorzuzaubern. Wie ein Zauberer, der zur
Überraschung aller ein Kaninchen aus einem Hut hervorzieht.

▶ *We desperately needed a size 12 box spanner * to stop the leak flood-*
  ing our kitchen and it was our neighbour Waldemar who pulled the
  rabbit out of the hat.   [* Steckschlüssel]
▶ *The French team must score another goal to qualify for the next*
  round, but they can still pull a rabbit out of the hat in the last re-
  maining ten minutes.
▶ *The train drivers have declared a strike, and if last-ditch * pay ne-*
  gotiations today don't pull (produce) the rabbit out of the hat, there
  will be chaos on the railway network all over Hessen tomorrow.
              [* eine Abwandlung von "last-ditch attempt" – letzter
          verzweifelter Versuch; sinngemäß: man kämpft noch mal im
              letzten Laufgraben (ditch), ehe man die Stellung aufgibt]

To do something (oder escape) by the skin of one's teeth

Etwas mit knapper Not schaffen; knapp davonkommen. Da Zähne keine Haut haben, ist man nicht mal um Haaresbreite, sondern mit überhaupt keinem Spielraum einem Unglück oder dem Scheitern entkommen.

▶ *I passed the exam, by the skin of my teeth.*

▶ *Passengers of the capsized * ferry related how they had escaped certain death by the skin of their teeth.* [*gekentert]

To be in full swing

In vollem Gange sein. Mit "full swing" ist hier der volle Ausschlag eines Pendels gemeint, die Position, wo die potentielle Energie am größten ist.

▶ *We were delayed by traffic congestion * and when we got to the party, it was already in full swing.* [*Verkehrsstauungen]

▶ *Work on the new bypass * started a month ago and is now in full swing.* [*Umgehungsstraße]

It's Snakes and Ladders oder
it's swings and roundabouts

Mal gewinnt man, mal verliert man; die Wechselfälle des Lebens gleichen sich aus. "Snakes and Ladders" ist ein Brettspiel für Kinder, wo die Schlangen einen Punktverlust und die Leitern einen Punktzuwachs bedeuten. Der zweite Begriff entstand unter Jahrmarktbesitzern und beschrieb Schifferschaukeln (swings) und Karusselle (roundabouts), die an verschiedenen Tagen je nach Laune der Besucher abwechselnd Gewinn oder Verlust einbrachten. Beide Wendungen sind Sinnbilder für das Auf und Ab des Lebens.

▶ *Some days nothing seems to go right from the moment you get out of bed, and some days fate seems to smile on everything you do; it's swings and roundabouts.*

▶ *This year's turnover * was disappointing, but we did achieve excellent sales the previous year; it's Snakes and Ladders.* [*Umsatz]

To make headway

Fortschritte machen. "Headway" ist die Fahrt eines Schiffes in Vorwärtsrichtung, wörtlich "der Weg (way), den der Bug (head) zurücklegt". Daher **to make no headway** – nicht vorwärts kommen; auf der Stelle treten.

> ▶ *The lift has been out of service two days now and technicians are still making no headway with the repair.*
>
> ▶ *The winter weather has hindered construction and it may be another month before the snow melts and we can make headway.*

That should (oder will) do the trick

Das ist die Lösung des Problems; damit dürfte es klappen. Gemeint ist eigentlich der Kunstgriff eines Zauberers, der einen Zaubertrick vollbringt.

> ▶ *If you rub the curtain rail * with polish that should do the trick and get the curtains moving smoothly.*   [*Gardinenstange]
>
> ▶ *The wound is deep and needs stitches *, but this dressing * will do the trick until you can get to a doctor.*   [*Stiche *Verband]

To polish up something

Etwas aufbessern; (Kenntnisse) aufpolieren; (Stil/Technik) ausfeilen. Wie ein Möbelstück poliert und auf Hochglanz gebracht wird.

> ▶ *The data-base * program you wrote works well, but it's not user-friendly and needs to be polished up a bit.*   [*Datenbank]
>
> ▶ *We've hired a new PR-lady to polish up the company's image.*

To brush up something

(Kenntnisse/Sprachen) auffrischen. Wie getragene Kleidung durchs Bürsten wieder zurechtgemacht wird.

> ▶ *I had forgotten most of the Spanish I learnt at school, but a three month stint * at my company's Madrid office gave me a chance to brush it up.*   [*Arbeitsaufenthalt; Arbeitspensum]

To make the grade

Es schaffen; das Niveau erreichen. "Grade" ist hier eine Abkürzung von "gradient", die Steigung (und auch das Gefälle) eines Hügels, die überwunden werden muß.

> *Quality-wise* * *many East European factories are still failing to make the grade and that is why they cannot break into Western markets.*   [*in puncto Qualität]

> *Many students apply to enter Harvard but only a small percentage of them make the grade.*

To pass an exam with flying colours

Bei einer Prüfung glänzend abschneiden; eine Prüfung mit Glanz und Gloria bestehen. "Colours" sind hier die Flaggen eines Kriegsschiffes, die bei besonderen Anlässen gehißt werden. Das Gegenteil heißt **to flunk an exam** – bei einer Prüfung durchfallen; eine Prüfung verhauen.

> *So you flunked the history exam! – Yes, they kept asking questions about things that happened before I was born.*

14 Freizeit / Wetter / Tiere

To scrape the fiddle

Die Geige streichen; die Fiedel bearbeiten. Andere scherzhafte oder abfällige Ausdrücke für das Spielen von Musikinstrumenten sind **twang the guitar**: auf der Gitarre / Klampfe zupfen (twang), und **plonk (on) the piano**: auf dem Klavier herumklimpern (für "plonk", hier als lautmalendes Verb, siehe auch Seite 27). **A hop** (wörtlich Hüpfer) ist ein formelles Tanzvergnügen oder ein Bums und **a knees-up** ein informeller oder improvisierter Schwof, besonders für die ältere Generation; sinngemäß ein Schwof, wo die Knie ("knees", sprich Tanzbeine) tüchtig geschwungen werden.

> *That chap * on the Kudamm doesn't half* scrape the fiddle well for a busker *. – Busker, my foot! * That guy was once a top violinist in the Minsk Symphony Orchestra.*   [*Kerl *wahnsinnig (gut) *Straßenmusikant *von wegen]

> *I scrape the fiddle a little; I've got a Stradivarius. – I'd never get a Stradivarius; I've heard they've stopped making spare parts for them.*

▶ *Gisela has been plonking the piano for six months and now she's going to take lessons at the music school. – How can she afford it? – Oh, the neighbours are picking up the tab *.*

[* kommen für die Kosten auf]

▶ *I plonk the piano just like Rachmaninov, ... with both hands.*

To have green fingers [GB] oder
have a green thumb [US]

Erfolg mit Hauspflanzen haben; eine grüne Hand haben. **Green-fingered** [GB] oder **green-thumbed** [US] – geschickt mit Hauspflanzen.

▶ *No-one in our house has green fingers (has a green thumb); even the cacti manage to die somehow.*

▶ *Propagating * begonias from cuttings * is only for the green-thumbed (green-fingered) among you.*   [* die Vermehrung von *Ablegern]

▶ *You have green fingers, so when is the best time to weed the garden? – Right after your wife tells you to.*

It's not fit to turn a dog out

Bei diesem schlechten Wetter jagt / schickt man keinen Hund vor die Tür. **To turn someone out** ist jemanden hinauswerfen, zum Beispiel "I don't want to turn you out now, but I've work to do".

▶ *Do you remember the night I popped the question * and you accepted. It wasn't fit to turn a dog out that night. – Yes it was a terrible, terrible night, ... and I've suffered for it since.*

[* einen Heiratsantrag gemacht]

To rain cats and dogs oder bucket down oder
chuck it down oder piss down (grob)

Bindfäden regnen; in Strömen gießen. In der ersten Wendung ("cats and dogs") wird die Heftigkeit des Regens mit gewaltigen Kämpfen zwischen Katzen und Hunden verglichen. "Bucket down" – wie aus Eimern gießen. "Chuck" ist wörtlich "schmeißen".

▶ *It had been raining cats and dogs (had been bucketing down/ chucking it down) for five days in a row and the river Oder had risen dramatically.*

▶ *I've an appointment that I must keep at two o'clock and it's chucking it down (pissing down) outside.*

▶ *We were sitting in an open-air restaurant when it began raining cats and dogs; it took us yonks * to finish our soup.*   [*eine Ewigkeit]

To be cold enough to freeze the balls off a brass monkey (grob) oder be brass-monkey weather

Saukalt sein; Stein und Bein frieren. Da die meisten Englischsprechenden des unverfänglichen Ursprungs unkundig sind und nach der sinnfälligen Bedeutung urteilen (das heißt kalt genug, um die Hoden eines Affen aus Messing abzufrieren), muß die längere Form der Wendung als grob oder anzüglich angesehen werden. In Wirklichkeit war der "monkey" eine Art Haubitze, die in den Kriegen des 17. Jahrhunderts ihren Einsatz fand. Die eisernen Kanonenkugel (cannon balls), die auf der Lafette auf Messingplatten aufgestapelt waren, schrumpften bei klirrender Kälte und fielen auf den Boden.

▶ *What's the weather like in Leipzig? – Cold enough to freeze the balls off a brass monkey (It's brass-monkey weather)!*

A critter [US]

Ein Tier; Viech. Die amerikanische Umgangssprache für "creature" (Kreatur), auch manchmal abfällig für eine Person gebraucht. **A moggie** oder **mog** (eine Katze / Mieze) ist die Verformung des Namens "Maggie", eines früher verbreiteten Namens für eine Hauskatze, so wie Kater (tomcats) häufig "Tom" genannt wurden.

▶ *Don't you realize that a poor dumb critter had to suffer so that you could wear that fur coat? – How dare you * talk about my husband in that way!*   [*was erlauben Sie sich]

▶ *In ancient Egypt, moggies were sacred animals; when they died, their owners went around with shaved eyebrows * as a sign of mourning *.*   [*rasierte Augenbrauen *Trauer]

▶ *The following announcement was made during the concert pause, "Will the owner of a lost toupee * please collect it from the foyer; it's beginning to confuse a moggie".*   [*Toupet]

A creepy-crawly
Ein Insekt. Eine Zusammensetzung aus dem Verb "creep" (kriechen) und dem Synonym "crawl" (krabbeln).

 ▶ *When I showed my friend my aquarium and said that I feed my goldfish earthworms, he was very surprised; I told him that gold-fish eat all manner of creepy-crawlies in the wild.*

 ▶ *We were out camping near Rügen last weekend, and there were creepy-crawlies flying around all over the shop*. They were so big that they showed up on radar*.*   [*überall *erschienen auf dem Radarschirm]

A mutt
Ein Köter; Kläffer. Dieser Begriff, der auch Trottel oder Schafskopf bedeutet, ist eine Abkürzung von **muttonhead** (wörtlich: Kopf aus Hammelfleisch) – Hammel; Vollidiot. Eine Unterstellung, daß die Vierbeiner dümmlich sind.

 ▶ *Keep your mutt out of my house. It's full of fleas! – Tyson, keep out of that house; … it's full of fleas!*

A tiddler
Ein Fischchen oder Kleinkind. Auch eine unwichtige Person oder Sache; Kleinzeug. Eine Nachahmung der Kinderaussprache für "little" (klein). **Tiddly** – klitzeklein oder popelig – bedeutet auch "beschwipst" (siehe Seite 180 und Seite 367).

 ▶ *The boy fell into the lake while catching tiddlers and had to be pulled out by a passer-by.*

 ▶ *That company is just a tiddly (oder a tiddler) compared to us.*

15 Freundschaft / Feindseligkeit

To get on like a house on fire (with someone)
Prächtig miteinander (mit jemandem) auskommen. Die Geschwindigkeit, mit der ein Hausfeuer um sich greift, ist hier ein Sinnbild für ein warmes Verhältnis zu jemandem, das stets besser wird, oder für

neue Freundschaften, die schnell angeknüpft werden. Der Vergleich wird auch manchmal auf schnellen Fortschritt angewandt, zum Beispiel "make progress like a house on fire".

▸ *At first we were apprehensive* about moving to Karlsruhe, but now we've settled in* and we get on with our neighbours like a house on fire.* [*besorgt *sich einleben]

To be as thick as thieves

Unter einer Decke stecken; mit jemandem dick befreundet (thick) sein; ein verschworener Haufen sein. Wörtlich "so eng vertraut wie ein Diebespack". **A side-kick** ist ein Kumpan oder ständiger Begleiter. "A kick" war ein früheres Jargonwort für "Tasche". Der hautnahen Seitentasche (side-kick) der Hose vertraute man seine kleinen Wertsachen und Geld an, da sie aus den Jackentaschen zu leicht gestohlen werden konnten. Daher die Beschreibung eines vertrauten Begleiters.

▸ *Don't mention what I've just said about Rainer to his side-kick Detlef; you know that they're as thick as thieves and I don't want any trouble.*

▸ *We believe that price-rigging* is taking place and that the companies involved are as thick as thieves.* [*Preisabsprachen]

A fair-weather friend

Freund oder Freundin, die nur in guten Zeiten treu ist; ein unzuverlässiger Freund. Ein Sprichwort lautet **a friend in need is a friend indeed** – Freunde in der Not gehen tausend auf ein Lot.

▸ *When Siegmann fell on bad times* and needed help, he soon realized that most of his so-called friends were really just fair-weather friends.* [*Unglück oder schlechte Zeiten haben]

▸ *Eckart is so tight-fisted*. His motto* is: a friend in need is one more buddy* to be avoided.* [*geizig *Devise *Kumpel]

A crony

Ein alter Kumpan; jemandes Günstling. Ein Studentenausdruck aus dem Cambridge des 17. Jahrhunderts, gebildet vom altgriechischen "khronios" (von langer Dauer). Der Begriff ist heute aber eher abfäl-

lig im Sinne von "alter Verbrecherfreund". **Cronyism** (Kumpelwirtschaft; Günstlingswirtschaft) ist die Bevorzugung von alten Freunden bei der Verteilung von einträglichen Aufträgen und wichtigen
Posten.

▶ *One of the managing director's cronies has just joined the company; he's going to start at the bottom … for a few days.*

To be hail-fellow-well-met with someone

Jemanden kumpelhaft behandeln; plump vertraulich sein. Das zusammengesetzte Adjektiv besteht aus zwei Phrasen: "hail fellow",
die in der Vergangenheit "sei gegrüßt, Freund" bedeutete, und "well
met" – "gut, Sie zu sehen".

▶ *Even some of our long-standing* customers don't like being ad-
dressed by their christian names; they find it too hail-fellow-well-
met.* [*alte]

▶ *In small villages of Southern Ireland in the not too distant past,
people used to have a hail-fellow-well-met attitude; they would often cross the road to pass the time of day* with a complete stranger.*

[*jemanden grüßen; mit jemandem ein paar Worte wechseln]

To break the ice

Die anfängliche Zurückhaltung überwinden; das Eis brechen. Ursprünglich eine Wintertätigkeit, um eine Fahrrinne für Boote offen-
zuhalten.

▶ *The passengers in the compartment sat silently facing each other
since boarding the train, but a spontaneous joke about the conductor's thick* Swabian accent broke the ice.* [*stark; ausgeprägt]

▶ *Customers are usually on their guard* when they enter car show-
rooms and an old car salesman once gave me a tip for breaking the
ice with married couples; he used to say jokingly to the husband,
'I'll take your missus* in part-exchange*'.* [*mißtrauisch
*Olle; Frau *in Teilzahlung]

To chum up oder pal up with someone

Sich mit jemandem anfreunden. **A chum** (Freund oder Kumpel) ist eine Abkürzung von "chamber-mate", einem veralteten Wort für "Zimmergenosse", das heute als "room-mate" verbreitet ist. "Pal", ein Wort für "Bruder" im Sanskrit, kommt zu uns über die Zigeunersprache. **A pal** (Kumpel) ist auch im Begriff "pen-pal" (Brieffreund) wiederzufinden. Der amerikanische Begriff **buddy** stammt von der Kindersprache für "brother" (Bruder). Der Begriff kommt auch in **a buddy movie / film** vor, ein Film, der das Verhältnis und die Abenteuer zweier Freunde behandelt. **Mate** und **pal** und **buddy** [US], abgesehen von derselben Bedeutung "Kumpel", werden zusammen mit **matey** und **bud** [US] als die freundliche Anrede eines Mannes gebraucht. **To be (**oder **get) chummy / matey / pally with someone** – mit jemandem dick befreundet sein / vertraulich werden.

▶ *Come again? * – Sorry, I didn't say anything, I was just mumbling * to myself. – Don't be sorry, it can't be wrong when one speaks to one's best buddy.*   [*wie meinen? *nuscheln]

▶ *A buddy is your mate: that is *, until he tries to borrow money from you.*   [*das heißt]

▶ *I used to be pally with Bärbel until she ran off with my boyfriend. With chums like that, who needs enemies! – Join the club! * My best buddy ran away with my husband, ... and you know, I still miss her.*   [*dasselbe ist mir auch zugestoßen]

▶ *A buddy is someone who dislikes the same people as you do and who goes around saying nice things about you behind your back.*

To hobnob with oder rub shoulders with someone

Mit jemandem gesellschaftlich verkehren; mit jemandem ständig auf Tuchfühlung sein; mit jemandem auf "du" stehen. "Hobnob" ist von den angelsächsischen Verben "habben" (haben) und "nabben" (nicht haben) gebildet, um das Geben und Nehmen innerhalb freundschaftlicher Beziehungen wiederzugeben. Das Verb, ursprünglich eine Anspielung auf Trinker, die sich abwechselnd zuprosten (das heißt den Trinkspruch haben, dann nicht mehr haben), wird häufig abschätzig gebraucht. In der zweiten Wendung geben Leute, die im Vorbeigehen sich ständig die Schultern reiben (rub shoulders), ebenfalls ein Sinnbild für einen engen gesellschaftlichen Umgang ab.

> ► *I've seen you hobnobbing with that known criminal Schmoldt. –*
> *As a newspaper reporter I rub shoulders with all manner of people*
> *during the course of my work.*

To leave someone in the lurch

Jemanden im Stich lassen; jemanden hängenlassen. Ein Begriff aus dem englischen Kartenspiel "cribbage" für Spieler, die punktmäßig einem anderen Spieler davonlaufen.

> ► *Henrietta is 50-year old diabetic with three children; her husband left*
> *her in the lurch a year ago.*
> ► *Jochen promised to help me move house with his Ford Transit, but*
> *on the morning of the move, the creep * left me in the lurch and I*
> *ended up hiring a van.*   [* Fiesling]

To give someone short shrift

Kurzen Prozeß mit jemandem machen; jemanden kurz abfertigen. "Shrift" ist ein veraltetes angelsächsisches Wort für die schriftliche Beichte eines zur Hinrichtung Verurteilten, in der seine Sünden aufgezählt und um Vergebung gebeten wurde. Wenn die Galgenfrist für diesen Zweck knapp bemessen war, ist diese Schrift dementsprechend klein ausgefallen. Man sagt auch **get short shrift from someone** – von jemandem schroff abgefertigt werden.

> ► *It was public knowledge that Henkel's business was teetering on*
> *the brink * of financial collapse and every bank that he went to for*
> *a loan gave him short shrift.*   [* schwankend am Rande stehen]
> ► *Kupfernagel, why didn't you tell us about your previous convic-*
> *tions? – Every time I that told a prospective employer about my*
> *criminal record, I got short shrift.*

To have no truck with someone / something

Mit jemandem / etwas nichts zu tun haben; etwas nicht dulden. "Truck" ist ein veraltetes Wort für Handel, und die Wendung hatte den ursprünglichen Sinn, "auf kein Geschäft mit jemandem eingehen wollen".

▶ *Nissan are a just-in-time* outfit*; they have no truck with delays in delivering materials.* [*Produktion auf Abruf *Betrieb; Laden]

▶ *The house caretaker is a stickler for cleanliness*; she has no truck with litter on the floors.*[* nimmt es mit der Sauberkeit sehr genau]

▶ *Grüninger's a nosy parker*; that's why I have no truck with him.*

[*Schnüffler]

To stand someone up

Zu einer Verabredung mit jemandem nicht erscheinen; jemanden versetzen. Ursprünglich die Beschreibung einer Braut, die zu ihrer Hochzeit nicht erscheint und den verlassenen Bräutigam oben (up) auf dem Altarpodest allein stehen läßt (stand).

▶ *Kurt was waited for a half hour on the corner for his blind date* to arrive and just when he thought she had stood him up, a girl arrived. – Kurt: Are you Linda? – Girl: Are you Kurt? – Kurt: Yes. – Girl: I'm not Linda.* [*Verabredung mit einer Unbekannten]

To give someone (oder get) the cold shoulder
oder cold-shoulder someone

Jemanden schneiden (oder geschnitten werden); jemandem die kalte Schulter zeigen. Das sinnfällige Sinnbild ist eine ablehnende dem Betroffenen zugewandte Schulter, wie das Verb "zeigen" in der deutschen Übersetzung nahelegt. Einige Wortforscher behaupten jedoch, daß "shoulder" in der englischen Version Fleischschulter (Lammschulter usw.) bedeutet, im Sinne von "kaltes Essen aus Fleischresten", das unwillkommenen Gästen aufgetischt wurde.

▶ *Doctor, everyone gives me the cold shoulder; no-one seems to have time for me. – Next patient, please!*

To give someone / something a wide berth

Jemandem / etwas aus dem Weg gehen; einen großen Bogen um jemanden / etwas machen. "A berth" ist hier (außer der Bedeutung als "Liegeplatz" eines Schiffs) der Seeraum oder Abstand zu einem Hindernis, der aus Sicherheitsgründen von einem Schiff gehalten werden muß. "A wide berth" ist ein großer Abstand. Daher im übertragenen Sinn "jemanden aus Angst, Ekel oder Abneigung tunlichst vermeiden".

▶ *That car he offered you has a very dodgy* sound coming from the motor; I'd give it a wide berth if I were you.* [*unsicher; verdächtig]

▶ *What do zoo keepers give their elephants when their animals diarrhoea*? – They give the elephants a wide berth.* [*Durchfall]

To have it in for someone

Gegen jemanden einen Groll hegen; es auf jemanden abgesehen haben. Ursprünglich bedeutete "it" eine Waffe, die jemand in der Kleidung herumtrug, um einem anderen Schaden zuzufügen.

▶ *Everyone has it in for me! – Of course not, everyone hasn't met you yet.*

To hate someone's guts

Jemanden wie die Pest hassen; jemanden auf den Tod nicht ausstehen können. Wörtlich "das Eingeweide von jemandem hassen".

▶ *I hate his guts. I would kick him in the teeth, but it might improve his looks.*

To give someone the brush-off

Jemandem eine Abfuhr erteilen; jemandem einen Korb geben; jemanden abblitzen lassen. "Brush-off" – die Abweisung oder das Abstoßen einer lästigen Person – bezieht sich auf das Abbürsten von Staub und Haar von der Kleidung.

▶ *I think Steffi is giving me the brush-off. She told me, "The next time you pass my house, I'd appreciate it if you'd walk on the other side of the road".*

▶ *Why did you give Thomas the brush-off? – Just because he prefers blondes doesn't make him a gentleman*.* [*in Anlehnung an den Spruch "gentlemen prefer blondes"]

To send someone packing oder
send someone about their business

Jemanden fortjagen / rausschmeißen; jemanden abblitzen lassen. Sinnbilder für eine schroffe Abfuhr. Der erste Begriff hat die Bedeutung, daß man jemandem den Befehl gibt, seine Siebensachen zu packen und abzureisen. Der zweite Begriff besagt, daß jemand nach einer Ablehnung weggeschickt wird, um sich mit seinen eigenen Sachen (their business) zu befassen.

▶ *My ex * knocked on the door last night but I sent the creep * packing (sent the creep about his business).*   [* Verflossener * Fiesling]

To be (left) out in the cold

Außen vor bleiben; links liegengelassen werden; eine stiefmütterliche Behandlung erfahren. Wie ein frierender Reisender vor der Tür einer Herberge, dem man die Übernachtung verweigert.

▶ *If we sell these cars below the manufacturer's recommended price, they'll refuse to supply us, and we'll be left out in the cold.*

16 Gedanken / Ideen / Erinnerungen

To use one's loaf

Nachdenken; seinen Verstand / Grips anstrengen. "Loaf" ist die Kurzform von "loaf of bread", das ursprünglich im Cockney Rhyming Slang von Ost-London "Kopf" (head) bedeutete. Diese ehemalige Slangart ersetzte den erwünschten Begriff mit einer sich darauf reimenden Phrase. Die Wendung ist in der Umgangssprache weit verbreitet und jetzt keineswegs als Slang anzusehen.

▶ *Constanze should have used her loaf and looked in the rear mirror before opening the car door and knocking over a cyclist.*

▶ *No wonder the goldfish have disappeared. Use your loaf! You don't put thirty-centimetre terrapins * in fish ponds.*

                                        [* Wasserschildkröten]

To ring a bell (with someone)

Bei jemandem ankommen; jemanden auf einen Einfall bringen. Vergessene Einzelheiten werden bei jemandem wieder wachgerufen, so wie eine Klingel auf die Anwesenheit von Besuchern aufmerksam macht. **That rings a bell!** – das kommt mir irgendwie bekannt vor.

▶ *Teacher: Who was the scientist who founded the study of condi-*

*tioned reflexes *? – Student: I don't really know. – Teacher: Does
the name Pavlov ring a bell?*   [*bedingte Reflexe]

▶ *Wait a minute, you ring a bell. Haven't I seen your face somewhere
else before? – No, it's always been there, right slap-bang * between
my lugs *.*   [*gerade (in der Mitte) *Ohren; Löffel]

▶ *An accused man is being examined by the prosecution lawyer in
court. Lawyer: Isn't it true that on the evening of March 5 of this
year you ran naked through the streets of Darmstadt letting off * fireworks and singing "Strangers in the Night" at the top of your voice? –
Accused: That rings a bell. What was the date again?* [*anzünden]

To run away with the idea (oder the impression) (that ...)

Etwas irrtümlich annehmen oder glauben; den Eindruck gewinnen.
Wörtlich "mit einer Idee oder einem Eindruck weglaufen".

▶ *I'll lend you the money this time, but don't run away with the idea
that you can always borrow from me just because I'm your brother.*

▶ *When the weather is fine down here in the valley, many climbers
run away with the idea that it is the same at 2000 metres; the conditions on the mountain are often quite different.*

▶ *I'm sorry that you were mugged on the first day of your visit here,
but you shouldn't run away with the impression that Munich is a
violent city.*

To put on one's thinking cap

Scharf über etwas nachdenken; sein Gehirn anstrengen. Nach der
Todesmütze (death cap) genannt, die Richter früher beim Verlesen
der Todesstrafe trugen. Die Abschreckung dieser ernsten Urteilsverkündung war ein Grund, um nachzudenken.

▶ *I've tried poison and traps but I still can't get rid of the rats on my
property; I'll have to put on my thinking cap and come up with * a
more effective solution.*   [*vorbringen]

To have a hunch oder have an inkling

Ein leises Gefühl haben (, daß); einen Verdacht hegen. "Hunch" kommt vom früheren Aberglauben, daß das Berühren eines Buckligen (hunchback) die Zukunft günstig beeinflussen oder sicherer machen könnte. "Inkling" ist von dem altenglischen Verb "inclen" – auf etwas hinweisen – abgeleitet.

> ► *From what his neighbour said about hearing a baby crying loudly next door, police had an inkling (a hunch) that Oswald might be lying to them about how his son had sustained* the injuries.*

[*erlitten]

> ► *I've got a hunch. – Really? I thought you were just round-shouldered.*

Off the top of one's head oder offhand

Ohne Vorbereitung; aus dem Stegreif; auf Anhieb; über den Daumen gepeilt. Der erste Begriff kommt aus den Rundfunk- und Fernsehstudios: Wenn der Ansager den vorgeschriebenen Text vorzeitig schon verlesen hatte und noch Sendezeit übrigblieb, klopfte sich der Kontrolleur leicht an den oberen Teil des Kopfes (top of the head), als Zeichen, daß der Ansager etwas ersinnen sollte, und gab gleichzeitig mit den Fingern an, wieviel Minuten er sich weiter durchwursteln sollte. Sinnbildlich für eine unüberlegte Aussage, eine ungefähre Schätzung oder eine Entscheidung, die, ohne lange nachzudenken, getroffen wird. Bis zum 19. Jahrhundert hatte das Synonym "offhand" (aus dem Stegreif) die Bedeutung "ohne zu zögern" und beschrieb einen Gegenstand, der sofort auf Anfrage aus der Hand übergeben wurde. Vom Mangel an Formalitäten bei dieser Übergabe kommt auch die zusätzliche Bedeutung von "offhand" als "schroff" wie im Ausdruck **be offhand with someone** – mit jemandem kurz angebunden sein, oder **have an offhand manner** – eine schroffe Art an sich haben.

> ► *The composer Richard Wagner was born in Leipzig but I couldn't tell you the exact date off the top of my head (offhand).*

> ► *The clocks go either forward an hour or back an hour tonight, but I couldn't tell you which way off the top of my head.*

Airy-fairy
Total unrealistisch; versponnen; aus der Luft gegriffen. Ein zusammengesetztes Reimwort, das besagt, daß eine Idee oder Person der Luft (das heißt einer vollkommen unsoliden Substanz) beziehungsweise einer Fee ("fairy", das heißt einem total unrealistischen Wesen) ähnelt.

► *Many would-be* entrepreneurs draw up airy-fairy business plans that are totally unpractical and have no chance of seeing the light of day*.*   [*Möchtegern- *verwirklicht zu werden].

To have a bee in one's bonnet
Von einer fixen oder aberwitzigen Idee besessen sein; einen Fimmel / Tick haben. Eine Biene, die in der Haube (bonnet) oder altmodischen Kopfbedeckung einer Frau ständig herumsummt, ist ein Sinnbild für eine fixe oder lästige Idee, die einen nicht losläßt.

► *Get a haircut before you go to the interview. One of the interviewers has a bee in his bonnet about men with long hair.*
► *Gerda has a bee in her bonnet about astrology; she never does anything that conflicts with her horoscope.*
► *Julius has a bee in his bonnet about his health; he's the only guy that can tell you exactly how many zits* he's got.*   [*Pickel; Pusteln]
► *My wife has a bee in her bonnet about cleanliness; I once bought her a cuckoo clock and she put a sheet of paper under it.*

To rack one's brains
Sich den Kopf zerbrechen; sich das Hirn zermartern; sein Gehirn anstrengen. Wörtlich "sein Gehirn auf die Folterbank spannen", um die gewünschte Information zu entlocken.

► *You say that you've been in my barbershop for a shave before, but I've racked my brains and I still can't place* your face. – Oh, it's all healed up now.*   [*unterbringen; erkennen]

A penny for your thoughts (oder **for them**)!
Woran denkst du gerade? Sinngemäß: ich möchte gern wissen, woran du denkst, und gebe dir einen Penny (die kleinste britische Münzeinheit) dafür.

> ▶ *Ulrich's empty-headed. If you gave him a penny for his thoughts,*
> *he'd have to give you change*.*   [*Kleingeld herausgeben]

I've a good mind (oder half a mind) to (do something)

Ich hätte große Lust / nicht übel Lust, etwas zu tun oder sagen; ich
spiele mit der Idee ... "Mind" (Meinung) wird hier im Sinne von geistiger Neigung und meistens auf negative Weise gebraucht.

> ▶ *I'm sick and tired* of my fiancé* flirting with other women; I've*
> *half a mind (I've a good mind) to return his ring and break off the*
> *engagement.*   [*habe die Nase voll (von etwas) *Verlobter]
> ▶ *I've half a mind to tell the police about how my neighbour dam-*
> *aged the lamppost with his car last night. He was sozzled*.*
>   [*besoffen]

To take a stroll (oder a trip) down memory lane

Einen Ausflug in die Vergangenheit antreten / machen; in Erinnerungen schwelgen. Wörtlich "einen Spaziergang (eine Reise) durch die
Gasse der Erinnerungen machen". Die Wendung bezieht sich sowohl
auf die Gedanken von jemandem, der sich in seine Vergangenheit
zurückversetzt, als auch auf einen Ausflug zu einem Ort, wo Jugend-
erinnerungen heraufbeschworen werden.

> ▶ *We install diesel motors in plants* all over the world and some of*
> *these factories are antiquated*; it's like taking a trip down memory*
> *lane.*   [*Fabrikanlagen *veraltet]
> ▶ *After all these years, I still like listening to the Beatles and Rolling*
> *Stones; it's a stroll down memory lane.*

17 Gegenstände

A job

Eine große technische Leistung; eine Maschine. "Job" kann auch
eine chirurgische Leistung oder Operation bedeuten, zum Beispiel **a
nose job** – eine kosmetische Nasenoperation, und **a boob job** –
Operation zur Brustvergrößerung.

▶ *Thomas drives a truck, one of those articulated* jobs.*   [Sattel-]
▶ *Karla's computer is one of those newfangled* Pentium jobs.*
                                                              [*neumodisch]
▶ *Many women are put off* boob jobs by stories of silicon implants
   bursting inside the body.*   [*abgeschreckt von]

A bobby-dazzler

Eine protzige oder glänzend neue Sache; eine auffällig oder fein ge-
kleidete Person; eine schöne Frau. Um 1905 herum wurden manchmal nachts aus Gründen der Verkehrssicherheit große Azetylenlam-
pen an Fahrräder gehängt. Diese Lampen waren besonders wichtig
bei den ersten und letzten Fahrrädern von Radlergruppen und erhielten den Spitznamen "bobby dazzlers", da ihre starke Ausstrahlung jeden Polizisten (bobby) blenden (dazzle) konnte. ("Bobby", die
Koseform von Robert, ist nach Robert Peel, dem Gründer der Londoner Polizei 1829, benannt.) Im übertragenen Sinne jede Person oder
Sache, die durch ausstrahlende Schönheit beeindruckt.

▶ *When you see Thea unkempt* and drinking her beer in the bar,
   you wouldn't believe that she had been a real bobby-dazzler in her
   youth.*   [*ungepflegt; ungekämmt]
▶ *The parrot had seven different bright colours and used to fish for
   compliments* by continually squawking*, "Who's a bobby-dazzler?"*   [*nach Komplimenten suchen *schreien]
▶ *Your new motor bike is a bobby-dazzler.*

A bug

Ein Abhörgerät; eine Wanze. Amerikanischer Begriff für eine unter
dem Spieltisch zwecks Mogeln gesteckte Karte, genannt nach den
Kerbtieren, die sich häufig in diesen Tischritzen befanden. Ebenfalls
ein Fehler in einem Computerprogramm. Auch als Verb gebraucht:
to bug a room – ein Zimmer mit Abhörwanzen versehen.

▶ *You'd never know if your flat was bugged. Modern bugs are so tiny,
   they are almost impossible to detect with the naked eye.*

A gizmo [US] oder a gadget

Ein Gerät oder technisches Werkzeug; ein technischer Krimskrams. "Gizmo" entstand im Zweiten Weltkrieg, wahrscheinlich durch amerikanischen Kontakt mit Arabern in Nordafrika, die mit "shu ismo" ("ein Dingsbums" auf arabisch) die technische Ausrüstung der GIs bezeichneten. Die Herkunft von "gadget" ist unbekannt. **Gadgetry** ist hochtechnisierte Ausstattung.

▶ *My wife has a gizmo that does all the housework; ... me.*

▶ *All these labour-saving* gizmos are making people lazy. Take electric toothbrushes for example, dentists say that a major cause of tooth decay is now ... weak batteries.* [*arbeitssparend]

Odds and ends oder bits and pieces oder bits and bobs

Kleinigkeiten; verschiedene Reste. In der Konfektion sind "odds" (auch "ends" genannt) die Stoffreste, die beim Nähen überbleiben oder nicht passen. Ein Sinnbild für unerledigte Bagatellsachen oder unwichtige Kleingegenstände. "Bobs" im Begriff "bits and bobs" ist eine zweckdienliche Prägung, um den Stabreim zu ergänzen.

▶ *Since Eichhorn has been in the nick*, he's had his appendix out, his tonsils* out and all his teeth out; some say he's trying to escape in bits and bobs.* [*im Kittchen *Mandeln]

▶ *Sabine made her dress out of odds and ends. – It's certainly a very odd* place where her dress ends.* [*ungewöhnlich]

The whole caboodle oder the whole shebang [US] oder the whole shoot (whole shooting-match) oder the whole boiling

Der ganze Kram/Krempel (Sachen); die ganze Sippschaft oder Bande (Personen). "Caboodle" ist eine Verformung des niederländischen Wortes "boedel" – das persönliche Hab und Gut – und kommt (wie übrigens auch "shebang" und "boiling") ausschließlich in diesem Begriff vor. "Shebang" ist ein veraltetes amerikanisches Wort für eine Hütte, wahrscheinlich eine Verformung des irischen "shebeen" – einer Hütte oder Kate für den illegalen Ausschank von Alkohol. "A shoot" ist eine Jagd oder Jagdgesellschaft. "A shooting-match" war

ein amerikanischer Schießwettbewerb mit verschiedenen Zielarten
auf dem Gelände, wo alle Teilnehmer und Zuschauer von Ziel zu Ziel
zogen. "A boiling" ist eine erfundene Bezeichnung für alles, was in
einem Topf brodelt. All diese Begriffe beschreiben sämtliche Mitglieder und Gegenstände einer gegebenen Gruppe.

► *I used to run * my own dry-cleaners * in Düsseldorf before I retired to*
  Portugal; I sold the whole shebang (caboodle usw.), delivery van and
  all, to one of my competitors.   [* führen *chemische Reinigung]

► *The Stübers have eight children and are in receipt of social secu-*
  rity *; they are having their own private population boom and ex-
  pect the tax payer to support the whole caboodle (shooting-match
  usw.).   [*Sozialhilfe empfangen]

... and all that jazz

Und der ganze Kram; und was auch noch dergleichen. Die Jazzmusik
ist eine Gewohnheitssache, nicht nach jedermanns Geschmack, und
dieser Ausdruck, der eine Reihe Sachen, ohne ins Detail zu gehen, abschließend ergänzt, ist daher etwas abfällig.

► *The yacht itself is reasonably priced but you've still got to get all*
  the equipment like compass, life jackets, radio and all that jazz,
  the whole caboodle can run into * many thousands of marks more.

[*in die Tausende gehen]

A few sticks of furniture

Einige einfache Möbelstücke. Einfacher als ein Stück Holz oder Stock
(stick) geht es nicht.

► *The room contained a fridge, a TV and a few sticks of furniture.*

Thingy oder thingummy oder thingumabob oder thingumajig oder a doodah oder doodad [US]

Dings; Dingsbums; Dingsda. Die ersten vier Begriffe, die sich um
"thing" (Ding) mit einer scherzhaften Nachsilbe drehen, bezeichnen
eine Sache oder Person, deren Namen man nicht kennt, vergessen
hat oder nicht nennen möchte. Der Ursprung von "doodah" ist der
sinnlose Kehrreim im alten Lied "Camptown Races", der eigentlich
alles bedeuten könnte. Das Synonym **whatsit** ist die Kurzform von

sowohl **whatsitsname** für Sachen als **whatshername / whats-hisname** (wörtlich "wie heißt er / sie noch", ohne Interpunktion geschrieben) für Personen.

▶ *You've forgotten to replace the thingummy (doodah / whatsit usw.).*
  – Oh yes, the distributor cap *.   [* Verteilerdose]

▶ *Have you spoken to whatshisname (oder whatsit)? – Yes I spoke to*
  Mr Pfaff this morning.

▶ *A man took his wife to a marriage counsellor * and explained the*
  problem, "Whatsit here, claims I don't pay her enough attention."
                                                    [* Eheberater(in)]

A widget

(Scherzhaft) ein winziger technischer Bestandteil, der oft nicht näher beschrieben wird. Auch die Benennung eines kleinen Behälters mit Stickstoff, der innerhalb einer Bierdose die Blume beim Öffnen erzeugt.

▶ *Herbert cannibalizes * every gadget before throwing it away; his*
  flat is chock-a-block * with widgets.   [* schlachtet aus
                                                         * knüppelvoll]

▶ *The old tractor is still going strong, but it's becoming more and*
  more difficult to get hold of* the right widgets.   [* auftreiben]

A crate

Ein alter Flieger; eine Kiste oder Mühle. "A crate" (wörtlich: Kübel) kann ebenfalls ein altes Auto oder "eine Gurke" bezeichnen. **A chopper** (lautmalend vom "chop-chop" der Drehflügel) oder **a whirlybird** (wörtlich: ein wirbelnder Vogel) ist ein Hubschrauber. **A tub** (wörtlich: Kübel) ist ein langsames Schiff oder alter Kahn.

▶ *I think we're off course. If this crate isn't flying blind, then why is*
  the instrument panel in Braille *?   [* Blindenschrift]

▶ *Last week I flew in a crate of one of the Russian airlines. It was so*
  old they had an outside toilet and Sellotape * instead of seat belts.
                                                        [* Tesafilm]

A banger oder **crock** oder **jalopy** oder **clunker** [US] oder **junker** [US]

Altes Auto; Klapperkasten; Gurke. "Banger" und "clunker" weisen auf das Knattern (banging) eines alten Motors und das metallische Geklapper (clunking) der Karosse hin. "Junker" wird von "junk" (Ramsch) gebildet, eine Anspielung auf den schrottreifen Zustand. **A crock** (wörtlich: Tonscherbe) kann auch ein menschliches Wrack bezeichnen. **Wheels** (immer ohne Artikel "a" oder "the") ist ein Auto oder anderer fahrbarer Untersatz.

▶ *Wolfgang is fond of his old banger. What he doesn't realize is that he's driving a death-trap* on wheels.* [*eine tödliche Falle]

▶ *How's your old crock? – Oh, my wife's fine, how's yours.*

▶ *Remember the good old days when your wheels cost more to run than to park.*

18 Gehen / Reisen / Auftauchen

To nip oder **pop** oder **whip**

Gehen; kommen; flitzen. Die mit diesen Verben am häufigsten vorkommenden Adverbien der Richtung sind "in" (zum Beispiel "nip in" – hinein-/hereinflitzen), "out" (zum Beispiel "pop out" – hinausflitzen), "back" (zum Beispiel "whip back" – zurückflitzen), "up" (hochflitzen), "down" (runterflitzen), "off" (wegflitzen; verschwinden) und "across (to)" beziehungsweise "over (to)" (rüberflitzen). Einige andere Adverbien, zum Beispiel, "upstairs/downstairs" (nach oben/nach unten kommen/gehen), "round" und "by" (vorbei kommen/gehen) sind auch möglich. **Pop off** bedeutet zusätzlich sterben beziehungsweise von hinnen scheiden (siehe Seite 356). **To pop up** ist plötzlich erscheinen oder auftauchen. Da sie häufig "go" and "come" ersetzen, nehmen diese drei kleinen Verben eine wichtige Stelle in der englischen Umgangssprache ein. Als transitives Verb hat **to pop something somewhere** die Bedeutung: etwas irgendwohin hintun oder hinstellen (siehe "pop" Seite 27). In bezug auf Kleidungsstücke bedeuten **whip on** und **whip off**: etwas schnell an- oder ausziehen.

► *I popped (nipped / whipped) into a bar for an hour on my way home from work.*

► *My wife's just popped (nipped / whipped) over to the baker's; she'll be back in a few minutes.*

► *We don't see you for over a year and then you pop up out of the blue *.* [*aus dem Nichts]

► *I'll just whip on a pullover and I'll be right * with you.* [*gleich]

► *Where were you? – I just popped out to do a spot * of window-shopping *. I had a whale of a time *; I bought four windows.* [*ein bißchen *Schaufensterbummel *habe mich köstlich amüsiert]

To drop by oder drop in

Vorbeikommen; bei jemandem hereinschauen / vorbeigehen. In bezug auf einen Besuch sind diese Verben Synonyme von "nip by / in / around" und "pop by / in / around" (siehe Seite 110). Das transitive Verb **to drop someone off** bedeutet: einen Fahrgast absetzen, **to drop something off**: etwas vorbeibringen oder liefern.

► *I could drop by (drop in / nip by / pop round / pop in usw.) this evening at 6 o'clock. Will you be at home then?*

► *When can we drop off the fridge you ordered?*

To put in an appearance

Sich blicken lassen; auf der Bildfläche erscheinen. Aus der Sprache der Theaterwelt; wörtlich: einen Bühnenauftritt einlegen.

► *As reps * we travel around Germany a lot, but we all put in an appearance at head office at least once a week.* [*Kurzform von "representatives" – Handelsvertreter]

► *Utta wants a divorce because her husband is careless about his appearance *; he hasn't put in an appearance for two years.* [*Aussehen]

To bump into someone oder run into someone

Jemanden zufällig treffen; jemandem über den Weg laufen. Die Verben "bump into" (gegen jemanden stoßen) und "run into" (gegen jemanden laufen) werden nur sinnbildlich angewandt. **On your travels** (wörtlich: während Ihrer Reisen) – zufällig im Laufe Ihres Kommens und Gehens (etwas finden oder jemanden treffen).

▶ *If you run into Heinrich on your travels, tell him he's wanted in the
   Purchasing Department *.*   [* Einkauf]
▶ *I bumped into my wife at a dance; it was really embarrassing be-
   cause I thought she was at home with the kids.*
▶ *You're glad to see the back of him? * Me, I look forward to running
   into that guy again,… when he's walking and I'm driving!*
                                   [* froh, daß jemand weggegangen ist]
▶ *We bumped into some friends in Darmstadt yesterday; my hus-
   band was driving.*

To do (somewhere)

Einen Ort besuchen / einbeziehen, ein Land im Reiseprogramm ab-
haken / mitnehmen.

▶ *Two Japanese friends are talking: This month I went on holiday
   and did 10 European cities in a week. And how was your holiday? –
   I don't know; the photos haven't been developed yet.*

To make a beeline for something

Schnurstracks auf etwas zugehen / zustürzen. Bienen sollen gleich
ohne Umwege vom Korb zu einer Nektarquelle hin- und zurückflie-
gen. Daher "beeline" – die gerade Fluglinie der Bienen.

▶ *It's no good paying a packet * to spend a week in a health farm to
   lose weight, if the first thing you do when you come out is make a
   beeline for the nearest pizza restaurant.*   [* Batzen Geld]

A stone's throw

Ein Katzensprung; nur einen Steinwurf weit entfernt.

▶ *When my husband parks the car, it's usually only a stone's throw
   to the pavement.*
▶ *Gerhardt's phone rang and he heard an old lady croaking *, "Please
   help me, I've fallen in the kitchen and can only just reach the
   phone. After all, I'm only a stone's throw from you." And he replied, "But mother, it's chucking it down * and you know I never go
   out after ten o'clock at night!"*   [* krächzen * regnet Bindfäden]

As the crow flies
(Ein Abstand, zum Beispiel 20 Kilometer) Luftlinie; in gerader Linie. Wörtlich "wie die Krähe fliegt".

▶ *The distance to Berlin from here? 250 kilometers by road, but 200 as the crow flies.*

To go (oder come) on Shank's pony
Auf Schusters Rappen reisen. "Shank" (Unterschenkel) wird hier scherzhaft als ein Familienname und Besitzer eines Ponys dargestellt. Diese Übertreibung bedeutet ganz einfach "zu Fuß".

▶ *I've often travelled the ten kilometres from here to Saarbrücken without a ticket. – How did you manage that? – On Shank's pony.*

To knock around / about the world (a bit)
In der Welt herumkommen; sich in der Welt umtun. Das Verb "knock" (klopfen) ist ein Hinweis auf stapfende Füße. Daher im übertragenen Sinne "reisen". **To knock around / about with someone** – sich mit jemandem herumtreiben; ständig Umgang mit jemandem pflegen.

▶ *I don't like the crowd* my son knocks around with.*   [*Haufen]
▶ *I joined the navy to knock around the world a bit: then a spent all my time underwater in an atomic submarine.*
▶ *My goldfish has knocked around the globe * a bit.*

[*Bowle; Erdball]

To clear off oder beat it oder hop it oder buzz off oder push off
Weggehen; abhauen; abzischen; die Platte putzen. Der Sinn von "clear off" liegt darin, daß man die Stelle freimacht oder das Feld räumt (clears), indem man sich schnell entfernt. "Beat it" ist eine Anspielung auf das Schlagen (beat) der Füße auf den Boden beim Weglaufen. "Hop it" ist wörtlich "weghüpfen", wie ein Kaninchen oder anderes hüpfendes Tier. "Buzz off" ist wörtlich "wegsummen", wie eine Biene summend wegfliegt. "Push off" (abschieben) ist ein Begriff aus der Bootsfahrt für das Abstoßen einer Jacht oder eines Ruderboots vom Ufer oder einem anderen Boot. Alle Verben kommen

häufig in der Befehlsform vor: **clear off!**, **beat it!**, **hop it!**, **buzz off!** und **push off!** – hau ab!

▶ *It's getting late, I'd better push off (beat it* usw.*) now.*

▶ *He was pestering me, so I told him to beat it (buzz off* usw.*).*

▶ *I showed my appreciation of my native land in the usual Irish way, by clearing off as soon as I possibly could.*   [Spruch des irischen Dramatikers George Bernard Shaw]

To piss off (grob) oder **to fuck off** (grob)
oder **to bugger off** (grob)
Abhauen; sich verpissen. **To bugger** ist ein Verb, das vom gleichnamigen Substantiv **a bugger** (Sodomit, das heißt jemand, der Analverkehr ausübt – siehe Seite 50) gebildet ist und das in der Form **bugger up something** "etwas kaputtmachen" oder "etwas verkorksen" bedeutet. **Buggered** ist ein Adjektiv mit der Bedeutung "kaputtgemacht". Diese Phrasal Verbs kommen in der Befehlsform (**piss off!**, **fuck off!** und **bugger off!** – verpiß dich!) als schroffe Ablehnung beziehungsweise Abweisung häufig vor.

▶ *Ralf was told to watch over the cement mixer but he pissed off (buggered off/fucked off) to the canteen without telling anyone and now the machine is buggered* (oder *he's buggered up the machine*).

▶ *I can't go back to the bank again. Every time I go to the bank for a loan now, they tell me politely to piss off (bugger off/fuck off).*

To do a bunk oder **to scarper** oder **skedaddle**
Abhauen; sich aus dem Staub machen. Der erste Begriff kommt von der List eines Schülers im Internat oder eines Soldaten in der Kaserne, der sich abends unerlaubt entfernen will und zuerst sein Etagenbett (bunk) wegen der nächtlichen Kontrolle besetzt aussehen läßt. "Scarper" wurde vom italienischen Verb "scappare" (entkommen) gebildet. "Skedaddle" kam in Umlauf im amerikanischen Sezessionskrieg (1861–1865) als die Bezeichnung einer wilden Flucht der besiegten Soldaten vom Schlachtfeld. Das Verb ist aber wahrscheinlich schottischen Ursprungs, wo es früher bedeutete: (Essen und Flüssigkeit) verschütten, eine Anspielung auf die heillose Flucht unter Zurücklassung des Proviants.

► *The boys in the orchard scarpered (skedaddled) as soon as they saw the farmer.*

► *Is your father home kid? – No sir, he did a bunk just after the time mummy caught Santa Claus kissing the pizza delivery-girl.*

To up sticks oder (pull) up stakes [US]

Umziehen; seinen Wohn- oder Produktionsort verlegen; seine Siebensachen zusammenpacken.

► *The motion film industry was originally centred on the American East Coast but it upped sticks (pulled up stakes) to Hollywood in order to avoid the restrictive patent on Edison's film camera.*

To string along

Sich jemandem anschließen; sich durch jemanden führen lassen; mitkommen. Die transitive Form dieses Verbs **string someone along** bedeutet aber "jemanden an der Nase herumführen oder irreführen". Beide Formen des Verbs haben aber denselben Ursprung, nämlich Saumtiere, die an einer Leine geführt werden.

► *If you're going on a trip to Norderney, can I string along?*

► *Laura went out with Guido for almost three months before she found out that he had been stringing her along and that he was married with children.*

To do a vanishing trick

Aus Angst vor jemandem oder etwas verschwinden; sich verdrücken. "A vanishing trick" ist ein Zaubertrick, bei dem der Zauberer eine Person verschwinden läßt. In diesem Fall zaubert man sich selbst weg, um etwas oder jemandem aus dem Wege zu gehen.

► *I bought the faulty equipment from a fly-by-night firm* * and now they've done a vanishing trick.*   [*fliegender Neppbetrieb]

► *The close-circuit TV* * overlooks the forecourt* *. Watch the screen for motorists that tank up with petrol and then do a vanishing trick without paying.* [*interne Fernsehüberwachungsanlage * Vorhof]

19 Geld / Ersparnisse

A buck oder **a smacker** oder **a greenback**

Ein Dollar. "Buck" und "smacker" sind Begriffe für einen Dollar in Amerika, Kanada und Australien. ("Dollar" stammt von der alten deutschen Münze "Thaler", die wiederum von Metall aus Joachimsthal in der heutigen Tschechischen Republik geprägt wurde.) Beim Pokerspiel im Wilden Westen setzte man einen Haufen Flintenschrot oder Rehposten (buckshot) vor einen Spieler, um ihn als Kartengeber anzuweisen. Später gebrauchte man hierfür eine Silberdollarmünze, die in Anlehnung an den Rehposten "buck" genannt wurde. "Smacker" entstand im letzten Jahrhundert als die Bezeichnung derselben Silberdollarmünze, genannt nach dem Klatschlaut (smack) beim Knallen dieser Münze auf einen Laden- oder Bartisch. Der Begriff "smacker" wurde später auch auf ein englisches Pfund Sterling angewandt und kann ebenfalls als die umgangssprachliche Bezeichnung einer Deutschen Mark oder anderen (starken) Landeswährung gebraucht werden, etwa den Begriffen "Piepen" und "Mücken" entsprechend. Er bezeichnet zusätzlich einen Schmatz, nach dem Klatschlaut der Lippen bei dieser Art von Küssen. "Greenback" entstand 1862 im Bürgerkrieg als die Beschreibung eines in Umlauf gebrachten Dollarscheins, wegen der grünen Farbe auf dem "Rücken" dieses Scheins. Heute kennzeichnet er nicht nur einen US-Dollar als Zahlungsmittel, sondern auch den Dollar als Weltwährung. Dem Begriff **a fast buck** – leicht verdientes Geld – begegnet man auch im Ausdruck **to turn / make a fast buck** – Geld auf die Schnelle verdienen. **Megabucks** – großes Geld oder Riesenbeträge.

▶ *During Prohibition illegal breweries turned a fast buck.*

▶ *There's a new TV quiz show planned for next year where you can win a prize of half a million smackers (bucks / greenbacks); one TV presenter is trying to appear on it … as a contestant*.*

[als Teilnehmer]

Lolly oder **bread** oder **dough** oder **dosh**

Geld; Kohle; Kies; Zaster; Moos; Penunzen. "Lolly" (Dauerlutscher) ist eine Anspielung auf die Menge Süßigkeiten, die das Geld kaufen kann. "Bread" (Brot) und "dough" (Teig) sind symbolisch für das Lebensnotwendige. "Dosh" ist wahrscheinlich eine Abkürzung von "dollars and cash". **The wherewithal** (wörtlich: womit alles möglich ist) – das nötige Geld; die Finanzierung für etwas.

- ▶ *I'm sorry! I haven't got any lolly (dough/bread/dosh) on me.*
- ▶ *He has a lot of dough (bread usw.) in the bank.*
- ▶ *A sarcastic slogan on a poster protesting against the reduction of student grants * read, "Don't give students any dosh, they might spend it on nosh *!"*   [*Stipendien *Fressalien]
- ▶ *I hear you're going to start up a bakery business. – Yes, ... if I can raise the dough!*
- ▶ *Husband: When are you going to learn to bake bread like my mother? – Wife: When you learn to make dough like my father.*
- ▶ *I know where you can always find the wherewithal. – Where? – In the dictionary.*
- ▶ *In communist countries they won't let you make much dosh. In capitalist countries, you can make as much lolly as you want, but the tax authorities * won't let you keep it.*   [*das Finanzamt]
- ▶ *Judge: I find you innocent * of the charge of armed robbery *. – Accused *: Does that mean I can keep the lolly?*   [*unschuldig
                                              *bewaffneter Überfall *Angeklagter]

A quid

Ein Pfund Sterling. Vom lateinischen "quid" (etwas) im Sinne von "etwas Notwendiges".

- ▶ *A ticket to Manchester please. – That'll be ten quid, change * at Crewe. – I'll have my change here, if you don't mind!*

                                              [*umsteigen; Kleingeld]

A nest egg

Ersparnisse; ein Notgroschen. Ursprünglich ein Porzellanei, das nötigenfalls in ein Nest gelegt wurde, um ein Huhn zum Eierlegen anzuregen; daher als Wertgegenstand anzusehen. **To break into**

one's nest egg oder **one's savings** – seine Ersparnisse anbrechen / angreifen.

▶ *Your money or your life! – Take my life; this nest egg is for my old age.*

To keep (oder put by beziehungsweise save up) something for a rainy day

Einen Notgroschen zurücklegen. Ein regnerischer Tag ist hier ein Sinnbild für schlechte Zeiten, wenn man auf seine Ersparnisse zurückgreifen muß.

▶ *I'll spend half of the money I received on a much-needed holiday and put the rest by for a rainy day.*

▶ *Have you anything saved up for a rainy day? – Yes, an old brolly * and a pair of wellingtons *.*   [*Regenschirm *Gummistiefel]

▶ *In Britain, 'saving up for a holiday' and 'saving up for a rainy day' usually mean the same thing.*

To make (both) ends meet

Mit seinem Geld auskommen. Mit "ends" sind hier Jahresanfang und Jahresschluß gemeint, und das verfügbare Geld ist wie eine Decke, die diese Jahresenden bildlich abdeckt oder vereint.

▶ *This high cost of living makes it difficult to make even one end meet.*

▶ *Andreas can't make both ends meet because he makes one end drink.*

▶ *Butcher, you sold me sausages yesterday and only one end of each sausage was meat, the rest was bread. – Well, nowadays it's hard to make both ends meat.*

To make one's pile

Ein Vermögen machen; sein Schäfchen scheren. Der Ausdruck entstand in der Blütezeit der Goldgräber im Kalifornien des letzten Jahrhunderts, wo ein großer Haufen Erde (a pile) vor einer Grube auf die Ausbeutung einer ergiebigen Goldader und infolgedessen auf den Reichtum des Grubeninhabers hindeutete.

▶ *Klaus made his pile the good old-fashioned way; he inherited it.*

A windfall

Ein großer und unerwarteter Geldbetrag oder Gewinn; ein warmer Regen. "A windfall" ist eigentlich Fallobst, das, bewegt vom Wind, unerwartet vom Baum fällt.

▶ *The merger * of the two companies pushed up share prices, creating a windfall for shareholders.*   [*Zusammenschluß]

Chicken feed oder peanuts

Eine lächerlich kleine Summe; ein Hungerlohn. "Chicken feed" ist wörtlich Hühnerfutter, das heißt nur genug, um Hühner zu füttern, aber nicht, um Menschen am Leben zu halten. Ein Betrag, der als "peanuts" beschrieben wird, ist nur ausreichend, um ein paar Erdnüsse, aber keine richtige Mahlzeit zu kaufen.

▶ *There are jobs vacant, but they only pay peanuts (chicken feed).*
▶ *After the car accident, I only got 8000 DM compensation. – That's chicken feed (peanuts) considering the injuries you suffered.*

To the tune of ...

In Höhe von (einem großen Geldbetrag); sage und schreibe. Die hohe Tonlage (tune) einer Melodie ist eine Anspielung auf einen Riesenverlust oder die hohen Kosten einer Neuanschaffung.

▶ *This morning I received a water bill to the tune of 1200 DM. Either it's a mistake or there's a leak somewhere in the house.*
▶ *Airbus is selling well. This month alone, orders to the tune of several billion dollars have been placed.*

20 Geldgeschäfte / Kosten

To rake it in oder rake in the money

Großes Geld einstreichen; Geld scheffeln. "Rake" ist die Geldharke, mit der ein Croupier bei Roulette oder Kartenspielen seinen Gewinn einsammelt (rakes in).

▶ *Every year Microsoft rakes in the money.*
▶ *My workers want a large wage rise, but business is slow and it's not as if I'm raking it in.*

To feather one's (own) nest

Sich selbst bereichern (besonders auf Kosten von anderen); nur auf seinen eigenen finanziellen Vorteil bedacht sein; sich in die eigene Tasche wirtschaften. Das Sinnbild für den Erwerb von Reichtum ist ein Vogel, der mit wenig Rücksicht auf andere Vögel alle möglichen Federn aufrafft, um sein Nest damit zu versehen.

▶ *All the time Thielmann has been a member of the board of directors he has been feathering his own nest, and he has thus made millions using his insider knowledge in share dealing.*

▶ *Some tribal chiefs* in West Africa used the revenues from oil to feather their own nests and send their sons to expensive colleges in Paris, while the mass of the population there hasn't two francs to rub together*.*   [*Stammeshäuptlinge *keinen Pfennig haben]

To rob Peter to pay Paul

Ein Loch mit etwas stopfen, was dann woanders fehlt; Schulden machen, um andere Schulden abzutragen. "Paul" steht hier für einen der mittelalterlichen Prälaten, dem die katholische Kirche Abgaben entrichtete, indem sie jeden Bürger der Gemeinde (hier symbolisch Peter genannt) mit Kirchensteuern schröpften.

▶ *My living expenses are 1500 DM a month and I have to rob Peter to pay Paul in order to scrape by*. – Don't pay, it's not worth it.*

                                          [*mit dem Geld knapp auskommen]

▶ *My money problems are so bad I'm now reduced* to robbing Peter to pay Paul. I've just paid the debt on my Diners Club Card with my American Express Card.*   [*etwas aus Not tun müssen]

To get on (oder join) the gravy train

Sich Zugang zu einem leichten Verdienst verschaffen. "Gravy train" ist ein Wortspiel mit "gravy boat" (Soßenschüssel), wobei zwei Transportmittel (Boot und Zug) ausgetauscht werden und wo die Soße symbolisch für Geld steht. Man schließt sich also einem gewinnträchtigen Unternehmen an, so wie man in einen Zug einsteigt. (Vergleiche "jump on the bandwagon", Seite 147.)

▶ *For a while EU subsidies on olive oil induced* * *many farmers in Southern Europe to get on the gravy train and plant olive trees.*

[*dazu bringen]

To make a killing
Einen Reibach machen; viel Geld einscheffeln; absahnen. "Killing" (wörtlich: Tötung) ist eine Anspielung auf eine große (erlegte) Jagdbeute.

▶ *Lindemann made a killing on the stock market; he shot his broker* *.*   [*Makler]

To flog something
Etwas verkaufen; verscheuern; verscherbeln. "Flog" (wörtlich: auspeitschen) ist wahrscheinlich eine Anspielung auf Vieh und Pferde, die früher zum Markt mit der Peitsche angetrieben wurden.

▶ *My brother-in-law flogged me this car for 800 DM.*

▶ *Whatever happened to your boyfriend, the one who sent you flowers every week? – Oh him, he married the girl who flogged him the flowers.*

Buckshee
Gratis; kostenlos; zum Nulltarif. Vom persischen Wort "backsheesh" für ein Geschenk oder Trinkgeld.

▶ *A perk * of working on a cruise liner is that you get to see the world buckshee.*   [*Vergünstigung; zusätzlicher Vorteil einer Arbeit]

▶ *A lot of good software can be obtained buckshee on the Internet.*

To sell (oder go) like hot cakes
Reißenden Absatz finden; wie warme Semmeln weggehen. "Hot cakes" ist eine alte Bezeichnung für Pfannkuchen (pancakes), eine beliebte Delikatesse.

▶ *How is the cheap PC version selling? – They're going like hot cakes in all our supermarkets.*

To blue oder **blow (money)**

Geld vergeuden / verprassen / verpulvern / verplempern. Das Verb "blue" ist eine Anspielung auf den blauen Himmel, wohin das Geld verschwindet. "Blow" ist sinngemäß "wegblasen". (Siehe auch "blow one's chance", Seite 236.)

▶ *Within a year of leaving the company, Krüger had blown (blued) most of his severance pay*.*   [*Entlassungsabfindung]

▶ *Seven billion marks were blown on the Kalkar nuclear power station that was closed in the 80's before it produced a single watt of electricity.*

▶ *What did you do with all that money? – I spent the bulk* of it on booze* and loose women*, and the rest … I just blew foolishly.*
                                     [*den Großteil *Suff * lose Frauen]

Dirt-cheap

Spottbillig; zum absoluten Schleuderpreis. Wörtlich "billig wie Dreck".

▶ *In Hong Kong hi-fi equipment is absolutely dirt-cheap by our standards.*

▶ *Loss-leaders* are sold dirt-cheap to attract customers into the shops.*   [*Lockvogelartikel, häufig unter dem
                                                 Selbstkostenpreis verkauft]

▶ *They sell the watches dirt-cheap, and make the profit repairing them.*

▶ *I know a restaurant where you can eat dirt-cheap. – Who would want to pay to eat dirt?*

To fork out oder **shell out** oder **stump up** oder
cough up (for something)

Mit dem Geld herausrücken; blechen; löhnen. "Fork out" stammt aus der Gaunersprache, wo "fork" (Gabel) wegen der Ähnlichkeit der Finger mit den Zacken einer Gabel oder Heuforke früher die Hand bezeichnete. Daher "fork out" (wörtlich: etwas mit der Hand übergeben) im Sinne von "ausbezahlen". "Shell out" ist eine Anspielung auf Erbsen und Bohnen, die wie Geld aus einer Börse, aus den Hülsen ausgeschält werden (shelled out). Der Begriff "shell" wurde durch die damalige Anwendung von Seemuscheln (shells) als Zahlungsmittel in entlegenen Gebieten der Welt verstärkt. Das Verb "stump up" kommt von flachen Baumstümpfen (tree stumps), die früher als Abrechnungstische auf Jahrmärkten dienten. Mit "cough up" (wörtlich: heraushusten) unterstellt man, daß das Geld irgendwo (hier scherzhaft: im Mund) versteckt wird und daß es zum Vorschein gebracht (hier: ausgespuckt) werden sollte. Alle vier Verben werden sowohl transitiv (fork out / shell out / stump up / cough up money) als auch intransitiv angewandt.

► *When I told the doctor about my amnesia *, he made me cough up in advance.*   [* Gedächtnisschwund]

► *I'm giving you two days in which to fork out your rent. – OK, I'll take Christmas Day and Whit Monday *.*   [* Pfingstmontag]

► *This package is too heavy; you're going to have to fork out another twenty marks for stamps. – What! And that's supposed * to make it lighter?*   [* soll]

► *What do you want for Christmas. – A divorce! – I wasn't thinking about forking out that much.*

To cost (pay / charge) the earth
Ein Vermögen (beziehungsweise eine Stange Geld) kosten / bezahlen / verlangen. Wörtlich "die Erde / Welt kosten".

► *Your holiday needn't cost the earth. Travel with Global Tours!*

► *Cannes is an expensive place during the film festival. They charge the earth for a night in a hotel.*

► *Our flat was not too expensive to buy, but we pay the earth in yearly maintenance fees to the administrators of the building.*

► *My wife and I were thinking about a divorce, but when we discovered that divorces cost the earth, we installed a new swimming-pool instead.*

To knock someone back oder set someone back
Jemanden etwas kosten; jemanden um einen Betrag ärmer machen. "Knock back" (wörtlich: jemanden zurückschlagen) ist eine scherzhafte Anspielung auf einen hohen Preis, der mit einem Schlag verglichen wird. "Set back" (wörtlich: jemanden zurücksetzen / zurückwer-

fen) ist ein Hinweis auf den ärmeren Zustand, auf den der Zahler zu-
rückgesetzt wird. Ein ähnliches Sinnbild findet man bei der scherzhaften Frage **what's the damage** (wörtlich: wie hoch ist der Schaden?) wieder – was wird mich das kosten? (Siehe auch "knock back a
drink", Seite 365.)

> ▶ *A plumber * came and repaired a leak in the practice * of a lawyer.*
> *Lawyer: How much is the repair going to set me back? Plumber:*
> *Five hundred marks. Lawyer: What, for an hour's work, even I*
> *don't earn that much! Plumber: Neither did I when I was a lawyer.*
> [*Klempner *Praxis]

You're looking at (something)

Sie müssen (man muß) mit etwas (einem bestimmten Betrag oder
einer bestimmten Zeit) rechnen; Sie müssen (man muß) jemanden
oder etwas in Erwägung ziehen.

> ▶ *You're looking at six days for a parcel to get to South Africa.*
> ▶ *That repair is not a job for a handyman; you're looking at a qual-*
> *ified gas fitter.*
> ▶ *That was a horrible murder you committed. You're looking now at*
> *the electric chair. – I don't mind looking at it, it's sitting on it that*
> *worries me!*
> ▶ *I was in bed with my wife last night when she asked: Do you be-*
> *lieve in free love? – Of course not! – In that case, you're looking at*
> *120 marks.*

To pay through the nose (for something)

Übermäßig bezahlen; tüchtig bluten müssen. Die Wendung bezieht
sich aufs Nasenbluten, mit der Andeutung, daß man weißgeblutet
oder abgeschröpft wird.

> ▶ *Ticket touts * are charging up to ten times the face value of tickets,*
> *and there is still no shortage of football fanatics willing to pay*
> *through the nose.*   [*Kartenschwarzhändler]

To do something on a shoestring

Etwas mit ganz wenig Geld tun; auf die billige Tour. Der Begriff ist die Kurzform von **on a shoestring budget** (mit einem minimalen Etat), einer Anspielung auf die Knappheit des Budgets, wo den Kosten jeder Kleinigkeit, selbst eines spottbilligen Schnürsenkels ("shoestring" oder "shoelace"), Rechnung getragen werden muß.

► *Little wonder that the waiting lists for operations are so long; the health service is being run on a shoestring.*

► *If you check out the cheap flights on the Internet, you can travel around the world on a shoestring.*

To go (buy something) for a song

Spottbillig sein; etwas für einen Apfel und ein Ei kaufen. Die Anspielung zielt auf einen Sänger, der mit Liedern sein Geld verdient und auf diese Weise seine Einkäufe leichter als mit körperlicher Arbeit bestreitet.

► *An antique dealer discovered a valuable Chippendale cabinet * in a junk shop * and thought he could buy it for a song by tricking the old lady who ran the shop that he wanted it for firewood. "Here's 100 DM for the firewood, I'll come round and collect it tomorrow". The next morning he met the old lady who gave him three full sacks and said, "Here's your firewood, I felt so guilty about taking 100 DM for it, that I chopped it up myself".*   [*Schrank *Ramschladen]

To buy (oder get) something on tick

Etwas auf Pump kaufen; etwas anschreiben lassen. "Tick" ist eine Abkürzung von "ticket", das hier einen Schuldschein bezeichnen soll. Daher "on tick" – auf Kredit.

► *Don't be fooled by the new car and the luxurious furnishings; the Waldmanns aren't rolling in it *, they bought all that on tick.*

[*sind nicht steinreich]

A white elephant

Ein kostspieliger und lästiger Besitz; ein Faß ohne Boden. Im früheren Siam (heute Thailand) waren die seltenen weißen Albino-Elefanten automatisch Eigentum des Königs. Da es verboten war, sie als Ar-

beitstiere einzusetzen, wollte kaum jemand sie haben. Sie wurden
daher vom König unliebsamen Untertanen geschenkt, in der Hoffnung, daß die Empfänger an dem teuren Unterhalt der Tiere pleite
gehen würden.

> ▸ *Some of these office blocks are white elephants for their owners;*
> *they are half empty and the maintenance costs exceed the rent in-*
> *come.*

To be money for jam oder money for old rope

Leicht verdientes Geld sein; Geld auf die Schnelle. Leute, die früher
Zugang zu Obst und Beeren hatten, konnten daraus schnell Konfitüre (jam) machen und sie als Nebenverdienst verkaufen. Die Nach-
frage nach Konfitüre als Obstersatz zu einer Zeit, als man im Winter
noch wenig Obst im Angebot hatte, war entsprechend groß. Die aus-
gemusterten Seile (old rope) wurden an Bord von Schiffen von Matrosen gesammelt und nach der Reise in Werften zur Wiederverwen-
dung beim Kalfatern verkauft. Alte Seile wurden für diese Matrosen
zu einem Sinnbild für Geld ohne Mühe.

> ▸ *I worked a day as a film extra; all I had to do was to stand talking*
> *in the background for two minutes; in between we just drank coffee*
> *and waited. They paid me me 600 DM for the day; it was money*
> *for jam (for old rope).*

To cost an arm and a leg oder
cost a packet oder cost a bomb

Jemanden eine Stange Geld kosten; sündhaft teuer/arschteuer sein.
In der ersten Wendung werden die hohen Kosten als ein Verlust
von Gliedmaßen ausgedrückt. "Packet", eine Verkürzung von "pay-
packet" (Lohntüte), genauso wie "bomb" bedeuten klotziges Geld,
wie in den Ausdrücken **to earn a packet** und **earn a bomb** –
einen Batzen Geld verdienen.

> ▸ *The World Cup Stade de France in Saint Denis cost the Paris au-*
> *thorities a bomb.*
> ▸ *Hospital stays can cost a packet, but you do get breakfast in bed.*
> ▸ *The most expensive jewellery is the wedding ring. It can cost an*
> *arm and a leg in alimony* *.* 　　　　　　　　　　　　　[Alimente]

To jack up oder hike beziehungsweise hike up (the rent / prices / interest rates)

(Die Miete/Preise/Zinssätze) erhöhen/anheben; etwas auf (die Miete/Preise/Zinssätze) daraufsatteln. "Jack up" stammt aus der Fahrzeugtechnik – mit einem Wagenheber (a jack) ein Auto aufbocken. "Hike" bedeutet eigentlich hissen, wie zum Beispiel eine Fahne. **A price hike** – ein Preisanstieg, **a rent hike** – eine Mieterhöhung, und **an interest-rate hike** – eine Zinserhöhung.

▶ *Honey *, I've some news for you. We don't need to move to a more expensive apartment now; the landlord * has just hiked the rent.*
[*Schatz *Vermieter; Hauswirt]

▶ *Undertakers * are going to hike the price of funerals by 20 percent; they say it's because of the high cost of living.* [*Bestattungsunternehmen]

To be a bit steep

Ganz schön happig sein; gesalzen sein. "Steep" (wörtlich: steil) wird im Sinne von "überteuert" oder "schwer erschwinglich" gebraucht.

▶ *You can purchase snacks aboard the French TGV trains, but the prices are really steep, and many less well-heeled * travellers take along their own.* [*minder gut betucht]

▶ *Client: What are your legal fees? – Lawyer: I charge 100 marks to answer three questions. – Client: That's a bit steep isn't it? – Lawyer: Yes, now what is your third question?*

To go through the roof

Kraß in die Höhe steigen; stark zunehmen; ins Uferlose auswuchern. Wörtlich: "durchs Dach gehen", in bezug auf Kosten und Preise. Die Wendung wird auch als Synonym für "hit the roof" (vor Wut an die Decke gehen) gebraucht. Das Adjektiv **sky-high**, wie im Begriff **sky-high prices** (astronomische Preise), wird auch für gemessene Werte gebraucht, zum Beispiel für Temperatur oder Umsatz – "a sky-high temperature/turnover". Waren, die als **pricey** (von "price" – Preis – gebildet) beschrieben werden, sind teuer.

▶ *Parking costs in the city centre are going through the roof.*

▶ *It's a pricey hospital. When you're admitted *, they first ask you what illness you … can afford.* [*eingeliefert]

▶ *The doctor gave me a check-up yesterday. He said my alcohol reading was sky-high and that he found blood in my alcohol system.*

To pick up the tab oder foot the bill

Für die Kosten aufkommen; die Zeche bezahlen. **The tab** [US] (Etikett; Preisschild) ist die Rechnung, die man annimmt (sinnbildlich "in die Hand nimmt" – picks up). Das Verb "foot" im zweiten Ausdruck wird im veralteten Sinn von "von oben bis unten (bis zum Fuß) zusammenzählen"gebraucht, das heißt die ganze Rechnung zusammenzählen, um sie zu bezahlen.

▶ *Every city wants to host the Olympic Games; the only problem is footing the bill.*

▶ *Your operation is not complicated and will only take a few minutes. – OK, doctor, but please remember that when I have to pick up the tab.*

To stand something

Etwas für jemanden bezahlen; jemandem etwas spendieren. Das Verb wurde ursprünglich bei der Spende eines Getränks oder Essens gebraucht, das man dem Empfänger auf den Tisch setzte (stood). Heute wird es ebenfalls bei der Begleichung von Rechnungen oder Kosten anderer angewandt.

▶ *Thomas is so stingy*, he drinks only on special occasions; like when someone is standing a round*.*   [*geizig *eine Runde]

21 Geschwindigkeit

To be travelling

Ein Affentempo haben; einen Zahn draufhaben; brettern. Das Partizip Präsens (travelling) des Verbs "travel" (reisen), das eigentlich kein Element der Geschwindigkeit an sich hat, wird hier als Untertreibung gebraucht. Die Unterstellung ist, daß man bei dem Tempo einen großen Abstand zurücklegen will, also auf einer langen Reise sein muß. Der Infinitiv **to travel** in bezug auf Geschwindigkeit wird eigentlich nur im Ausdruck (that car/that train usw.) **can really travel** – (dieses Auto/dieser Zug) kann ein Affentempo entwickeln – gebraucht.

> ► *Stand well clear. When the skiers come down the slope they're travelling.*

> ► *A police car followed an escaped greyhound for seven miles as it raced along a motorway in Kent; one policeman commented, "That mutt* can really travel".* [*Köter]

Before you can/could say "Jack Robinson" oder **"knife"**

Im Nu; in Null Komma nichts; ehe man sich's versieht. "Knife" ist eine Warnung, daß jemand ein Messer gezogen hat. Warum aber gerade der Name "Jack Robinson" hier gewählt wurde, liegt im Nebel der Vergangenheit.

> ► *I arrived home with a guest and before you could say "Jack Robinson" my wife had whipped up * a meal, and she thought nothing of it *... The problem was, neither did my guest.* [*schnell zubereiten/heraufzaubern *fand nichts dabei (oder hielt nichts davon)]

> ► *One girl joined our company as an office clerk and before you could say "knife", she had been promoted to Head of Department. When the boss told her of her promotion, her voice choked with emotion * and she only managed two words, ... "Thanks Dad!"* [*ihre Stimme versagte vor Erregung]

To go like the clappers oder **go like blazes**

Mit einem Affentempo fahren/laufen/sich bewegen/arbeiten; einen ganz schönen Zahn draufhaben. "Clappers" kam ursprünglich in Umlauf als Militärslang für Hoden, die sich bei Geschlechtsverkehr schnell auf und ab bewegen, in Anlehnung an die Bewegung der Klöppel (clapper) einer Glocke. "Blazes" (Brandherde) ist eine Anspielung auf die Geschwindigkeit, mit der ein Großbrand um sich greift.

> ► *The light from the Sun goes like blazes to get to us; at a speed of over 300000 kilometres a second. – Well after all, it is downhill all the way.*

▶ *A Bavarian knight was going off to the Crusades* in the Middle Ages and gave the key to his wife's chastity belt* to a trusted squire*, with the words, "Keep this key safe until I return". The knight was already some distance from the castle when he heard hooves and turned around to see his squire riding like the clappers to catch him. The squire then gasped breathlessly*, "Thank God I caught you Sir; you gave me the wrong key".*   [*Kreuzzüge
*Keuschheitsgürtel *einem getreuen Knappen
*sagte, indem er nach Luft schnappte]

To run (work / drive) flat out
So schnell wie möglich laufen; Vollgas geben; mit voller Kapazität arbeiten. Die Anspielung bezieht sich auf das Gaspedal eines Autos, das voll nach unten gedrückt wird, bis es mit dem Autoboden bündig oder flach (flat) ist. Jemand der **flat out** ist, ist aber erschöpft, das heißt sinnbildlich auf dem Boden.

▶ *The factory is currently working flat out because of demand for their furniture.*

▶ *How did you get here so quickly? You must have been driving flat out.*

To jump the gun
Vorzeitig mit etwas anfangen; vorpreschen. Wörtlich "über die Pistole springen", so wie ein Athlet, der vor dem Startschuß losrennt und einen Fehlstart verursacht.

▶ *You're jumping the gun a bit aren't you? Don't you know that my surgery * doesn't open for another two hours? – Yes doctor, I know, but the dog that bit me didn't.*   [*Praxis]

At the drop of a hat
Sofort; auf der Stelle; plötzlich, ohne Vorwarnung. In den USA gab man früher das Startsignal für ein Wettrennen, indem man einen Hut nach unten riß. Jetzt ein Sinnbild für ein plötzliches unerwartetes Ereignis oder für jemanden, der, ohne zu zögern, handelt beziehungsweise eifrig zugreift.

▶ *I don't understand why Anke refused the position of stewardess; many others would have taken the job at the drop of a hat.*

▶ *The building is dilapidated* * *and the walls can collapse at the drop of a hat.*   [*baufällig]

▶ *The Australian salt-water crocodile may look deceptively peaceful but if you get too near, he can snap at* * *you at the drop of a hat.*
[*nach (jemandem) schnappen]

Hold your horses!
Nicht so stürmisch!; immer sachte mit den jungen Pferden!

▶ *Hold your horses! You can't drive off just yet; the load must first be tied down properly.*

▶ *Hold your horses! The exam doesn't start for another five minutes, so put your pens down.*

Hell for leather oder like a bat out of hell
In rasender Eile; (fahren / laufen / rasen) wie ein Verrückter. "Leather" im Begriff "hell for leather" war ein lederner Sattel mit Steigbügeln, der bei einem schnellen Pferderitt eine Strapaze (die Hölle – hell) aushalten mußte. Das schaurige Wesen "a bat out of hell" (eine Fledermaus aus der Hölle) ist ein Sinnbild für unheimliche Schnelligkeit.

▶ *The Doberman went hell for leather (like a bat out of hell) after the cat .*

▶ *Ambulances drove hell for leather (like a bat out of hell) through the town ferrying the injured passengers to hospital.*

▶ *Policeman: You were driving like a bat out of hell down this motorway just now. You must have been doing* * *140 km an hour. – Motorist: I wasn't! – 100 then? – No! – 50? – No! – 30? – No! Policeman: OK then, you're fined for illegal parking!*   [*draufhaben]

Like greased lightning oder like a shot oder like a flash
Blitzartig; wie ein geölter Blitz; wie aus der Pistole geschossen. In dem ersten Begriff wird der Blitz (lightning) sinnbildlich "eingefettet" (greased), um ihn noch schneller zu machen.

▶ *You must be careful when you open the cage door; the finches* * *can escape like greased lightning (a shot / a flash).*   [*Finken]

▶ *Heike complained that as soon as men heard that she was a di-*

vorced mother of four children, they disappeared like greased light-
ning (like a shot/like a flash).

In a trice oder in less than no time

Im Nu; im Handumdrehen. "A trice" ist ein veraltetes Wort für einen
schnellen Zug oder Ruck an einem Seil, und hatte den Sinn, daß ein
Gegenstand mit einem Ruck an Land oder an Bord gezogen wird. Das
Wort kommt nirgends anders als in dieser Verbindung vor.

► *Ampler's is a good electronics shop. I once wanted a non-standard*
   sound card for my computer and had searched everywhere without
   success, yet at Ampler's the assistant went away and returned in a
   trice (in less than no time) with the right card.

► *Thieves around Brandenburg are stealing air-bags from cars; they*
   cost around 2000 DM and can be removed in a trice (in less than
   no time).

► *Salesman: This freezer is very economical; it'll pay for itself in less*
   than no time. Customer: Well, when it's paid for itself, send it over
   to me.

To spread like wildfire

Sich in Windeseile (wie ein Lauffeuer) verbreiten; sehr ansteckend
sein (Krankheiten).

► *The locust plague* * spread like wildfire across the Sahil region.*
                                                    [*Heuschreckenplage]

► *The news that a pedophile had come to live in the area spread like*
   wildfire throughout the neighbourhood.

► *Europe was once within an ace* * of becoming Islamic. The Arabs*
   invaded Europe from North Africa in 711, and Islam spread like
   *wildfire through the Iberian Peninsula * into present day France before*
   being stopped by the Frankish * king Charles Martel at the battle of*
   Poitiers in 1492.   [*um ein Haar *Halbinsel *fränkisch]

To (oder let someone) cool one's heels

Lange warten müssen; sich die Beine in den Bauch stehen; jemanden warten lassen. Wanderer, die nach einer langen Reise bei einem
Wasserlauf oder Bach ankamen, legten häufig eine Pause ein, um

sich die Füße (hier als Hacken – heels – angegeben) im kalten Wasser abzukühlen (cool). Dieser Aufenthalt wurde später mit einer gezwungenen Wartezeit oder dem Herumstehen assoziiert.

▶ *I've been cooling my heels for half an hour; the service in this restaurant is terrible. – Yes, but I don't mind the wait because the food's lousy * too.* [*lausig; mies]

To (wait and oder wait to) see which way the wind blows oder which way the cat jumps

Erst sehen, woher der Wind weht; abwarten und sehen wie der Hase läuft. Die zweite Wendung spielt auf den Aberglauben an, daß die Zukunft vom Benehmen einer Katze (hier: von der Richtung, in die eine Katze springt) vorhergesagt werden könnte.

▶ *The Russian political situation is still unstable and many foreign investors are waiting to see which way the wind blows (which way the cat jumps) before injecting capital into the economy.*

▶ *I'm not going to purchase a digital TV just yet; there are competing technical standards and I'll wait and (wait to) see which way the cat jumps (which way the wind blows) first.*

To sit on something

(Eine Entscheidung oder Handlung) lange und absichtlich hinauszögern; in die Länge ziehen; tatenlos warten. Wörtlich "auf etwas sitzen bleiben".

▶ *The housing department spent six months sitting on our request to be rehoused *.* [*umquartieren]

To drag one's heels / feet

Sich mit einer Entscheidung schwertun; eine Entscheidung in die Länge ziehen. Wie ein müder Wanderer, der gleichsam die Beine beziehungsweise Hacken (heels) hinter sich schleppt (drags).

▶ *The pen-pushers * in the insurance company are dragging their feet with our claim; we need the money to redecorate the house and replace the furniture lost in the fire.* [*Bürohengste]

To shilly-shally
Herumfackeln; nie richtig entscheiden können. Das Verb ist eine zusammengesetzte Prägung des 18. Jahrhunderts aus "shill I?" (eine veraltete Form von "should I?" – sollte ich?) und "shall I?" (werde ich?), um eine unschlüssige Person zu beschreiben.

▶ *Theo is always shilly-shallying. He's even got a seven-year-old son he hasn't named yet.*

At a snail's pace
Im Schneckentempo. "Pace" (Schritt) ist hier die langsame Geschwindigkeit einer Schnecke (snail). **To keep pace with someone / something** – Schritt mit jemandem / etwas halten; fortlaufend auf der Höhe von etwas bleiben.

▶ *Conductor, this train is going at a snail's pace. The last time we slowed down, it was because of a cow on the line. – It's the same cow; we've now caught up with it again.*

▶ *In that hotel they serve you at a snail's pace; if you order anything, you have to leave a forwarding address *.*   [*Nachsendeanschrift]

▶ *It's very difficult to keep pace with technological progress; the people who say that something can't be done are getting interrupted by people already doing it.*

To hang fire oder **hang fire with something**
Verzögert werden; säumig sein; (ohne negative Nuance) abwarten oder nicht zu schnell gehen. Der Ausdruck bezog sich auf eine Kanone, die langsam beziehungsweise mit Verzögerung schoß, gewöhnlich wegen einer späten Entzündung des Pulvers. Gleichsam als ob die Granate im Rohr eine Zeitlang hängen blieb.

▶ *If I were you I would hang fire with buying a computer; the prices are set to tumble *.*   [*werden bald purzeln]

▶ *Our move to the new house is hanging fire; the builders still aren't finished yet.*

A slowcoach oder **a slowpoke** [US]
Bummeliese; Trödler. "A slow coach" ist wörtlich "eine langsame Kutsche". Ein Viehtreiber wird auch "cowpoke" genannt, nach der Manier, auf die er das Vieh anstößt (pokes), um es anzutreiben. "A slowpoke" war daher ursprünglich ein langsamer Cowboy.

▶ *Elfriede's such a slowpoke; she's late for everything. Aeroflot once named a delayed flight in her honour.*

▶ *Gerhard's a slowcoach. It takes him five minutes to boil a three-minute egg; the only thing he can do quickly is get tired.*

▶ *The Deutsche Post are real slowcoaches; when they delivered my new driving licence yesterday, I found that it had expired a week ago.*

22 Gesundheit

To be tough as old leather / as old boots
Zäh wie Leder sein; sich wie Leder anfühlen; abgehärtet oder hartgesotten sein.

▶ *After many years as a sailor on a clipper my great-grandfather was said to have been as tough as old boots.*

▶ *The personnel manager has the reputation to be as tough as old leather in pay negotiations.*

▶ *The illness had affected the whole leg and the skin had become as tough as old leather (as old boots).*

▶ *1996 model Ford for sale. Good runner. Tough as old boots.* (aus einer Kleinanzeige)

To be in the pink
Bei bester Gesundheit oder kerngesund sein. Rosa ist eine gesund aussehende Gesichtsfarbe. Bezogen auf leistungsstarke Sportler, Athleten und Rennpferde bedeutet der Begriff "in bester Form". In der nordenglischen Stadt Newcastle ist "The Pink" der Titel einer wöchentlichen rosafarbenen Sportzeitung mit dem Werbeslogan "Read it in the Pink".

▶ *Astrid convalesced for a month after the operation, and now she is in the pink again.*

To be right as rain
Wieder gesund / in bester Verfassung sein; wieder flott sein. Der Vergleich dreht sich um ein Wortspiel mit "right", das sowohl "schnurgerade" als auch "gesund" bedeuten kann. Deswegen, weil Regen senkrecht vom Himmel fällt.

▶ *Young Jürgen had German measles*, but now the little mite* is right as rain again.*   [*Röteln *der Knirps]

To be as fit as a fiddle
In bester körperlicher Verfassung sein, total fit und gut drauf sein. Wer zur Fidel tanzen kann, muß entsprechend in Form sein.

▶ *Peter does not train very much but the other players say that he is as fit as a fiddle.*

▶ *In the village where we live everyone is as fit as a fiddle; in fact they had to kill a guy* to start a cemetery.*   [*Typ]

To be (oder look) a / the picture of health
Wie die Gesundheit in Person aussehen; wie das blühende Leben aussehen.

▶ *Some women who are a picture of health are only painted that way.*

To be as sound as a bell
Absolut gediegen, in erstklassiger Verfassung, von zuverlässigster Qualität. Ein Wortspiel mit "sound", das sowohl das Adjektiv "gesund" als auch das Verb "klingen" bedeuten kann. Daher der Vergleich mit einer Glocke, die gut oder laut klingt.

▶ *The doctor told me not to worry and that I was as sound as a bell.*

▶ *The engine of my twelf year-old Peugeot is still as sound as a bell.*

▶ *This new wonder drug packs such a punch*, you have to be sound as a bell to take it.*   [*hat es dermaßen in sich]

To puke (up) oder **throw up**

Kotzen; sich übergeben; ausspucken. **To puke one's guts up** (oder **out**) (wörtlich: seine Eingeweide auskotzen) – wie ein Reiher kotzen. Das Substantiv **puke** ist "Kotze" oder "Ausgespucktes". Für Seekranke sagt man auch **to feed the fishes** – die Fische füttern.

▶ *The murder had been particularly vicious and even one hard-nosed* cop threw up when he saw the scene.* [*abgebrüht]

▶ *You should have seen the queen* in her war-paint*, all dolled up* in garish* colours; it was enough to make you puke.* [*ältere Tunte *Kriegsbemalung *richtig aufgedonnert *grell]

▶ *The plane provides air-sickness bags, so that there is no reason for this puke on the floor.*

To go (oder **be) down with (an illness)**

Mit einer Krankheit auf der Nase liegen; flach liegen; vorübergehend bettlägerig sein/werden. Das Sinnbild eines bettlägerigen Kranken wird auch in bezug auf Computer gebraucht, die eine technische Panne erlitten haben, zum Beispiel **the computer is down** (oder **down with a virus**).

▶ *Whenever I go down with the flu, I take a bottle of whisky to bed with me, and in five hours it's gone. Mind you*, I've still got the flu afterwards.* [*wohlgemerkt]

▶ *That pain* Detlef has gone down with a virus, but it's only a twenty-four-hour virus; even a virus can't stand him longer than that.* [*Landplage]

To feel (oder **be) sick as a dog / parrot**

Hundsmiserabel/hundeelend zumute sein; kotzübel sein; wie ein Reiher kotzen. In Analogie zu neugierigen Haustieren, die an allem knabbern.

▶ *The furniture dealer gave me 150 DM for the old writing desk. I didn't know that it was a period piece* and when he resold it for 10000 DM, I felt as sick as a parrot (as a dog).* [*Stilmöbel]

▶ *It was a rough crossing on the ferry to Corsica and we were all as sick as a parrot (as a dog oder as parrots/dogs).*

To shake like a leaf

Wie Espenlaub zittern, sich vor Furcht oder Kälte schütteln.

▶ *The survivors of the train crash were dragged from the wreckage shaking like a leaf.*

▶ *We sheltered from the rain in the car, but we were wet and shook like a leaf.*

▶ *Doctor: You're shaking like a leaf. Tell me, do you drink a lot? Patient: No, I usually spill most of it.*

The dreaded Lurgy

Jede kleine Unpäßlichkeit. Diese erfundene Krankheit (die furchtbare Lurgy) wurde in den "Goon Shows" geprägt, einer verrückten Komödienserie des Radios und Fernsehens der fünfziger Jahre. Jede Sendung dieser Serie, woran auch der Filmstar Peter Sellers teilnahm, berichtete über diese Krankheit, die sich wie ein Lauffeuer über das ganze Land verbreitete.

▶ *Why do passport photos always look like you've got the dreaded Lurgy?*

▶ *Peter was a sickly * child and was always going down * with the dreaded Lurgy. The doctors pumped him so full of penicillin that when he sneezed, he sometimes cured someone.*   [*kränklich
*bettlägerig werden]

To be (oder **feel) out of sorts**

Schlecht in Form sein; sich unpäßlich fühlen; übel gelaunt sein. "Sorts" sind in der Druckersprache die Lettern eines Schrifttyps. Ein Setzer, der über keine Lettern mehr verfügte (out of sorts), konnte nicht weiterarbeiten und hatte deswegen einen guten Grund für schlechte Stimmung. Dieses Sinnbild für Verstimmung wurde später auf die Gesundheit erweitert, im Sinne von "nicht in der Reihe".

▶ *You're looking out of sorts: you should eat more fruit. – But doctor, I already have three cherries in every Martini.*

▶ *Doctor: Do you get up in the morning feeling out of sorts with a furry * tongue and a pain between the shoulders? Patient: Yes I do. Doctor: So do I, I wonder what it is.*   [*belegt]

To be (feeling) under the weather oder under par / below par

Sich unpäßlich fühlen; nicht ganz auf der Höhe/auf dem Posten sein; nicht in der Reihe sein. Die Gemütsstimmung, wenn man schlechtem Wetter ausgesetzt ist (under the weather), ist gewöhnlich schlecht. "Par" (Pari) ist die Punktzahl, die ein Durchschnittsspieler auf einem bestimmten Golfplatz normalerweise erwarten kann, und auch der Durchschnittspreis von Aktien und Währungen. Eine Punktzahl oder ein Preis unter Pari (under/below par) ist unter dem Durchschnitt und daher schlecht; ein Sinnbild, das auch auf die Gesundheit übertragbar ist.

▶ *Doctor: Maybe the reason that you're feeling under the weather is your diet. What do you eat? Patient: I eat "Gummibärchen" all the time, mainly the red and yellow ones. Doctor: Bingo!*, that's the problem, you're not getting enough greens*.*   [*ich hab's!; getroffen!; Erfolg! *Grünzeug]

▶ *If you really look like your passport photo, the chances are you're under par and not fit to travel.*

To feel run-down

Sich geistig und körperlich erschöpft fühlen; mitgenommen sein. Das Adjektiv "run-down" bezeichnet auch Gebäude und Gegenden, die heruntergekommen sind. **To give a run-down on something** heißt: eine Übersicht über etwas geben; etwas in groben Umrissen schildern.

▶ *Marianne's looking really run-down; the only way to get some colour back into her face is to ask her to stick her tongue out.*

▶ *Don't jay-walk*, otherwise you might get that run-down * feeling!*   [*verkehrswidrig die Straße überqueren *überfahren]

23 Gewalt

Someone wouldn't harm (oder hurt) a fly

Jemand würde keiner Fliege etwas zuleide tun; jemand ist völlig harmlos.

> *I thought you said that your dog wouldn't harm a fly; tell that to the dog! He barked viciously at me when I entered your garden. – Yes, but barking dogs never bite; at least not when they're barking.*

To cut up rough

Krach schlagen; stürmisch oder gewalttätig werden. Abgeleitet von einem aufgewühlten (rough) Meer, dessen Oberfläche wie ein grob zerrissener (cut up) Stoffetzen aussieht.

> *When you visit that football ground you have to book two seats; one to sit on and one to throw when the yobs * cut up rough.*
> [*Rowdys]

To let someone have it

Jemandem einen Schlag versetzen; auf jemanden einen Schuß abgeben. Das Fürwort "it" bedeutet hier einen Schlag oder Schuß. **Let him have it** – gib's ihm! Die Begriffe **let fly** oder **let rip** (plötzlich zuschlagen oder losschimpfen) beziehen sich auf eine jähe Aufwallung von Emotion. "Fly" ist eine Anspielung auf eine Faust oder einen Arm, der durch die Luft "fliegt". "Rip" (reißen, besonders in bezug auf Kleider) besagt, daß man vor unkontrollierbarer Wut "platzt".

> *I was so angry with that official from the Tax Office who wanted so much extra tax from me, that I went down to his office at the Finanzamt and let him have it; ... every single mark.*
> *A customer was leaving a bar and saw a guy * lying on the pavement with a woman standing above him and about to let him have it with her handbag. Customer: You shouldn't hit a man when he's down! Woman: What do you think I got him down for?*   [*Typ]

To beat (beziehungsweise knock) the living daylights oder the stuffing oder the shit (grob) out of someone

Jemanden windelweich schlagen; jemanden mörderisch verhauen oder verdreschen. (Siehe auch Seite 19.)

> *In Russia, the camps for juvenile delinquents are hard; those who don't conform get the living daylights (the stuffing/the shit) knocked out of them.*

To fill someone in oder **duff someone up**
Jemanden zusammenschlagen. Die Urbedeutung von "fill in" als "eine Frau schwängern" hat mit der Zeit eine Abwandlung erfahren. (Siehe auch "fill someone in" – jemanden informieren, Seite 163.) "Duff" stammt von einem veralteten Substantiv für "Ramschwaren". Daher das abgeleitete Verb im übertragenen Sinne "jemanden durch eine Tracht Prügel untauglich machen". Sowohl das Wort **a duffer** – ein Trottel oder Nichtsnutz – als auch das Adjektiv **duff** – untauglich oder falsch (vergleiche "dud", Seite 233) – haben dieselbe Herkunft.

- ► *I'm having a boundary dispute with my neighbour and several times he has threatened to duff me up (fill me in).*
- ► *We don't hire duffers; they can be dangerous on a building site.*
- ► *You've been sold a duff watch. It's not even worth repairing.*

To knock the spots off someone
Jemanden gehörig verprügeln oder besiegen; jemanden in die Pfanne hauen. Wörtlich "jemandem die Pusteln (spots) vom Gesicht abschlagen". Die Anklänge sind hier, daß der Leidtragende ein Halbstarker oder geistig unreif ist und daß er eine Tracht Prügel verdient hat. Die Wendung hat aber wahrscheinlich einen ganz anderen Ursprung, nämlich den Gebrauch von Spielkarten als Zielscheibe bei Schießübungen. "Spots" (Tupfen) sind hier die Kartenmarkierungen (Pik, Treff usw.), die weggeschossen werden (knocked off). Dies erklärt besser die Anwendung in Beispielen von einem Sieg, wo bei dem Besiegten keine Beiklänge von geistiger Unreife oder Schuld mitschwingen.

- ► *Our team will knock the spots off the league champions.*
- ► *If I catch that lad stealing from my garden again, I'll knock the spots off him.*

To knock / hit someone / something for six
Jemandem/etwas einen vernichtenden Schlag versetzen; jemanden besiegen. Ein Begriff aus dem Cricketspiel, in dem der Schlagmann sechs Punkte erhält, wenn er den Ball aus dem Feld schlägt.

- ► *Our new skin ointment will knock warts * for six.*   [* Warzen]
- ► *Veronika was stunning *; she had something that could knock any man for six, ... her hulk * of a husband.*   [* umwerfend * Klotz]

24 Gleich / Ähnlich

To tally with oder **square with something**
Mit etwas übereinstimmen; mit etwas im Einklang stehen. Zu einer Zeit vor der doppelten Buchführung machten Kaufleute Einkerbungen auf zwei getrennten Stöcken; der eine zählte das laufende Geschäft, der andere diente als Kontrolle. Jede Einkerbung, so wie die Zählung selbst, hieß "a tally" (vom französischen Verb "tailler" – einschneiden). Mit dem Verb "tally" meinte man, daß die Anzahl Einkerbungen auf diesen beiden Stöcken gleich waren und daß daher die Buchführung in Ordnung war. **To keep a tally of something** – über etwas Buch führen; etwas zählen. Das Verb "square" kommt aus dem Bauwesen und bezeichnet zwei quadratförmige Bauelemente, die miteinander bündig abschließen, das heißt gut zueinander passen. Im Gegensatz zum intransitiven Verb "tally" kann "square" auch transitiv angewandt werden; **to square something with someone** – etwas mit jemandem übereinstimmend machen.

▶ *Your version of the collision doesn't tally (square) with what the other driver says.*

▶ *I'm keeping a tally of how many times my new washing machine has damaged clothes so that I can claim compensation later.*

▶ *You can stay with us for the week in June, but I'll have to square it with my wife first.*

A copycat
Ein Nachahmer; eine Firma, die die Produkte anderer nachmacht oder abkupfert; ein Student, der von anderen abschreibt. **A copycat crime** beziehungsweise **criminal** ist ein Nachahmeverbrechen oder -verbrecher.

▶ *The firm is a copycat; their fruit-juice bottles have the same colour and design as ours but are much cheaper.*

▶ *Sportsmen are role models * and drug-taking can encourage copycats.* [*Vorbilder für andere]

▶ *Xerox are copycats; they never come up with * anything original.* [* hervorbringen]

To be as like as two peas (in a pod)

Sich wie ein Ei dem anderen gleichen. Der Vergleich gebraucht "zwei Erbsen (in einer Schote)" anstelle von Eiern, wie im entsprechenden deutschen Begriff.

▶ *So your flat is on the third floor; I hang out* on the tenth. – The flats are as like as two peas, the only difference is that if you fall from a flat on the tenth floor, you go, "Aaaaaaaaaaaa-Hhhhhhhhhhh; Splatt*", and if you fall from the third floor, you go, "Splatt; AaaaaaaaaaaaaHhhhhhhhhhh."* [*wohne
*lautmalendes Kunstwort für den Aufprall]

A level playing field

Eine Konkurrenz, bei der niemand benachteiligt wird; gleiche Rahmenbedingungen für alle. Wörtlich: "ein waagerechtes Spielfeld", das heißt ein Wettbewerb oder Kampf, worin gleiche Regeln für alle Beteiligten obwalten. Dabei ist wichtig, daß niemand **moves the goalposts** (wörtlich: die Torpfosten an einen neuen Platz stellt) – sich nicht an die vereinbarten Bedingungen hält und die Vorschriften zum Nachteil eines am Wettbewerb Beteiligten ändert.

▶ *We have created a level playing field for all ethnic groups in our company; they have equal employment and promotion chances.*

▶ *Every time I agree a delivery date and price with you, you say "yes" on the phone and then move the goalposts the next day.*

Fair do's

Gleiches Recht für alle. Häufig als Ausruf oder Empfehlung – wollen wir jeden gleich behandeln!; wollen wir jedem eine gleiche Chance geben! Das Verb "do" wird hier als Substantiv in der Mehrzahl gebraucht, im Sinne von "(gerechte) Behandlung".

▶ *Fair do's! It's my turn to use the car; you had it yesterday.*

▶ *I'm free of prejudice and believe in fair do's for everyone. That's why I hate everyone equally.* (US-Schauspieler W. C. Fields 1880–1946)

Join the club!

Da können wir uns die Hand reichen!; dasselbe ist mir (uns) auch zu-
gestoßen! Diese Erwiderung (wörtlich: Willkommen im Verein!) ist
sinnbildlich für jemanden, der durch eine vorhergehende Aussage
die nötigen Bedingungen für die Mitgliedschaft einer Schicksalsge-
meinschaft oder einer Gruppe Gleichgesinnter erfüllt.

► *I've two daughters. – Join the club!*
► *I think I'm suffering from a split personality*. – Join the club; that
  makes four of us.*   [* gespaltene Persönlichkeit]

To keep up with the Joneses

Mit den anderen gesellschaftlich gleichziehen; hinter dem Lebens-
standard von jemandem nicht zurückstehen wollen. "The Joneses"
sind die Mitglieder der Familie Jones. "Keeping up with the Joneses"
war ein beliebter Comic-Streifen in vielen amerikanischen Zeitungen von 1913 bis 1931 und schilderte eine Durchschnittsfamilie, die
mit Mühe dem höheren Lebenstandard der Nachbarn Jones nach-
eiferte. Der Urheber des Streifens, Arthur Momand (als Karikaturist
"Pop" genannt), wollte ursprünglich den weit verbreiteten Familien-
namen "Smith" anstelle von Jones gebrauchen, entschied sich jedoch für den wohlklingenderen letzteren.

► *In 1998, Pakistan tested an atomic bomb shortly after India; it was
  the nuclear equivalent of keeping up with the Joneses.*
► *When I was a door-to-door salesman in a posh* area of the city, I
  made good use of the wish to keep up with the Joneses. I used to
  knock on the door and say, "I don't suppose you'd be interested in
  our range* of products; your neighbour says that they're far too expensive for you".*   [* vornehm * Sortiment]
► *It's not a question of keeping up with the Joneses, but Mr Böhm
  kisses his wife every morning before he leaves for work. – But dear,
  I hardly know the woman.*
► *My wife is always trying to keep up with the Joneses; she never
  knows what she wants until the neighbours get it.*

It's six and two threes oder **it's six of one and half a dozen of the other** oder **it's as broad as it's long**

Es läuft auf dasselbe hinaus; das ist Jacke wie Hose; dasselbe in Grün; gehupft wie gesprungen. Die ersten zwei Begriffe bieten verschiedene Möglichkeiten, die Nummer sechs zu beschreiben, nämlich zwei mal drei oder ein halbes Dutzend. Der letzte Begriff spielt auf eine bestimmte Abmessung der Fläche eines Gegenstands an, die man oft wahlweise entweder als die Länge oder die Breite ausdrücken kann.

▶ *Travelwise*, I'm only five minutes drive from my work in Düsseldorf, but it's six and two threes whether I go by car or push-bike*, since it takes me twenty minutes to find a parking place.*

[*was das (Reisen) betrifft *Fahrrad]

▶ *It's six and two threes whether you treat a common cold or not: if you try to cure it, it lasts about seven days; if you just let it go untreated, it lasts about a week.*

To be a chip off the old block

Ganz der Vater sein. Genau wie ein abgespaltener Splitter (chip) dem Holzblock (block) ähnelt, so hat ein Kind dasselbe Naturell wie der Vater oder ergreift denselben Beruf. Wie das Sprichwort "der Apfel fällt nicht weit vom Stamm".

▶ *Arne's new baby is a chip off the old block. – Well, never mind, as long as it's healthy.*

To be the spitting image of someone oder **a dead ringer for someone**

Das Ebenbild von jemandem sein; jemandem wie aus dem Gesicht geschnitten sein. "Spitting image" ist die Abwandlung einer mittelalterlichen Wendung für einen Sohn, der seinem Vater derart ähnlich ist, "als ob er aus seinem Mund gespuckt wäre". "A ringer" war ein Pferd, das einem anderen sehr ähnelte und für dieses in einem Pferderennen auf betrügerische Weise eingesetzt wurde.

(Für "dead" im Sinne von "genau" siehe Seite 396.)

▶ *When Patrick was born, he was the spitting image of his father; then they turned him the right way up and all was well.*

▶ *What do you get when you lean a stiff* against a doorbell? – I*
  don't know. – A dead ringer.   [* Leiche]
▶ *Guest in restaurant: You're a dead ringer for the waiter who took*
  my order. Waiter: Yes, it was me sir. Guest: Well, you don't look a
  day older.

To be even Stephen(s) oder be level pegging

Gleichauf liegen; punktmäßig gleich sein. Der erste Begriff hatte ursprünglich nichts mit dem Vornamen "Stephen" zu tun und ist eine
Verformung der altniederländischen Münze "stuiver", im ursprünglichen Sinne von "mit jemandem finanziell quitt sein". Der zweite
Begriff stammt von Pflöcken (pegs) auf einem Brett, die den Spielstand der Teilnehmer bei bestimmten Kartenspielen wie "cribbage"
festhielten. Pflöcke auf derselben Höhe (level) signalisierten den
Gleichstand. Beide Begriffe beschreiben sowohl diesen Zustand als
auch die Wettbewerbsteilnehmer selbst.

▶ *The two teams are level pegging (even Stephens) with one match of*
  the season to go.
▶ *What is the situation in the chess match? It's even Stephens (level*
  pegging); both grand masters have six games each.

To be tit for tat

Jemandem ein Gefallen erwidern; jemandem mit gleicher Münze
heimzahlen; wie du mir, so ich dir. "A tit" ist ein veraltetes Wort für
einen Ruck oder Zug, und "tat" war eine damalige Prägung, um den
Reim zu ergänzen. Der Begriff beschrieb ein heiß umkämpftes Tau-
ziehen, wo jeder Zug mit einem Zug in die andere Richtung erwidert
wurde. Auch als Adjektiv **tit-for-tat**, gegenseitig.

▶ *I don't want any money for that old lawnmower. You helped me re-*
  pair my car last week; it's tit for tat.
▶ *Albanians shot dead two Serbs near Pristina yesterday, as the tit-*
  for-tat killings go on.

To get in on the act oder jump on the bandwagon

In ein erfolgreiches Geschäft einsteigen; etwas nachahmen; auf den fahrenden Zug aufspringen. Die erste Wendung bezieht sich auf Zirkuskünstler, die eine erfolgreiche Nummer (act) nachahmen (get in on) wollen. Wahlkampagnen in den USA wurden häufig von Wagen mit Musikkapellen (bandwagons) begleitet. Wenn ein Kandidat gute Erfolgschancen hatte, sprangen viele auf den Wagen, um sich bei ihm einzuschmeicheln.

▶ *After the award * of large damages * to a cancer sufferer, cigarette companies are afraid of other smokers getting in on the act (jumping on the bandwagon).*   [*Schiedsspruch *Schadensersatz]

▶ *A pious * American tourist outside the Vatican watched how the Pope passed by lines of tourists and then stopped at a bedraggled hobo * to whisper something in his ear, before moving on. The Yank thought, "The noble Pope pays special attention to the poor; I'll get in on the act", so he paid the hobo a hundred dollars for his clothes in the hope that the Pope would also speak to him next day. Next morning the American waited in line dressed exactly as the hobo. The Pope passed by all the tourists, then stopped at the American and whispered in his ear, "You git *! Didn't I tell you yesterday to buzz off *!"*   [*fromm *schmutziger Landstreicher
*Arschloch *abzischen]

25 Glück / Schicksal

By a fluke

Durch einen glücklichen Zufall. **A (pure) fluke** (ein Glücksfall; Glückstreffer) bezieht sich eigentlich auf eine zufällige und für Segelschiffe günstige Seebrise. Das abgeleitete Adjektiv heißt **fluky** – glücklich oder zufällig. **A freak accident** ist ein sehr ungewöhnlicher Unfall.

▶ *Your first day angling and you catch a three-kilo trout; you are fluky. – Yes, it was a pure fluke.*

▶ *My uncle was killed by a freak accident; one night a large owl flew*

slap-bang* into his window breaking it, and a shard* from the
window pieced his neck.   [*voll drauf *Glasscherbe]

To be jammy

Schwein haben. In der Kriegsmarine bezeichnete dieses Adjektiv
einen Glückspilz, der aus allen Lebenslagen Gewinn (sinnbildlich
"jam" – Konfitüre) herausschlagen konnte. **A jammy devil** – ein
Glückspilz.

▶ *I found a wage packet this morning. – You jammy devil. – Jammy?*
Just look at all the tax I've paid on it.

To take pot luck

Sich überraschen lassen; etwas aufs Geratewohl tun; blind handeln.
Ein eingeladener Tischgast muß sich mit dem Essen abfinden, das gerade im Topf kocht; er ist auf den Zufall angewiesen.

▶ *My wife is sick and tired* of planning our meals. Now she just*
takes pot luck; when she goes to the supermarket, she kicks a shelf
and takes whatever falls off.   [*von etwas die Nase voll haben]

To do something on the off-chance

Etwas in der vagen Hoffnung auf Erfolg tun; etwas auf gut Glück tun.
"Off-chance", eine Prägung mit "off" (neben) und "chance" (Glück),
beschreibt eine winzige Chance am Rande, das heißt, daß man dabei
auf Zufall angewiesen ist.

▶ *I got this job by a fluke*. My car broke down not far from here and*
as I was walking to the nearest garage for help, I passed this factory
and decided to inquire about vacancies on the off-chance.

[*durch Zufall]

To be on a roll

Eine ununterbrochene Glückssträhne haben. "Roll" ist hier "roller" –
die große Welle, die Surfer weit vorwärts bis an den Strand trägt und
ihnen einen gelungenen Ritt beschert.

▶ *The secret of gambling is to stop betting while you're still on a roll.*
▶ *Everything has been going right this year at home and at work; it's*
as if I'm on a long roll.

To strike (it) lucky

Glück/Dusel haben; einen Glückstreffer machen. Eine Anspielung auf fündige Goldgräber, die auf eine Goldader stoßen (strike). **To strike it rich** – das große Geld machen.

▶ *After three days of drilling for water, the French engineers struck it lucky and found an underground lake.*

▶ *After the war many Dutchmen went to Australia and Canada hoping to strike it rich.*

Touch wood! oder knock on wood! [US]

Unberufen!; toi, toi, toi!; dreimal auf Holz klopfen! Da in grauer Vorzeit bestimmte Bäume wie Eiche und Eibe heilig waren, glaubte man, daß nach einer optimistischen Aussage das Berühren von Holz etwaiges Unheil abwenden könnte.

▶ *I've enjoyed good health until now. Touch wood! (Knock on wood)!*

▶ *The hurricane will probably turn out into the Atlantic and not reach the shore. Touch wood (Knock on wood)!*

To keep one's fingers crossed oder cross one's fingers

Den Daumen drücken/halten. Vom abergläubischen Brauch, ein Kreuzzeichen mit den Fingern zu machen, um Unheil abzuwehren.

▶ *At last there's a bus coming; let's keep our fingers crossed* (oder *let's cross our fingers) and hope that it's the bus to Bochum.*

▶ *This afternoon the doctor will tell me whether the tumour* is benign* or malignant*. – I'll keep my fingers crossed for you.*

[*Geschwulst *gutartig *bösartig]

Hard lines! oder hard cheese!

Das ist Pech/ein schwerer Schlag! "Lines", ein veralteter Begriff für Glück oder Schicksal, stammt aus der Handliniendeutung. Der zweite Begriff beschreibt Käse in einer Speisekammer, der sich unglücklicherweise als hart und ungenießbar herausstellt.

▶ *Dieter's wife has cancer you know. – That's hard lines!*

▶ *Hard cheese! Just one more correct lotto number and you would have won a large prize.*

26 Groß / Viel

Dirty-great oder **unholy(-great)**

Riesig. "Dirty" (schmutzig) in dieser Adjektivzusammensetzung hat die Bedeutung "unangenehm (groß)" oder angsteinflößend. "Unholy" (wörtlich: unheilig) wird im Sinne von "teuflisch" oder "fürchterlich" in bezug auf Größen und Mengen gebraucht, zusätzlich auch für ein Durcheinander (an unholy mess) oder einen Schrecken (an unholy fright).

► *When we saw the dirty-great (unholy) storm clouds on the horizon, we decided to turn our yacht into the nearest port.*

► *Elke had an unholy fright to see a dirty-great rat crawl out of the toilet pan *.* [*Klosettbecken]

► *The mud slide * passed through the suburbs leaving an unholy mess in its wake *.* [*Erdrutsch *hinter sich]

To think the world of someone

Große Stücke auf jemanden/etwas halten. "The world" wird hier im Sinne von "eine ganze Menge" oder "unendlich viel" gebraucht. Andere häufige Wendungen mit "world" in einer ähnlichen Bedeutung sind **do someone the world of good** (jemandem unendlich gut tun) und **a world of difference** (ein himmelweiter Unterschied).

► *Do you Norwegians like whales as well? – Oh, we Norwegians think the world of whales, …. especially grilled with vegetables.*

► *A little honey * now and again does you the world of good, … until your wife finds out.* [*ein bißchen Honig; ein kleiner Schatz]

To give (oder get oder do) something into the bargain (in the bargain [US]) **oder … something to boot**

Etwas darüber hinaus dazugeben/kriegen; etwas obendrein/zusätzlich tun. Der erste Ausdruck beschreibt ein Zusatzgeschenk, das man bei einer Abmachung (bargain) gibt oder erhält, mitunter auch ironisch gemeint. Der veraltete Begriff "to boot", der vom angelsächsischen Wort "bot" – Vorteil oder Gewinn – kommt, bedeutet hier "als Zugabe".

▶ *With every purchase over $200 we give you 1000 free air miles to boot (into the bargain).*

▶ *If you don't pay me, I'll come and take my furniture back and beat you up into the bargain (to boot).*

Not by a long chalk
Bei weitem / mit Abstand nicht; noch lange / beileibe nicht. Die Wendung wird einer verneinenden Behauptung (mit "no" oder "not") angehängt, um sie zu verstärken. In der Zeit, als Spielstände und Rechnungen in Wirtshäusern noch mit Kreide auf Schiefern festgehalten wurden, waren diejenigen, die große Zechen oder viele Einträge hatten, beim Konsum oder Spiel weit voran.

▶ *I can't give you any advice on any legal questions. I'm no lawyer (oder I'm not a lawyer); not by a long chalk.*

▶ *The Tay bridge in Scotland is not as long as the bridge over the Belt in Denmark; not by a long chalk.*

▶ *The family cannot be classed as rich; not by a long chalk.*

To be chock-a-block oder chocker
Vollgepfropft / rammelvoll sein; die Nase gestrichen voll haben. "Chock" in diesem früheren Seemannsbegriff ist der Bremsklotz am Seil eines Flaschenzugs (block and tackle), der einrastet, wenn das Lastseil voll eingefahren ist. Dieser Zustand steht als Sinnbild für einen randvollen Behälter, der nichts mehr aufnehmen kann, einen zum Bersten vollen Raum oder jemanden, der die Grenze seiner Geduld erreicht hat.

▶ *Before the paper factory came here, this stream was chock-a-block with roach * and bream *.*   [*Rotaugen *Brachsen]

▶ *The bus was chock-a-block; even some of the men couldn't get seats.*

To be up to one's eyes (oder eyebrows) in something (work / debt usw.)
Bis über beide Ohren in der Arbeit / in Schulden usw. stecken; mit etwas eingedeckt sein.

▶ *The financial year is about to end; I am up to my eyes in work drawing up the final accounts.*

▶ *Jürgen has just bought a new Mercedes on tick* and is up to his eyes in debt.* [*auf Pump]

▶ *If you don't hear from us by next week, assume that you have been rejected; we are up to our eyes in job applications.*

▶ *Why did chlorine* leak from the storage tank last night? Head office* is up their eyes in complaints from the neighbourhood.*

[*Chlor *die Zentrale; Hauptverwaltung]

To have done something more times than someone has had hot dinners

Etwas häufiger getan haben, als jemand sich vorstellen oder zählen kann.

▶ *Your operation is only minor; besides, the surgeon has removed more tonsils* than you've had hot dinners.* [*Mandeln]

▶ *I can't understand why the accident occurred. Dieter is one of our most experienced truckers; he's driven more journeys than I've had hot dinners.*

▶ *Sabine's been to bed with more men than you've had hot dinners.*

To be as common as muck

Dutzendware sein; schrecklich ordinär oder vulgär sein. Wörtlich "so weit verbreitet / ordinär wie Dreck".

▶ *That postage stamp is not worth more than the face value; it is still as common as muck in France.*

▶ *Mrs Worthmann makes out* that her family are posh*, but when you get to know them, they're as common as muck.* [*gibt vor *vornehm]

A bottomless pit

Ein Faß ohne Boden. "A pit" ist eine Fallgrube, eine Falle für wilde Tiere. Hier symbolisch für eine Sache, die endlos viel Geld kostet, oder eine unersättliche Person, die viel Essen verschlingt.

▶ *The Channel Tunnel project became continually more expensive, and began to appear to investors like a bottomless pit.*

▶ *I was full up after the slap-up meal*; but Sebastian went and got a second helping*; he's a bottomless pit.* [*üppiges Essen *Portion]

Something is not to be sneezed at

(Ein Betrag) ist beachtlich groß; (ein Angebot) ist nicht zu verachten.
Zu der Zeit, als Schnupftabak noch weit verbreitet war, pflegte man,
wenn man die Gesellschaft von jemandem als lästig empfand und
ihn brüskieren wollte, eine Prise zu nehmen und vor dem Unliebsamen zu niesen (sneeze), ehe man wegging.

▶ *That offer for your house is reasonable; it's not to be sneezed at.*

▶ *The job pays well; 25 DM an hour is not to be sneezed at.*

▶ *Entry to the competition is free and you can win a holiday on Mallorca; that's not to be sneezed at.*

To be snowed under with (oder in) something oder
be swamped with something

Mit etwas (Briefen / Geschenken / Arbeit) eingedeckt sein; durch etwas erdrückt werden; bis über die Ohren in etwas stecken. Die
Grundidee ist, daß man durch die große Menge eingeschneit
(snowed under) wird oder wie in einem Sumpf (swamp) feststeckt.

▶ *Immigration authorities in the USA are already swamped (snowed
  under) with requests for "green cards".*

▶ *We can't carry out that repair until next week; we are snowed under (swamped) with work at the moment.*

On the trot

(Mehrmals) hintereinander. Wie die schnelle Reihenfolge der Hufe
eines Pferdes beim Traben (trot). Nicht verwechseln mit **to be on
the trot** – auf Trab sein, das heißt hier und da sehr beschäftigt.
(Siehe Seite 34.)

▶ *When I was your age, I could name every Bundeskanzler on the
  trot. – Yes, but when you were my age, there had only been one.*

Umpteen

X-; -zig. Eine scherzhafte Prägung aus dem unschlüssigen Laut
"ummm" und der Nachsilbe einer Grundzahl zwischen 13 und 19
(englisch -teen), die eine Anzahl angibt, die unbestimmt oder schwer
zu beziffern ist. "Umpteen" beschreibt nur Substantive, die keinen
Artikel (das heißt kein "the" oder "an") haben. Um eine unbe-

stimmte Ordnungszahl anzugeben, wird **the umpteenth** (-zigst; X-ten) gebraucht, zum Beispiel "for the umpteenth time" – zum zigsten Mal.

▶ *A man with his umpteen children was visiting an agricultural show and asked a farmer if he could bring all his children into the tent to see a prize breeding bull*. The farmer replied, 'Wait, I'll bring the prize bull out to look at you!'*   [*Zuchtbulle]

▶ *So you want to marry my daughter; shouldn't you see my wife first? – I have, sir, umpteen times. And I still want to marry your daughter.*

To be crawling (oder coming) out of the woodwork

(Aus dem Nichts) in hellen Scharen auftreten. Eine Anspielung auf ein mit Holzwurm befallenes Haus, worin die eingepuppten Maden plötzlich massenweise als Holzkäfer ausschlüpfen und aus Holzmöbeln und -täfelung (woodwork) hervorkrabbeln (crawl out).

▶ *Old Riedel was rolling in it*, yet he had few friends or visitors. Now he's passed away*, his relatives are crawling out of the woodwork to claim the inheritance*.*   [*hatte Geld wie Heu
*dahingegangen *Erbe]

To do something like it was going out of fashion / style

Etwas schnell und in großem Maßstab tun; etwas im großen Stil tun. Wörtlich "etwas tun, als ob es aus der Mode käme". Das Fürwort "it" ist hier eine Tätigkeit, der man sich eifrig widmet. Das Sinnbild ist ein Händler mit bald nicht mehr modischen Warenbeständen, der alles aufbietet, um diese alten Waren schnell in Bausch und Bogen loszuwerden.

▶ *You can't get any sleep on this campsite. We spent the night in our caravan killing midges * like it was going out of fashion (style).*

[*Stechmücken]

▶ *Ruth is nuts about garden gnomes *; she collects them like it was going out of fashion.*   [*verrückt nach Gartenzwergen]

A hell / heck of a lot

Sehr viel; wahnsinnig viel. "Heck" ist ein verhüllender Begriff für "hell" (die Hölle), im Sinne von ungeheuerlich viel. **A hell / heck of a thing / person** – eine wahnsinnig große oder bewundernswerte Sache / Person.

▸ *I need 10,000 cockroaches*. – Hell's bells!* That's a heck of a lot of roaches. Do you have a zoo full of reptiles that need feeding? – Nope*, I'm moving house, and my lease* says that I must leave the premises* in the same condition that I found them.* [*Küchenschaben
*Mannometer! *nee *Mietvertrag *Räumlichkeiten]

▸ *You've made one hell of a cock-up*, but it's not a resigning matter*. .... It's much more serious than that; you're fired!*
[*riesig Mist gebaut *kein Grund zurückzutreten]

▸ *Does this train stop at Cuxhaven? – If it doesn't, there's going to be one hell of a splash*.* [*Platsch]

27 Häßlich / Schön / Körperbau

To be as ugly as sin

Häßlich wie die Nacht sein, total unschön / verunstaltet sein. Die Sünde (sin) ist hier sinnbildlich für den Teufel.

▸ *Some of her contemporaries* described Elizabeth the First, who never married and who ruled England from 1558 to 1603, as being as ugly as sin.* [*Zeitgenossen]

▸ *The flats have deteriorated and become an eyesore*; they are as ugly as sin.* [*beleidigen das Auge]

To have a face like the back of a bus oder be plug-ugly oder be butt-ugly

Potthäßlich sein; ein Ohrfeigengesicht haben. Spielende Kinder auf dem Hintersitz eines Busses, die anderen Autofahrern Fratzen ziehen, sind der Ursprung dieses Vergleichs mit entgleisten Gesichtszügen. "A plug" war New Yorker Slang für "thug" (Straßenschläger), und der Begriff ist eine Anspielung auf das typische Boxer-Gesicht dieser Leute. "A butt" ist eine amerikanische Bezeichnung für "Arsch" oder "Po".

▶ *Behrens had been boxing for many years and had a face like the back of a bus.*

▶ *She has a nice figure but a face like the back of a bus.*

▶ *At the last wedding I went to, the bride was so plug-ugly, everyone kissed the groom instead.*

▶ *Albert was butt-ugly, even as a baby; his mother didn't get morning sickness* * until after he was born.*   [*morgendliche Übelkeit]

To be as bald as a coot / billiard ball

Total kahlköpfig sein; eine Glatze wie ein Kinderpopo (einen blanken Schädel) haben. Der Vergleich mit einem Bläßhuhn (coot) ist abgeleitet von dem kahl erscheinenden Federschopf dieses Wasservogels. Der Schimpfname **an old coot** bezeichnet einen alten sturen Mann oder dummen Kahlkopf.

▶ *Young neo-Fascists like to shave their heads as bald as a billiard ball (coot); it is part of their message.*

▶ *Wilhelm is as bald as a coot; he keeps his hat on with a suction cap.* *   [*Saugnapf]

▶ *Make sure you close the main entrance door when you leave; the old coot on the first floor is always complaining to the landlord about something.*

A hulk

Ein Koloß; Kleiderschrank. "A hulk" (genannt nach dem Schiffsrumpf) war ein Schiffswrack oder dicker Pott, der früher als Gefängnis diente. Dieses Sinnbild für einen großen unbeholfenen Typ oder Klotz von einem Mann wurde als die Benennung eines bekannten Comicstreifens (Hulk) und der späteren Filmreihe über die Verwandlung eines Arztes in ein wütendes Ungeheuer übernommen. Die entsprechenden Adjektive sind **hulky** und **hulking** (wuchtig; klotzig). Nicht mit **a hunk** (vom niederländischen "homp" – Klumpen) – einem muskulösen und (für Frauen) gutaussehenden (**hunky**) Mann – zu verwechseln.

▶ *Kuznetzov lives among the New Russians* in the posh* Arbat area in Moscow; the garden of his pad* is guarded by two Doberman dogs, and I mean real hulks.*   [*Neureiche in Rußland
*vornehm *Wohnung]

▶ *There's a dirty-great* hulk at the door saying that you owe him money. – What does he look like? – He looks like you'd better pay him.*   [*unangenehm riesig]

To be as strong as a horse oder an ox
Bullenstark sein; Bärenkräfte haben.

▶ *Erika is a good gymnast and as strong as an ox (a horse); she now does weight-training with the men.*

▶ *You're strong as an ox (a horse); help me carry this desk into the corridor.*

▶ *A few years ago you had to be as strong as a horse to rip a telephone book in two *; nowadays you have to be as strong as an ox to rip up the telephone bill.*   [*entzwei]

To be as hard as nails
Körperlich oder geistig hart sein; knochen- oder eisen- oder stahlhart sein. Die früher handgeschmiedeten Nägel überlebten oft das Holz, das sie zusammenhielten, und hatten damit den Ruf einer besonderen Härte.

▶ *The ascent sapped* the strength even of climbers like Albrecht, who are as hard as nails.*   [*an den Kräften zehren]

▶ *Drexler is as hard as nails. You won't get him to knock down * the price of the car.*   [*heruntersenken]

To be as flat as a pancake
Platt wie ein Pfannkuchen; flach wie ein Bügelbrett.

▶ *It is not an exaggeration to call most of the Netherlands "as flat as a pancake".*

▶ *You'd better change your tyre; it's flat as a pancake.*

▶ *Before the breast enlargement operation, she was as flat as a pancake. Thirteen was her unlucky number; it was her bust size.*

To be as thin as a rake
Spindeldürr oder eine lange Latte sein. In Analogie zu einem lang-
stieligen Gartenrechen (rake). Das Adjektiv **skinny** (wörtlich: aus
Haut [und Knochen]) ist mager. **A skinny Minnie** ist eine klapper-
dürre Person, nicht notwendigerweise eine Frau, obwohl "Minnie"
ein Frauenname ist. (Siehe auch "moaning Minnie", Seite 191.)

▶ *Some fashion models are proud to be skinny Minnies.*
▶ *Many famine victims there were as thin as a rake; I've seen more
  meat on a butcher's apron*. A notice at the emergency clinic read,
  "If closed, please slip the victim under the door".*   [*Schürze]

A beanpole
Ein langer Lulatsch. Wörtlich "eine Bohnenstange", das heißt ein
hoch aufgeschossener Mensch.

▶ *Rainer's a beanpole: he has to stand on a chair to clean his teeth;
  for six months of the year he goes around with snow on his head.*
▶ *Doctor: The problem is that you're anaemic*. Patient: Well I
  would like a second opinion. Doctor: OK then, you're a beanpole as
  well.*   [*blutarm; anämisch]

A spare tyre
Ein Fettwulst um den Bauch; ein Rettungsring. Wörtlich "ein Ersatz-
reifen".

▶ *What is your husband getting for Christmas. – A spare tyre.*
▶ *Is Karin a weight-watcher* too? – Well, she certainly watches her
  weight; she can't miss the spare tyre in front of her since it stands
  out a mile*.*   [*Schlankheitsbewußte *ins Auge springen]

28 Helfen / Stützen

To save someone's (oder one's) bacon
Jemandes (oder die eigene) nackte Haut retten; jemanden aus einer
schwierigen Lage retten. "Bacon" (Frühstücksspeck) steht hier sinnbildlich für den menschlichen Körper, das heißt das Leben von jemandem.

▶ *Ralf got a medal for rescuing a girl on the beach; he saved her bacon ... from a lifeguard.*

You scratch my back and I'll scratch yours!

Eine Hand wäscht die andere. Wörtlich: "kratzt du mir meinen Rükken, so kratze ich dir deinen", das heißt, hilfst du mir, so helfe ich dir. Feststehender Ausdruck der gegenseitigen Hilfe oder Kumpelwirtschaft.

▶ *The Building Committee of the town council awarded the construction contract to Reimer KG. Soon after that, the son of the Head of the Committee became an executive with Reimer. Clearly a case of "you scratch my back and I'll scratch yours."*

To fix someone up with something

Jemanden mit etwas versehen; jemandem etwas verschaffen / besorgen. In Anlehnung an das Verb "fix up something" (etwas reparieren oder in Ordnung bringen), im übertragenen Sinn "mit etwas bei jemandem eine Notlage beheben". In der Frage **how are you fixed for (tomorrow / money)?** – wie sieht's bei dir (morgen / mit Geld) aus? – wird die Partikel "up" gewöhnlich weggelassen.

▶ *A chambermaid will come round to your room and fix you up with bed linen.*

▶ *We've only booked a return flight to Madrid but we're still not fixed up for accommodation.*

▶ *How are you fixed for food? We could bring some along.*

To hold the fort

Vorübergehend für jemanden einspringen oder den Dienst versehen; die Stellung halten. Eine Wendung von 1864 aus dem amerikanischen Bürgerkrieg, die dem Unionsgeneral Sherman in einem Befehl an General Corse in der von Konföderierten belagerten Festung Allatoona Pass zugeschrieben wird.

▶ *You'll have to speak to Mr Witt when he returns from holiday next week; I'm just holding the fort here in the office.*

▶ *I'm expecting a plumber for a repair this afternoon, but I have an appointment at the dentist's; could you come by and hold the fort while I'm away?*

To be (oder **work**) **in league with someone**
oder **be** (oder **work**) **hand in glove**
with someone oder **be** (oder **work**) **in**
cahoots with someone (abfällig)
Mit jemandem unter einer Decke stecken; mit jemandem im Bunde
stehen / handeln. Der erste Begriff stammt aus der Sportwelt, wo zwei
Mannschaften in derselben Liga (league) spielen, und ist nicht mit
der Wendung "not to be in the same league as someone" (sich nicht
mit jemandem messen können, Seite 311) zu verwechseln. Das Sinnbild beim zweiten Begriff ist eine Hand und ein Handschuh, die in
enger Berührung sind und gut zueinander passen. "A cahoot" ist ein
veraltetes amerikanisches Wort für eine Hütte aus dem französischen
Dialekt der Cajuns, das ursprünglich eine Räuberhöhle bezeichnete
(cahute). Im Gegensatz zu den anderen zwei Wendungen ist der Begriff eher als ein Bündnis im verschwörerischen und geheimen Sinne
zu verstehen.

▶ *Our two companies have pooled* our research and development*
  budgets for this project and are working hand in glove (working in
  league) to design a new lean-burn* aircraft engine.
                    [*zusammenlegen *treibstoffsparend; Magermix]
▶ *Some French fishermen are in cahoots (in league/hand in glove)*
  with the coast guards and immediately report the whereabouts* of
  any foreign trawlers seen in French waters.   [*Verbleib; Position]
▶ *Arab countries claim that the Israeli secret service Mossad is in ca-*
  hoots (hand in glove/in league) with the CIA.

To tide someone over
Jemandem über eine schwierige Zeit hinweghelfen; jemandem über
die Runden helfen. Schiffe, deren Weiterfahrt bei Ebbe durch Sand-
bänke und Unterwasserklippen gesperrt wurde, mußten die Flut abwarten, um darüber hinwegzukommen. Diese rettende Tide wird hier
mit einer Überbrückungshilfe verglichen. Das Verb "to tide (over)" ist
eine Prägung, die jetzt nur im übertragenen Sinne vorkommt.

▶ *Here's 100 marks to tide you over till Monday.*
▶ *My own car was being repaired in the garage, and a friend loaned*
  me a car to tide me over until mine came back.

29 Information / Geheimnis

To mug up (on) oder **bone up on** oder
swot (up) (on) oder **cram up something**
Etwas büffeln; ochsen. Der Ausdruck "mug up" – wörtlich "beim Studieren sein Gesicht (umgangssprachlich "mug"– siehe Seite 188) in die Bücher stecken" – stammt aus der Theaterwelt, wo Schauspieler während der Bemalung des Gesichts durch die Maskenbildner ("mugging up" genannt) nebenbei den Text ihrer Rolle nochmals einstudierten. "Bone up" ist eine Anspielung auf George Bohn (1796–1884), den damals berühmten Londoner Fachbuchverleger, dessen Studientexte besonders vor Prüfungen viel gelesen wurden. Mit "swot" – einer Verformung von "sweat" (schwitzen) – will man die Mühe eines Intensivstudiums wiedergeben. Der Gebrauch der Partikel "up" bei diesen Verben (bei "swot" fakultativ), hat die Bedeutung "voll", im Sinne von "sich mit Wissen vollesen / volltanken". "Cram" (vollstopfen) bezieht sich auf Wissen, das intensiv ins Gehirn hineingestopft wird. "Cram" und "swot" sind ebenfalls intransitiv anwendbar, das heißt **swot (for something)** und **cram (for something)**. Von den vier Verben bildet nur "swot" die Bezeichnung eines Paukers – **a swot**.

▶ *I have to mug (bone / cram / swot) up on the Highway Code* for my driving test theory tomorrow.* [*Straßenverkehrsordnung]
▶ *Your granny*'s a swot; she doesn't half* read the Bible a lot. – Yes, she's 85 and cramming for her finals*.* [*Oma *sehr (viel) *Abschlußprüfungen]

To give someone (oder **get**) **the low-down on something / someone**
Die Hintergrundinformation über etwas / jemanden mitteilen oder erfahren; sagen / rauskriegen, was es wirklich mit jemandem oder etwas auf sich hat. **Low-down** (wörtlich: sehr niedrig) als Adjektiv charakterisiert eine Handlung unter der Gürtellinie oder ein verkommenes Subjekt, zum Beispiel "a low-down trick / rogue" – ein gemeiner Trick / Schurke. Das Substantiv "the low-down" bezeichnete ursprünglich vertrauliche oder schlüpfrige Fakten (gemeine Infor-

mation), deren Bekanntgabe einer anderen Person Schaden zufügen könnte. Heute steht es für Information jeglicher Art.

► *You can get the low-down on shares and the financial markets from the Internet.*

► *The phone rang in the hospital ward and a nurse picked it up. The caller enquired about Mr Schneider. Nurse: Oh, he will be leaving the hospital in the next few days. Caller: Good, this is Mr Schneider; the doctors around here won't tell you a dicky-bird*, so the only way to get the low-down was to ring up from the hospital phone.*   [*kein Sterbenswörtchen]

The nitty-gritty oder the nuts and bolts (of something)

Der Kern der Sache; die praktischen Grundlagen oder Einzelheiten. "Nitty-gritty" ist ein Reimwort aus "nit" (Nisse) und "gritty" (sandig), das auf das Knacken der harten körnigen Nissen mit den Fingernägeln hinweist, eine notwendige Tätigkeit zu einer Zeit, als Kopfläuse weit verbreitet waren und man noch keine wirksame Kopfbehandlung hatte. (Vergleiche auch "nit-pick", Seite 374.) "Nuts" (Schraubenmutter) und "bolts" (Bolzen) sind Grundbestandteile einer Maschine. Beide Begriffe kommen ebenfalls in der Form **to get down to the nitty-gritty (nuts and bolts)** – zur Sache oder auf das Wesentliche kommen – häufig vor.

► *You can draw up your Internet homepage with an editor program; it's a lot easier than faffing around * with the nitty-gritty (nuts and bolts) of HTML code.*   [*sich umständlich herumschlagen]

► *Let's have a cup of coffee before getting down to the nitty-gritty (nuts and bolts) of the contract details.*

That's about the size of it

So verhält sich die Sache ungefähr; so sieht die Sache aus. Die Größe (size) oder Abmessungen einer Sache stehen hier symbolisch für die Einzelheiten einer Angelegenheit oder Geschichte.

► *By the time we have deducted our costs and paid our creditors we will have precious little * left over as profit. That's about the size of it.*   [*herzlich wenig]

To have something straight from the horse's mouth

Etwas aus erster Quelle erfahren. Das genaue Alter eines Pferdes ist von den Zähnen abzulesen. In Zockerkreisen sagte man früher auch, daß jedes teilnehmende Rennpferd den Gewinner des anstehenden Rennens nennen kann.

▶ *The newspaper has good contacts in government circles and gets much information straight from the horse's mouth.*

To fill someone in oder
put someone (oder be) in the picture
(on oder about something)

Jemanden über etwas unterrichten; im Bild sein. "Fill in" bedeutet "die fehlenden Angaben auf einem Formular eintragen", hier ein Sinnbild für Information erteilen. Eine Person, die in ein Bild (picture) gesetzt (put) oder eingemalt wird, ist ein Sinnbild für jemanden, der auf dem laufenden gehalten wird; er steht erst dann in Beziehung zu den Zusammenhängen und zum Hintergrund. (Siehe auch "fill someone in" – jemanden zusammenschlagen, Seite 141.)
To get the picture oder **get the message** – die Situation (endlich) kapieren; verstehen, worum es geht.

▶ *Can you fill me in (put me in the picture) about how far you've got with the installation of the central heating at our new house.*

▶ *My daughter hasn't contacted him for two weeks, and she doesn't open the door when he rings; I think he's got the message (picture).*

To keep someone posted (about something)

Jemanden (über etwas) auf dem laufenden halten. Sinngemäß "jemanden mit der Post ständig informiert halten".

▶ *My lawyer keeps me posted about developments in the claim against my husband for custody * of the children.*　　　　[*Obhut]

A (local) rag

Ein Käseblatt; eine Postille. Scherzhaft oder abfällig für eine kleine (Orts-)Zeitung. "Rag" (wörtlich: Stoffetzen) unterstellt, daß die Zeitung aus billigem Material hergestellt ist und das Blatt daher minderwertige Nachrichten beinhalten muß. Nicht mit "a student rag" zu

verwechseln, einer karnevalartigen Wohltätigkeitsveranstaltung von
Studenten, die meistens eine Woche (rag week) andauert. **A mag** ist
die geläufige Abkürzung von "magazine" – Zeitschrift, zum Beispiel
a glossy mag (oder **a glossy**) – eine Hochglanzzeitschrift – und
a girlie mag – ein Sexblatt.

> ► *The little town where I live is as boring as the day is long *. Noth-*
> *ing ever happens there; in fact the local rag prints the crossword*
> *puzzle on the front page.*   [* äußerst langweilig]

To gen someone (oder oneself) up oder
clue someone (oder oneself) up (about something)

Jemanden / sich über etwas informieren; jemandem die nötige Aus-
kunft erteilen. Abgeleitet vom Militärausdruck "gen", einem Kürzel
von "intelli**gen**ce" (Geheiminformation), der heute "die notwendigen Angaben oder Schlüsselinformation" bedeutet. "A clue" war ursprünglich eine Leine oder Schnur, die man als Wegweiser im Dik-
kicht gebrauchte. (Siehe "haven't a clue", Seite 165). **To be genned
up / clued up (about something)** – über etwas informiert (im
Bilde) sein.

> ► *This book gives you the gen on how to cut your housework in half.*
> *– Good, I'll take two of them.*

To give someone a ring (a tinkle / a bell / a buzz) oder
ring (up) someone

Jemanden anrufen; anläuten; anklingeln. "Bell" (Glockenschlag),
"tinkle" (das Klingeln) und "buzz" (das Summen) sind Anspielungen
auf das Läuten (ringing) des Telefons. Beim Verb "ring" wird häufig
die Partikel "up" angefügt (zum Beispiel "I'll ring you up tonight").
Im Einzel- und Großhandel bedeutet **to ring up (takings / sales /
turnover)** "Einnahmen / Verkäufe / Umsatz mit der Kasse einbon-
gen".

> ► *Give me a buzz (bell/tinkle) some time next week.*
> ► *Did you see the announcement of my death in this morning's pa-*
> *per? – No I didn't, but where are you ringing from?*

To drop someone a line

Jemandem ein paar Zeilen schreiben. "Drop" ist eine Anspielung auf
den Brief (hier sinnbildlich als eine Zeile dargestellt), den man in den
Briefkasten fallen läßt.

▶ *Bye! I'll drop you a line next week.*
▶ *The best way to communicate with a fish is to drop him a line*.*

[* Angelschnur]

To trot out something

Etwas aufzählen; eine Liste hintereinander vortragen. Abgeleitet von
Pferdehändlern, die für die Kaufinteressenten die ganzen Pferde hintereinander aus dem Stall führen und traben (trot) ließen. Das Sinnbild der schnellen Vorführung von Pferden wurde auf eine zügige
Aufzählung von Information (Namen / Angaben / Ziffern) übertragen.

▶ *It's amazing how some U-Bahn conductors can trot out the arrival
times and train connections without consulting any timetables.*

To be in the know

Eingeweiht sein; Bescheid wissen. Sinngemäß "im Kreise der Eingeweihten sein". **Those in the know** – die Eingeweihten oder Mit-
wisser.

▶ *We are planning dismissals, but keep it under your hat*. The fewer
that are in the know, the better.*   [* nicht weitererzählen]

Not to have the foggiest (idea / notion) oder
not to have the faintest (idea / notion) oder
not to have a clue

Keine blasse Ahnung / keinen blassen Schimmer haben. Die Substantive "idea" und "notion" in den ersten zwei Wendungen werden
meistens weggelassen. Der Auslassungssatz (die Ellipse) kommt bei
feststehenden Wendungen der englischen Umgangssprache überhaupt häufig vor. "A clue" (Ahnung oder Hinweis) war ursprünglich
ein ausgelegtes Schnurknäuel ("clew" geschrieben), das man beim
Eindringen in eine Höhle oder ein Dickicht als Wegweiser gebrauchte.

► *Do you know the way to Sternfelder Straße? – Sorry, I haven't the*
   foggiest (the faintest/a clue); I'm not from this city.

► *I asked her where Mr Pütz was, but she hadn't the foggiest idea*
   (faintest notion/a clue)

Not to know someone from Adam

Jemanden überhaupt nicht kennen; keine Ahnung haben, wer jemand ist. Sinngemäß: jemanden nicht erkennen können, so wie heute niemand mehr Adam, den ersten biblischen Menschen der Welt, erkennen würde.

► *I'm sorry about Steffi getting assaulted, but she was daft* to invite a*
   guy into her flat when she didn't know him from Adam.   [*doof]

► *During the war, the exiled King Haakon of Norway went to Bush*
   House (the BBC headquarters in London) to make a radio broad-
   cast to his Nazi-occupied country and announced himself to the
   porter at the entrance as "King Haakon of Norway". The porter
   didn't know him from Adam and after ringing the radio depart-
   ment turned to the King and asked, "Where did you say you were
   king of?"

► *There's lot of medical negligence*. Surgeons wear face masks*
   nowadays not for hygiene, but so that you won't know them from
   Adam after the operation.   [*Nachlässigkeit]

A dark horse

Eine unbekannte Größe; ein erfolgversprechender Außenseiter. Ursprünglich ein eindrucksvolles Rennpferd, dessen bisherige Leistungen unbekannt waren.

► *Butz is a bit of* a dark horse. He keeps himself to himself* a lot,*
   but I think he deserves promotion and can handle * this job.

                         [*ist wenig mitteilsam; behält alles für sich
                                              *damit fertig werden]

To read someone like a book

In jemandem lesen, wie in einem Buch. Beschreibt eine leicht durchschaubare Person.

► *I can read my wife like a book, but I keep forgetting my place. – You*

can read my wife like a book too; if you care for that type of litera-
ture.

Between you, me and the gatepost

Unter uns gesagt; unter uns streng vertraulich; unter vier Augen. Außer uns und dem Torpfosten (doorpost), der unbelebt und daher
taub ist, soll niemand anders vom Inhalt unseres Gesprächs erfahren.

► *Between you, me and the gatepost, I'm thinking of leaving my wife.*

Spit it out!

Sag es endlich!; spuck's aus! Aufforderung, daß jemand endlich die
Wahrheit oder die Fakten erzählen sollte, wobei eine Idee Ungeduld
im Ausdruck mitschwingt. **(OK,) shoot!** oder **(OK,) fire away!**
(schieß los!; fang an!) sind dagegen neutrale Ausdrücke, die besagen,
daß der Sprecher jetzt bereit ist, eine Mitteilung entgegenzunehmen
oder eine Aussage anzuhören.

► *Spit it out! You've spent the money on drink haven't you?*
► *I'll just call up your file on the computer first. OK, fire away!*

To spill the beans

Aus der Schule plaudern; alles ausplappern. Bei Geheimabstimmun-
gen in Versammlungen gebrauchten die alten Griechen weiße Bohnen (für Ja) und schwarze Bohnen (für Nein), die sie in einen Behälter warfen. Nur wenn ein Unbefugter den Behälter umwarf und die
Bohnen verschüttete (spilled), konnte man das Ergebnis der Wahl
vorzeitig feststellen.

► *Renate never tells anyone her age, but when she said she was born
on the day Willi Brandt became Chancellor, she spilled the beans.*

To come clean

Auspacken; mit der Wahrheit herausrücken. "Clean" (wörtlich: sauber) wird hier im Sinne von "ehrlich" oder "freimütig" gebraucht,
das heißt alles unverhohlen erzählen.

► *The cashier at first denied taking the money, but she came clean
under pressure.*

A little bird (oder dicky-bird) told me
Die Quelle meiner Information verrate ich nicht; mein kleiner Finger sagt mir das. Das Sinnbild eines zugeflogenen Piepmatzes (dickybird), der einem ein Geheimnis erzählt, wird deswegen gewählt, da sich "bird" auf "word" (Wort) reimt. Daher der Begriff **not say (**oder **hear) a dicky-bird** – kein Sterbenswörtchen sagen / hören.

▶ *I bought the TV at a car-boot sale*, but when I got it home and turned it on, ... not a dicky-bird.* [*Trödelmarkt aus Kofferräumen]

▶ *Husband: I'm sick and tired * of your nagging *. One more dickybird from you and I'm leaving home. Wife: Taxi!* [*etwas satt haben *Nörgeleien]

To hear something on the bush telegraph oder
on the jungle telegraph oder
on (oder **through) the grapevine**
Etwas durch die Buschtrommeln / durch Flüsterpropaganda erfahren. Der Begriff "grapevine" (Weinstock) entstand während des Amerikanischen Bürgerkriegs, um eine unzuverlässige Nachrichtenquelle zu beschreiben, und genauso wie "bush telegraph" und "jungle telegraph" (die Buschtrommeln) bezeichnet er heute die Gerüchteküche.

▶ *Princess Diana's death in Paris was at first attributed to the paparazzi but reporters heard on the grapevine (on the jungle / bush telegraph) that her chauffeur had also had a few in the bar that night.*

To let the cat out of the bag
Ein Geheimnis verraten / ausplappern; die Katze aus dem Sack lassen. Betrüger auf Jahrmärkten verkauften Katzen in Säcken anstelle der versprochenen Ferkel. Der Nepp wurde erst später entdeckt, als man den Sack aufmachte und die Katze heraussprang. (Siehe "sell someone a pig in a poke", Seite 57.)

▶ *Who told you that I was pregnant? One of my friends must have let the cat out of the bag.*

To blow the gaff

Ein Geheimnis ausplappern. "A gaff" (ein Gaff) ist ein Enterhaken, mit dem schwere Fische aus dem Wasser gezogen werden. Der Begriff wurde von Quacksalbern auf Jahrmärkten gebraucht, als eventuelle Kunden ihre Masche für den Kundenfang (the gaff) durchschauten. Die Masche zog nicht mehr; sie war wie weggeblasen (blown).

▶ *I've bought my wife her own car. But if you see her before me, don't blow the gaff. I want to spring a surprise* on her next week.*

[* jemanden überraschen]

To blow the whistle on someone / something

Jemanden / etwas auffliegen lassen. In Anlehnung an die Pfeife eines Polizisten oder Schiedsrichters, die die Aufmerksamkeit auf ein Vergehen lenkt. Die Wendung wird meistens bei einem Insider mit Zivilcourage (**a whistle-blower**) angewandt, der die Öffentlichkeit vor Mißständen innerhalb einer großen Organisation warnt.

▶ *I blew the whistle on corruption in the police; I lost my job as a detective and received piddling* compensation. I ask you, is it worthwhile being a whistle-blower?*   [* lächerlich wenig]

To keep something under one's hat

Etwas für sich behalten; etwas nicht weitererzählen. Vertrauliche Information ist hier wie ein Gegenstand, der unter einem Hut versteckt wird.

▶ *Christa's age isn't a military secret, it's a millinery* secret; she keeps it under her hat.*   [* Hüte; Hutgeschäft]

▶ *I'm going bald but don't tell anyone; I'm keeping it under my hat.*

To keep mum (about something)

Etwas verschweigen oder nicht weitersagen. "Mum" ist hier nicht die britische Bezeichnung für Mama, sondern eine Nachahmung der Laute "mmmm" von jemandem, der mit Knebel oder Mundsperrer zu sprechen probiert. Der Befehl **mum's the word!** (nicht weitersagen!) kann auch als Antwort verwendet werden – ich sag's nicht weiter!

▶ *Do what your dad does, keep mum!* (britische Warnung vor unvorsichtigem Gerede aus dem Zweiten Weltkrieg)

► *No-one is so wise as the man who keeps mum at the right time.*

► *Barbara's a gossip-monger*: she gets her best news from people who themselves have promised to keep mum.*   [*Klatschbase]

30 | Intelligenz

Nifty

Geschickt; klug; klasse; praktisch. Das Adjektiv hat die zweite (minder gebrauchte) Bedeutung von "elegant", "modisch" oder "flott".

► *That's a nifty piece of apparatus for opening cans, and it's also a lot safer than a traditional can-opener.*

► *I know a nifty way of cutting your telephone bills in half* ...; use a pair of scissors.*   [*halbieren]

Horse sense oder **common sense**

Gesunder Menschenverstand. Der amerikanische Begriff "horse sense" bezeichnet den angeborenen Verstand, mit dem Pferde selbst den Weg nach Hause finden und routinemäßige Arbeiten wie das Pflügen fast ohne Aufsicht ausführen.

► *You don't continue to ride a bike when the tyre is punctured*. It's only horse sense (common sense). Now you've gone and* buckled* the wheel.*   [*platt *du hast es so weit getrieben, daß (mit dem folgenden englischen Verb im Perfekt) *verbogen]

► *When people panic, their common sense (horse sense) goes out the window*.*   [*geht den Bach runter]

I (he usw.**) wasn't born yesterday**

Nicht auf den Kopf gefallen sein; nicht von gestern sein. Sinngemäß, man ist kein neugeborenes Kind, das leicht betrogen werden kann.

► *Holbein sent me the draft contract* for approval and after reading through it carefully, I phoned him to say that I wasn't born yesterday.*   [*Vertragsentwurf]

► *My uncle wasn't born yesterday; he realized that he couldn't take it with him* and wrote one of the shortest wills* ever: "Being of*

sound mind *, ... I spent all my money".   [*er konnte sein Geld
nicht (ins Grab) mitnehmen; das letzte Hemd hat keine Taschen
*Testamente *im Vollbesitz der geistigen Kräfte]

To be quick (oder Gegenteil be slow) on the uptake
Schnell begreifen; schwer von Begriff sein; eine lange Leitung haben.
"The uptake" ist die Aufnahme und geistige Verarbeitung von Infor-
mation (vom Verb "take up" – aufnehmen oder annehmen).

▶ *Sigi is very slow on the uptake. She had to take her IQ-test twice to
get into double figures.*   [*Intelligenzquotient-Test]

A smart alec / aleck oder a bright spark oder
a clever clogs oder a clever dick oder
a smarty pants oder a smart arse / ass [US]
Eine provozierend intelligente Person; Intelligenzbestie; ein Besser-
wisser; (oder ironisch) Klugscheißer oder Dummerchen. "Alec" ist
die Kurzform vom Vornamen "Alexander". Das Adjektiv "bright" im
zweiten Begriff hat zwei Bedeutungen: hell (wie ein Funke – "spark")
und intelligent beziehungsweise aufgeweckt (zum Beispiel "he's a
bright boy"). Schuhwerk wie "clogs" (Holzschuhe) im Stabreim "clever clogs" wird manchmal stellvertretend für eine Person gebraucht,
zum Beispiel "to be in someone's shoes" – an jemandes Stelle sein
(siehe Seite 280). "Dick" im Begriff "clever dick" ist nicht nur die Koseform des Namens Richard, es ist auch die Bezeichnung des männlichen Schwanzes. "Smarty" im Begriff "smarty pants" (wörtlich:
kluge Hose) – Neunmalkluger – ist eine Verformung von "smart"
(klug). Da der letzte Begriff (smart arse / ass) die betreffende Person
als klugen "Arsch" bezeichnet, ist er natürlich viel abfälliger.

▶ *In 1985 a parking-attendant in Swindon, England slapped a parking
ticket * on the local fire-engine even though the smart alec could see
that it was attending a blaze * in premises * just opposite.*
              [*Strafzettel *mit einem Feuer beschäftigt *im Gebäude]
▶ *My cousin is a brilliant medical researcher. The clever clogs invented a cure for which there is no known illness.*

A dope

Ein Trottel; Dussel. In Anlehnung an den Dämmerzustand, der durch Aufputschmittel oder Rauschgift (dope) verursacht wird. **Dopey** – blöd; dämlich. **To be bird-brained:** gehirnamputiert sein; ein Spatzenhirn haben.

- ▸ *They gave Benno a dope test; ... and he passed.*
- ▸ *Ulrich is so bird-brained. When his mother was pregnant with him, she was arrested for being a dope-carrier.*

To have a memory (oder head) like a sieve

Sehr vergeßlich sein; ein Gedächtnis wie ein Sieb (sieve) haben.

- ▸ *I have a memory like a sieve. Yesterday I put my shoes on the wrong feet, only ... I still can't remember whose feet I put them on.*

A silly billy

Ein Dummerchen oder Kindskopf. "Billy" ist ein Spitzname für "William". Der Begriff – meistens gutmütig oder neckisch gemeint – bezieht sich auf William IV. von England (1765–1837), der als Dummkopf angesehen wurde.

- ▸ *You're a silly billy; you can't open a lemonade bottle if you turn the top clockwise.*

A (proper) charlie oder a (proper) wally

Ein Trottel; Weihnachtsmann. "Charlie" ist die Koseform des männlichen Vornamen "Charles" und bezeichnete ursprünglich alte närrische Soldaten im Dienste von Charles I. von England (1600–1648). "Wally" ist ebenfalls ein Kosename, diesmal von "Walter". Die Wahl dieses Namens ist aber rein zufällig. Der Begriff entstand im Amerika der 20er Jahre ursprünglich als die Bezeichnung eines italienischen Fatzkes, wahrscheinlich in Anlehnung an das italienische Dialektwort "uaglio" (Schnösel), dessen Aussprache dem Namen "Wally" für englische Amerikaner am nächsten kam. **To make a proper charlie of oneself** – sich unsterblich blamieren. **To feel a proper charlie / proper wally** – sich dämlich vorkommen.

- ▸ *I'd have to be a proper charlie to buy shares in your company. – How many do you want?*

▶ *The 19th-century French novelist Gustave Flaubert once said, "Nothing is more humiliating* than to see wallies succeed in enterprises in which we ourselves have failed".*   [*erniedrigend]

▶ *Katja made a proper charlie of herself in front of our friends last night. I won't tell you what she did, but even my shock-proof watch was embarrassed.*

A dunce oder dimwit oder nitwit oder nit oder clot

Ein Dümmling. "Dunce" kommt von dem schottischen Theologen Duns Scotus (1265–1308), dessen Schriften sehr spitzfindig und dümmlich pedantisch waren und dessen Anhänger später während der Reformation im 16. Jahrhundert unter Humanisten als schwer von Kapee galten und mit "dunces" beschimpft wurden. Der Begriff wird häufig auch für einen rückständigen Schüler oder Studenten – das Schlußlicht der Klasse – gebraucht. "Dimwit" bezeichnet jemanden mit einem benebelten Geist (a dim wit). "Nitwit" ist jemand mit einem winzigen Gehirn, so groß wie das einer Nisse (nit). "Clot" (Klumpen) bezieht sich auf einen Klumpen einfacher Erde, der Dummheit symbolisieren soll.

▶ *Thea's a dunce. – What will she be when leaves school? – 35.*

▶ *I asked Margo if she knew Lincoln's Gettysburg Address * and the clot replied that she didn't know he had moved house.*

[*Ansprache]

A mug oder a sucker oder a patsy [US]

Ein Trottel. "Mug" hat zwei getrennte Bedeutungen, "Dummkopf" und "Fresse", die man auseinanderhalten muß, die aber denselben Ursprung haben, nämlich den Figurenkrug (mug) in Wirtshäusern, der eine aufgedunsene und dümmlich grinsende Fratze auf sich trug. Dieser Krug ist zum Sinnbild eines Trottels geworden. **A mug's game** (wörtlich: Narrenspiel) ist eine Tätigkeit für Dumme oder ein Geschäft, das nichts bringt und worauf sich nur Narren einlassen würden (siehe Seite 188). "Sucker" war ein Schimpfwort der Bergleute in den Bleigruben des Bundesstaates Illinois im letzten Jahrhundert, die einen Trottel mit einem unbedarften Säuglingskind (sucker) verglichen haben. Der Begriff war früher so verbreitet, daß

Illinois immer noch den Beinamen "the sucker state" trägt. "Patsy" kommt von "Pat", der Koseform des irischen Vornamens "Patrick", einer Anspielung auf die Unbedarftheit vieler irischer Einwanderer in den USA. **To make a mug / sucker / patsy of someone** – jemanden zum Narren halten.

▶ *I was a patsy to trust that guy * with my money. He couldn't run a whelk-stall * let alone * an investment company. He's made a real mug of me.* [*Kerl *überhaupt kein Organisationstalent besitzen
*geschweige denn]

▶ *Gambling is a mug's game. The odds are stacked against you *.*
[*die Gewinnchancen sind gering]

A prat oder **a pillock** oder **a bonehead** [US] oder
a dick-head (derb) oder **a prick** (derb)
Trottel; Weihnachtsmann; Nachtwächter. "Prat" und "pillock" sind veraltete Wörter für jeweils den Podex und den männlichen Schwanz, die gerade deswegen, weil diese alten Bedeutungen in Vergessenheit geraten sind, nicht als unflätig angesehen werden. Dies ist nicht der Fall bei **a dick** und **a prick,** die heute immer noch den Pimmel bezeichnen. Daher "dick-head" (wörtlich Schwanzkopf) – Idiot. Der männliche Ursprung von einigen dieser Schimpfwörter verhindert nicht ihre Anwendung auf Frauen. "Bonehead" ist wörtlich "Kopf aus Knochen", das heißt ohne Gehirn.

▶ *That prat (dick-head/pillock/prick) Ralf mowed my lawn while it was wet; now the grass is damaged.*

▶ *The bonehead left a lighted cigarette in the room and his library burned down; both books were destroyed including the one he hadn't finished colouring yet.*

▶ *Everyone said that I should become a bone specialist, since I had the head for it.*

A twerp oder **a twit** oder **jerk** [US]
Ein Trottel. Das Wort "twerp" ist vom Namen eines gewissen T. W. Earp gebildet, der um 1910 herum an der Universität Oxford studierte und der von seinen Kommilitonen (wie zum Beispiel der Autor J. R. Tolkien) als eine Plage angesehen wurde. "A twit" war ursprüng-

lich ein spöttischer Idiot, der sich ständig über andere lustig machte (vom veralteten Verb "twit" – spotten). "A jerk" ist wörtlich "ein Ruck" mit Beiklängen von "Wichser", in Anlehnung an **jerk off** – (in bezug auf einen Mann) wichsen; masturbieren.

▶ *My uncle hated angling; he described it as a jerk on one end of a line waiting for a jerk on the other end.*

There's one born every minute

Die Dummen werden nicht alle; so was lebt und Schiller mußte sterben. "One" beschreibt hier einen der Vollidioten, die jede Minute geboren werden.

▶ *A month ago I bought a cheap washing machine for 700 marks, guaranteed for a year. This morning I received an offer of an extended warranty * from an insurance company at a cost of 450 marks for each additional year. They must think there's one born every minute!*

[*verlängerte Garantie]

To be as thick as two short planks oder as a brick

Dumm wie Bohnenstroh sein. Ein Wortspiel mit "thick", das sowohl "dick" als auch "doof" bedeutet. Kurze Planken (short planks) sind häufig dicker als längere, und "brick" (Ziegel) reimt sich auf "thick".

▶ *Gabriele is as thick as two short planks; she discovered the Tree of Knowledge *, ... and it was a bonsai.* [*der Baum der Erkenntnis]

▶ *Otto is as thick as a brick; he was given a brain scan * and it read "Out to lunch!"* [*Gehirnscan]

 ## 31 Kleidung / Aussehen

Gear oder clobber

Kleidung; Kluft. Zusätzlich auch "persönliche Gegenstände", "Siebensachen" oder "Klamotten". **One's glad rags** (sinngemäß: jemandes Stoffetzen für fröhliche Anlässe) und **one's Sunday best** sind Festkleidung, wie in den Ausdrücken **be in one's glad rags / one's Sunday best** (im Sonntagsstaat sein) und **put on**

one's Sunday best / one's glad rags (sich fein / sonntäglich anziehen).

▶ *I need some gear (clobber) for the winter; I've nothing to wear when it gets cold.*

▶ *The last tenant * left a lot of his clobber (gear) in the room; we've asked him several times to come and collect it.* [*Mieter]

▶ *Why are you in your glad rags (Sunday best)? – I've just been to a job interview *.*

To put on one's best bib and tucker

Seine beste Kleidung anziehen oder anhaben; sich in Schale / Gala werfen. Von den zwei veralteten Kleidungsstücken "bib" und "tucker" des 17. Jahrhunderts wird nur noch das Wort "bib" für ein Babylätzchen gebraucht.

▶ *No jeans and cardigan tonight. Put on your best bib and tucker.*

To be dressed to kill oder be dressed to the nines

Festlich oder fein gekleidet sein; herausgeputzt sein. "To kill" bedeutet hier "um Eindruck zu schinden, besonders bei dem anderen Geschlecht". "To the nines" ist eine Verballhornung von "to the eyes" (bis auf die Augen) im Sinne "vom Scheitel bis zur Sohle aufgedonnert".

▶ *Most of us wear casual clothes in the office, but Detlef is always dressed to kill (dressed to the nines).*

▶ *The last time I was dressed to the nines (dressed to kill) was for my wedding.*

To tog oneself out / up

Sich gut oder zweckmäßig anziehen; sich in Schale werfen. Eine scherzhafte Verkürzung von "toga", dem altrömischen Gewand. **Be togged out / up in something** – in etwas gekleidet sein. **Togs** sind Klamotten oder Kluft.

▶ *She has some expensive togs; furs and designer labels.*

▶ *I can't go there looking like this; I'll have to tog myself out first.*

▶ *Tog yourself out* (oder *get yourself togged up*) *properly before you go skiing.*

To doll oneself up

Sich ausstaffieren; sich herausputzen. Sinngemäß, "sich wie eine Puppe (doll) anziehen". **To be (all) dolled up** – (ganz) aufgedonnert sein.

▶ *My sister is all dolled up (oder has dolled herself up); she must have a date tonight.*

To spruce someone / something up

Jemanden / etwas verschönern; das Aussehen von etwas aufmöbeln oder aufmotzen. "Spruce" ist eine Verformung von "Prussia" (Preußen) und bezieht sich auf das feine "spruce leather", ein preußisches Leder von höchster Qualität. Dieses Phrasal Verb bedeutete ursprünglich jemanden oder etwas mit diesem Leder bekleiden und schick aussehen lassen. **To get spruced up** – sich fein machen. Das Adjektiv **spruce** heißt gepflegt oder adrett.

▶ *A friend is coming to pick me up for the concert in half an hour so I'll have to start getting spruced up now.*

▶ *The nearby garden festival will attract many tourists so the city centre will have to be spruced up as well.*

To fit someone like a glove

Jemandem wie angegossen passen. Sinngemäß, "genau anliegen", wie die Finger in einem Handschuh.

▶ *This suit fits you like a glove. – That's the trouble; it should fit like a suit.*

To look like something the cat brought in

Schäbig oder zerfetzt aussehen; aussehen wie unter die Räuber gefallen. **Look what the cat's brought in!** – (scherzhaft) schau mal, welcher Typ hier angeweht kommt!; (oder abfällig) nicht diese Landplage schon wieder!

▶ *When you work in a bank as I do, you have to pay attention to dress; you can't just turn up in the morning looking like something the cat brought in.*

▶ *Look what the cat's brought in; it's Holger! Come over here and join our Skat table!*

To be in the nude / in the raw / in the buff / in the altogether oder be stark naked oder be starkers oder be in one's birthday suit

Splitterfasernackt sein; im Adams-/Evakostüm. "Raw" ist eine Anspielung auf "raw flesh" – ungekochtes oder enthäutetes Fleisch. "Buff" ist eine gelbbraune Farbe, die aus der Ferne die Militäruniformen von früher hautähnlich und die Träger nackt erscheinen ließ. Das Substantiv "altogether" wird vom gleichnamigen Adverb – alles zusammen, das heißt "mit nichts verborgen" – gebildet. "Stark", wovon auch "starkers" abgeleitet wird, ist eine altenglische Bezeichnung (steort) für den Schwanz am Hintern eines Tiers, wie es noch im niederländischen Wort "staart" (Schwanz) wiederzufinden ist. Daher die übertragene Urbedeutung "mit nacktem Po". In Anlehnung an die Bedeutung "Ende" nahm das Wort später die allgemeinere Bedeutung von "total" an, wie es im Begriff "stark raving mad" (völlig verrückt – siehe Seite 393) vorkommt. Das Adjektiv "starknaked" (aber nicht "starkers") kann auch als Attribut einem Substantiv vorangestellt werden (zum Beispiel "a stark-naked woman"). "Birthday suit" ist das Hautkostüm, in dem man geboren wird.

▶ *I was born in Maine. In what state* * *were you born? – I was born in the buff.*   [*Bundesstaat; Zustand]

▶ *Woman patient: Do I really need to be in the buff; after all, I've only got a sore throat? Doctor: I need to see you in the altogether, so please strip naked. Woman patient: Where shall I put my clothes? Doctor: On top of mine.*

Not to have a stitch on

Überhaupt nichts anhaben; splitterfasernackt sein. Wörtlich "keine Naht (stitch) am Leib haben", mit "Naht" hier stellvertretend für das winzigste Kleidungsstück.

▶ *We often used to go skinny-dipping* * *in the sea. – I personally would be embarrassed if I didn't have a stitch on at the seaside.*

[*Nacktbaden]

32 Klein / Wenig

Teeny oder **teeny-weeny** oder **teensy-weensy**

Klitzeklein. "Teeny", eine scherzhafte Verformung von "tiny" (winzig), ist auch die Grundlage für die zwei zusammengesetzten Adjektive in Form eines Stabreims.

► *A Japanese delicacy called the Fugo fish* is ironically* also one of the most poisonous fish in the world; you can cop it* if you eat even a teeny-weeny piece of its eyes, liver or gills*.* [*Kugelfisch *ironischerweise *dran glauben *Kiemen]

► *Honey*, why did you get me a ring with such a teeny-weeny diamond? – I was worried that the glare* from a big rock* might hurt your beautiful eyes.* [*Schatz *grelle Ausstrahlung *Klunker]

► *The less there is to a woman's bathing suit, the more it costs. Yesterday I saw a teeny-weeny bikini in the store; each piece was smaller than the price tag*.* [*Preisschild]

In dribs and drabs

In kleinen Mengen oder Beträgen; kleckerweise; tröpfchenweise. "Drabs" ist ein Reimwort mit dem erfundenen Wort "dribs", das vom Verb "dribble" – kleckern oder tröpfeln – abgeleitet ist.

► *We prefer that customers pay for their goods at once and not in dribs and drabs; that generates* less administrative cost.* [*erzeugt]

► *The high season for our business is the summer. During the winter, tourists only visit the island in dribs and drabs.*

► *It takes a while to compile a guide to camping sites; we collect the information in dribs and drabs from various sources.*

A drop in the ocean oder **a drop in the bucket** [US]

Eine winzige Menge oder ein kleiner Betrag, der keine Wirkung hat; nur ein Tropfen auf den heißen Stein.

► *If every council recycled its waste paper as we do, it wouldn't be just a drop in the ocean (bucket) and we might really contribute to saving the rain forests.*

► *The amount needed to modernize the infrastructure of Russia is gigantic and that World Bank loan is just a drop in the ocean.*

Measly oder **piddling** oder **piffling** oder **tiddly**

Lächerlich wenig; mickrig; popelig. "Measly" leitet sich von "measles" (Masern) ab, einem Wort, das vom lateinischen "maser" (elend) stammt, im Sinne von "elende Flecken". Daher im übertragenen Sinne – mickrige Portionen. Die drei anderen Begriffe beschreiben wertlose Sachen. "Piddling" (sinngemäß "wertlos wie Urin") leitet sich vom Verb "piddle" (pinkeln) ab. "Piffling" (sinngemäß "wertlos wie Unsinn") stammt vom Substantiv "piffle" (Unsinn; Geschwätz). "Tiddly" ist eine Nachahmung der Kinderaussprache für "little" (klein). (Siehe auch "tiddler", Seite 94.)

▶ *A measly unit of time – millisecond; a piddling unit of length – millimetre; a piffling unit of intelligence – military.*

▶ *Talk about* a measly meal. I once complained to the waiter that my plate was wet and he replied, 'That's your soup sir!'*

[* da erzähl mir noch einer was von ...]

To be (oder **become) thin on the ground**

Dünn gesät sein; selten sein (werden); zahlenmäßig / mengenmäßig klein.

▶ *Mountain gorillas were plentiful in Ruanda but owing to poaching* and the civil war, they have become thin on the ground.*

[* Wilderei]

▶ *The stock market was depressed today and trading at Frankfurt was thin on the ground.*

(To put something) in a nutshell

Etwas in aller Kürze sagen; kurz gesagt; kurz und bündig. Der Begriff kam im späten 16. Jahrhundert in Umlauf, als eine winzige englische Bibel geschrieben wurde, so klein, daß sie in eine Walnußschale paßte.

▶ *There are a lot of other technical points that you must consider. In a nutshell, you're going to have to pay about 5000 DM for the computer system you want.*

▶ *I have prepared some photocopied notes which contain the main points of the lectures in a nutshell.*

▶ *Those are all lame excuses for not hiring you. It's ageism *; they are*

*turning you down because they want younger people but they won't
come out with it * in the open *. – You've put it in a nutshell!*

[*Diskriminierung auf Grund des Alters
*mit der Wahrheit herausrücken *öffentlich]

Not a sausage oder fuck all (derb) oder sweet F.A. oder sweet Fanny Adams

Überhaupt nichts; gar nix. F. A. sind die ersten Buchstaben von "fuck all", daher die verhüllende Umschreibung "Fanny Adams". Fanny Adams war ein "süßes" achtjähriges Mädchen, das auf grausame Weise von einem Unbekannten 1867 in Alton (Hampshire) umgebracht und zerstückelt wurde. Der Mordfall brachte das ganze Land in Aufruhr, und in der Kriegsmarine gab man den unbeliebten Hammelfleischkonserven den herzlosen Beinamen "sweet Fanny Adams", eine Anspielung auf die verstümmelte Leiche des Mädchens. Wegen der Anfangsbuchstaben des Namens (FA) bot sich der Begriff dann als ein verhüllender Ausdruck für "fuck all" an und erfuhr so einen Bedeutungswandel, von minderwertigem Hammelfleisch bis zum Synonym für "nichts".

▶ *A man had an inflamed * foot and every doctor told him that it must be amputated. Out of desperation * he visited a Chinese herbalist who informed him that there was no need for amputation. Patient: Thank God I met you, all the Western doctors said that amputation was the only way. Chinese man: Western doctors know sweet F.A. about medicine; anyone can see that your foot will drop off of its own accord * anyway.*   [*entzündet
*aus Verzweiflung *von selbst]

At (oder in) one fell swoop oder at one stroke

Auf einmal; auf einen Schlag / Streich. Der erste Begriff beschreibt ein Opfertier, das mit dem heftigen Sturzflug eines Raubvogels weggeholt wird. "Fell" ist ein veraltetes Adjektiv für heftig oder wild. "A swoop" (Sturzflug) bezeichnet auch im übertragenen Sinne eine Polizeirazzia. "A stroke" ist der Hieb einer Axt oder Waffe. Das Sinnbild beim zweiten Begriff ist ein Baum oder Gegner, der mit einem Schlag zu Fall gebracht wird.

▶ *The Irishman Johnny Logan was relatively unknown until he won the Eurovision Song Contest with "Just another Year" and at one fell swoop he became a world-famous star.*

▶ *We expected one or two redundancies* at work, but they axed* two hundred staff at one fell swoop.* [*Entlassungen *entließen]

▶ *Can't the plasterers* come with the electricians tomorrow as well? Then the electrical installation can be completed at one fell swoop, and disturbance to my household will be minimized.* [*Verputzer]

▶ *At the time, police looking for RAF members carried out several swoops on premises of known anarchists in Berlin.*

33 Klosett / Notdurft

The john oder **the gents**
Das Klo. Eine hochtrabende Version der Herkunft von "john" benennt es nach Sir John Herrington (1561 bis 1612), dem vermeintlichen Erfinder des Spülklosetts. Ungeachtet der Tatsache, daß "John" nach wie vor einer der meistverbreiteten Männernamen ist, wird dieser Begriff, besonders in den USA, ebenfalls für eine Damentoilette gebraucht, zum Beispiel **the women's / ladies' john**. Da "Jake" eine alte Form des Namens "John" war, wird das Klo auch heute noch als **the jakes** bezeichnet. "Gents" ist eine Abkürzung von "gentlemen", das heißt ein Herrenklo.

▶ *The thieves entered through the john (gents) on the ground floor.*

The loo oder **the bogs** oder **the privy** oder
the khazi oder **the can** [US] oder
the shit-house (grob) oder **the shitter** [US] (grob)
Das Klo; Null-Null. Die weitverbreitete Ansicht, daß "loo" von der Niederlage Napoleons im belgischen Ort Waterloo 1815 durch die geballten Armeen der Engländer und Preußen herrührt, ist falsch. Der Begriff geht diesem Ereignis um einige Jahrhunderte voraus. Die Wortforschung ergibt zwei Hauptversionen der Herkunft von "loo", alle beide französischen Ursprungs. Die erste Version ist, daß "loo"

aus dem französischen "lieu" (Ort) stammt. Die zweite besagt, daß es von der Warnung "gardy-loo" (eine Verballhornung des französischen "gardez-l'eau!" – Vorsicht, Wasser!) kommt, einem Ausruf im Mittelalter, als Leute den Inhalt ihrer Nachttöpfe auf die Straße hinunterschütteten. "Bogs" ist die Mehrzahl von "bog" (Sumpfgebiet), eine Anspielung auf die schlammige Umgebung eines Donnerbalkens. "Privy" ist eine Abkürzung von "private place" (privates Örtchen). "Khazi" wird wahrscheinlich vom italienischen "casa" (Haus) abgeleitet. "The can" (wörtlich: Blechdose) beschrieb ursprünglich ein stilles Häuschen aus Wellblech.

▶ *At school, I used to put up my hand every time the teacher asked a question. – You must have been clever at school! – I was; when I got back from the bogs, the question had already been answered.*

▶ *New Tenant: I've come about the loo in my flat. Landlord: What's the matter with your privy now? New Tenant: I'd like one.*

To see a man about a dog

Das Klo aufsuchen. Wörtlich "sich mit einem Mann wegen eines Hundes treffen". Der Verkauf eines Hundes ist ein kleines oder unwichtiges Geschäft und steht hier scherzhaft für die Verrichtung einer Notdurft.

▶ *I'll be back in a minute; I have to see a man about a dog.*

To piddle oder pee oder have a slash oder take a leak

Pinkeln; schiffen; seichen. Der verhüllende Begriff "pee" ist die gesprochene Form von "p", dem ersten Buchstaben von "piss" (pissen). "Slash" (aufschlitzen) kommt vom gleichnamigen Verb, eine Anspielung auf den geöffneten Hosenschlitz beim Wasserlassen. "Leak" ist ein Leck oder austretende Flüssigkeit. **To go for a leak / slash / piddle / pee** – pinkeln gehen; eine Pinkelpause einlegen. **Piddle** und **pee** sind Urin oder Pipi als Substanz.

▶ *After each large parade past the Tiergarten, the trees and plants in the park get drenched* in thousands of litres of pee.* [*durchnäßt]

▶ *They've put a harmless chemical in the swimming pool; it reacts with pee and turns bright red as soon as someone piddles (pees/ takes a slash/takes a leak) on the sly*.*   [*heimlich]

► *My dog saw a bench in the park with a notice on it saying "Wet Paint", and he did, ... he piddled on the paint.*

Crap

Ein Synonym für Scheiße (**shit** oder **poop**), mit den Nebenbedeutungen Unsinn und Schund. Crap (wie andere Fluchwörter, zum Beispiel "shit" und "fuck") wird als **a four-letter word** – ein vulgärer Ausdruck mit vier Buchstaben – bezeichnet. (Siehe auch "poop", Seite 244.)

► *Scatology is a medical and palaeontological * term for the scientific study of, excuse my French *, crap.*   [*paläontologisch (von der Lehre von ausgestorbenen Tieren und Pflanzen) *entschuldigen Sie die derbe Ausdrucksweise]

► *You're talking a load of crap again*!*   [*eine Menge Blödsinn]

► *A lady with marrows * in her garden once wrote to the magazine "Good Housekeeping" requesting recipes * for marrows which the magazine printed, adding, "Hope you have a good crop". Unfortunately the magazine misspelt "crop" by printing an "a" instead of an "o".*   [*Kürbisse *Rezepte]

► *The play closed after a week because of too many four-letter words, ... from the critics.*

34 Körperteile

Lugs

Ohren; Löffel; Lauscher. "A lug" ist ein Aufhängungsohr oder Henkel an einer technischen Vorrichtung. **Peepers** (wörtlich: Guckerchen) sind Augen.

► *The painter Van Gogh cut off one of his lugs in a fit * of depression.*   [*Anfall; Anwandlung]

► *Open your lugs! I told you to press the yellow button, not the red one.*

► *Where did you get those big blue peepers? – They came with the face.*

A nut oder a bean

Kopf; Birne; Rübe. Von "nut" (wörtlich: Nuß) kommen auch die Adjektive **nuts** und **nutty** – verrückt. **To nut someone** ist jemandem einen Kopfstoß verpassen, aber **to bean someone** – jemandem eins über die Rübe ziehen. Der Begriff **chump** für Kopf wird meistens im Ausdruck **be off one's chump** (spinnen) gehört.

▶ *Don't drop any more tools while you're on the roof; you almost hit me on the nut (bean) this morning.*

▶ *Axel has been put away for six months. – What do you expect for nutting a policeman.*

▶ *I keep a baseball bat in my taxi so I can bean any yob * who threatens me at night.* [*Rowdy]

A paw oder a mitt

Hand; Pfote; Flosse. "Paw" ist wörtlich "Pfote" und "mitt" die Kurzform von "mitten" (Fausthandschuh). Der Begriff "dukes", eine Prägung für "Hände" aus dem reimenden Slang "Duke of Yorks" für "forks"– Hände (siehe "fork out", Seite 122), wird heute nur in der Aufforderung zum Kampf **put up your dukes!** (Fäuste hoch!) gehört, besonders in amerikanischen Spielfilmen.

▶ *Keep your paws (mitts) off my property!*

▶ *Teacher: If I had ten oranges in one hand and seven oranges in the other, what would I have? – Pupil: Very big mitts.*

Choppers oder gnashers

Zähne; Beißerchen. Auch künstliches Gebiß. Von den Verben "chop" (zerhacken) und "gnash" (mit den Zähnen knirschen) gebildet.

▶ *I'm starving *. I'd like to get my choppers into a pizza salami.*
[*einen Mordshunger haben]

▶ *The Munich Beer Festival has an assortment of unclaimed * choppers found in beer mugs over the years.* [*herrenlose]

▶ *Yes, those gnashers are his own; I was with him when he bought them.*

▶ *I finally cured my husband of biting his nails; I hid his choppers.*

Someone's ticker

Das Herz; die Pumpe. Das Herz wird hier mit einem tickenden Uhrwerk verglichen.

▶ *Doctor: You've got a dodgy* ticker. Patient: Thank goodness* it's
only my watch, I thought for a moment something might be the
matter* with my heart.*   [*schwach; unsicher *Gott sei Dank
                                                    *etwas stimmt nicht]

Tummy

Bäuchlein. Dieser kindersprachliche Begriff für "stomach" (Magen)
wird häufig selbst von Ärzten im weniger formellen Umgang mit
Patienten den gleichbedeutenden Bezeichnungen "stomach" oder
belly vorgezogen. **To have had a bellyful of something** (sinngemäß "Übelkeit", nachdem man sich den Bauch mit etwas vollge-
schlagen hat) ist ein Sinnbild für "von etwas die Nase voll haben",
im Sinne von "es wächst/hängt mir zum Halse heraus".

▶ *We had some tummy trouble in Sri Lanka.*
▶ *Your tummy (belly) is as red as a beetroot* from the sun.*

                                      [*puterrot; rot wie eine Tomate]
▶ *I've had a bellyful of your nagging*.*   [*Nörgelei]

Someone's pins oder **pegs**

Jemandes Beine; Stelzen. "Pins" sind Bowlingkegel, und "pegs" ist
eine Abkürzung für die zweizinkigen "washing pegs" (Wäscheklam-
mern), die zwei Beinen ähneln. **Tootsies** (von der Kindersprache
"footsy-wootsies" für "feet") ist Kindersprache oder scherzhaft für
die Füße oder Zehen. **A tootsy** [US] ist ebenfalls amerikanische Umgangssprache für eine Frau oder Liebhaberin.

▶ *My husband's in hospital with injured pins. – What happened? –
I found a strange woman on them.*
▶ *The pain in your right pin is caused by old age. – But doctor, the
other peg is the same age and it doesn't hurt.*
▶ *Darling, you've got your shoes on the wrong tootsies. – But these
are the only tootsies I have.*

Boobs oder **bristols** oder **knockers** oder
bumpers oder **jugs**

Brüste; der Vorbau einer Frau; Titten. "Boobs" kommt vom lautma-
lenden Wort des Gurgelns "bu-bus" aus der Kindersprache für die
Fütterungszeit eines Babys mit der Saugflasche oder, worauf hier anspielt wird, mit der Brust. "Bristols" stammt aus dem reimenden
Slang "Bristol cities" für **titties** (Titten). "Knockers" sind wörtlich
"Türklopfer" und "bumpers" sind "Stoßstangen". "Jugs" ist eine Abkürzung von "milk jugs" (Milchkrüge). Für eine Frau mit großem Busen sagt man umgangssprachlich **she's a big girl** oder **she's got a
lot upstairs** (wörtlich: viel im Obergeschoß haben) – sie hat Holz
vor der Hütte; hat einen ganz schönen Balkon.

▶ *Dolly Parton and Dolly Buster are big girls (have a lot up-
stairs/have big boobs/big bristols/big knockers/big jumpers/big
jugs).*

A conk

Ein Kopf (Rübe; Birne) oder eine Nase (Zinken; Rüssel). Von "conch"
(das Gehäuse einer Meeresschnecke) abgeleitet. **To conk someone
(one)** – jemandem eins auf den Kopf/die Nase geben.

▶ *Where are my glasses? – They're on your conk!*

Gob oder **cake-hole**

Maul; Schnauze; Fresse. "Gob" ist ein irisch-gälisches Wort für
"Mund". "Cake-hole" (wörtlich: Loch für Kuchen) hat auch den Bei-
klang "verweichlicht", das heißt, der Betreffende füttert sich mit
Süßigkeiten anstatt mit richtigem Essen. **A gob-stopper** (Maulstop-
fer) ist ein Riesenlutscher oder -bonbon, der einem das Maul stopft.
(Siehe auch "gob-smacked", Seite 70.)

▶ *Shut your cake-hole (gob)!*
▶ *The gooseberry* pie has gone. It's all disappeared down Rudi's
cake-hole.*   [*Stachelbeere]

A mush oder **dial** oder **puss** oder **mug** oder **kisser**
Schnauze; Fratze; Fresse. Scherzhafte oder abfällige Bezeichnungen
des Gesichts. "Mush" (wörtlich: Brei) ist eine Anspielung auf ein Gesicht, das weich wie Mus oder Brei aussieht. "Dial" ist das Zifferblatt
einer Uhr. "Puss", das mit "pussy" (Fotze, Seite 189) nicht verwechselt werden sollte, kommt auch im Begriff **sourpuss** (Miesepeter)
vor. "Mug" kommt vom Figurenkrug (mug) mit seinem dümmlich
grinsenden Gesicht, der noch in einigen Wirtshäusern anzutreffen
ist (siehe Seite 173). Abgeleitet von "mug" ist das Verb **to mug
someone** – jemanden auf offener Straße gewalttätig überfallen, da
das Opfer dabei häufig vom Straßenräuber **(a mugger)** ins Gesicht
geschlagen wird. **A mug shot** ist ein Foto im polizeilichen Verbre-
cheralbum, aber auch die scherzhafte Bezeichnung eines Paßfotos.
"Kisser" weist auf die Lippen hin, womit man küßt.

► *I never forget a face, but with a dial like his, I'll make an exception.*
► *Is that your real mush, or are you still celebrating Halloween?*
► *Some peope cause happiness wherever they go; that sourpuss caus-
es happiness whenever she goes.*

An arse beziehungsweise **an ass** [US] oder **a butt** [US]
oder **a bum** oder **a fanny** [US]
Arsch; Popo; Allerwertester. "Butt" ist eine Abkürzung von "buttocks" (Hintern). Der Ursprung von "bum" ist unbekannt, hat aber
mit "bum" im Sinne von Gammler nichts zu tun (siehe Seite 267). In
der Kindersprache bezeichnet man den Popo als **a botty**, eine
Abkürzung von **bottom**. Einen Speichellecker oder Arschkriecher
kann man als **an arse-licker / ass-licker** [US] beschreiben. Auf
den Britischen Inseln hat das amerikanische "fanny" eine ganz andere Bedeutung, nämlich Vagina oder Fotze (siehe unten).

► *A man goes to the doctor suffering from constipation * and the doctor gives him some suppositories * to take. A month later the doctor
asks the patient if he has been taking the suppositories, and the patient replies, "What do you think I've been doing with them, sticking them up my butt?"*   [*Verstopfung *Zäpfchen]
► *There was a young girl of Madras,
Who had a very nice ass,*

But not as you think,
Firm, round and pink,
But grey, with long ears and eats grass.

(Limerick über einen Esel)

A fanny

Eine Fotze / Möse (in Großbritannien); ein Arsch (in den USA). Der Begriff, ursprünglich aus der Seemannssprache "fantail" für das Heck oder hintere Ende eines Schiffes, der sich dementsprechend als "Po" in der neuen Welt einbürgerte, ist im Mutterland ein Synonym für **pussy** (Muschi) und die gröbere Bezeichnung **cunt** (Fotze). Daher muß man zwischen dem britischen und nordamerikanischen Gebrauch des Begriffes klar unterscheiden. Das Wort "cunt" selbst, das ebenfalls ursprünglich die jetzt verlorene Bedeutung "Hintern" hatte, wird zusätzlich als Schimpfwort für "Arschloch" angewandt.

▶ *Olaf likes pussies and I don't mean moggies** *. [*Miezekatzen]

A cock oder a dick oder a charlie oder a willie oder a dong [US] oder a pecker [US]

Schwanz; Penis. "Cock" ist eine Anspielung auf den Hahn eines Gewehrs, einen langen Griff, der gehoben oder gespannt wird, um die Waffe schußbereit zu machen. Die männlichen Vornamen Dick, Charlie und Willie werden als Bezeichnungen des Lümmels oder Riemens gebraucht. Die Hoden (**balls** oder **nuts** oder **goolies**) und der Penis wurden früher mit einem großen Glockenklöppel verglichen (siehe "like the clappers", Seite 129). Daher der lautmalende Begriff "dong" (wörtlich der "Bam" einer Glocke). "Goolies" (Eier) kommt von der Hindustani-Bezeichnung "goli" für einen Spielball oder eine Gewehrkugel. "Pecker" ist wörtlich "Schnabel".

▶ *An American called Bobbit became famous when his wife cut off his dong with a carving knife** * after a violent dispute. This act of mutilation** * is now known as "bobbiting".*
[*Tranchiermesser *Verstümmelung]

▶ *If any guy** * tries to put his randy paws** * on me, I'll kick him in the nuts (balls / goolies).* [*Kerl *geile Pfoten]

▶ *A customer in an up-market** * bakers' commented on how the* *salesman always used silver tongs * to pick up the cakes. Custom-er: That's very hygienic. Salesman: This shop is so hygienic that when I take a leak *, I mustn't touch my dong. I pull it out with this piece of string on my fly *. Customer: But how do you get your willie back in afterwards. Salesman: Oh, that's easy, I use the tongs.*   [* exklusiv; teuer

* Zange * Wasser abschlagen * Hosenschlitz]

35 Kritik / Rüge / Streit

To give someone a piece of one's mind

Jemandem gehörig die Meinung sagen; jemandem Bescheid stoßen / den Marsch blasen. "A piece of one's mind" (wörtlich: "ein Stück sei-ner Meinung", das heißt das, was man über jemanden denkt), bedeu-tet hier "kritische Bemerkungen".

▶ *Lothar and his wife are always giving each other a piece of their minds. She can't stand * him when he's drunk and he can't even stand her when he's sober.*   [* ausstehen]

To run someone down

Jemanden heruntermachen / herabsetzen; jemanden madig machen. Jemand, der überfahren wird (run down) ist ein Sinnbild für einen durch Kritik beziehungsweise Krittelei verletzten Ruf oder ein ram-poniertes Ansehen. **Don't run yourself down the whole time!** – mach dich doch nicht immer selbst so schlecht!

▶ *More people get run down by gossips * in their neighbourhood than by cars on the roads.*   [* Klatschbasen]

To beef about something

Über etwas meckern. Im letzten Jahrhundert war "beef!" eine spötti-sche Nachahmung des Ausrufs "thief!" (haltet den Dieb!), besonders wenn ein reicher Gentleman auf dem Markt bestohlen wurde. **A beef** wurde später die Bezeichnung einer spitzfindigen oder unbe-gründeten Klage.

▶ *OK, out with it *! What's your beef? You've been looking daggers **
   at me all morning.   [*heraus damit!
                                      *jemandem finstere Blicke zuwerfen]
▶ *I'm glad my wife has become a feminist; now she beefs about all*
   men, not just about me.

To whine (on) oder whinge (on) oder grouse (on) oder moan (on) about something

Über etwas (fortdauernd) klagen; jammern; herummeckern. **Whining** (Geseier) ist eigentlich das Jaulen oder Quengeln eines Kleinkinds und läßt sich auf das deutsche Verb "weinen" zurückführen. **Whingeing** (Meckerei) kommt auf geschichtlichen Umwegen vom deutschen Verb "winseln". **Grousing** (Gejammer) ist normannischen Ursprungs – vom veralteten nordfranzösischen Verb "groucer" (klagen). **A grouse** ist auch eine Klage. **Moaning** (Moserei) heißt wörtlich Gestöhne. **To moan and groan** (wörtlich: ächzen und stöhnen) – fortdauernd ach und weh klagen. Die entsprechenden Bezeichnungen eines Jammerers sind **a whiner**, **a whinger, a grouser** und **a moaner.** Das Synonym für "whiner", **a moaning Minnie** (Meckerfritze oder -liese), war ursprünglich ein britischer Spitzname für einen deutschen Minenwerfer im Zweiten Weltkrieg, der seine Granaten mit charakteristischem Heulen verschoß.

▶ *What's the use of whingeing all the time; it's like spending your life*
   at a complaint counter*. [*Beschwerdestelle; Reklamationstisch]
▶ *Frieda's a moaning Minnie. When she starts whingeing on about*
   her health, I don't know whether to call a doctor or a drama critic.

To slag someone off

Über jemanden herziehen; jemanden madig machen; jemanden heruntermachen. Ursprünglich vom alten schottischen Verb "slag" (beschmutzen), das wiederum auf Umwegen mit dem deutschen "schlagen" entfernt verwandt ist.

▶ *How car technology has advanced! Once you used to have to wind*
   down the car window to slag another driver off; now you just call
   him on your car phone.

To give someone (oder get oder take)
some stick / some flak

Scharfe Kritik an jemandem ausüben; schwer unter Beschuß nehmen (geraten). Beide Begriffe stammen aus der Fliegersprache des
Zweiten Weltkriegs. "Stick" hat mit Schlagstock nichts zu tun, obwohl das Sinnbild eines Prügels hier auch gut passen würde. Es bezeichnet eine Ladung Bomben (ein Reihenwurf), die in einer Gera-
den (wie ein langer Stock) auf den Boden fällt. "Flak" ist Flakfeuer
aus einer Flugabwehrkanone.

▶ *The film was badly received by the critics and had to take*
  some stick (flak).

▶ *The Council took some stick (flak) for financing a Gay Blacks*
  group when it was claimed that more worthy causes needed the
  cash.

To give someone (oder get) a dressing-down /
a ticking-off oder dress someone down oder
tick someone off

Jemandem einen Rüffel verpassen; jemandem eine Standpauke halten. "Dressing-down" war ursprünglich ein Schlachthofbegriff für
das Zurechtschneiden von einem am Haken hängenden Fleisch-
rumpf. Daher im übertragenen Sinne "jemanden zurechtweisen".
Das Sinnbild von "tick off" ist ein Sündenregister, wo die einzelnen
Vergehen gerügt und abgehakt (ticked off) werden.

▶ *The children were given a ticking-off (dressing-down) for playing*
  on the garage roofs.

To tell someone where to get off

Jemandem was pusten / husten; jemanden in seine Grenzen weisen;
jemandem gehörig Bescheid stoßen. Das Sinnbild ist ein Schaffner
oder Fahrer, der einem mit der Strecke unvertrauten Passagier sagt,
wo er / sie aus dem Zug oder Bus aussteigen (get off) soll. So wie der
Passagier nicht zu weit fahren oder den Gültigkeitsbereich der Fahr-
karte überschreiten soll, so werden jemandem die Grenzen seines
Verhaltens klargemacht.

▶ *A plumber once wanted 500 marks for a botched* repair; I didn't*

half* tell him where to get off. – In the course of my job, I'm always
telling people were to get off; I'm a bus driver.   [*verpfuscht
                                                          *nicht schlecht]

To be at loggerheads (with someone)
Mit jemandem im Clinch liegen oder einen Streitfall haben; sich in
den Haaren liegen. "Loggerhead" ist eine Art Meeresschildkröte mit
großem Kopf, und die Wendung bezeichnete ursprünglich Tiere, die
beim Kampf einander Kopfstöße geben.

▶ *The Krügers have been at loggerheads with their neighbours now*
  for two years.
▶ *We are still at loggerheads with Deutsche Telekom about our tele-*
  phone bill; we never made all those calls.
▶ *Uwe's always at loggerheads with his wife; they can't even agree*
  what to argue about.

To read someone the riot act oder
haul someone over the coals
Jemanden tüchtig abkanzeln; jemandem die Leviten lesen. Das "Riot
Act" (Aufruhrgesetz) von 1715 verbot eine aufrührerische Versammlung von mehr als zwölf Personen. Nach Verlesung des Gesetzes
konnten die noch verbleibenden Teilnehmer bestraft werden. Die
zweite Wendung beschreibt eine mittelalterliche Foltermethode, bei
der das Opfer über heiße Kohlen gezogen wurde.

▶ *During the repair of Wunderlich's office computer, technicians*
  found pornographic pictures downloaded* from the Internet; the
  boss didn't half* read him the riot act (half haul him over the
  coals).   [*heruntergeladen *kanzelte ihn gehörig ab]

To take someone to task (about something)
Sich jemanden vorknöpfen/kaufen; an jemandem heftige Kritik
üben. "Task" ist ein veraltetes Wort für die Überprüfung der Seetüch-
tigkeit eines Schiffes, wobei das Schiff trockengelegt und die einzelnen Balken auf Schwäche untersucht werden. Diese kritische Begut-
achtung ist ein Sinnbild für einen Rüffel, eine Kritik oder eine Klage,
bei der die begangenen Fehler aufgezählt werden.

▶ *The baby-sitter was taken to task for being fast asleep* on the sofa*
  and not seeing to* the tot* when he started to cry.   [*fest
          schlafen *sich darum kümmern *der (kleiner) Wicht]

To give someone what for

Jemanden tüchtig abkanzeln oder verprügeln; jemandem zeigen,
was eine Harke ist. "What for" (wozu oder die Gründe für etwas)
steht hier für eine begründete Bestrafung.

▶ *The police rang Willi's father to inform him that his son had been*
  arrested for vandalising public property. The father replied that he
  would give Willi what for when his son got home.

To carpet someone oder give someone a carpeting

Jemanden zusammenstauchen. Früher war das einzige Büro mit
einem guten Teppich gewöhnlich das Büro des Chefs, und ursprünglich besagte der Ausdruck, daß man ins Büro des Chefs gerufen wird,
um auf diesem Teppich zu stehen und einen Rüffel zu erhalten.

▶ *The Department Head wants to see you now. I think you're in for**
  a carpeting.   [*jemandem steht etwas bevor]

To throw the book at someone

Jemandem alle möglichen Beschuldigungen machen; jemandem
sein ganzes Sündenregister vorlesen. Das gemeinte Buch ist das Verzeichnis der möglichen Anzeigen oder Anklagen, das von der Polizei
"auf jemanden geworfen wird". Die Wendung hatte die ursprüngliche Bedeutung "jemandem eine ganze Reihe Straftaten anlasten".
Im übertragenen Sinne "jemandem seine ganzen Fehler um die
Ohren werfen".

▶ *The pilot who ran the oil tanker aground while bringing it into port*
  had the book thrown at him by the port authorities.

To tear someone off a strip

Jemanden abkanzeln; jemandem den Marsch blasen. "Strip" steht
hier für einen Dienstgradstreifen, der von der Schulter eines degra-
dierten Offiziers abgerissen wird.

▶ *My husband had been coming home sloshed* too often; it's time to*
  tear him off a strip.   [*besoffen]

To fight tooth and nail (to do something oder for / against something)

Verbissen kämpfen; etwas mit aller Gewalt bekämpfen / verteidigen; sich mit Händen und Füßen gegen etwas wehren. Wörtlich "mit Zähnen und Nägeln / Klauen kämpfen".

▶ *A man was attacked by two muggers* in the street one night and defended himself tooth and nail, but the muggers overpowered him and, after searching his pockets, found only two dollars. Mugger: You must be bird-brained* to fight like that for only two dollars. Man: Oh, is that all you wanted? I thought you were after the grand* hidden in my money belt.*   [*Straßenräuber *gehirnamputiert *tausend Dollar (oder Pfund)]

▶ *A dentist married a manicurist*, ... and they've been fighting tooth and nail ever since.*   [*Maniküre]

To settle an old score

Sich an jemandem rächen; jemandem ein einmal erlittenes Unrecht heimzahlen. "A score" war eigentlich eine offene Rechnung bei einem Händler, die beglichen (settled) werden mußte.

▶ *Schneider has been released from prison and he still has an old score to settle with me because I gave evidence against him*

A shindig oder shindy

Ein lautstarker Streit; ein Heidenlärm; eine wüste Feier. Vom irischen Spiel "shinty", einer rauhen Variante des Hockeys, häufig von viel Geschrei begleitet.

▶ *The taxi driver and a passenger had a shindy about the fare.*

▶ *What was that shindig coming from your house last night?*

▶ *There's a shindig at the Students' Union on Friday night.*

A storm in a teacup oder a tempest in a teapot [US]

Ein heftiger Streit aus belanglosem Grund; ein Sturm im Wasserglas.

▶ *I heard Achim and Marko fell out*. – They are friends again; it was all a storm in a teacup (a tempest in a teapot), simply a row about a small debt.*   [*sich miteinander zerstritten haben]

To hassle someone
Jemanden schikanieren oder nerven. Ursprünglich ein amerikanischer Begriff für das aufgeregte Hecheln eines Hunds nach einem Kampf oder der Jagd, wahrscheinlich in Anlehnung an den keuchenden Laut "ha". Das Substantiv **hassle** (unnötiger Ärger; Umstände; Streit) kann wahlweise mit oder ohne Artikel stehen. Wenn es im Sinne von "Streit" oder "aggressiven Schikanen" gebraucht wird, kann es mit dem stärkeren Wort **aggro**, einer Bildung aus "aggravation" (Ärger; Aufregung), ersetzt werden.

▶ *Don't hassle me! I'll do the job in my own good time.*
▶ *Some truckers avoid that crossing point because of hassle at the border; the loads of almost every truck are physically checked.*
▶ *After football matches we sometimes get aggro in the city centre.*

To have a bone to pick with someone
Mit jemandem einen Streit suchen; mit jemandem ein Hühnchen zu rupfen haben. Die Wendung spielt auf den Streit an, wenn zwei Hunde denselben Knochen abnagen wollen (pick a bone). Dieser Knochen wird auch als **a bone of contention** – ein Zankapfel – bezeichnet.

▶ *Hey Karl, I've a bone to pick with you about the weed-killer you sprayed on your lawn. The wind has blown it onto my flowers; look at the state of them now.*
▶ *The Golan Heights are a bone of contention between Israel and Syria.*

Ding-dong
Hin- und herwogend. "Ding-dong" (Bimbam) ist ein lautmalender Begriff für Glockenschläge oder die Schläge einer Schlaguhr. Daher im übertragenen Sinne als Adjektiv für einen Kampf, Streit oder eine heftige Auseinandersetzung mit vielem Schlagabtausch oder häufigen Erwiderungen.

▶ *The football final was a ding-dong match ending 4 to 3 in favour of Brazil.*
▶ *After years of ding-dong rows with their neighbours, the Schneiders decided that their position in the flats was untenable * and moved out.*   [*unhaltbar]

Right-royal

Fürstlich; heftig. Diese Adjektivverbindung von "right" (ausgesprochen) und "royal" (königlich) hat die übertragene Bedeutung "erst-
klassig", auch in bezug auf Streiten und Rüffel, die alles andere
als vornehm sind, im ironischen Sinne von "deftig", zum Beispiel
a right-royal dressing-down (eine Standpauke, die sich gewaschen hat) und **a right-royal row** (ein Riesenkrach).

▶ *I had a right-royal row with my landlord * last night.*

[*Vermieter]

▶ *Torsten received a right-royal dressing-down from his wife.*

To have it out with someone

Mit jemandem offen sprechen; einen Streitpunkt mit jemandem
freimütig besprechen. Das Fürwort "it" steht hier für ein Problem,
das durch einen Wortwechsel oder eine offenherzige Unterhaltung
an den Tag gebracht und ausgetragen (have out) oder geklärt wird.

▶ *They had it out with each other one evening and she threw his
clothes out of the window; the trouble * was, he was still wearing them.* [*das Problem; der Haken dabei (häufig mit der Präposition "with someone / something" – bei jemandem / etwas)]

Ructions oder fireworks

Ein lautstarker Streit, Krach; Remmidemmi. "Ructions" ist eine ab-
gekürzte Verformung von "insurrections" (Aufstände; Aufruhr). Bei
"fireworks" ist das Feuerwerk ein Sinnbild für aufbrausenden Zorn,
im Sinne von "die Funken flogen nur so".

▶ *There'll be ructions (fireworks) when the boss finds out what
you've done.*

▶ *I was a war baby; as soon as my parents saw me, there were fireworks.*

A barney oder an argy-bargy

Ein lautstarker Streit oder Krach mit jemandem. "Barney" ist von einem verbreiteten irischen Vornamen abgeleitet; eine Anspielung auf
die trinkfreudigen und streitsüchtigen Iren von früheren Zeiten. "Ar-
gy-bargy" ist eine zusammengesetzte Prägung aus "argument" und
"barney".

▶ *Marriage is nature's way of preventing people having barneys with strangers.*

36 Leben / Alter

What makes someone tick

Das, worauf jemand anspricht; das, wofür jemand lebt. Der Ausdruck spielt auf das Uhrwerk an, das eine Uhr ticken läßt; ein Sinnbild für jemandes Triebfeder.

▶ *Bombings of public buildings with injuries of innocent people are on the increase, and one wonders what makes these bombers tick.*

Life isn't (oder **it's not) all beer and skittles**

Das Leben besteht nicht ausschließlich aus Wein, Weib und Gesang; das Leben ist kein reines Vergnügen. "Beer" steht hier für geschmackliche Genüsse wie Getränke oder Essen und "skittles" (das Kegeln) für Spiel oder sinnliche Freuden. Dieser feststehende Ausdruck wird besonders in bezug auf harte Arbeit oder die Notwendigkeit von Arbeit gebraucht.

▶ *Don't tell me that life isn't all beer and skittles; I already know! In fact it's been ages * since I touched a skittle.*   [* eine Ewigkeit]

To scrape along / by

Gerade so auskommen; sich kümmerlich durchschlagen. Man hält sich knapp über Wasser, wie ein Schiff, das gerade über ein Unterwasserhindernis hinwegkommt und dabei den Rumpf ankratzt oder schabt (scrapes).

▶ *People that scrape along on a meagre * salary can be just as happy as millionaires.*   [* popelig]

To be alive and kicking

Gesund und munter; springlebendig; quicklebendig. Der Hinweis ist auf ein ungeborenes Kind im Mutterleib, das mit den Beinen kräftig ausschlägt.

▶ *I thought Mr Lindenberg died last year. – No, he is very much alive and kicking.*

▶ *Beavers are almost extinct in other parts of Germany, but in this nature reserve they are alive and kicking.*

▶ *Klezmer music* is still alive and kicking in the USA.*

[*jiddische Volksmusik]

To be on (oder **live on**) the breadline

Gerade noch das Notwendigste zum Leben haben; am Hungertuch nagen; darben. "The breadline" war eine Warteschlange für die kostenlose Ausgabe von Brot an bedürftige Amerikaner während der Weltwirtschaftskrise der 30er Jahre. **To be below** (oder **live below**) **the breadline** – nicht einmal das Notwendigste zum Leben haben; sich nicht ernähren können.

▶ *Some ten percent of the Russian population are living on or below the breadline.*

To live from hand to mouth

Von der Hand in den Mund leben. Leute, die in Armut darben, essen sofort alles, was ihnen unter die Hände kommt. Das abgeleitete Adjektiv ist **hand-to-mouth**, zum Beispiel "a hand-to-mouth existence".

▶ *The dog is ill but I can't afford a vet*; we're living from hand to mouth as it is*.*   [*Tierarzt *schon; wie die Dinge liegen]

▶ *In the favelas* around Sao Paulo, millions are obliged to live from hand to mouth (oder lead a hand-to-mouth existence).*

[*brasilianische Elendsviertel]

To hang out

Wohnen; sich herumtreiben oder rumhängen. Der Standort eines Händlers oder Handwerkers ist da, wo er sein Firmenschild oder Zeichen aushängt (hangs out). Das Verb beschreibt heute jemandes Wohnort oder Haus, aber auch das Revier oder den Stammplatz, wo er/sie die meiste Zeit des Tages verbringt.

▶ *Arno hangs out in Wilmerdorf; he lives there with his mother.*

▶ *Johann hangs out all day at the yacht harbour pottering about* on his boat.*   [sich zu schaffen machen]

To live in the lap of luxury oder **live in clover**
Im Überfluß leben; wie Gott in Frankreich leben. Die Anspielung der
ersten Wendung zielt auf ein Kleinkind, das glücklich auf dem Schoß
(lap) der Mutter sitzt. Klee ist für Kühe eine Leckerei, und die Vierbeiner, die auf Kleefeldern (in clover) weiden, werden schnell fett.

> ► *Manfred doesn't need to work but he's a workaholic; he could sell
>   his printing firm tomorrow and live the rest of his life in the lap of
>   luxury (in clover) if he wanted.*

> ► *I've got three other kids and can't afford to send my daughter on
>   the school trip to Bornholm; it's not as if* we're living in the lap of
>   luxury (in clover).*   [* es ist nicht etwa so, daß …]

To turn over a new leaf
Sich zum Besseren ändern; einen neuen Anfang im Leben machen.
So wie man das Blatt (leaf) eines Buchs wendet.

> ► *Hauser has been working on the Kietz for thirty years and knows
>   no other life; it's a bit late to make him turn over a new leaf now.*

To take a leaf out of someone's book
Jemanden nachahmen; sich jemanden zum Vorbild nehmen. Der
ursprüngliche Sinn deutete auf literarischen Diebstahl, das heißt das
Abschreiben oder Abkupfern einer Buchseite (leaf).

> ► *Lorena is a methodic and conscientious worker; you should take a
>   leaf out of her book.*

> ► *When I was unemployed, I decided to take a leaf out of Heinrich's
>   book and did some voluntary work for a local hospital.*

To enjoy a new lease of life (on life [US]**)** oder
(transitiv) **give someone / something a new lease
of life (on life)**
Neu aufleben; neuen Auftrieb beziehungsweise Lebensmut bekommen oder geben; wieder Aufwind bekommen. Die Verlängerung der
Lebensdauer oder die Erhöhung des Lebensmuts wird mit der Er-
neuerung eines Pachtvertrags verglichen.

> ► *The hip replacement * give Mrs Krüger a new lease of life (on life).*
>   [* Hüftprothese]

▶ *The renovation has attracted new businesses and given the area a*
   new lease of life.

To live in cloud-cuckoo-land oder live in a fool's paradise oder have one's head in the clouds

In einer Traumwelt leben beziehungsweise im Wolkenkuckucksheim
leben; ein Traumtänzer sein. "Cloud-cuckoo-land" (Wolkenkuk-
kucksheim) stammt aus dem Lustspiel "Die Vögel" von Aristopha-
nes, im 5. Jahrhundert vor Christus geschrieben, worin eine utopi-
sche Stadt in der Luft von Vögeln gebaut wird.

▶ *If you believe that a water diviner * can find an underground*
   *stream in this arid * area, you are living in cloud-cuckoo-land (in a*
   fool's paradise/you've got your head in the clouds). [*Wünschel-
   rutengänger *trocken; dürr]

To lead (oder live) the life of Riley (Reilley)

Ein unbekümmertes/sorgenfreies Leben führen; wie die Made im
Speck (wie Gott in Frankreich) leben. "The life of Reilley" war ein
fröhliches Varietélied im Amerika des letzten Jahrhunderts.

▶ *Some Turkish peasants in Anatolia believed that their compa-*
   *triots * were leading the life of Riley in Germany.*   [*Landsleute]
▶ *You might as well lead the life of Riley today, ... because tomorrow*
   they might cancel your credit card.
▶ *Love-wise * I used to lead the life of Riley; then one day Riley came*
   home early.   [*was die Liebe betrifft]

Skid row oder skid road

Das Pennerviertel einer Stadt. **To end up on skid row** – als Penner
enden/leben müssen. "Skid Row" war früher eine Blockhütte in
Seattle (USA), die als Obdachlosenheim diente. Die Hütte bestand
aus den eingefetteten Baumstämmen, die Holzfäller als Rutschbahn
gebrauchten, um das Holz zur Sägemühle zu rollen (englisch: to
skid).

▶ *Some years ago before urban renewal, part of Kreuzberg used to be*
   the skid row of Berlin.
▶ *It was difficult to understand how such a brilliant engineer with a*
   nice family as Kowalski could ever have ended up on skid row.

Low life oder riffraff

Gesindel; Gesocks; Gezücht. "Low life" ist eine Anspielung auf Tiere, die auf dem Boden kriechen. "Riffraff" ist ein zusammengesetztes Wort altfranzösischen Ursprungs: "riff" von "rifler" (plündern) und "raff" von "rafler" (klauen).

▶ *The Klebers were worried that their daughter in Zürich was getting becoming involved with low-life (riffraff) from the squatter scene.*

To sow one's wild oats

Ein unbändiges oder wüstes Leben führen (und dann seßhaft werden); sich die Hörner abstoßen; in der Gegend herumschlafen oder uneheliche Kinder in die Welt setzen. Das Säen von Flug- oder Windhafer ("wild oats" – eine unfruchtbare Haferart) ist eine reine Zeitverschwendung.

▶ *Before settling down in Emden, Jochen spent five years on Teneriffe, working in bars and sowing his wild oats.*

To take the rough with the smooth

Mißerfolg und Erfolg nehmen, wie sie kommen; die rauhen und angenehmen Seiten des Lebens als gegeben hinnehmen.

▶ *As a vegetable gardener, you must take the rough with the smooth and not be disheartened * by a year of drought or pests.*

[* entmutigt]

To be in a (oder get into a oder get out of the) rut

Aus dem Alltagstrott (nicht mehr) herauskommen; in einen Trott verfallen. "Rut" hier ist eine Spurrille in einer ungepflasterten Straße oder einem Feldweg von früher, die das Rad eines Wagens in der Bahn gefangen hält.

▶ *Why did you leave your last job? – I felt that I was in (getting into) a rut there and that I had become part of the furniture *.*

[* ich wurde leicht übersehen]

▶ *My holidays are the only chance of getting out of the rut and letting my hair down * for a while.*   [* mich ausleben]

A walk of life
Ein Beruf oder eine soziale Schicht. **From every walk (**beziehungsweise **all walks) of life** – aus den verschiedensten gesellschaftlichen Gruppierungen oder Berufen.

▶ *In our allotment association * we have members from every walk of*
   life (oder every walk of life is represented) from doctors to refuse
   collectors.   [* Schrebergartenverein]

A nipper
Ein Kleinkind; Gör. Abgeleitet vom Verb "nip" (flitzen – siehe Seite
110). Vom Jargon der Markthändler für einen kleinen Laufburschen,
der zwischen den Marktständen herumflitzte.

▶ *It's terribly difficult to keep young *; especially if you've got four or*
   five nippers.   [* jung bleiben]
▶ *When I was a nipper, my parents treated me so badly that I wanted*
   to grow up to be an orphan.

To be long in the tooth oder **be no spring chicken**
Nicht mehr der / die Jüngste sein. Mit dem Alter kann das Zahn-
fleisch eines alten Pferdes zurückschrumpfen und die Zähne viel länger erscheinen lassen. "Spring chicken" ist ein Fachbegriff für ein
Küken, das noch keine zwei Monate aus dem Ei ausgeschlüpft (hier
gesprungen) ist.

▶ *My Ford Escort is 20 years old, so it's no spring chicken.*
▶ *You can tell when you're getting a little long in the tooth; people*
   start calling you "young-looking" instead of "young".
▶ *Even though I'm long in the tooth, I feel like a thirty year old; un-*
   fortunately there's never one around when I feel like one.

To be as old as the hills
Steinalt / uralt sein; so alt wie Methusalem; schon seit Ewigkeiten bestehen. Sinngemäß "so alt wie die Schöpfung", hier symbolisch als
Hügel (hills) dargestellt. Der Vergleich ist auf Sachen und Personen
anwendbar.

▶ *The manor * with its moss-covered granite walls looks as old as the*
   hills.   [* Herrenhaus]

▶ *That joke is as old as the hills. I heard it in my youth.*

▶ *Uwe collects antiques *. – I know, I've seen his wife and she's as old as the hills too.*   [*Antiquitäten]

▶ *My grandma's as old as the hills. When they light the candles on her birthday cake, the blazing* heat is simply unbearable.*

[*lohende]

An old fogey

Eine ältere Person (Mann oder Frau) mit altmodischen Ansichten; ein(e) rückständige(r) Opa / Oma. "Fogey" ist womöglich eine Verformung von "foggy" im Sinne von "geistig benebelt". **An old fart** (wörtlich: alter Furz) ist ein anstößiger Begriff für einen "alten Knakker". **An old bag** (wörtlich: alte Tasche) und **old trout** (wörtlich: alte Forelle) sind abfällige Begriffe für eine alte Schlampe. **An old biddy** ist eine neutraler Begriff für eine alte Dame; "biddy" ist die Koseform des weiblichen Namen "Bridget".

▶ *You want to marry my daughter? But she's just a young girl. – I know, that's why I want to marry her. You wouldn't expect me to marry an old trout would you?*

To be pushing (fifty)

Auf die Fünfzig zugehen; fast fünfzig sein. Das hohe Alter, das gerade vor einem steht, ist wie eine Last, die vor sich hingeschoben (pushed) wird. Der gleichbedeutende Begriff **be getting on for (twenty)** wird sowohl für alle Alter (nicht unbedingt hohe Alter) als auch für die Uhrzeit beziehungsweise Jahreszeit und für Mengen gebraucht, zum Beispiel "it's getting on for three o'clock / ... for winter" (es geht auf fünf zu / ... auf den Winter zu) und "there were getting on for two hundred demonstrators there" (es waren an die 200 Demonstranten da). Ohne weitere Bestimmung bedeutet **be getting on** alt oder spät werden, zum Beispiel "grandma is getting on" und "time ist getting on".

▶ *When you're pushing forty-five like me, work is a lot less fun and fun is a lot more work.*

▶ *Uli was a ladies' man * in his day * but you can tell * he's getting on; all the phone numbers in his diary are now doctors.*

[*Frauenschwarm *zu seiner Zeit *es ist anzusehen, daß]

To be old hat

Alter Hut; olle Kamellen; kalter Kaffee. Der Begriff ist eine Anspielung auf die Schnelligkeit, mit der Hutmodelle für Frauen aus der Mode kamen.

▶ *We never use electric shock therapy on mental patients; it's old hat. That treatment went by the board * years ago.*

       [* wurde aufgegeben / über Bord geworfen]

▶ *Black and white films aren't all old hat. There are some evergreen * classics.*   [* ewige]

To have had a good innings

Ein langes, ausgefülltes Leben gehabt haben. "An innings" ist ein Begriff aus dem Cricketspiel für den Durchgang eines Schlagmanns, das heißt die aktive Zeit, in der er Punkte erzielen kann.

▶ *I'm sorry to hear Mr Witt has died. – Yes, but he was 85 and had had a good innings.*

Leichte Aufgabe / Schwierige Aufgabe

No sweat!

Kein Problem!; das läßt sich mit links / spielend leicht regeln. Wörtlich "ohne Schweiß", das heißt ohne große beziehungsweise schweißtreibende Anstrengung. Der Begriff kann auch als Empfehlung aufgefaßt werden, im Sinne von "Sie brauchen sich da keine große Sorgen zu machen / vor Angst nicht zu schwitzen".

▶ *We'll have your drain unblocked before midday; no sweat!*

▶ *I got my Volkswagen through the TÜV. No sweat!*

▶ *Your wounds are not critical *; we'll soon have you patched up * and back on your feet. No sweat!* [* lebensgefährlich * verbunden]

To be a cinch

Ein Kinderspiel sein; eine todsichere Sache sein. Abgeleitet vom spanischen "cincha", dem Sattelgurt eines Pferdes, von dem die Sicherheit des Reiters abhängt.

▶ *How were the exam questions? – Oh, they were a cinch. It was the answers that were difficult.*

To be as easy as pie oder **be easy-peasy** oder
be easy as ABC oder **be child's play** oder
be as easy as falling off a log
Kinderleicht sein. Beim ersten Vergleich sollte das Partizip "eating" (das heißt "easy as eating pie") hinzugedacht werden, da das Essen von leckeren Pasteten keine schwere Aufgabe ist. Das Reimwort "peasy" im zusammengesetzten Adjektiv "easy-peasy" sollte eigentlich "peas pie" (Erbsenpastete) bezeichnen und ist ein weit hergeholtes Wortspiel mit "pie" aus dem ersten Vergleich. Der Sinn des letzten Vergleichs liegt darin, daß man auf einem rollenden Klotz oder runden Holzscheit (log) sein Gleichgewicht leicht verlieren und herunterfallen kann.

▶ *How was your English Proficiency Exam *? – Easy-peasy!*
[*Fertigkeitsprüfung in Englisch]

▶ *A lot of young people worry about having sex for the first time, yet it is easy as falling off a log.*

▶ *A car thief can steal your vehicle within two minutes; for them it's as easy as pie.*

▶ *Keeping tropical reptiles needs a lot of specialist knowledge and equipment. People blithely * buy the poor critters * in pet shops thinking that it is as easy as ABC.* [*unbekümmert; ohne richtig nachzudenken *arme Viecher]

▶ *Parachute jumping is no child's play. You have to aim for a teeny-weeny * black spot on the ground below, and if you don't pull the rip-cord *, that teeny-weeny black spot on the ground below is you.*
[*klitzeklein; winzig *Reißleine]

To break the back of (a task)
Das Schwierigste einer Aufgabe hinter sich bringen. Der schwerste Schnitt eines Schlächters beim Aufschneiden eines Fleischrumpfs ist das Brechen des harten Rückgrats (am Rücken – "back"). Ein Sinnbild für die Überwindung der Hauptschwierigkeiten einer Arbeit.

> *The tide and weather are always the problem with bridge-building, but the supports are now in place, so we've broken the back of the task.*

To turn the corner
Die größten Schwierigkeiten jetzt hinter sich haben; wieder bergauf gehen. Der Ausdruck (wörtlich: um die Ecke biegen) kommt von einigen alten Kartenspielen, wie dem heute kaum praktizierten Cribbage, wo die Punkte mit Pflöcken auf einem gelochten Brett festgehalten wurden. Die Löcher bildeten zwei Reihen, und die Drehung des Pflocks von der ersten Reihe oben in die zweite Reihe nach unten wurde als "turning the corner" beschrieben. Für den führenden Spieler bedeutete es, daß der Sieg in erreichbarer Weite war.

> *We have faced many problems in establishing ourselves on the Italian market, but the signs are that we have now turned the corner.*
> *The patient has turned the corner and has been removed from the intensive care unit.*

To grasp the nettle
Das Problem aktiv oder kräftig anpacken. Eine Nessel, die kräftig mit der Faust gefaßt wird, brennt gewöhnlich nicht, da die Brennhaare gleich platt gedrückt werden.

> *Certain East European governments should grasp the nettle and attempt to integrate their gypsy populations.*
> *Matthias's marriage had broken down irretrievably *, but because of the fear of losing his children, he was unwilling to grasp the nettle and apply for a divorce.*   [* war unheilbar zerrüttet]

To get more than one bargained for
Mehr Probleme kriegen, als man am Anfang erwartet hätte; sich unerwarteten Ärger einhandeln; mit etwas ganz schön hereinfallen. Die Grundidee ist, daß die Verpflichtungen, die aus einer Abmachung (bargain) hervorgehen, viel größer als erwartet sind; im nachhinein hat man also einen schlechten Handel abgeschlossen.
To bargain for something – mit etwas rechnen; etwas erwarten.

> *The climb was supposed to be relatively easy, but we got more than we bargained for.*

▶ *When the Americans entered Somalia they didn't expect much resistance, but they got more than they bargained for.*

▶ *The shoplifter thought she might get a large fine, but he didn't bargain for a prison sentence.*

To be up against it

Einen schweren Stand haben (etwas zu tun); vor einem großen Problem stehen. Das Fürwort "it" ist hier ein großes Hindernis, das die Weiterfahrt oder den Fluchtweg blockiert.

▶ *The roads are covered in deep snow, so you'll be up against it to get to work on time this morning.*

▶ *When you see all the junk floating around the North Sea, you realize how states are up against it in their attempts to clean up the water and maintain fish stocks.*

To be like looking for a needle in a haystack

Eine sehr schwierige oder unmögliche Suche vor sich haben; es ist, als wollte man eine Stecknadel in einem Heuhaufen finden / suchen.

▶ *There are over fifty thousand men of medium height with glasses in this city; finding the killer without any other clue is like looking for a needle in a haystack.*

▶ *Finding a place to park in the city centre on weekdays * is like looking for a needle in a haystack. The situation is so bad, one man was asked what he was doing lying on the road and he replied, "I've found a parking space and I've sent my wife away to buy a car".*   [*werktags]

38 Leiden / Strafe

To cop it

Bestraft werden; daran glauben müssen. "Cop" leitet sich vom altfranzösischen "caper" (fangen) ab, wie auch das Substantiv "a cop" mit der Bedeutung Polizist. Das Fürwort "it" steht hier für eine Strafe, die man erhält, oder den Tod, der einen ereilt.

▶ *You'll cop it when you get home and your mother sees the mess you've got your new suit in.*

▶ *The victim copped it on a bicycle when a hit-and-run driver* ploughed into * him.*   [*unfallflüchtiger Fahrer
*in jemanden / etwas rasen]

To have it coming

Eine Strafe oder Qual sich selbst zu verdanken haben; sich auf etwas gefaßt machen können. Das Fürwort "it" bezeichnet ein Leid oder eine Strafe, die jemand verdient hat und die auf denjenigen zukommt. Der Ausdruck wird meistens in der Vergangenheit gebraucht: **she had it coming** – sie ist am eigenen Unheil selbst schuld / sie hat ihre gerechte Strafe bekommen.

▶ *Beck's Alsatian* bit him and wounded his arm. – Well, he had it coming, the way he used to beat that dog.*   [*Schäferhund]

▶ *I've a stinker of a cold*. – You had it coming; I told you to put on some warm clothing.*   [*saumäßige Erkältung]

To get one's comeuppance oder
get one's (just) deserts

Sein Fett (seine gerechte Strafe) abbekommen. "Comeuppance" ist ein zusammengesetztes Kunstwort aus dem Verb "come up" (vor dem Gericht erscheinen) und einer phonetischen Version der Endung "ence" von "sentence" (Urteil), im Sinne von "zur Urteilsverkündung und Bestrafung erscheinen". "Deserts" ist die Strafe, die jemand verdient hat (deserved) – vielleicht auch ein Wortspiel mit "dessert" (Nachtisch), das heißt seinen verdienten Nachtisch vorgesetzt bekommen.

▶ *Dreher has got his comeuppance (his just deserts) after all the problems he's caused in this office; he's been sacked.*

To put someone (oder go) through the mill

Jemanden ganz schön in die Mangel nehmen. "A mill" (Mühle oder Mühlstein), die Produkte mahlt, steht sinnbildlich für eine Qual, die man ausstehen muß.

▶ *I once went through the mill when I was a kid. First I got tonsilli-*

tis *, followed by pneumonia *, appendicitis *, catarrh and bron-
chitis. Then they gave me penicillin and inoculations * ... I can't
remember a worse spelling test at school.   [*Mandelentzündung
*Lungenentzündung * Blinddarmentzündung *Impfungen]

To be for the high jump oder
it's the high jump for someone

Jemand kann sich auf etwas gefaßt machen. "High jump" (wörtlich:
Hochsprung) war früher Militärjargon für die Hinrichtung durch
den Strang, hier sinnbildlich für eine schwere Bestrafung, die jemanden erwartet.

▶ *When Congress decided to impeach President Clinton, many*
  people thought that he was for the high jump.

To be in for it (oder for something)

Jemandem blüht etwas Unangenehmes; jemanden erwartet eine
Strafe oder böse Überraschung. Sinngemäß "für eine Bestrafung,
Qual oder ein unangenehmes Erlebnis auf einer Liste eingetragen
sein".

▶ *The economy could be in for a downturn * soon.*   [*Abschwung]
▶ *We're in for some inclement * weather tomorrow.*   [*stürmisch]

To get away with murder (beziehungsweise with
anything)

Sich alles / jeden Unfug erlauben können. Wörtlich "mit Mord unge-
straft davonkommen (get away)". **The things he gets away
with!** – was er sich alles erlauben kann!

▶ *I built a small shed and was told to pull it down because I didn't*
  have building permission, and yet other house owners here get
  away with murder (with anything).

To give someone (oder get) a dose (beziehungsweise taste)
of their own medicine

Es jemandem mit gleicher Münze heimzahlen; sich an jemandem
revanchieren. Die früheren Medikamente (medicines) waren besonders abscheulich und als eine Strafe angesehen. In dieser Wendung

revanchiert man sich sinnbildlich an dem verabreichenden Arzt, indem man ihn dazu zwingt, eine Dosis seiner eigenen Arznei zu schlucken. **To take one's medicine (like a man)** – seine verdiente Strafe (tapfer) hinnehmen; die bittere Pille schlucken; die Suppe auslöffeln.

▶ *Waiters sometimes get a dose of their own medicine. One waiter slipped on the kitchen floor and was taken to hospital, where he complained to a passing doctor about lying around on a casualty bed * for two hours without being attended to *. The doctor replied simply, "Sorry sir, this isn't my table".* [*Bett in der Unfallstation *behandelt]

To carry the can

Die Verantwortung oder Schuld tragen (besonders für andere); eine Sache ausbaden. "The can" war früher ein Kübel Bier in der Armee, den ein Rekrut für andere Soldaten als Strafmaßnahme holen mußte.

▶ *A robber told police that he wasn't going to carry the can for Moldt, and that it was Moldt who assaulted the cashier during the stick-up *.*   [*bewaffneter Raubüberfall (auch "hold-up")]

▶ *After the devastating * floods in China, several province leaders were made to carry the can for the damage, since they apparently hadn't heeded * a high-water warning.*   [*verheerend *beachten]

The carrot and the stick

Zuckerbrot und Peitsche. Maßnahmen, um einen widerspenstigen Esel voranzutreiben, und deswegen Sinnbilder für die Belohnung und Bestrafung einer ungehorsamen oder unwilligen Person.

▶ *Peter had a hard upbringing; too little carrot and too much stick.*

▶ *France has a carrot and stick policy towards illegal immigrants; if they return home voluntarily, they can sometimes receive up to 80 000 francs, if they are caught, they can be imprisoned and deported.*

Someone's chickens come home to roost

Es wird jemandem heimgezahlt; es wird jemandem zum Verhängnis. Hühner, die man im Hof aussetzt, kommen immer zum Hühnerstall zurück, um Eier zu legen (roost). So wie Probleme, die man selbst macht oder auf andere abwälzt, irgendwann auf einen zurückfallen.

> ► *For years fishermen refused to accept fish quotas and now their chickens have come home to roost; fish stocks have dwindled * and many trawlers have been mothballed *.*   [* abgenommen * eingemottet]

> ► *Kolb is far from a picture of health *, yet he refuses to cut down on smoking and drinking; one day his chickens will come home to roost.*   [*sieht keineswegs gesund aus]

To face the music

Sich einer Strafe stellen; eine Qual ausstehen müssen; die Suppe auslöffeln müssen. Die Herkunft der Wendung hat zwei mögliche Varianten: entweder aus der Theaterwelt für einen Schauspieler mit Lampenfieber, der sich zusammenraffen mußte, um mit dem Gesicht zum Orchestergraben (music) und Publikum hinauszuschauen (face), oder die Tatsache, daß unehrenhaft entlassene Soldaten vor eine Militärkapelle gestellt wurden und sich den "Marsch der Schurken" anhören mußten.

> ► *Whether I like it or not, I have to go and see my boss about the poor results and that means facing the music all by myself.*

> ► *European Commissioners were called to the Parliament to answer fraud allegations and face the music.*

Someone's number is up

Jemandem steht die Strafe, das Leiden oder der Tod bevor; jemand muß dran glauben. Wörtlich: jemandes Nummer ist dran. Aus der Soldatensprache für ungehorsame Soldaten, die in der Reihe mit Nummern ihre Strafe abwarten. Wenn die Nummer eines bestimmten Soldaten ausgerufen wurde, war seine Maßregelung fällig. Die Verbindung mit dem Tod kam erst später, als Soldaten von einem erschossenen Kameraden sagten, daß die tödliche Kugel "seine Nummer drauf hatte".

▶ *When my car went out of control on the ice, I thought that my number was up.*

▶ *The guy that has been sexually assaulting* * *women in the area has now been arrested, so his number's up.*   [*tätlich angreifen]

To take the rap for something

(Ob schuldig oder nicht) für etwas bestraft werden; für etwas den Kopf hinhalten. "A rap" ist hier ein energischer Schlag, wie im gleichbedeutenden Ausdruck **get** (oder **give someone) a rap over** (oder **on) the knuckles** (wörtlich: auf die Fingerknöchel geklopft werden / klopfen) – eine Strafe oder einen Verweis erhalten / erteilen. **A rap** ist auch eine Gefängnisstrafe.

▶ *The pipes were the wrong size and were installed immediately after delivery to the building site; they must all be taken out again. I only delivered the goods, I'm not going to take the rap for it. That's the warehouse manager's pigeon* *.*   [*Angelegenheit]

▶ *Mr Kleinbauer has been arrested for grievous bodily harm* * *to a neighbour and will have to take the rap in court tomorrow.*

[*Körperverletzung – häufig englisch als "GBH"
abgekürzt und gesprochen]

To rub it in

Jemandem etwas unter die Nase reiben; jemandem einen Fehler aufs Brot schmieren. Das Fürwort "it" steht hier für Salz, das nach dem Auspeitschen eines ungehorsamen Matrosen in die Wunden einge-rieben (rubbed in) oder gestreut wurde, um den Heilprozeß zu be-schleunigen. Sinnbildlich für die ständige und peinliche Errinerung an einen Fehler oder ein Fehlverhalten.

▶ *Enkhuizen was a Boer and when talking to English people he would often rub it in that the British in South Africa had invented the first concentration camps for his people.*

A scapegoat oder a fall guy [US] oder whipping-boy

Jemand, dem man alle Schuld zuschiebt; ein Sündenbock oder Prü-gelknabe. In biblischen Zeiten war "a scapegoat" eine Opferziege, die die Hebräer zuerst mit der Schuld der Gemeinde beluden und an-

schließend aus dem Tempel entkommen (escape) ließen. "A fall guy"
war ein bezahlter Ringer, der beim Kampf häufig fallen und schließlich dem Gegner unterliegen sollte. "A whipping-boy" war ein Schüler, der während der Erziehung eines Adligen für dessen Streiche
stellvertretend geprügelt oder ausgepeitscht wurde.

▶ *Prior to his death in prison, Earl Ray, the convicted murderer of*
  Dr. Martin Luther-King, claimed that he was innocent and that he
  was just a fall guy (scapegoat/whipping-boy) for others.

▶ *Politics is the art of diagnosing* * *problems wrongly, applying the*
  wrong solutions, and then finding scapegoats.   [*feststellen]

To get off (beziehungsweise **escape) scot-free**
Ungestraft/ungeschoren davonkommen; frei ausgehen. Im letzten
Jahrhundert war "the scot" eine Art Gemeindesteuer, von der Etliche
Befreiung genossen ("scot-free" waren).

▶ *Normally Schröder would have gone to prison for his offence, but it*
  was committed * *fifteen years ago and owing to limitation of ac-*
  tions *, he got off scot-free.*   [*begangen *Verjährung]

▶ *We pay corporation tax* * *but some companies get off scot-free by*
  registering in the Bahamas.[*Körperschaftssteuer; Gewinnsteuer]

39 Liebe / Ehe

To have a yen oder **have a hankering**
(for something / someone beziehungsweise
to do something)
Ein Verlangen nach etwas/jemandem verspüren; es drängt jemanden danach, etwas zu tun. "Yen", ein chinesisches Wort für Opium-
rauch, wurde durch Amerikaner von chinesischen Eisenbahnkulis
des letzten Jahrhunderts übernommen, zuerst im Sinne von "Sucht",
später als "Sehnsucht" und "Verlangen". Das Substantiv "hankering" ist vom niederländischen Verb "hunkeren" (stark verlangen)
abgeleitet, und hat die Verbform **hanker for / after something** –
große Lust auf etwas haben; nach etwas/jemandem sehnsüchtig verlangen.

▶ *I've always had a yen (hankering) to sail around the world in a yacht.*

▶ *Erna's husband left her in the lurch * over a year ago, yet she still hankers for him (has a yen for him).*   [* ließ sie im Stich]

The best (oder greatest) thing since sliced bread

Der / die / das Größte seit der Erfindung der Bratkartoffel; unübertrefflich. Scheibenbrot ist wegen seiner Gebrauchsfertigkeit die beliebteste Brotsorte in den angelsächsischen Ländern. Scherzhaft für einen Gegenstand der Bewunderung oder eine sehr unterhaltsame Tätigkeit. (Siehe auch Seite 304.)

▶ *My wife thinks that books are the best thing since sliced bread; she's been through ten cheque-books this month.*

To think that one is God's gift to someone

Sich für ein Gottesgeschenk an jemanden halten; total von sich eingenommen sein.

▶ *During the British Empire, many jingoists * thought that England was God's gift to the rest of the world and that all foreigners should do as the English do.*   [* Hurrapatrioten; Chauvinisten]

▶ *Why do taxi-chauffeurs think that they are God's gift to other drivers? Some cabbies * drive like they own the road when they don't even own the cab.*   [* Taxifahrer]

▶ *The new accountant thinks he's God's gift to all the young secretaries in the office. – If that's right, then God must be buying his gifts at the Aldi Markt.*

▶ *My boyfriend Detlef thinks he's God's gift to women. – Well, gifts can be taken back and exchanged, can't they?*

To have a crush on someone

In jemanden verknallt / vernarrt sein. Abgeleitet von einem veralteten Ausdruck, ursprünglich aus der Zigeunersprache, "be mashed on someone" (in jemanden verliebt sein), wahrscheinlich in Anlehnung an zerquetschtes ("mashed" oder "crushed") Obst. Das Sinnbild eines süßlichen Obstbreis für rührselige Gefühle findet man im Substantiv **mush** (Schmalz; Gefühlsduselei) und dem Adjektiv **mushy** (schmalzig) wieder.

▶ *I've always had a crush on older women.*
▶ *My ex-wife can get so mushy about divorces. She got divorced from me in the same dress her mother got divorced in.*

To fall (oder be) head over heels in love

Bis über beide Ohren verliebt sein; sich mit Haut und Haaren verlieben. Die Wendung ist ein Wortspiel mit dem Verb "fall", das zwei Begriffe zusammenbringt: "fall head over heels" (kopfüber fallen, das heißt eine verstärkte Form eines Falls) und "fall in love" (sich verlieben).

▶ *I told the German embassy that we are head over heels in love and that our marriage was not a sham * marriage of convenience *, but they still haven't given my Russian wife a visa.*   [*unecht;
                    nur auf dem Papier bestehend *Vernunftehe; Scheinehe]
▶ *I wasn't exactly over the moon * when my husband told me that he had spent a large part of our retirement savings on an old dry-stone house * and a patch of turf moor in Ireland, but when we arrived there and I saw the cottage against the panoramic backdrop * of Galway Bay, I immediately fell head over heels in love with it.*
      [*nicht gerade überglücklich *Trockensteinhaus (ohne Mörtel)
                                          *Hintergrund]
▶ *After ten years of marriage my wife and I are still head over heels in love; she with a plumber *, and me with the woman next door.*
                                                          [*Klempner]

A wallflower

Ein Mauerblümchen. Wörtlich die Pflanze "Goldlack", die mit Vorliebe an einer Mauer wächst oder klebt, wie eine Frau (oder eventuell ein Mann), die beim Tanz selten aufgefordert wird und vom Rand der Tanzfläche nur zuguckt. **An old maid** ist eine alte Jungfer.

▶ *A wallflower is a woman who comes home from a hop * wearing the same lipstick she went out with.*   [*Schwof]
▶ *A wallflower is a man whose phone doesn't ring, even when he's in the bath.*
▶ *Klara's an old maid by choice; sometimes her own – she didn't want to make the same mistake once, but mainly the choice of the men she's dated.*

▶ *It's not true that most old maids have never been asked to marry; they have been, many times, ... by their mothers.*

Mr Right oder Miss Perfect
Der passende Ehemann / die passende Ehefrau.

▶ *Lothar hasn't found Miss Perfect yet, but he's had a whale of a time* hunting for her.*   [*hat sich bombig amüsiert]

▶ *Bärbel has found her Mr Right; ... for the third time.*

▶ *Every man waits for his Miss Perfect; and in the meantime, he gets married.*

To pop the question
Jemanden ums Jawort bitten. "Pop" ist eine Anspielung auf den Überraschungseffekt des Heiratsantrags (the question), der einem Korken, der plötzlich knallt oder peng macht (pops), gleichgesetzt wird.

▶ *It was all so romantic. He popped the question in the car, and she accepted him in hospital.*

▶ *You got divorced and then married the same wife again? – Yes, our divorce was so amicable*, I decided to pop the question a second time.*   [*gütlich; freundschaftlich]

▶ *I've popped the question to four women without avail*. – Next time try wearing a veil*.*   [*ohne Erfolg; vergebens *Schleier]

A stag night / party
Ein Männerabend, um die bevorstehende Hochzeit des Bräutigams zu feiern. Ein Hirsch (stag) ist ein Sinnbild der männlichen Potenz. Die weibliche Version **a hen night / party** – ein Frauenabend; Damenkränzchen – dagegen hat nicht notwendigerweise eine Hochzeit als Anlaß; sie kann einfach ein Frauenabend weg von zu Hause sein.

▶ *One Englishman woke up after his stag party on the morning of the wedding, only to find that he was as bald as a coot*; his friends had completely shaved his head.*   [*total kahlköpfig]

▶ *Werner had so much fun on his stag night, he decided to postpone the wedding.*

A shotgun wedding

Eine Mußehe. Die Grundidee ist, daß der Bräutigam zu dieser schnellen Heirat von den Verwandten der schwangeren Braut mit einer geladenen Schrotflinte (shotgun) gezwungen wird.

▶ *Rosalinda wanted a white wedding, ... so her father painted the shotgun white.*

▶ *At the wedding reception, the bridegroom * rose and made the following statement: "All rumours that this was a shotgun wedding caused by the bride being in the family way * are malicious *, ... and I would like to thank Michael Schumacher for driving the bride to the church."*   [*Bräutigam *in anderen Umständen *bösartig]

To tie the knot oder get hitched oder get spliced

Heiraten. Alle drei Begriffe schildern verschiedene Formen des Bindens. Das Sinnbild des Bindens eines Knotens (tie the knot) im Tuch für den Bund der Ehe kommt in vielen Kulturen vor. Ein Sprichwort von früher lautete "die Ehe ist ein Knoten, den keine Zähne lösen können". "Hitch" bezieht sich auf das Anschirren eines Pferd, das vor einen Wagen gespannt wird. Eine Anspielung auf die Freiheit, die von Partnern in einer Ehe aufgegeben wird. "Splice" (spleißen) ist ein Seemannsbegriff für die Verflechtung von zwei Tauenden.

▶ *Ulrich has been hitched (has tied the knot/has got spliced) so many times, they don't issue him a marriage certificate any more, they just punch * the old one. His bride is told to sign her name with a pencil.*   [*lochen]

40   Logik / Verstehen / Glauben

Not to have a leg to stand on

Seine Behauptungen nicht beweisen können; einen Anspruch nicht geltend machen können; nichts in der Hand haben. Das Sinnbild von Beinen, die eine Behauptung ebenso wie eine Person aufrechterhalten beziehungsweise unterstützen, kommt auch im deutschen Sprichwort "Lügen haben kurze Beine" vor.

▶ *The guarantee period has expired; if you take the vacuum cleaner back to Hertie now, you won't have a leg to stand on.*

▶ *A man once broke both his legs in a car accident, but the insurance company refused him compensation saying that the accident was his fault and that he didn't have a leg to stand on.*

▶ *A farmer's prize cow was missing from the field through which a railway line ran, and he sued the railway company for damages *****. The company then paid the farmer a reasonable sum to settle ***** the case out of court, which the farmer accepted. One day the lawyer of the railway company met the farmer in a supermarket by chance and confided *****, "The front lights of the train weren't working, so we didn't have a leg to stand on", and the farmer replied, "Neither did I, ... the cow came home this morning".* [*auf Schadenersatz verklagen *außergerichtlich beilegen *sich jemandem anvertrauen]

To hold water

Stichhaltig / hieb- und stichfest sein. Bezeichnet ein wasserdichtes Argument.

▶ *The initial theory that the ICE-train had collided with a car on the track at Enschede didn't hold water, since the locomotive had continued on undamaged for some distance.*

A rule of thumb

Eine schnelle und praktische, aber ungenaue Methode; eine Faustregel. Die Anspielung bezieht sich auf eine ungenaue Peilung "über den Daumen".

▶ *A rule of thumb for estimating the cost of a building is the number of bricks used.*

To weigh up an argument for something oder weigh up the pros and cons of something

Ein Argument (das Für und Wider) abwägen; die Vor- und Nachteile überdenken.

▶ *First we shall have to weigh up the pros and cons of (oder the argument for) investing money in this project.*

Harum-scarum

Unbesonnen; wenig durchdacht. Eine Zusammensetzung von Verformungen des veralteten Verbs "hare" (Hasen jagen; hetzen) und des Verbs "scare" (scheuchen), um eine oberflächliche Person, unüberlegte Handlung oder wilde Idee zu beschreiben. Eine Anspielung auf Handlungen und Ideen, die durch Zeitmangel oder eine Hetze entstanden sind.

▶ *Originally I viewed my husband's suggestion that we sell up everything and emigrate to Australia as a harum-scarum idea. I don't regret it now.*

To put two and two together

Sich etwas zusammenreimen; aus einer Sache logische Schlußfolgerungen ziehen. Das Sinnbild des Zusammenzählens von zwei und zwei ist hier ein Sinnbild für logisches Denken.

▶ *A husband came home to find his wife having it off* * in bed with a stranger. "What on earth * are you doing?", he asked her. His wife then turned to the man next to her and said, "I told you that he's as thick as two short planks *; it takes him ages * to put two and two together".*   [* es treiben *überhaupt *saudumm *eine Ewigkeit]

▶ *I got up bleary-eyed * one morning and opened the letter from a company in Bratislava informing me that I had been entered for a competition without my knowledge and that I had won a new Merc *. I should ring a pay number at three marks a minute (the call would take nine minutes) to claim my car. It didn't take me long to put two and two together, and to realize that this was a con-outfit *.*   [*verschlafen *Mercedes *betrügerische Firma]

To be enough to make a cat laugh

Eine aberwitzige / grundlose Behauptung sein; lächerlich wenig sein; da lachen ja die Hühner.

▶ *Firms manufacturing radiation-shields * for portables claim that radio-emissions from mobile phones held next to the ear can make you ill. Makers of such phones say that radiation is minute and that such claims are enough to make a cat laugh.*

[*Strahlungsschützer]

▶ *My neighbour claims that I intentionally damaged his car last night; it's enough to make a cat laugh.*

▶ *We had to sell all the furniture since we couldn't take it with us when we moved abroad. – Did you get much for it? – Enough to make a cat laugh.*

At the end of the day
Alles in allem; schließlich; letzten Endes. Wörtlich "am Tagesende". Ein Sinnbild für den logischen Ausgang einer Überlegung oder eines Arguments.

▶ *If, at the end of the day, we cannot convince others in the trade that we are a professional outfit *, then they just won't put business our way *.*   [*Betrieb *uns Geschäfte zuspielen]

To cotton on to someone / something
Etwas / jemanden endlich kapieren; jemanden durchschauen. Eine Anspielung auf Flaum und Baumwollfäden (cotton), die hartnäckig an Kleidung hängen. Das Hängenbleiben von Flaum ist hier ein Sinnbild für Gedanken und Ideen, die sich im Kopf festsetzen, im Sinne von "etwas endlich verstehen" oder "hinter jemandes List kommen". Der Begriff hat auch eine dritte Bedeutung: Geschmack an jemandem / etwas finden; sich mit jemandem / etwas anfreunden.

▶ *You can talk to my husband about any subject; he might not cotton on to what you're saying, but you can talk to him.*

▶ *Yesterday, I saw a woman with the vital statistics * 39 – 24 – 35 and now I've finally cottoned on to what's wrong with my wife; ... she's inside out *.*   [*Körpermaße *verkehrt herum; umgestülpt]

High-brow
Intellektuell; anspruchsvoll; hochgestochen. Das Adjektiv ist eine Anspielung auf die Augenbrauen (brows) von Intellektuellen, die wegen der vermeintlichen Kopfgröße hoch an der Stirn gelegen sein sollen. Es bezeichnet sowohl die gehobene Kunst und Musik als auch die Intellektuellen selbst und wird manchmal auch abfällig im Sinne von "hochgestochen" angewandt. Das Gegenteil **low-brow** bezieht sich auf anspruchslose Kunst und Kulturbanausen. **High-**

falutin / highfaluting, ein umgangssprachlicheres Synonym für "high-brow", ist eine Verformung von "high fluting" – dem himmlischen Spiel einer Flöte, das als Musik für den gehobenen Geschmack galt und woran sich der Laie erst gewöhnen mußte.

- ▶ *Shakespeare is too high-brow (highfalutin) for me. I only read pulp fiction* *.   [* Groschenromane]
- ▶ *Klara's so low brow, the only thing she ever read was an eye-chart* *.   [* Sehtesttabelle]

Not to make head nor tail of something / someone

Aus etwas / jemandem nicht klug werden. Diese Wendung aus dem 17. Jahrhundert bezieht sich nicht auf den Kopf oder Adler einer abgewetzten Münze (heads or tails), sondern auf ein Wild, dessen Umrisse in der Ferne oder durch ein Dickicht schwach sichtbar sind, wobei der Jäger nicht ausmachen kann, ob der ihm zugewandte Körperteil der Kopf oder der Schwanz ist.

- ▶ *A doctor who was in financial difficulties tried to blackmail some of his rich patients anonymously. The problem was, no-one could make head nor tail of his handwritten blackmail notes.*
- ▶ *If I asked you to add together all the prime numbers* * from one to ten, what would you get? – The wrong answer, because I can't make head nor tail of what you're saying.*   [* Primzahlen]

To suss out someone / something

Etwas mit Mühe herausfinden / verstehen; jemanden / etwas endlich durchschauen; dahinterkommen. Der weit gefaßte Paragraph vier eines Gesetzes von 1824 gegen Landstreicherei bekam den Beinamen "sus"-Gesetze (vom Wort "section" – Paragraph – abgeleitet), da die Polizei nach dem Verhör von Verdächtigen unter diesem Gummiparagraphen später eine ganze Reihe anderer Delikte ans Licht brachte (sussed out).

- ▶ *The immigrant had no papers, he didn't seem to speak English, German or French, and was not cooperating with officials who arrested him, so it took several days to suss out where he came from.*

The penny has dropped

Der Groschen ist gefallen. Eine Anspielung auf die Betätigung des Türschlosses einer öffentlichen Toilette mit einer alten Penny-Münze, die mit einem Klimpern nach unten fiel. Als Frage **has the penny dropped?** – kapierst du endlich?; alles klar?

► *It took a while before the penny dropped and I realized that the "Bernd" my neighbour was talking about was my brother-in-law.*

To savvy (something) [US]

Etwas kapieren; auf den Trichter kommen. Vom spanischen Verb "saber" (wissen). Besonders in den gekürzten oder elliptischen Ausdrücken **savvy?** – kapierst du? – und **no savvy!** – keine Ahnung; nix capito. Auch als Substantiv, **the savvy** – der Durchblick oder Verstand.

► *I told the Greek guy that he was in the wrong office and that he needed the Marriage Registration Office across the road, but he didn't seem to savvy (oder but no savvy).*

► *You don't lay* concrete paths when it's raining. That guy has got no savvy.*   [*schütten]

To get hold of the wrong end of the stick

Eine Sache völlig falsch auffassen oder verstehen.

► *Don't get hold of the wrong end of the stick! I'm not criticizing you for smoking, I just want to help you kick the habit*.*

[*es aufstecken]

► *Markus got hold of the wrong end of the stick and assaulted the man who was speaking to his girlfriend outside the disco bar.*

► *One American general in Vietnam was once asked why he was retreating and he replied, "You've got hold of the wrong end of the stick, we're advancing in another direction".*

To twig (something)

(Etwas) kapieren (transitiv und intransitiv). Von der schottisch-gälischen Antwort "tuig" (ich verstehe).

► *I don't twig why you won't marry me Wolfgang; just give me one good reason. – I'll give you four: my wife and three children.*

To be at one's wits' end

Verzweifelt sein; nicht mehr weiterwissen; sich keinen Rat mehr wissen. Wörtlich "am Ende seines Denkvermögens (wits) angelangt sein".

> ▶ *Bavarian authorities took some flak* for deporting the juvenile delinquent Mehmet to Turkey but they claimed that they had tried everything to rehabilitate* the minor* and were at their wits' end.*   [*Kritik hinnehmen *wieder eingliedern *Minderjähriger]

Not to see the wood (the forest [US]) for the trees

Die Hauptsache nicht bemerken; sich von unwichtigen Einzelheiten oder Nebensachen ablenken lassen; den Wald vor lauter Bäumen nicht sehen.

> ▶ *The contract contains so many clauses that it is difficult to see the wood (forest) for the trees.*

> ▶ *A solution to the Israeli-Arab conflict is elusive* because it involves a myriad* of issues such as fundamentalism, Zionism, historical claims and strategic interests; so many issues that many people can't see the wood (the forest) for the trees.*   [*schwer zu finden *eine Vielzahl von]

It's all Greek (oder Chinese) to me!

Ich verstehe da Bahnhof!; das sind mir böhmische Dörfer. Die Sprachen Griechisch und Chinesisch sind hier eine Metapher für eine unverständliche Sache. (Siehe auch "double Dutch", Seite 321.)

> ▶ *Know anything about foreign cooking? – No, it's all Chinese to me.*

> ▶ *This insurance policy is all Chinese to me. All I'm sure of, is that if I die, I stop paying.*

Something won't wash (with someone)

Das Argument ist nicht stichhaltig; das zieht nicht bei jemandem. Die Anspielung ist auf ein Kleidungsstück, dessen Färbung nicht waschecht ist.

> ▶ *We sent the customer a final demand* to pay his electricity bill a month ago and he keeps saying that the cheque is in the post. That won't wash any more; we are cutting off his juice* tomorrow.*

[*letzte Mahnung *Strom; Saft]

▶ *You must have an admission card at the cash-and-carry. The excuse that you've forgotten your card won't wash with them, because all members are listed on a computer at the entrance.*

To swallow (oder fall for) something hook, line and sinker

Leichtgläubig sein; etwas blind glauben. Die Wendung spielt auf einen hungrigen Fisch an, der Angelschnur (line) und Senker (sinker) zusammen mit dem Haken schluckt (swallows). **Swallow** und **fall for** sind umgangssprachliche Begriffe für "glauben".

▶ *Manufacturers claimed that the drug reduced alcohol levels in the blood dramatically within an hour and many punters* fell for (swallowed) the hype* hook, line and sinker.*

[*Kunden, *Reklameschwindel]

▶ *The Sozialamt knew that Kessler was separated from his wife, so when he told them that he needed money to clothe his four children, they didn't swallow (fall for) his story.*

41 Machtstellung

To rest on one's laurels

Sich auf seine anfänglichen guten Leistungen verlassen; faul werden; sich auf seinen Lorbeeren ausruhen. Bei den altgriechischen Spielen wurden den Siegern Lorbeerkränze geschenkt. Diese Anerkennung sollte aber kein Anlaß zu einer Vernachlässigung der Leistungen sein.

▶ *Big Blue* once dominated computing, but some analysts say they rested on their laurels too long, and let other companies take a large market share.* [*früherer Spitzname für IBM]

It's all chiefs and not enough Indians

Alles Bosse und keine Arbeiter; ein Überschuß an Befehlsgebern. Ein Hinweis auf die Indianerspiele von Kindern, wobei jeder den Häuptling und niemand einen gewöhnlichen Indianer spielen möchte. Die

abweichende Form **all cowboys and not enough Indians** ist
auch weit verbreitet.

▸ *If this company appoints any more executives, there'll be no-one
left to do the work. It's all chiefs and not enough Indians.*

The pecking order

Die Rang- beziehungsweise Hackordnung; die Hierarchie. Vom Verb
"peck" (picken; hacken) in bezug auf Hühner, die beim Zugang zum
Futter eine Rangordnung (order) der Stärksten einhalten, wobei die
Großen auch auf die Kleinen einhacken.

▸ *I work as an executive for a large pharmaceutical company, but I'm
quite low down in the pecking order.*

The top dog

Der Boß; der Stärkste oder Beste. Ein Begriff aus den früheren Hundekämpfen für den stärkeren Hund, der über dem Gegner steht und
ihn am Boden hält. Der unterlegene Hund wurde als **an underdog**
bezeichnet, ein Sinnbild für einen sozial Unterprivilegierten oder
einen Wettbewerbsteilnehmer, dem wenig Chancen eingeräumt
werden (siehe Seite 41). Im Kontext eines Wettbewerbs oder einer
Konkurrenz ist **to come out top dog (among someone)** als Sieger oder der Beste hervortreten.

▸ *That's Mr Worthmann's office; he's top dog in this department.*
▸ *I had a long legal battle with my former employer and in the end
I came out top dog.*

To be dog eat dog oder be a rat race

Ein erbarmungsloser Konkurrenzkampf sein. Wenn Hunde andere
Hunde fressen, dann geht es um einen schlimmen Überlebens-
kampf. Das abgeleitete Adjektiv ist "dog-eat-dog", zum Beispiel
a dog-eat-dog attitude / mentality. "A rat race" ist ein aggressi-
ver Wettlauf unter den Ratten, hier sinnbildlich für geldgierige Ge-
schäftsleute.

▸ *The price war * of the new superstores is causing many small
retailers * to fold *. It's dog eat dog (it's a rat race).* [* Preiskampf
* Einzelhändler * Konkurs machen]

▶ *Sabine is not ambitious and hates the dog-eat-dog attitude (the rat race) of the business world around her.*

To have someone over a barrel
Jemanden in der Zange haben. Ertrinkende wurden früher aus dem Wasser gezogen und über ein Faß (barrel) gelegt, um die Lungen leerlaufen zu lassen. Sie waren dann anderen auf Gedeih und Verderb ausgeliefert, und ihre verletzliche Lage hat diese Wendung in die Welt gesetzt.

▶ *We forensic* scientists have to work to strict guidelines*; if we don't, the accused's* lawyers will have us over a barrel.*

[*kriminaltechnische *Richtlinien *des Angeklagten]

▶ *My boss has me over a barrel every time when he makes a suggestion; he says, "This is just a suggestion Mr Hoffmann, you don't have to do it, ... unless you wish to keep your job, that is"* *.

[*das heißt, wenn ...]

The upper crust
Die regierende Elite; die oberen Zehntausend. Bei Festessen in früheren Zeiten war es üblich, die damals schmackhaftere obere Kruste (crust) des runden Brotlaibs den wichtigsten Gästen zu überlassen.

▶ *For many ex-Saigon functionaries, it was a big step from being the upper crust of South Vietnam society to working in shops and restaurants in the USA.*

To put one's foot down
Hart durchgreifen; ein Machtwort sprechen. Das Sinnbild ist hier das Stampfen mit dem Fuß, entweder um seine Entschlossenheit zu demonstrieren oder ein Kerbtier zu zertreten. Symbolisch für jemanden, der eine harte und unnachgiebige Haltung einnimmt.

▶ *In 1945 Panama was awash* with English signs and the government decided to put its foot down by ordering all signs to be displayed in Spanish. This resulted in the bar "Sloppy* Joe's", a favourite haunt* of American visitors, being renamed "José el abandonado".*

[*überflutet *schludriger ("sloppy Joe" ist auch ein
Schlabberpulli) *ein beliebter Treffpunkt]

The old-boy network

Die Filzokratie der Absolventen der Eliteuniversitäten und privaten Schulen (im Vereinigten Königreich "public schools" genannt*)*.

▶ *British public schools such as Eton and Harrow perpetuated* * *the old-boy network in the Law, the army elite and the Beeb* *.

[*hielten aufrecht *die BBC (auch manchmal "aunty" genannt)]

To railroad someone into doing something

Jemanden dazu antreiben, etwas zu tun; ein Zugeständnis von jemandem mit massivem Druck erzwingen. Eine Anspielung auf die erpresserischen Methoden der amerikanischen Eisenbahngesellschaften beim Erwerb von Grundstücken für den Schienenweg im letzten Jahrhundert, wobei sie bei denen, die nicht verkaufen wollten, vor Einschüchterung und selbst Mord nicht zurückschreckten.

▶ *They say the offer is only valid until Friday, but I want more time to compare offers and won't be railroaded in to selling my house.*

To steamroller someone

Jemanden mit massivem Druck besiegen oder kaputtmachen. Wörtlich "jemanden mit einer Dampfwalze (steamroller) niederwalzen".

▶ *Microsoft has steamrollered many smaller competitors on its path to dominance* * *of the software market.*   [*Vorherrschaft]

To rule the roost oder call the shots

Herr im Hause sein; das Sagen haben. "Roost" ist ein Hühnerstall, dessen Hühner von einem Hahn regiert werden. Im amerikanischen Poolbillard muß der Spieler vor dem Stoß (shot) die angespielte Kugel ansagen (call), um einen Zufallstreffer zum Nachteil des Gegners zu vermeiden. Viele Zuschauer geben hier oft ungewünschten Rat; es ist aber letzten Endes der Spieler selbst, der die Entscheidung trifft (calls the shots).

▶ *In Estonia during the Soviet Union, Russians were once top dogs, but now Estonians rule the roost (call the shots).*

To pull (some / a few) strings

Seine Beziehungen spielen lassen. Die Fäden einer Marionette (strings) stehen hier symbolisch für Beziehungen, die zweckdienliche Aktionen auslösen.

▶ *The trout lake is owned by the angling club, so I'll apply there for membership. – That won't work. Membership is limited and the only way to get in is to pull a few strings.*

▶ *How on earth * did Meinecke get that lecturing position when more qualified applicants have been rejected? – By pulling strings in the Economics Department.* [*in aller Welt]

To have someone under one's thumb oder
be under someone's thumb

Jemanden unter strenger Aufsicht halten; unter jemandes Fuchtel stehen. Ein Begriff aus dem Angelsport für einen großen Fisch, der an den Haken geschlagen wurde und mit der Leine wegschwimmt, dessen Fluchtversuche aber vom Daumen (thumb) des Anglers auf der Spule kontrolliert werden.

▶ *If Ulf's wife tells him to do something, he will; she's got him totally under her thumb.*

To get (oder have oder gain) the upper hand of
(oder over) someone / something

Oberhand über jemanden/etwas erhalten/haben/gewinnen. Beim Ringen war "the upper hand" die Hand des gewinnenden Ringers, die oben auf den Körper des Gegners gehalten wird und ihn gegen den Boden drückte. Ein Sinnbild für jemanden, der die Kontrolle über andere ausübt, oder jemanden, der sich einen Vorteil gegenüber jemandem verschafft.

▶ *After 1532 when Pizarro captured their capital at Cusco (in present-day Peru) the Spaniards gained the upper hand over the Incas until the final collapse of all resistance in 1569.*

To fight City Hall [US]

Den Kampf gegen einen übermächtigen Gegner aufnehmen; wie David gegen Goliath kämpfen. "City Hall" (das Rathaus einer Stadt), das über fast unbegrenzte Mittel und Macht verfügt, ist ein Sinnbild für eine mächtige Organisation oder den Staatsapparat.

▶ *One motorist fought City Hall to have a 100 km speed limit sign removed from a stretch of Autobahn claiming that this limit made no sense there. After a lost court case and two appeals* his case was finally referred* to the Bundesgerichtshof.*   [*Berufungen
                                                      *vor den BGH gebracht]

To eat humble pie

Seine Fehler einsehen und sich entschuldigen müssen; kleinlaut werden; zu Kreuze kriechen. "Humble pie" (wörtlich: bescheidene Pastete) ist eine Verformung von "umble pie", einer Pastete für arme Leute im Mittelalter, gemacht aus den Innereien eines Rehs (umble). Das Rehfleisch selbst war für den Lehnsherrn bestimmt.

▶ *Many chess grand masters have boasted that they would beat Gary Kasparov, but he forced most of them to eat humble pie.*

▶ *In the wake * of a share collapse, the directors of the Japanese company ate humble pie and apologized to their shareholders for mismanaging the company.*   [*im Gefolge von]

To knuckle under (to something)

Klein beigeben; die Vormacht von jemandem anerkennen. "Knuckle", das heutzutage nur Fingerknöchel bedeutet, bezeichnete früher jedes Gelenk, besonders das größte, die Knie. Die Wendung hatte den ursprünglichen Sinn "vor jemandem unterwürfig auf die Knie fallen".

▶ *Herbert is unruly at school; he refuses to accept authority and knuckle under.*

▶ *After a gendarme was injured at Lens during the 98 World Cup, the German authorities offered to withdraw their national team from the competition, but FIFA refused, saying that a withdrawal would be tantamount to * knuckling under to hooliganism.*

                                                      [*gleichbedeutend mit]

To toe the line
Nicht aus der Reihe tanzen; politisch linientreu bleiben. So wie Wettläufer mit der Zehe auf der Startlinie stehen, müssen die Mitglieder einer Organisation sich einordnen und die Spielregeln einhalten.

▶ *Individual ministers that don't toe the line on party policy will be dismissed from the government.*

▶ *All dealers are expected to sell the products at the manufacturer's recommended price * and those that refuse to toe the line are cut off from supplies.*　　　[* empfohlener Verkaufspreis; Listenpreis]

 ## Mangel / Notsituation

To go for a Burton oder **go west**
Kaputt- oder verlorengehen; flöten- oder hopsgehen; futsch / in die Binsen gehen. Beide Wendungen waren ursprünglich Sinnbilder für den Tod. "Burton Ale" war eine in den dreißiger Jahren beliebte Biermarke. Der Begriff wurde durch englische Flieger im Zweiten Weltkrieg geprägt, um den Verlust von abgeschossenen Kameraden schonend zu beschreiben, im Sinne von "er ging weg, um sein Bier zu holen". "Go west" bezieht sich auf die Sonne, die im Westen untergeht. Die Wendung wurde auch durch einen Galgen für die Hinrichtung von Schwerverbrechern in Tyburn westlich von London volkstümlich gemacht.

▶ *My vacuum cleaner has gone west (gone for a Burton).*

▶ *Our store has a large shrinkage *; every year about 8 percent of stock goes west (goes for a Burton).*　　　[* Warenverlust durch Schaden oder Diebstahl]

To be (oder **go**) **on the blink**
Kaputt sein / -gehen; eine Macke haben. Der Begriff bezeichnet eine Fehlfunktion bei elektronischen Geräten, wobei die Anzeige oder der Bildschirm unkontrollierbar flackert, in Anlehnung an das Blinzeln (blink) der Augen.

▶ *Your intercom * downstairs has gone on the blink, and another tenant let me in.*　　　[* Gegensprechanlage; Türsprechanlage]

▶ *I need a new telly*; my old one has gone on the blink.*

[*Fernseher; Glotze]

To be buggered (grob) oder be knackered (grob)

Kaputt sein. "Buggered" bedeutete ursprünglich "von einem Sodomiten (bugger) gebumst" (siehe Seite 50). "A knacker" war ein Ab-
decker, und das Adjektiv "knackered" bezeichnete alte Pferde, die
geschlachtet wurden. Da das Substantiv "knackers" gleichzeitig
"Hoden" bedeutet, muß das Adjektiv "knackered" (mit abgeschnit-
tenen Eiern) auch als verfänglich eingestuft werden. Beide Adjektive bedeuten gleichzeitig "total fix und fertig" beziehungsweise
"erschlagen" und die entsprechenden Verben **to bugger (up)** oder
knacker something etwas kaputtmachen.

▶ *This ticket machine is knackered; it won't give any change. Van-
dals are always buggering them up.*

To be clapped out

In einem kaputten Zustand sein; schrottreif. **The clap** ist Umgangssprache für den Tripper, und das Adjektiv hatte die Urbedeutung
"todkrank mit dem Tripper". Die verbreitete Anwendung der Verbform "to clap out" mit dem Hilfsverb "have", in Anlehnung an "to
conk out" (siehe unten) – zum Beispiel "my car has clapped out" –,
wird als grammatisch unrichtig angesehen.

▶ *The lift in the building is clapped out and will have to be replaced.*

To conk out

Kaputtgehen; schlappmachen (Person). Aus der Fliegersprache – abgeleitet vom umgangssprachlichen Begriff "conk" (Zinken) für Nase,
um eine Motorpanne vorn im Bug zu beschreiben.

▶ *The escalator here has conked out so you'll have to use the stairs.*

▶ *As soon as we got home, I conked out on the bed.*

To be up the spout

Kaputt sein; im Eimer sein; futsch sein. "The spout" war die Bezeichnung eines Beförderungsrohrs in einem Pfandleihhaus, das die ent-
gegengenommenen Gegenstände in die höher gelegene Aufbewah-

rungsstelle brachte. Da die verpfändeten Sachen oft nie wieder ein-
gelöst wurden, verschwanden sie nach oben mit dieser Rohrpost –
meistens auf Nimmerwiedersehen. Der Ausdruck bedeutet zusätzlich
"schwanger sein" (siehe Seite 331), aber das Sinnbild ist da ein anderes!

▶ *Half the Russian nuclear submarines are up the spout; the only*
danger from them is radiation leak *.   [*Strahlungsleck]

To say something (oder speak) off the cuff

Ohne Vorbereitung / aus dem Stegreif reden. Die Anspielung zielt auf
einen Gast bei einer Versammlung, der unerwartet aufgefordert wird,
eine Rede zu halten, und der sich schnell etwas auf seine Manschette
(cuff) notiert, um dies dann während des Vortrags abzulesen.

▶ *I couldn't give you any advice off the cuff; I'd have to consult the*
regulations first.

▶ *The rep * had lost his notes on the train and had to give the com-*
mercial presentation off the cuff.   [*Handelsvertreter]

A dud

Ein Reinfall; eine Niete (Person oder Sache); eine Fälschung. Ur-
sprünglich die Bezeichnung eines Blindgängers bei Granaten und
Patronen, vom niederländischen "dood" (Tod) abgeleitet. Auch als
Adjektiv – mies; falsch; kaputt.

▶ *I don't know why I married that dud; I should have seen that he*
was no good.

▶ *The museum was embarrassed to hear that one of their Picasso*
paintings was probably a dud.

▶ *The battery in your watch is dud.*

A gremlin

Ein technischer Fehler. Ursprünglich in der Fliegersprache eine Verformung von "goblin" (Kobold), um eine technische Panne unbekannten Ursprungs scherzhaft einem kleinen Klabautermann zuzu-
schreiben, der mit Schadenfreude verstohlen zuguckt. Später der Titel der Filmreihe "Gremlins" über kleine hämische Wesen, die überall Unheil anrichten. Eine plötzlich Panne oder Störung kann man

auch als **a glitch** beschreiben, eine Verschmelzung des Verbs "glide" (gleiten) und des Substantivs "hitch" (Problem; Haken) im Sinne von "alles ging geschmiert bis zur plötzlichen Störung".

▶ *The TV news broadcasts were troubled by gremlins (glitches).*

▶ *The conveyor belt has broken down three times today; it looks like we've got gremlins in the factory.*

A lemon [US]

Eine defekte oder mangelhafte Ware. Der Begriff ist Ende des letzten Jahrhunderts entstanden und bezog sich auf die Zitronenabbildung bei Spielautomaten, die den Verlust der eingeworfenen Münze anzeigte. Eine Reihe anderer Obstarten signalisierte Gewinn, aber drei Zitronen brachten nichts.

▶ *I've bought a few lemons from the classified ads * in my time *.*

[* aus den Kleinanzeigen * zu meiner Zeit]

▶ *We don't sell lemons, we sell peaches *.* (Werbeslogan eines Gebrauchtwagenhändlers)   [* etwas Vorzügliches]

▶ *Be philosophical about life; when life hands you a lemon, ... make lemonade.*

At a pinch

Zur Not; notgedrungen; wenn es unbedingt sein muß und nicht anders geht! Wörtlich "bei einem Kniff" im Sinne von "und dann tut es weh".

▶ *I could give you 10,000 DM for your caravan, at a pinch that is *.*

[* genauer gesagt]

▶ *At a pinch we will have to start eating nothing but our own garden vegetables.*

▶ *I don't have time to help you with your new house, but at a pinch, I could ask my boss to give me an unpaid holiday.*

To break (oder smash / blow) something to smithereens

Etwas in tausend Stücke schlagen/sprengen. "Smithereens" ist ein veraltetes Wort für kleine Bruchstücke oder Scherben.

▶ *The storm had smashed several luxury yachts to smithereens on the rocks.*

> *If the bomb explodes, it'll blow everything in a radius of 30 metres to smithereens.*

To (be able to) drive a coach and horses through something

Lasche Vorschriften leicht umgehen können; durch die Maschen oder Lücken eines Gesetzes leicht schlüpfen (können); ein hinfälliges Argument zerfetzen oder zunichte machen (können). Sinngemäß: die Bresche ist so groß, daß man "eine Pferdekutsche hindurch fahren könnte".

> *Some farmers drove a coach and horses through the European Union rules governing agricultural subsidies * and claimed for non-existent crops; these rules are now being tightened.*

[*Subventionen]

> *American scientists said that they could drive a coach and horses through the claim that the painting was a genuine Rembrandt.*

To scrape the bottom of the barrel

Sich mit Minderwertigem abfinden müssen; die letzten Reserven zusammenkratzen. Auf langen Schiffsreisen, als das Essen knapp wurde, kratzten die Matrosen die verbleibenden Essenreste vom Boden der leeren Essensfässer.

> *Why did Klara marry Udo? She's scraping the bottom of the barrel there.*

> *You're scraping the bottom of the barrel by employing Naumann to repair your roof; he may be cheap but he's a cowboy *.*

[*Baupfuscher]

43 | Möglichkeit / Wahrscheinlichkeit / Chance

It looks for all the world as if (oder like) ...

Geradezu aussehen, als ob ... Sinngemäß, ich würde alles in der Welt darauf wetten, daß etwas wahr, oder daß ein bestimmtes Ereignis geschehen ist.

▶ *I had lots of fry * in my aquarium yesterday. This morning they are very thin on the ground *. It looks for all the world like the big fish have gobbled them up *.* [* Fischbrut * dünn gesät * verschlungen]

There are plenty more (oder plenty other) good fish in the sea

Es gibt noch eine Fülle anderer guter Möglichkeiten auf der Welt; andere gute Männer / Frauen gibt's genug. Diese tröstende Wendung (wörtlich: es gibt viele andere gute Fische im Meer) beschreibt einen großen Fisch, der vom Haken fällt, ehe er an Land gezogen werden kann. Ein Sinnbild für eine verlorene Chance, sich etwas (einen Job oder Vertrag) zu angeln oder ergattern. Besonders in bezug auf andere Liebhaber(innen) und Ehepartner, wenn ein Verhältnis schiefgeht.

▶ *Rüdiger still hasn't gotten over * the divorce, even though I told him that there are plenty more good fish in the sea.*

[* darüber hinweggekommen]

To blow one's chance oder blow it

Seine Chance vergeuden / verspielen; es vermasseln. "Blow" (wörtlich: wegblasen) wird auch in bezug auf Geld angewandt (siehe Seite 122).

▶ *Doctor, my wife thinks that she's the Queen of England. – You should tell her she's not. – What, and blow my chance of a knighthood *!* [* Ritterwürde; Adelsstand]

To stand (oder give someone) a sporting chance

Eine redliche Chance haben / geben. In bezug auf Sportler bedeutet "sporting" "fair".

▶ *Entry to the college is by exam only, so everyone stands a sporting chance of getting in.*

Not get a look-in

Keine Chance bekommen, an etwas teilzunehmen. Das Sinnbild ist eine Veranstaltung, wo einige Möchtegern-Zuschauer nicht einmal reingucken können. Der Ausdruck ist immer negativ im Sinne von Pech. Wogegen der Ausdruck **(not) get a break** – (keine) Chance im Leben kriegen – sowohl positiv als auch negativ angewandt werden kann. Das Substantiv **a break** ist gewöhnlich **a lucky break** (eine große Chance), aber **a bad break** (Pech) wird auch gebraucht. Die Grundidee ist eine Pech- oder Glückssträhne, die durch Zufall unterbrochen (broken) wird, wie zum Beispiel ein Wetterumschlag (a break in the weather).

▶ *I've been seeking promotion at work for years, but the only break I ever get is a coffee break.*

▶ *All these beautiful girls walking around, and I can't get a look-in. Every time I meet Miss Perfect*, either she's married or I am.*

[*die ideale Ehefrau]

To have a crack oder **a stab** oder **a go** oder **a bash** oder **a whirl (at something)**
Etwas in Angriff nehmen; versuchen, etwas zu tun. Die Substantive für einen Versuch sind von dynamischen Verben abgeleitet, die ursprünglich verschiedenartige Versuche darstellen sollten (heute macht man keinen Unterschied): "crack" (knallen), "stab" (stechen), "go" (gehen), "bash" (schlagen) und "whirl" (wirbeln). Man sagt auch **to give it a crack / a whirl** usw. – es versuchen. Der Begriff **have a go at someone** bedeutet zusätzlich jemanden tätlich angreifen oder jemanden kritisieren.

▶ *I'd never been water-skiing before, so when I was on holiday, I decided to have a crack (a bash / a stab / to give it a whirl).*

▶ *I was just talking to the guy* and then suddenly for no apparent reason he had a go at me.* [*Kerl]

To be on the cards
Wahrscheinlich sein; zu erwarten sein. Mit "cards" sind hier die in der Wahrsagerei gebrauchten Tarockkarten gemeint, im Sinne von "es steht in den Karten" oder "es wird vorausgesagt".

▶ *It's snowing heavily, so it's on the cards that the train will be late again this morning.*

▶ *It's on the cards that Frieda will get married shortly.*

▶ *There are various excursions planned from Mombasa, but it's on the cards that we will have to pay for them ourselves.*

To pick cherries from the cake oder **to cherry-pick**
Das Beste herauswählen; die Rosinen aus dem Kuchen herauspicken.

▶ *Of all the course subjects I only wanted to study Visual Basic, but I've been told that I can't cherry-pick (can't pick the cherries from the cake) and that it's the whole two-year computing course or nothing.*

▶ *Mr Bubis, a former Chairman of German Jewry * claimed once in a WDR interview that in many schools history lessons were a question of picking cherries from the cake; concentrating on the more glorious periods such as Bismarck and neglecting the more embarrassing periods such as Nazism.* [*Judentum]

To have had one's chips oder **to have had it**
Seine Chance verspielt oder verloren haben; ausgedient haben; erledigt oder tot sein. "Chips" sind die ganzen Marken eines Karten- oder Roulettspielers, die er einmal hatte (has had), die aber jetzt verspielt sind. Der Verlust der Marken ist hier symbolisch für die Ausweglosigkeit einer Situation.

▶ *It's no good trying to put money in the parking meter now; you should have done that an hour ago. You've had your chips (you've had it) I'm afraid; I'll have to give you a parking ticket*.*

[*Knöllchen]

▶ *Watch out! If you fall into the crater, you've had your chips (had it).*

Don't count your chickens
(before they're hatched)! (Sprichwort)
Man sollte nicht zu früh jubeln oder etwas nicht voreilig als Erfolg verbuchen; man soll den Tag nicht vor dem Abend loben; den Pelz nicht verkaufen, ehe man den Bären erlegt hat. Der Ratschlag hier ist, daß man nicht die Eier, sondern die tatsächlich ausgeschlüpften (hatched) Küken zählen sollte. Die Kurzform des Sprichworts wird gewöhnlich vorgezogen.

▶ *My wife started to talk about all the interesting programs we would receive with the satellite TV equipment that we'd been given, and I told her "don't count your chickens; the house owner may not allow us to put up a dish * on the outside wall".* [*Satellitenschüssel]

▶ *With only two heats * to go, it looks as if our swimmers will win*

the competition, but the Russian girls can still throw a spanner in
the works *, so let's' not count our chickens.   [*Vorläufe
                                         *einen Strich durch die Rechnung machen]
► *Don't count your cheques before they're cashed.* (Wortspiel)

The die is cast

Wichtige (Schicksals-)Entscheidungen sind bereits gefällt; die Würfel
sind gefallen. Abgeleitet von Cäsars berühmten Worten vor der
Schlacht am Rubicon, "alea jacta est". Eine Anspielung auf das nicht
mehr rückgängig zu machende Ergebnis eines Würfelwurfs. Das
Wort "die" wird, außer in feststehenden Wendungen, durchgehend
in der Mehrzahl (dice) gebraucht.

► *Irma is going to leave her job next month for a position in Berlin;*
   *she has just given notice *, so the die is cast.*   [*gekündigt]
► *As the invigilator * collected the last paper of my Abitur, the die*
   was cast for my future.   [*Prüfungsaufseher(in)]
► *With the defeat of the Catholic James II by William of Orange at*
   the battle of the Boyne in 1690, the die was cast for Ireland; Protes-
   *tants were set to * control power there for over two hundred years.*

                                         [*waren auf dem Punkt]

If ..., then I'm a Dutchman oder
if ..., then I'll eat my hat

Wenn (etwas wahr ist), dann will ich Meier heißen beziehungsweise
meinen Hut fressen. Die Niederländer als seefahrendes Volk (anfäng-
lich für Deutsche gehalten und daher "Dutch" – Deutsche – genannt) kamen häufig in Konflikt mit den Engländern, die Holländer
als störende Konkurrenz beim Aufbau des Weltreichs empfanden.
Aus diesem Grunde sind Ausdrücke, die auf Niederländer anspielen,
gewöhnlich abfällig, meistens hinsichtlich ihrer Trinkgewohnheiten
oder Intelligenz. Der Begriff "then I'm a Dutchman" hatte daher ursprünglich den negativen Sinn "dann bin ich ein besoffener Depp".
(Vergleiche "Dutch courage", Seite 367, "bumpkin", Seite 267,
"Yanky", Seite 248.) Beim zweiten Ausdruck verspricht der Sprecher,
seinen Hut aufzuessen, wenn etwas wahr ist. Im Unterschied zur ersten Wendung, wo das Bindewort "if" immer vor der Aussage steht,

kann es beim zweiten Ausdruck davor- oder dahintergesetzt werden,
zum Beispiel "I'll eat my hat if he's a qualified engineer".

> ► *An English salesman addressed his Spanish colleague who had just*
> *started work as a door-to-door salesman in London. – Did you sell*
> *much on your first day?' – No, I was unlucky because I kept knock-*
> *ing on the doors of foreigners who couldn't understand my English.*
> *When I told them that my products were cheap, they all replied, "If*
> *they are cheap, then I'm a Dutchman".*

To not stand (beziehungsweise **have) an earthly** oder
a ghost of a chance oder **a snowball**
in hell's chance oder **a cat in hell's chance**
Nicht die geringste Chance oder Aussicht auf etwas haben. "Earthly"
ist die verkürzte oder elliptische Form von "earthly chance" (siehe
auch Seite 259). Die Wendung "not stand a ghost of a chance" wird
ebenfalls in der Volkssprache häufig auf **not stand a ghostly** abgekürzt. Die Sinnbilder "ghost" (Geist) und "snowball in hell" (ein
Schneeball in der Hölle) verkörpern flüchtige oder schnell zer-
schmelzende Hoffnungen und Aussichten. Mit "cat" meinte man
ursprünglich nicht Katze, sondern "Hure", wie das Wort noch im
amerikanischen Ausdruck **a cathouse** (Hurenhaus; Puff) vorkommt. "A cat in hell's chance" ist daher eine Anspielung auf die
sündige Lebensweise des horizontalen Gewerbes, die unausweich-
lich in die Hölle führt, ohne jede Chance herauszukommen.

> ► *Sigrid couldn't study properly because of illness and she doesn't*
> *stand an earthly (a cat in hell's chance) of passing the exam.*
> ► *What chance do you stand of getting to Bremen for the meeting at*
> *eleven o'clock? – Not an earthly (ghostly)!*
> ► *My cousin Bärbel reckons* that if you keep four budgies* together*
> *in a cage like that, you haven't a cat (a snowball) in hell's chance*
> *of getting them tame.*   [*meint *Wellensittiche]

To be / have Hobson's choice
Gar keine Wahl haben; das nehmen müssen, was angeboten wird oder
übrigbleibt. Tobias Hobson, ein Vermieter von Pferdefuhrwerken im
Cambridge des 17. Jahrhunderts, war dafür bekannt, daß er seinen

Kunden nicht erlaubte, die Pferde selbst zu wählen; die Kunden mußten sich wohl oder übel mit den angebotenen Pferden abfinden.

▶ *The company makes staff take their summer holidays at the end of*
June. The employees have Hobson's choice.

▶ *We had to get to the mainland, but because of stormy seas there*
was no ferry from the island and we were forced to hire a helicop-
ter; it was Hobson's choice.

▶ *When I was in the army we had Hobson's choice when it came to* *
uniforms; you had to take what you were given, and it was always
either too large or too small.   [*was ... betraf]

The world is someone's oyster oder
the sky's the limit

Die ganze Welt steht jemandem offen; die Chancen sind nach oben
unbegrenzt. Die Welt wird mit einer Auster (oyster) oder besser gesagt Perlmuschel verglichen, da man die begehrten Perlen darin findet, die hier symbolisch für eine vielversprechende Zukunft stehen.
Die zweite Wendung verbindet die Ideen von Hochfliegen und erfolgreicher Karriere, eine Assoziation die man auch in Begriffen wie
a high-flier (ein hochbegabter Senkrechtstarter) und **a legal eagle**
(ein erfolgreicher Rechtsanwalt) wiederfindet.

▶ *Our company makes top-quality products, and for us the world's*
our oyster (the sky's the limit).

▶ *I went out with Gerda for the first time last night, and for a legal*
eagle, she didn't put up much of a defence!

▶ *A jury's job is to decide which side has the best legal eagle.*

To be pie in the sky oder be a pipe-dream

Etwas Unrealistisches oder Unerreichbares sein; Luftschlösser oder
ein Wunschtraum sein. Eine Pastete (pie) ist eine Metapher für einen
unerreichbaren Genuß in der weiten Ferne (in the sky). "Pipe" im Begriff "pipe-dream" bezieht sich auf die Opiumpfeife, die wirklich-
keitsfremde Träume hervorruft.

▶ *I disagree with Mr Moldt when he says that alternative energy is a*
pipe-dream (is pie in the sky) and that it can never replace nuclear
energy and fossil fuels *.   [*fossile Brennstoffe]

▶ *Because of the poverty of the country, the career wishes of many children in Mozambique to become doctors and engineers must be seen as pipe-dreams (as pie in the sky).*

Never (beziehungsweise not) in a month of Sundays

Nie im Leben. Sinngemäß: selbst in dem unmöglichen Fall, daß man unbegrenzte Zeit hätte. Wörtlich "selbst wenn der Monat aus lauter Sonntagen bestünde", das heißt aus Ruhetagen oder frei verfügbarer Zeit.

▶ *She'll never persuade Wilhelm to become a vegetarian; not in a month of Sundays.*

▶ *For the removal, you'll need to make three journeys not one; you'll never get all your furniture inside that van in a month of Sundays.*

To get (oder give someone) a fair crack of the whip

Eine gerechte Chance haben / geben; jemandem seinen gerechten Teil zukommen lassen. "Whip" bedeutet hier eine Geldsammlung (whip-round) auf der Stelle, ursprünglich unter Matrosen für eine Saufrunde, da Zahlungsunwillige mit der Peitsche bedroht wurden. Daher der Ausdruck **to have a whip-round** – den Hut herumgehen lassen. Den jedem Matrosen zustehenden Teil des eingekauften Alkohols beschrieb man als "fair crack" (Knall) in Anlehnung ans Knallen mit der Peitsche.

▶ *Our industry doesn't get a fair crack of the whip when it comes * to EU subsidies.*   [*wenn es um ... geht]

▶ *The girls in the typing pool * had a whip-round for a nice young man, ... but they still couldn't afford one.*   [*Schreibzentrale]

▶ *At the end of the evening, we shall be having a whip-round which goes towards charity *. It might not get there, but it will at least go towards it.*   [*für Wohltätigkeitszwecke]

Willy-nilly

Wohl oder übel; so oder so. Ein ersonnenes Reimwort, das sich um "will" (hier als "willy" ausgedrückt) und "will not" (hier "nilly") dreht, im Sinne von "etwas wird passieren, ob man will oder nicht".

▶ *You can't park your car in the yard any more; it has been prohibit-*

ed by the house administrators and you'll have to obey the ruling *
willy-nilly.   [*Vorschrift]

▶ *Income tax is deducted at source * by the employers; everyone pays*
  it willy-nilly.   [*an der Quelle]

To miss the boat oder miss the bus
Eine Gelegenheit verpassen; sich zu spät anmelden.

▶ *The town council will soon scrap * the renovation subsidy for your*
  *category of house, and if you don't hand in * your application form*
  by the end of July, you'll miss the boat (bus).   [*abschaffen
                                                             *einreichen]

▶ *Our whole family are Americans to the core *; the "Mayflower"*
  was one boat my ancestors didn't miss in 1620. – Well, let's hope
  that immigration laws are stricter now.   [*durch und durch]

44 Müdigkeit / Schlaf

To be jiggered oder whacked oder bushed oder
all-in oder shattered oder pooped oder
tuckered (out) [US] oder fagged out oder
knackered (grob) oder buggered (grob)

Erschöpft; erschlagen; geschlaucht; fix und fertig; kaputt. "Jiggered"
kommt vielleicht von dem Freudentanz Jig, im Sinne "vom Tanzen
erschöpft". "Whacked" (wörtlich: wie geschlagen) stammt vom Verb
"whack someone" – jemanden hart schlagen. "Bushed" ist ein au-
stralischer Begriff für Leute, die nach einem langen Verbleib allein
im Busch, dem kargen und unbewohnten Landesinneren, äußerst
deprimiert sind. Mit "all-in" will man seinen Zusammenbruch an-
deuten, das heißt, daß der Körper aus Ermüdung sinnbildlich nach
innen zusammenfällt. "Shattered" kommt vom Verb "shatter" – zerschlagen, und hat auch die Bedeutung "erschüttert" (zum Beispiel "I
was shattered when I heard the news" – ich wurde von der Nachricht
schwer mitgenommen). "Pooped" ist ein Seemannsausdruck für das
überflutete Heck eines Schiffs (poop), das sich mit dem Hinterteil

voll Wasser nur mit großer Mühe vorwärts quält. Obwohl der Ursprung unverfänglich ist und eigentlich nichts damit zu tun hat, wird das Adjektiv von vielen Sprechern mit dem Verb **poop** (scheißen oder furzen) assoziiert. Das veraltete amerikanische Verb "tuck"– jemanden bestrafen oder rüffeln – kam auch in der Form "tucker" vor, und "tuckered out" bedeutete ursprünglich "von einer Strafe sehr mitgenommen". "Knackered" und "buggered" sind grobe Adjektive für "kaputt/hin sein" im allgemeinen. (Siehe Seite 114 und Seite 232.)

- ► *I'm jiggered (whacked usw.) after that journey.*
- ► *That's a good vegetable garden. What do you get from it? – Tuckered out!*

To flake out

Vor Müdigkeit umkippen; in Ohnmacht fallen. "Flake", eine Abkürzung von "snowflake" (Schneeflocke), ist ein Slangbegriff für Kokain, und "to flake out" hatte die ursprüngliche Bedeutung "einen Kokstrip machen". Das Adjektiv **flaked out** ist erschöpft, erschlagen oder erschossen. Der US-Begriff **flaky** (verrückt, verschroben oder überkandidelt) hat denselben Ursprung – "mit Koks zugedröhnt".

- ► *After eight Martinis my husband turned into a filthy beast, and after ten Martinis, ... I flaked out completely.*

To drop off oder nod off oder doze off

Einschlafen; einnicken. Die Verben "drop" und "nod" beschreiben die fallende oder nickende Kopfbewegung beim Einschlafen. "Doze off" ist eindösen.

- ► *I nodded off (dozed off/dropped off) and didn't hear the doorbell.*
- ► *I can't get to sleep at night. – Sleep near the edge of the bed; you'll soon drop off.*

To have (beziehungsweise take) forty winks oder take a snooze oder take a nap (beziehungsweise a catnap)

Ein Nickerchen halten. "Winks" ist das schnelle Blinzeln der Augen während des Schlafs. Wenn die Augen nur vierzig Male blinzeln, muß der Schlaf folglich kurz sein. "Snooze" ist ein zusammengesetztes Wort aus den Verben "snore" (schnarchen) und "doze" (dösen) und kommt auch in der Verbform **to snooze** vor. "Catnap" ist eine Anspielung auf die häufigen Schläfchen von Katzen. Das Verb **to nap** (ein Schläfchen halten) kommt auch im übertragenen Sinne vor, besonders im Begriff **to catch someone napping** – jemanden unvorbereitet oder in einer verletzlichen Lage (sinnbildlich beim Schlaf) ertappen; jemanden überrumpeln.

▶ *The dog is taking a snooze on my favourite chair.*

▶ *Mr Petersen, you can't take forty winks during my lecture! – If you didn't waffle on * so loudly, I could.*   [*fortdauernd faseln]

To hit the hay

Ins Bett gehen; sich aufs Ohr hauen. Sinngemäß "aufs Heu plumpsen".

▶ *I have to hit the hay early tonight; I must be in Düsseldorf for an appointment early tomorrow morning.*

To kip oder have a kip oder get some kip

Pofen. "Kip" ist unbekannten Ursprungs, kommt aber vermutlich vom altdänischen "kippe", einem Wirtshaus, in dem man auch übernachten konnte. **To kip down** – sich irgendwo hinhauen; die Platte machen.

▶ *I used to snore * so loudly I would wake myself up. Now I've solved the problem; I kip in the next room.*   [*schnarchen]

▶ *I came from a large family with eleven children, and didn't know what it was like to kip alone, … until I got married.*

▶ *Two prisoners, one condemned * to eight years and one to ten years were shown into their shared cell for the first time. The jailbird * with the eight-year sentence then turned to the other and asked, "Is it all right if I kip down on the bunk * nearest the door, since I'm getting out of jail first?"*   [*verurteilt *Knastbruder *Koje]

To sleep like a log (oder a top)

Wie ein Murmeltier / Klotz / Stein schlafen. Das Sägen eines Klotzes oder Baumstamms (log) ähnelt dem Schnarchen eines Schläfers. Ein drehender Kreisel (top) erweckt den Eindruck, daß er stillsteht oder "schläft".

▶ *Mrs Siewert didn't hear the burglar downstairs; she slept like a top*
  (log) all night.

▶ *Budgies* * *and parrots seem to be able to sleep like a top without*
  falling from their perches *.*   [*Wellensittiche *Sitzstangen]

▶ *How did you sleep last night? – Like a top (a log)!*

▶ *If I drink two bottles of beer and no more, I usually sleep like a log.*

Not to sleep a wink
Kein Auge zugetan haben. Wörtlich "kein einziges Mal beim Schlaf
geblinzelt haben", das heißt überhaupt nicht geschlafen haben. Ein
Blinzeln wird hier als eine "Schlafeinheit" angesehen (siehe "have
forty winks", Seite 244).

▶ *I haven't slept a wink for days; it's a good job* * *I can sleep at*
  night.   [*nur gut, daß]

▶ *I've a bone to pick with you* *! Did you sleep with my wife last*
  night? – No, not a wink.   [*ein Hühnchen mit Ihnen zu rupfen]

Show a leg!
Aufstehen!; raus aus den Federn! Auf einigen Schiffen der Kriegsmarine im letzten Jahrhundert konnten Frauen mitfahren, die mit den
Matrosen in den Hängematten schliefen. Bei dem Befehl am frühen
Morgen "show a leg", wurden die Beine aus den Matten gesteckt. Die
haarigen Beine identifizierten die Männer, die aufstehen und arbeiten mußten, die Frauen konnten weiterschlafen.

▶ *Show a leg! It's eight o'clock and we must must leave soon.*

Nationalität / Rasse
45

A Polak (anstößig)
Pole/Polin; Polack(e). In den USA arbeiteten früher die polnischen
Einwanderer als ungelernte Schwerarbeiter, wie zum Beispiel in den
Schlachthöfen von Chicago. **Polak-jokes** (Witze über Polen) so wie
Paddy-jokes (Witze über Iren) waren da besonders weit verbreitet.
"Paddy" ist die Koseform des irischen Vornamens Patrick und gleich-

zeitig die abfällige Bezeichnung für einen Iren – **a paddy**, der auch zur Unterklasse gehörte. Iren werden auch abschätzig **Micks** genannt, von Mick, der Koseform des Vornamens "Michael".

▶ *A Polak starts work in a meat factory and immediately cuts off his finger on a machine. The foreman asks him how he managed it* and the Polak replies, "I just put my finger on the spinning wheel, like this and ... whoops*, there goes another one!"* [*es fertiggebracht hat *hoppla!]

▶ *Why did the Polak airliner crash? – It ran out of* coal.* [*ging aus]

▶ *A Mick who is pissed as a newt* gets on a bus and sits next to a prim* old lady. The drunken Paddy asks the lady where the bus is going and she answers scornfully*, "You're going straight to hell." The Paddy then jumps out of his seat and shouts, "Christ, I'm on the wrong bus!"*

[*voll wie eine Haubitze *spröde; steif *verächtlich]

A Frog (anstößig) oder Froggie (anstößig) oder Frenchy (abfällig)

Franzose / Französin; Franzmann. Volkstümlich glaubt man, daß das Schimpfwort "frog" von der französischen Delikatesse Froschschenkel abgeleitet wird. Einige Wortforscher jedoch glauben, daß der Begriff auf die Pariser Stadtfahne zurückgeht, die jahrhundertelang an ihrem Rande drei Kröten vorzuweisen hatte – Abbildungen, die für Nichteingeweihte leicht mit Fröschen zu verwechseln waren.

▶ *I'm glad I wasn't born a Frenchy, because I can't speak a word of French.*

A Kraut (anstößig) oder Jerry (anstößig)

Ein(e) Deutsche(r). "Kraut" stammt von "Sauerkraut", was als typisch deutsch galt. "Jerry" ist ein veraltetes Wort für Nachttopf (a jerry), dem die deutschen Soldatenhelme im Zweiten Weltkrieg ähneln sollten. Diese Schimpfwörter sind noch jedem bekannt, aber ihr Gebrauch ist im Abnehmen begriffen.

▶ *The old fogey* used to say condescendingly*, "You can't blame the young Krauts (Jerries) for the war."* [*alter rückständiger Knacker
*herablassend]

A limey

Amerikanische Bezeichnung eines Briten. Britische Seeleute pflegten früher Limonensaft (lime juice) zu trinken, um sich vor der Vitaminmangelkrankheit Skorbut zu schützen. In Australien werden britische Neuimmigranten als **Poms** oder **Pommies** bezeichnet. Das Wort, eine Verkürzung von "pomegranates" (Granatäpfel), ist eine Anspielung auf die empfindliche Haut dieser Nordeuropäer, die in der starken Sonne schnell rot wurde. Der allgemein verbreitete Begriff **Yank** oder **Yankee** für Ami ist eine Verballhornung von "Jan Kaas" (Jan Käse), einem früheren Schimpfwort für einen niederländischen Einwanderer in die USA. Das Wort wurde während des Unabhängigkeitskriegs (1775–1781) von den Engländern auf die amerikanischen Aufständischen angewandt, die sie als Bauernlümmel betrachteten. Die Aufständischen wiederum übernahmen trotzig den Namen als Selbstbezeichnung.

> ► *An Australian yokel*, dragging behind him a hell of a* crocodile on a leash*, walked into a bar in Brisbane and asked: Do you serve Pommies? – Of course we do! – Well then, I'll take a meat pie for myself and two Poms for my croc*!*   [*Bauerntölpel
> *ein Riesen *an einer Leine *Bauerntölpel *Krokodil]

A kike [US] oder **sheeny** oder **yid** (alle Begriffe sind anstößig)
Ein Jude; Itzig. "Kike" entstand im letzten Jahrhundert bei Juden, die in Amerika länger ansässig waren und die jüdischen Neuankömmlinge aus Osteuropa als "kikel" (jiddisch für "Kreise") beschrieben, da diese häufig Analphabeten waren und als Unterschrift nicht das christliche Kreuz, sondern einen Kreis machten. Der Begriff wurde später von Nichtjuden als "kike" übernommen. "Sheeny" kommt von der jiddischen Anrede "shaine" (Schöne[r]). "A yid" ist eine Abkürzung von "yiddish" (jiddisch), das wiederum eine Verkürzung von "jüdisch-deutsch" ist.

A gook [US] (anstößig)
Ein Asiat; Schlitzauge. Wahrscheinlich abgeleitet aus dem Koreanischen, wonach "han-gook" Korea und "mei-gook" Amerika bedeuten (siehe auch "gobbledegook", Seite 321). **A Nip** (anstößig) oder

Jap (anstößig) ist ein Japaner oder Japs. "Nip" ist eine Verkürzung von "Nippon" (das japanische Wort für Japan). **A Chink** ist ein(e) Chinese / Chinesin. Zusätzlich zum Reim mit "China" auch eine Anspielung auf die Schlitzaugen der Orientalen, die Spalten (chinks) ähneln. **A chinkie** ist die saloppe Bezeichnung eines chinesischen Restaurants.

▶ *At the chinkie they give you all the food you can eat for three marks. The trouble is *, they only give you one chopstick *.*

[* der Haken dabei * Eßstäbchen]

A wetback
Ein illegaler südamerikanischer Immigrant, der die grüne Grenze der USA überquert hat. Ursprünglich ein mexikanischer Einwanderer, der den Fluß "Rio Grande" durchschwommen hat und dessen Rücken (back) noch naß (wet) war.

▶ *Many farmers in California employ wetbacks to pick their crops.*

A wog oder **a dago** oder **a wop** (alle Begriffe sind anstößig)
Ein Ausländer, besonders vom südländischen Schlag; ein Kanake. "Wog" ist die Abkürzung von "golliwog", der wuscheligen Negerpuppe, die als Schimpfwort für einen Schwarzen entstand. "Dago" war ursprünglich die abwertende Bezeichnung für einen Spanier und Portugiesen, abgeleitet vom spanischen Vornamen "Diego". "Wop" hatte die Urbedeutung "Italiener", da es eine Verformung vom Neapeler Dialektwort "guappo" (gutaussehender Mann) war, einer vielgebrauchten Grußformel zwischen männlichen Einwanderern in New York.

A honky oder **whitey** (beide Begriffe sind anstößig)
Ein Weißer. "Honky" ist eine Prägung der amerikanischen Neger, von dem früheren gleichnamigen Slangbegriff für einen ungarischen Neueinwanderer abgeleitet. "Whitey" ist eine abfällige Verformung des Adjektivs "white". **A coon** (ein Neger) ist die Abkürzung von "raccoon" (Waschbär), in Anlehnung an die großen weißen Augen auf dem Hintergrund des schwarzen Pelzes dieses Tiers.

46 Negatives Verhalten

To drop names oder **name-drop**
Scheinbar beiläufig bekannte Namen fallen lassen; mit den Namen von bekannten Personen Eindruck schinden. Dieses Imponiergehabe heißt **name-dropping**.

► *One shouldn't drop names, ... as the Bundeskanzler remarked to me only last week.*

To be (beziehungsweise **get) up to something** oder **up to mischief** oder **up to no good**
Unfug anstellen; etwas im Schilde führen. Die Frage **what have you been getting up to?** (was hast du in der Zwischenzeit getrieben?) unterstellt scherzhaft, daß man mittlerweile etwas ausgefressen hat.

► *Abdul Hamassa aged 78 of Alexandria once applied for a divorce claiming that his wife was always getting up to childish pranks*. His application was rejected on the grounds* that he couldn't expect anything else from a girl who had just turned* eleven.* [*Schabernack
*auf Grund der Tatsache, daß ... *geworden]

► *What did you get up to before you were married? – Anything I wanted to.*

To be (get) too big for one's boots / breeches
Größenwahnsinnig oder zu eingebildet sein/werden; zu sehr von sich eingenommen sein. "Breeches" ist eine Kniebundhose, wie zum Beispiel eine Reithose oder Damenhose. **His wife wears the breeches** – seine Frau hat die Hosen an, das heißt schwingt das Zepter zu Hause.

► *Tristan's been called a conceited* arsehole who's too big for his boots, and let's face it*, a mother should know!*

[*eingebildet * machen wir uns doch nichts vor]

To behave (oder act) like a bull in a china shop
Durch Ungeschicklichkeit oder Taktlosigkeit Schaden beziehungsweise Unheil anrichten; Anstoß erregen; sich wie ein Elefant im Porzellanladen benehmen.

▶ *This wood splits very easily when being sawed, so you shouldn't go about it* like a bull in a china shop.* [*die Aufgabe angehen]

▶ *I told my neighbour that he could just take a lettuce from my vegetable patch when he wanted, but he was like a bull in a chinashop and trampled all over my young plants.*

▶ *Your loss adjuster* behaved like a bull in a china shop; all his questions were offensive and suggested that our insurance claim was fraudulent*.* [*Schadensregulierer *betrügerisch]

▶ *The Albanian Post Office has told its workers not to be like a bull in a china shop when handling parcels marked "fragile"*. Such parcels must now be thrown underarm*.* [*zerbrechlich *von unten geworfen]

To send someone to Coventry

Jemanden schneiden oder in die Wüste schicken. Während des Englischen Bürgerkriegs (1642 bis 1646) wurden die schwierigsten Gefangenen der königlichen Armee auf Cromwells Festung in Coventry gebracht.

▶ *I was on friendly terms with my competitors until I slashed* my prices; now they've sent me to Coventry.* [*senkte drastisch]

▶ *The people in that area don't rat on* their neighbours; it's not because they are frightened of being sent to Coventry, it's a lot more violent than that.* [*verpfeifen]

To cop out

Sich vor einer moralischen Pflicht drücken; seine Verantwortung nicht tragen wollen. Der Begriff (vom altfranzösischen "caper" – fangen) bezog sich ursprünglich auf einen gefangenen Verbrecher, der seine Schweigepflicht hinsichtlich seiner Mittäter nicht einhält und sie der Polizei (cops) verrät, um Strafmilderung zu erreichen. Die Ablehnung einer aufgetragenen Verantwortung oder das Nichteinhalten einer moralischen Pflicht heißt **a cop-out.**

▶ *The company is illegally polluting the river, but they are such a large employer in this area that the authorities cop out and keep mum*.* [*schweigen]

Give a dog a bad name (and hang him) (Sprichwort)
Ein Fehltritt kann einem ewig anhängen; wer einmal in Verruf gerät,
behält seinen schlechten Leumund. Hunde, die schlechte Namen bekommen, werden oft dementsprechend behandelt (hier sinnbildlich
erhängt).

► *British football fans often find riot police waiting for them when
they travel to matches abroad; give a dog a bad name.*

To be in the dog house
In Ungnade sein; wie ein Ausgestoßener behandelt werden. Das
Sinnbild ist ein Hund, der als Strafe aus dem Haus verbannt wird und
in der kalten Hundehütte schlafen muß.

► *Wolfgang has been in the dog house since he forget to get his wife a
birthday present.*
► *Some West European socialist parties are in the dog house with the
voters now that Russian communism has been discredited.*

To have egg on one's face
Blöd und verdattert aussehen; dumm aus der Wäsche gucken; sich
unsterblich blamiert haben. Eigelb um den Mund nach dem Essen
macht einen dummen Eindruck.

► *If I organize this do* and nobody turns up* I'll have egg on my
face, won't I?*   [*Veranstaltung oder Feier *erscheint]
► *Uli has egg on his face after what he did at the bar last night; he
got pissed as a newt* and was later found fast asleep in the ladies
toilets.*   [*kornblumenblau]
► *Scholt was dismissed for gross misconduct* after two weeks on the
job. Karl's got egg on his face now, since he gave the guy* an
"I'd-drink-his-bathwater" type of reference*.*
[*grobe Verfehlungen *Typ *eine überschwengliche Referenz im
Sinne von "ich würde sein Badewasser trinken"]
► *A young man was on his first day at the office, and hearing a member of the public enter, he searched for the phone and for five minutes he pretended to be discussing a deal involving megabucks* in
order to impress the visitor. He had egg on his face when the visitor
announced himself as a Telekom official who had come to install
the telephone.*   [*Riesenbeträge]

Gung-ho

Aufstrebend und aggressiv; eifrig; kampflustig. Eine Verformung des chinesischen "gonghe" für Teamarbeit beziehungsweise Zusammenarbeit. Der Begriff wurde 1942 von General Carlson, einem ehemaligen Militärbeobachter der US-Marines bei der chinesischen Armee, als Losung für die Marineinfanteristen geprägt. Diese Urbedeutung von Zusammenarbeit wurde dann durch die Idee der wilden Entschlossenheit und Kampflust überholt.

▶ *The sky's the limit* * *for gung-ho executives in our company.*

[* die Chancen sind nach oben unbegrenzt]

▶ *The Russians object to American gung-ho policies that involve bombing Arab countries without the authority of the UN.*

High jinks oder shenanigans

Übermütige Ausgelassenheit; Jux und Tollerei; Klamauk. "High jinks" ist nach einem gleichnamigen Würfelspiel des 18. Jahrhunderts benannt, worin der Verlierer als Strafe eine Schale Alkohol auf einmal austrinken mußte. Das Substantiv "shenanigans" ist die anglisierte Form eines gleichlautenden irisch-gälischen Verbs mit der wörtlichen Bedeutung "den Fuchs spielen", wahrscheinlich in Anlehnung an die Tollerei der spielenden Welpen. Von der sprichwörtlichen Schläue des Fuchses kommt auch die zusätzliche Bedeutung von "shenanigans" als Tricks oder hinterhältiges Verhalten. Im Sinne von hinterhältigem Verhalten ist "shenanigans" ein Synonym von **skulduggery** beziehungsweise **skullduggery** [US], das vom veralteten schottischen Wort "sculduddery" (obszönes Verhalten) abstammt.

▶ *The student drowned when he was thrown into the river during drunken high jinks (shenanigans).*

▶ *The store has installed hidden video cameras over the check-out desks, just to protect itself against any shenanigans (skulduggery) by cashiers.*

To loaf around

Herumlungern. Das Verb ist vom Substantiv **a loafer** (Faulenzer) gebildet, das wiederum über Amerika vom deutschen Wort "Landläufer" abstammt.

▶ *Herta's not like some people I know. She doesn't loaf around the office waiting for the pointers of the clock to reach five, ... she does a vanishing trick * long before then.*

[* verdrückt sich; verschwindet]

To be beyond the pale

Unmöglich oder indiskutabel sein, jenseits der Grenze des noch Akzeptierbaren liegen. Abgeleitet von einem veralteten Wort für den Pfahl (pale), der eine Bannmeile oder ein verbotenes Gebiet abgrenzte. Eine für Iren verbotene Zone (the Pale), von den Engländern während der Kolonialisierung an der irischen Ostküste eingerichtet, verwies die Einheimischen an den weniger fruchtbaren Boden an der Westküste. Die Juden im zaristischen Rußland litten auch unter ähnlichen verbotenen Gebieten und Bannmeilen. Das verbotene Gebiet jenseits dieses Pfahls (beyond the pale) wurde zum Sinnbild für eine unannehmbare Verhaltensweise oder das Überschreiten einer sittlichen Grenze.

▶ *Bodo's behaviour is absolutely beyond the pale; he has no idea when to stop flirting with women.*

▶ *Kahlmeyer is always leaving his office for no good reason; his absences are slowly getting beyond the pale.*

▶ *Many motorists will view such drastic increases in road tax * as beyond the pale.*   [* Kfz-Steuer]

To ride roughshod over someone / something

Jemanden / etwas mit Füßen treten. Ein Pferd, das "roughshod" ist, das heißt mit herausragenden Eisennägeln schlampig beschlagen ("shod" ist das Partizip Perfekt vom Verb "to shoe"), kann mit seinen Hufeisen viel Schaden verursachen.

▶ *Capitalism is where one man rides roughshod over another. – And Communism? – Communism is the opposite.*

To salt away oder stash away something

Etwas verstecken; Geld auf die hohe Kante legen. Der erste Ausdruck kommt von Eßwaren, die eingesalzen und für den Winter in den Keller beiseite gelegt werden. "Stash away" (mit etwas einen Geheim-vorrat anlegen) ist vom Substantiv **a stash** – einem geheimen Lager oder Vorrat – abgeleitet. Diese Verben werden häufig abschätzig gebraucht, im Sinne von "auf unehrliche Weise Geld und Wertsachen abzweigen und woanders geheim aufbewahren".

▶ *During the privatization of Russian industry, large sums were salted (stashed) away in personal accounts in Switzerland.*

The black sheep

Das schwarze Schaf, das eine Familie oder Gemeinschaft in Verruf bringt. Schwarze Schafe waren bei Hirten unbeliebt, da sie weniger als die weißen wert waren.

▶ *Saddam Hussein was the black sheep of the Arab League.*

To skive (off)

Sich vor etwas drücken. Vom französischen Verb "esquiver" (dem Dienst oder Einsatz geschickt ausweichen), das durch Soldatenkontakt im Ersten Weltkrieg als "skive" ins Englische einging. **A skiver** ist ein Drückeberger. Die transitive Form **to skive something** ist etwas schwänzen.

▶ *Don't go skiving off! I've a job for you.*

▶ *Hubbert is claiming a pension as an invalid, yet the skiver is running a stall in the fruit market.*

A spoilsport oder party pooper

Spielverderber. "A spoilsport" ist wörtlich "jemand, der den Sport (sprich Spaß) anderer verdirbt (spoils)". Der zweite Begriff dreht sich um das Verb "poop" (scheißen oder furzen), womit hier ein Muffel gemeint ist, der auf einer Fete (party) einen fahren läßt und die Stimmung gleich auf Null bringt; daher im übertragenen Sinn jemand, der den Spaß anderer mit Einschränkungen und Verboten dämpft oder vertreibt.

▶ *I don't want to be a party pooper (spoilsport), but I'm allergic to fags * and it's forbidden to smoke on this train.* [*Glimmstengel]

▶ *Theo's a party pooper, but he has the magic ability to liven up a room, … when he leaves.*

To soft soap someone

Jemandem schmeicheln; jemandem Honig um den Bart schmieren. In früheren Jahren waren die Seifenriegel meistens sehr hart und entwickelten wenig Schaum. Da Schmierseife parfümiert und viel teurer war, wurde das Einseifen mit weicher oder flüssiger Seife weitgehend als Hätschelei angesehen. Diese frühere Form der Verzärtelung gibt ein Sinnbild für Schmeichelei ab.

> ► *If you soft soap one of the technicians downstairs, he might repair your computer cheaply on a private basis.*

To toady to someone

Vor jemandem kriechen/radfahren. Das Substantiv **a toady** – ein Speichellecker oder Radfahrer – wird vom mittelalterlichen Beruf "toad-eater" (Krötenschlucker) gebildet, dem Assistenten eines Quacksalbers, der mit seinem Meister von Jahrmarkt zu Jahrmarkt zog. Seine erniedrigende Aufgabe war es, eine Kröte oder Unke, die allgemein als giftig galt, hinunterzuschlucken und als Versuchskaninchen für die Wunderwirkung irgendwelcher Schwindelarznei zu dienen. Daher das gleichnamige Verb mit der ursprünglichen Bedeutung "als Krötenschlucker dienen". (Siehe auch "lying toad", Seite 61.)

> ► *In foreign policy, the British are sometimes accused of toadying to the Americans.*

To lick someone's boots (oder grob **someone's arse / ass** [US])

Jemandem die Stiefel lecken; jemandem hinten reinkriechen. **A bootlicker** oder **arse licker (ass licker)** [US] ist ein Radfahrer oder Speichellecker.

> ► *It's not true that I'm a toady* and lick my boss's boots; I never agree with him, … until he says something.*   [*Speichellecker]

To play truant oder **play hookey** [US]

Dem Unterricht unentschuldigt fernbleiben; die Schule schwänzen. **A truant** ist ein Schulschwänzer. "Hookey", die amerikanische Variante von **truancy** (die Schulschwänzerei), ist vom umgangssprachlichen Verb **to hook it** (abhauen) abgeleitet.

> ► *The school I went to was a real rough-house*; the girls were all tomboys* and the boys were always fighting. It was so rough, the teachers played hookey.* [*Ort der Keilereien *Wildfänge]

To sail close to the wind

(Bei einer Handlung oder in der Sprache) sich hart an der Grenze des Gesetzes, des Erlaubten oder des Schicklichen bewegen. Die Wendung weist auf ein schnelles, aber riskantes Segelmanöver, bei dem das Boot leicht umkippen kann.

> ► *Some people say that Thalbach is a receiver*; at any rate, he sails close to the wind with some of the things he sells.* [*Hehler]
> ► *Making such personal comments about a high Nazi official would have been sailing close to the wind in my day*.* [*zu meiner Zeit]

Keep taking the tablets!

Das ist ein blödes Verhalten beziehungsweise eine dumme Idee!; du bist eine Krücke / Flasche! Man empfiehlt ironisch, die Tabletten weiter zu nehmen, da bei solchen miserablen Leistungen oder verrückten Gedanken der Betreffende eine körperliche oder geistige Macke haben muß.

> ► *I've wiped all my files on the computer accidentally. – Keep taking the tablets!*
> ► *You've painted the door green instead of white, as you were told. Keep taking the tablets!*
> ► *Johann made the very same suggestion two minutes ago and we have already rejected it. Keep taking the tablets!*

Nutzen

To kill two birds with one stone

Zwei Fliegen mit einer Klappe schlagen; in einem Abwasch erledigen. Wörtlich: "zwei Vögel mit einem Stein töten".

> ► *Don't buy a laptop just yet. Wait until next month when I go on the business trip to Singapore; laptops are a lot cheaper there and it will be killing two birds with one stone.*

▶ *By flooding the valley we kill two birds with one stone; the reservoir will supply much-needed water to industry and at the same time create a water-sport centre and nearby recreational area * for the city's inhabitants.*   [*Naherholungsgebiet]

To be a fat lot of good (oder use)

Wenig nützen; keine Hilfe sein. "Fat" (dick; groß) wird hier ironisch für "kein" gebraucht, das heißt die Verneinung von "viel Nutzen" (lot of good). "Fat" in diesem ironischen Sinne kommt auch im Ausdruck **to have a fat chance (of doing something)** vor – überhaupt keine Chance haben(, etwas zu tun).

▶ *How many Ukrainians does it take to change a light bulb? – None. Light bulbs are a fat lot of good (oder of use) to them since Ukrainians glow in the dark anyway.*

To need something like a hole in the head

Das letzte, was jemand gebrauchen könnte; gerade diesen Ärger oder diese zusätzliche Belastung überhaupt nicht nötig haben; das hat mir gerade noch gefehlt. Das bewußte "Loch im Kopf" ist eine Anspielung auf einen Kopfschuß.

▶ *I'm up to my eyes in debt * already. I need this repair bill for my car like a hole in the head.*   [*heillos verschuldet]

A basket case [US]

Ein hoffnungsloser Fall (Person oder Sache); eine nutzlose Person. Im eigentlichen Sinne meint der Begriff einen Schwerbeschädigten oder Kriegsversehrten ohne Arme und Beine.

▶ *Georg can't do it; he's a basket case.*
▶ *The economy of that country is a basket case.*

To be not worth a fig / a straw

Völlig wertlos sein; keinen Pfifferling/keine müde Mark wert sein. (Siehe auch "not give a fig/straw", Seite 24.)

▶ *Those rouble notes are years old; they're not worth a fig (a straw).*
▶ *If that IOU * is from Neubauer, it's not worth a straw (a fig).*

[*Schuldschein]

> ▶ *Specialist doctor: You have a rare illness and the advice of an ordinary doctor is not worth a straw in such a case. But what did your G.P.* tell you to do? – Patient: He told me go and see you!*
> [*Abkürzung für "general practitioner" – Hausarzt]

To flog a dead horse

Seine Kraft und seine Zeit mit überholten Argumenten verschwenden; verlorene Liebesmüh sein. Ein totes Pferd, das man mit der Peitsche anzutreiben (flog) versucht, ist ein Sinnbild für eine abgetane Sache, die man aktuell machen will.

> ▶ *The first versions of the films "Alien" and "Police Academy" were box-office hits, but by the time they got to version four, the producers were flogging a dead horse with many film-goers.*
> ▶ *Campaigners against the enlargement of the European Union are flogging a dead horse, since the matter has already been decided.*

To be no earthly use to anyone (beziehungsweise someone) oder be no use to man or beast
(scherzhaft)

Völlig nutzlos sein; nicht den geringsten Nutzen haben. Wörtlich "keinen irdischen Nutzen haben" beziehungsweise "dem Menschen und Tier nutzlos sein".

> ▶ *The motor of your washing machine is clapped out*; now it's no earthly use (now it's no use to man or beast).* [*schrottreif; kaputt]
> ▶ *The girders* you delivered this morning are not long enough; they're no earthly use to us.* [*Stahlträger]
> ▶ *Doctor: I'd like you to just pop over* to the window, face it and stick your tongue out. – Patient: But why? That's no earthly use for an examination. – Doctor: Because I don't like the chap* who lives opposite.* [*rüberflitzen *Kerl]
> ▶ *That second-hand computer you sold me is no use to man or beast. – So is the cheque you gave me for it.*

48 Orte

Left, right and centre oder **right, left and centre**
Überall; an allen Ecken und Enden. Wörtlich "links, rechts und in
der Mitte", das heißt überall, wo man hinsieht/hinsah.
  ▶ *Left, right and centre people are leaving the Church, ... and going*
    back to God.

All over the shop
Überall; wie Kraut und Rüben durcheinander. **A shop** (Laden), was
auch für einen Betrieb oder eine Organisation gebraucht wird, be-
zeichnet hier jede große Oberfläche.
  ▶ *The house was full of rats; they were all over the shop.*
  ▶ *After the parade through the city centre, there was litter all over the*
    shop.

A pad oder **a place**
Ein Haus; eine Wohnung; eine Bude. "A pad" (womöglich eine
scherzhafte Abkürzung von "paddock" – einer Koppel, in der Pferde
gehalten werden) kann sowohl gemietet als auch das Eigentum des
Bewohners sein. "Place" im Sinne von "Laden" kann ebenfalls ein
Hotel oder Restaurant bezeichnen. Der Begriff **digs** (eine Mietbude)
dagegen beschreibt immer eine gemietete Wohnung, besonders die
von Studenten oder Saisonarbeitern. Das Wort ist eine Abkürzung
von "diggings" (wörtlich: Ausgrabungen), eine scherzhafte Anspielung auf einen ausgegrabenen Unterstand (a dug-out), das heißt eine
primitive Behausung.
  ▶ *We bought an expensive pad in the suburbs, but by the time we'd*
    paid for it, it wasn't in the suburbs any more.
  ▶ *The house is a dilapidated* * *pad; the only thing that stops it col-*
    lapsing is the woodworm holding hands.   [*baufällig]
  ▶ *I was supposed to have running water and air-conditioning in my*
    digs; the water ran down the walls and the air was in a heck of a
    condition *.   [*in einem verdammt elenden Zustand]
  ▶ *Coleman is one of the richest men in Ohio. He's just bought a place*
    up North; it's called Canada.

A doss house oder **flop house** [US]

Eine billige Absteige; eine Penne; ein Nachtasyl. "Doss house" stammt vom Verb **to doss** oder **doss down** – pennen; sich hinhauen. **A dosser** ist ein Penner. "Flop house" kommt vom Verb "flop down" – (vor Müdigkeit) irgendwohin plumpsen, zum Beispiel "flop down in a chair" – sich in einen Sessel plumpsen lassen. **To sleep rough** – im Freien schlafen.

▶ *You're drunk. This is a boarding house not a flop house; if you want to doss down, go to the hostel near the station.*

▶ *Rosenthal had spent two years as a dosser, sleeping rough around Frankfurt.*

To stick around / about oder **hang around / about**

Dableiben; (an einem bestimmten Ort) warten; rumhängen. Häufig im negativen Sinne von "herumhocken" oder "herumlungern" gebraucht. **To keep someone hanging around / about** – jemanden lange herumwarten lassen.

▶ *Udo will be here at two o'clock; if you stick around till then, you'll meet him. – No, I can't hang around that long.*

▶ *A lot of drug addicts hang (stick) around Bahnhof Zoo.*

The Big Apple

New York. Der Begriff wurde ursprünglich von Jazzmusikern in den dreißiger Jahren geprägt, um die Verdienstmöglichkeiten bei Auftritten in dieser Stadt wiederzugeben. Für viele Amerikaner war Apfeltorte ein Leckerbissen und gleichzeitig der Inbegriff von allem Amerikanischen, nach der alten Redensart "as American as apple pie" (so amerikanisch wie Apfeltorte). New York wurde deswegen mit einem großen saftigen Apfel verglichen, da es als eine uramerikanische Großstadt der Genüsse und des unbegrenzten Verdiensts galt. Die Verbreitung dieses Begriffs hat vielleicht auch etwas dem spanischen Begriff für New York, "Ciudad de la Manzana Grande" (Stadt des großen Häuserblocks), zu verdanken, wobei von Englischsprechenden das Wort "manzana" in seiner zweiten Bedeutung als "Apfel" falsch verstanden wurde.

▶ *I'd much rather work in the Big Apple than in Los Angeles; for a start *, you get paid three hours earlier.* [*zunächst einmal]

▶ *I've heard there are a lot of suicides in the Big Apple. Do people often jump off the Empire State Building? – Never; they only jump off once.*

To have no room to swing a cat

Eng behaust wohnen; sich vor Platzmangel kaum umdrehen können. Die Wendung bezieht sich auf die neunschwänzige Katze (cat-o'-nine-tails), eine lange Peitsche mit neun Riemen, mit der früher Matrosen gezüchtigt wurden. Da die Kabinen für das Ausschlagen der Peitsche zu eng waren, wurde das Auspeitschen auf Deck ausgeführt.

▶ *I live in a bedsit* * and have no room to swing a cat.*

[*Wohnschlafzimmer]

▶ *We can't let any more guests into the disco; there is already no room to swing a cat in there.*

▶ *You couldn't swing a cat in the room. It was so small even playing ping-pong was impossible; all you could play was ping.*

Someone's neck of the woods

Die Gegend oder das Land, aus der/dem jemand stammt; das Gebiet, wofür jemand (zum Beispiel ein Sachbearbeiter) Verantwortung trägt oder das eine Firma beliefert. Der Begriff entstand im Süden der USA, wo "a neck" ein Streifen Wasser oder ein langes abgegrenztes Revier ist.

▶ *Winters in Canada are very cold. How are the winters in your neck of the woods?*

▶ *What neck of the woods does Mr Kallmeyer come from? – He's from Leipzig.*

▶ *We only deliver that type of cargo in Europe not South America. You better try a forwarding agent like Schenker, that's more their neck of the woods.*

To drive / send someone (oder go) from pillar to post

Jemanden hin und her/von Ort zu Ort schicken; umherwandern; von Pontius zu Pilatus schicken beziehungsweise laufen. Die Wendung geht auf Ballspiele der Mönche im Mittelalter zurück und beschreibt einen Ball, der zwischen den Säulen (pillars) und Pfosten (posts) des Klosters hin und her sprang. Man vergleicht hier diesen geworfenen Ball mit jemandem, der umhergeschickt wird oder notgedrungen umherläuft.

▶ *I've been going from pillar to post all day, but I still haven't been able to get my hands on the spare part I need for the computer.*

▶ *Before finally settling in America, the Goldberg family had been driven from pillar to post across seven other countries.*

Someone's stamping ground

Jemandes Revier oder Stammplatz. Ursprünglich der angestammte Paarungsplatz von amerikanischen Wildpferden, die brünstig auf den Boden stampfen. Jetzt der Ort, an dem jemand immer anzutreffen ist.

▶ *Ernest Hemingway's stamping ground was Cuba; he was very fond of the country.*

▶ *Hanna is down at her stamping ground – her allotment* hut near the river.* [*Schrebergarten]

In the sticks oder in the boondocks [US]

In der hintersten Provinz; wo sich Fuchs und Hase gute Nacht sagen; jottweedee (janz weit draußen). "Sticks" (wörtlich "trockene Zweige") kommt von "big sticks", einem amerikanischen Holzfällerausdruck für hohe Bäume, hier sinnbildlich für ein Waldgebiet. Der Begriff "boondocks" kommt von "bandock" (Berg) aus der philippinischen Sprache Tagalog. US-Soldaten, die nach dem Zweiten Weltkrieg dort stationiert waren, übernahmen das Wort als Bezeichnung nicht nur für Berge, sondern überhaupt für eine primitive oder unterentwickelte Gegend.

▶ *Mr Keller doesn't live in Hamburg; he's got a house out in the boondocks (the sticks) on the Lüneberger Heide.*

▶ *We live in the boondocks; in fact it's so far from anywhere, the mailman sends the mail out by mail.*

▶ *They live out in the sticks, but their pad* is only five minutes from Dresden, ... by phone.* [*Wohnung]

Uncle Sam

Die USA; die US-Regierung. 1812 machte eine Regierungsdelegation eine Kontrolle in einer Fleischfabrik in Troy im Staate New York, die die Armee mit Proviant belieferte. Der Firmenbegleiter dieses Rundgangs wies auf eine Kiste und verzapfte den Scherz, daß die darauf geschriebenen Buchstaben "US" nicht für United States, sondern "Uncle Sam" ("Sam" war die Koseform von "Samuel", seinem Arbeitgeber und zugleich Fabrikbesitzer "Samuel Wilson") standen. Dieser Witz blieb später als die scherzhafte Benennung des amerikanischen Staatsdienstes (zum Beispiel **to be with Uncle Sam** – bei der Regierung arbeiten) und der USA als Land im allgemeinen hängen (zum Beispiel **to visit Uncle Sam** – die USA besuchen). Bei dem Ausdruck **to go (**oder **be) stateside** – in die USA reisen; in den USA sein – hat "stateside" die Bedeutung "Richtung (Vereinigte) Staaten" beziehungsweise "da drüben in den Staaten".

▶ *That's Uncle Sam for you*; the only place in the world where the poor have a parking problem.*   [*das ist typisch]

▶ *I'm proud to be living in the USA and paying taxes to Uncle Sam; the only thing is *, I could be just as proud for half the taxes.*
                                                                                              [*das einzige ist]

Wild-and-woolly

Kalt und karg (Gegend); kulturlos; wüst (Aussehen einer Person). "Woolly" (wollig) in diesem Stabreim ist eine Anspielung auf die Schafspelz-Kleidung von Pionieren im Wilden Westen des letzten Jahrhunderts.

▶ *We spent a week bird-watching in the wild-and-woolly Faroe Islands.*

▶ *The train arrived at Vienna station chock-a-block * with wild-and-woolly types from the war zone.*   [*knackend voll]

(In) the back of beyond

Das (am) Ende der Welt. Wörtlich "das hinterste Jenseits". Der Ausdruck ist auch die Grundlage des australischen Begriffs "outback" (das öde Hinterland), einer Abkürzung von "out back of beyond". **Timbuktu** – die entlegene Karawanenstadt mitten in der Saharawüste von Mali – wird mitunter auch als Synonym gebraucht.

▶ *Jürgen lives somewhere in Mecklenburg in the back of beyond; no shops or busses, and it's so far off the beaten track*, even the crow doesn't fly there*.*   [*weit vom Schuß *(eine Anspielung auf den Begriff "as the crow flies", Seite 113)]

A dump oder a hole

Ein Dreckloch; eine Bruchbude. "Dump" (Müllkippe) und hole (Loch) bezeichnen ein Kaff, eine heruntergekommene Wohnung oder ein baufälliges Gebäude.

▶ *How do you like my pad* as a whole*. – As a hole it's all right, as a pad, no.*   [*Wohnung *als Ganzes]

▶ *The house I used to live in was such a hole (a dump), an ARD reporter once stood in front of it and pretended to the TV cameras that he was in Kosovo.*

▶ *Our town is a dump. No other European town would twin* with it; but we do have a suicide pact* with Kabul.*   [*Partnerstadt werden *Selbstmordpakt]

49 | Personen (abfällige Begriffe)

A dodger

Ein Drückeberger. **A tax dodger** – Steuerbetrüger(in). Das entsprechende Verb heißt **to dodge** – (etwas) geschickt ausweichen; sich (vor etwas) drücken. **A dodge** (eine Masche) bedeutet nicht nur Ausweichtrick, sondern auch ein cleverer Kniff zur Behebung eines Problems.

▶ *Many people believe that politicians tend to dodge the issues*.*
                    [*den Fragen / Kernproblemen ausweichen]

▶ *Cold-war Berlin used to be a haven* for draft-dodgers*.*
                            [*Zufluchtsort *Wehrdienstverweigerer]

▶ *I know a good dodge for opening beer bottles when you don't have an opener.*

A nasty piece (oder nasty bit) of work

Ein übler Kunde; ein gemeiner und abstoßender Typ. Wörtlich "ein Stück scheußliche Arbeit", das heißt ein fieses Geschöpf.

► *Don't tangle with * Oleg, he's a a nasty piece of work; he goes to fortune tellers * to get his fist read.* [*sich mit jemandem anlegen
* Wahrsager]

► *Gerda's a nasty piece of work that runs the workshop where I work; she traces her ancestors back to royalty *, ... King Kong.*

[*von königlichen Ahnen stammen]

A bad lot oder a bad egg

Ein verkommenes Subjekt; ein übler Kunde. "A bad lot" ist Auktionärssprache für einen schlechten oder beschädigten Posten auf einer Versteigerung. "A bad egg" (wörtlich: ein faules Ei) hat als Gegenteil **a good egg** – ein feiner Kerl; guter Typ.

► *Every large organization has a few bad eggs (bad lots), even the European Union. The main thing is to root them out *.*

[*ausrotten]

► *Hannelore is the only good egg in a family of bad ones.*

The son of a gun

Der Hund; der Soundso. In der grauen Vergangenheit konnten die Frauen der Matrosen auf den Kriegsschiffen mitfahren. Die Kinder, die auf der Reise geboren wurden, kamen, wie man damals sagte, zwischen den Kanonen (guns) auf Deck zur Welt. Daher die Benennung "Sohn einer Kanone". Heute als abfällige oder scherzhafte Bezeichnung gebraucht.

► *I waited half an hour in the rain for him and the son of a gun didn't turn up.*

► *One of my workmates is a lucky devil *; the son of a gun won a holiday to San Fransisco.* [*Glückspilz]

A bimbo

Eine dumme Schöne. Dieses italienische Wort für "Kleinkind" ist eine Anspielung auf das angeblich unbedarfte Wesen vieler schöner Frauen. Es ist über Polari (vom italienischen "parlare" – sprechen), eine romanische Verkehrssprache unter Händlern und Seefahrern im Mittelmeerraum des 16. und 17. Jahrhunderts, ins Englische eingegangen.

▶ *Claudia Schiffer is no bimbo; she's a clever business woman.*

A broad [US]

Eine Frau. Ursprünglich eine lose Frau, vielleicht vom Adjektiv "broad-assed" (dickarschig) abgeleitet.

▶ *A pessimist is a man who thinks that all broads are bad; an optimist is a man who hopes they are.*

A bum

Ein Penner; Gammler. Der Begriff ist in Amerika Anfang des 18. Jahrhunderts vom deutschen Verb "bummeln" in die englische Sprache eingegangen. **To be on the bum** oder **bum one's way** – als Schmarotzer leben oder etwas erbetteln wollen – und **to bum something (off someone)** – etwas bei jemandem erbetteln oder schnorren. Das gleichnamige Wort für Arsch (**a bum** – siehe Seite 188) hat mit der Herkunft dieses Begriffs nichts zu tun, schwingt aber im Hinterkopf mit.

▶ *After the war many displaced persons* bummed their way around Europe looking for a place to start again from scratch*.*

[*Vertriebene *bei Null wieder anfangen]

▶ *Today I gave a bum two hundred marks. – That's very generous of you! – I know, but my husband won't work and he needs the money.*

A (country) bumpkin oder country cousin
oder a yokel

Ein Dorftrottel oder eine Landpomeranze. Der Begriff "bumpkin" ist eine Verballhornung des altniederländischen Wortes "boomken" (später "boompje"), das früher Holzblock oder Bäumchen bedeutete. Das Wort wurde ursprünglich von englischen Siedlern in Nordamerika als Schimpfwort für einen Holländer übernommen. Mit dem herabwürdigenden Begriff "country cousins" (wörtlich: ländliche Vettern) grenzten sich die Städter von ihren bäurischen Mitbürgern

ab. Der Begriff "yokel" kommt wahrscheinlich vom früher verbreiteten (Pferde- beziehungsweise Ochsen-)Joch (yoke), im Sinne von
"Pflüger", einem typisch ländlichen Beruf. Als Quelle jedoch weisen
einige andere Sprachforscher auf ein veraltetes Dialektwort für die
Farbe "grün" aus dem 19. Jahrhundert hin.

▶ *Some people in Berlin think of us as country bumpkins (country
cousins) from Brandenburg.*

▶ *A tourist is driving down a road in Portugal in the middle of
nowhere * and, in order to ask directions, he stops his car near two
yokels leading donkeys. "Do you speak English?" The bumpkins
shake their heads. The tourist then tries French, German and Italian. They shake their heads each time and the tourist gives up and
drives off. One country cousin then turns to the other and says, "It
must be good to speak so many languages." The other replies, "I'm
not so certain. A fat lot of good it was to him just now *."*

[* am Ende der Welt * es hat ihm soeben nichts genützt]

A scrounger

Ein Schmarotzer; Nassauer. "Scrounger" kommt vom Verb **to
scrounge,** das in der Urform "scrunge" "klauen" bedeutete und
das entweder transitiv (scrounge something) oder intransitiv (he
scrounges a lot) gebraucht werden kann. **A freeloader** [US] bezeichnet einen Schmarotzer, der auf Kosten anderer sich vollfrißt oder
trinkt. Das Wort ist vom Transportbegriff "free load" abgeleitet, einer
Ladung (load), die kostenlos befördert wird.

▶ *The National Front claims that it will stop foreigners with large
families scrounging from the French State.*

▶ *Holga, I've come to scrounge some washing powder from you; I've
just run out *.*   [* ich habe keines mehr]

▶ *At the exhibition, we laid on * refreshments for the trade visitors,
but the food and drink soon went, mainly because of gate-crash-
ers * and free-loaders.*   [* für Erfrischungen gesorgt
                                                            * ungeladene Gäste]

A stooge
Eine willenlose Marionette anderer. Aus der Theatersprache für den Stichwortgeber eines Komikerduos, der häufig im Showgeschäft viel weniger bewandert als sein Partner war und eine Zielscheibe für die Witze abgab.

► *De Gaulle originally opposed Britain's entry to the Common Market, believing the British to be stooges of the USA.*

A goon
Ein Blödmann; ein geheuerter Schläger oder Ganove. Das Wort im Sinne von "Trottel" stammt von "Alice the Goon", einer blödelnden Frau des Karikaturisten E. C. Segar (1894–1938). "Goon" im Sinne von Ganove ist aber wahrscheinlich eine Verschmelzung von "gorilla" und "baboon" (Pavian), wobei die erste Bedeutung "Trottel" mit hineinspielt.

► *You're a goon. You don't put coloured socks in a high-temperature washing machine with white shirts.*

► *The gangster bosses of the 30's were always accompanied by several armed goons.*

A namby-pamby oder cissy
Eine verzärtelte Person; ein Weichling; vornehmer Schöntuer. Die Bezeichnung "namby-pamby" ist eine Verdrehung des Namens des rührseligen Dichters Ambrose Philips aus dem 18. Jahrhundert, der seinen einflußreichen Freunden schmeichelhafte Gedichte widmete.

► *We're already getting namby-pambies (cissies) with hairnets in the Bundeswehr and a lot of seasoned * soldiers are wondering what is becoming of* the German Army.*   [*erfahren *was wird aus …]

► *While watching TV, I called the "Melitta man" Wellenbrink a namby-pamby and my wife replied that he was just a clever actor who had made a lot of money with coffee adverts.*

► *Mother is always saying, "Your husband is a namby-pamby". – Well dear, I am, … compared to her.*

A nerd [US] oder **a geek** [US]

Ein verschrobener Intellektueller; ein Computer- oder Technologie-freak. "Geek" ist ein entfernter Verwandter des deutschen "Geck". Beide Begriffe bezeichneten bis vor kurzem einen Trottel. Heute im Computerzeitalter haben sie die Bedeutung "Fachidiot" angenommen.

▶ *Bill Gates was one of the few geeks (nerds) who never had a formal college education.*

▶ *One of the most serious hacking incidents involving US security information was traced to a geek operating from Buenos Aires.*

A couch potato

Ein fauler und eingefleischter Fernsehzuschauer; ein fernsehender Kulturbanause. Wörtlich "eine Kartoffel auf der Couch".

▶ *Digital TV, with its vastly increased choice, is a paradise for couch potatoes.*

Ragtag and bobtail

Der Pöbel; der Plebs. "Ragtag" ist ein zusammengesetztes Substantiv aus "rag" (Stoffetzen) und "tag" (Preis- oder Adressenschild). Diese unwichtigen Sachen oder Anhängsel stehen hier sinnbildlich für das gemeine Volk. Die Bezeichnung "bobtail" (ein Zugpferd mit gestutztem Schwanz) wird hier verachtend für eine rückständige und ungehobelte Person verwendet.

▶ *This used to be an exclusive residential area; now we are getting ragtag and bobtail moving in.*

Every (oder any) Tom, Dick and Harry

Alle Welt; Hinz und Kunz; jeder Dahergelaufene; jeder x-beliebige. Diese Vornamen waren vor 300 Jahren, als der Begriff entstand, weit verbreitet .

▶ *I'm going to put up a fence; we can't have every Tom, Dick and Harry using our garden as a short-cut to the bus stand.*

▶ *When Achim is sozzled*, he'll tell his life story to any Tom, Dick and Harry.*   [*blau]

A redneck [US]

Ein weißer Rassist oder Reaktionär. Vom roten sonnenverbrannten Hals der ungebildeten Feldarbeiter und Landbewohner der amerikanischen Südstaaten. Angesichts des Ursprungs wird der Begriff nur in bezug auf die konservative Landbevölkerung von Nordamerika und sonnigen Ländern wie Südafrika oder Australien gebraucht. Der Begriff **roughneck** (Raufbold oder Rauhbein) hat denselben Ursprung, nämlich die rauhe, sich abschälende Haut auf dem Nacken der ungehobelten Landknechte. Dient auch als Bezeichnung für einen einfachen Bohrarbeiter bei der Ölgewinnung.

- ► *Rednecks in South Africa were the bulwark* of the Apartheid system.* [*Bollwerk]
- ► *Kaspar's a roughneck. – You mean he works on an oil rig*? – No, I mean he's always getting into trouble with the police.*

[*Bohrturm]

A road hog

Ein Verkehrsrowdy / Straßenschreck. "Hog" ist wörtlich ein "Schwein".

- ► *In traffic jams on motorways there is always some road hog that tries to jump the queue* on the emergency lane.*

[*sich vordrängeln]

- ► *Nothing improves the driving of a road hog more than a police car following him.*

A rubberneck [US]

Ein neugieriger Zuschauer. Eine Anspielung auf den ausgestreckten Hals eines neugierigen Passanten oder Kiebitzes, der dehnbar wie Gummi (rubber) zu sein scheint.

- ► *The ambulance had difficulty getting to the scene of the accident because of a crowd of rubbernecks blocking the road.*

A stuffed shirt

Ein steifer Wichtigtuer; ein vornehmer Trottel. Teure Hemden (shirts) in Schaufenstern wurden früher mit Füllsel ausgestopft (stuffed), um ihnen die richtige Körperform zu geben. Für viele Zu-

schauer aber wirkten diese kopflosen Rümpfe nicht vornehm, sondern lächerlich.

▶ *Many butlers are stuffed shirts. One butler in a mansion* came*
downstairs and found burglars making off* with their loot*. He
then asked politely, "Who shall I say called?"

[*Herrenhaus *abhauen *Beute]

A shower

ein Sauhaufen; ein Jammerlappen. Die Bezeichnung für eine jäm-
merliche Person oder elende Gruppe, als ob diese, noch naß und
schmutzig, soeben aus einem Regenschauer käme.

▶ *The installation team you sent me were a real shower; they've fit-*
ted the central heating wrongly and have short-circuited my power
supply with a drill.

▶ *Don't be put off* when you meet our systems analyst*. The guy*
looks a shower, but programming-wise*, he's hot stuff*.

[*laß dich nicht abschrecken *Systemanalytiker
*was die Programmierung betrifft *große Klasse]

A stick-in-the-mud

Ein Schwerfälliger oder stockkonservativer Spießer. Diese Trantüte
wird mit einem im Schlamm feststeckenden Stock verglichen.

▶ *Denationalization* and a corporate culture* will improve per-*
formance and secure jobs, but we must still convince some stick-
in-the-muds in the workforce.   [*Entstaatlichung
*Unternehmenskultur]

A wet blanket

Ein Trauerkloß; ein Spielverderber. Obwohl nasse Decken dem Körper
höchst unangenehm sind, ist der Ursprung des Begriffs wahrscheinlich eher ländlich. Die Bauern gebrauchten früher nasse Decken, um
Strohfeuer in den Feldern zu löschen. Daher die Bezeichnung für eine
trübe Tasse, die den Eifer oder die Stimmung anderer drückt.

▶ *Lotte said that her ex* was a wet blanket who disliked social gath-*
erings and never went out in the evening.   [*ihr Verflossener]

A wimp oder a drip

Ein Schlappschwanz; ein Langweiler. "Wimp" war ursprünglich Studentenjargon an der Cambridger Universität für eine Studentin, vom Verb "whimper" (wimmern) abgeleitet. Jetzt die Bezeichnung eines verweichlichten oder untauglichen Mannes. "Drip" ist eine Anspielung auf das langweilige Tröpfeln eines Wasserhahns.

► *Schwan plays the viola * in an orchestra but he's no wimp; he rides a Harley and is an amateur marathon runner as well.*

[*Bratsche]

► *Plumber *: "Where's the drip, lady?" – Housewife: "Oh, he's in the kitchen trying to repair the leak!"* [*Klempner]

Old Nick

Der Teufel; der Leibhaftige. "Nick" ist von "Nickel" abgeleitet, einem unterirdischen Dämon der germanischen Mythologie; sinnbildlich für das schlechte Ende einer sündigen Lebensweise.

► *A man on his death bed was asked by a priest to renounce * Old Nick before he died, and the man replied, "Wait a mo *, isn't this the wrong time to be making enemies?"* [*entsagen; verstoßen

*Moment mal]

Personen (neutrale Begriffe)

A rough diamond

Ein Rauhbein mit gutem Charakter. Ein Rohdiamant kann wertvoll sein, wenn er geschliffen wird.

► *Don't be deceived by appearances. Thalbach is a martinet * and often hard with his staff at work, but he's a rough diamond and when they have personal problems, he finds a way of helping them without losing face *.* [*Zuchtmeister

*ohne das Gesicht zu verlieren]

► *Throughout his acting career Humphrey Bogart was portrayed as a rough diamond, such as in the films "The African Queen", "The Big Sleep" and "Casablanca".*

Joe Public oder Joe Bloggs

Der Mann auf der Straße; Herr / Frau Jedermann. Der weitverbreitete Vorname "Joe", hier in Verbindung mit "Public" ("Öffentlichkeit" als Familienname getarnt) und dem Arbeiter-Familiennamen "Bloggs", kommt auch in **a holy Joe** (ein Betbruder; Pfaffe) vor.

▶ *Opera is not really music for Joe Public (Joe Bloggs).*

▶ *The tabloid press * is directed towards Joe Public (Joe Bloggs).*

[* Boulevardpresse]

▶ *My last wife was a holy Joe. Every morning as soon as she woke up she would sing a hymn. Then we prayed over breakfast. The hymns and praying went on all day until we went to bed. Then one morning she was dead. – What happened? – I strangled her.*

A night owl

Nachtschwärmer; Nachteule.

▶ *In the village where I live, people go to bed so early, they call you a night owl if you take the dog walkies * at eleven in the evening.*

[* Gassi gehen]

A monicker

Ein Name oder Spitzname; eine Unterschrift; sein "Friedrich-Wilhelm". Vom Wort "munnik" aus dem irischen Zigeunerdialekt Shelta.

▶ *I'm a bit worried about the guy * who's just joined the golf club. On the membership form where it says "Sign * here!", he wrote "Capricorn *" instead of his monicker.*   [* Typ * unterschreiben Sie (oder Sternzeichen) * Steinbock]

▶ *A young man went to a car showroom and asked to buy a new car on hire purchase *. The salesman then gave him a form asking the customer to place his monicker on it and then declared amazed, "But you've placed two crosses on the form!" – The young man replied, "Yes, the big cross is my name, and the small cross is my Doctor of Philosophy title."*   [* auf Abzahlung]

▶ *Race horses get given some very strange monickers; … especially if you've bet money on them and they lose.*

A cookie

Ein Typ; Patron. Ein Keks (cookie) dient als Sinnbild für verschiedene Begriffe, wie zum Beispiel **a tough cookie** – ein knallharter Typ – oder **a clever cookie** – ein heller Kopf. **That's the way the cookie crumbles** – so geht es halt auf der Welt zu; so ist das Leben (wörtlich: so bröckelt der Keks auseinander) – ist eine Anspielung auf die ungerechte Zuteilung eines Kuchens, sinnbildlich für die ungleichen Chancen im Leben.

▶ *Gunter works as a nightwatchman, buts he's a clever cookie; he builds computers as a hobby.*

▶ *Sabine runs a hair-dressing business; as a business woman, she's a tough cookie.*

▶ *I don't know why I got the sales manager job in Paris and not you; that's the way the cookie crumbles.*

A customer

Ein Kerl, Patron oder Kunde. Besonders in den Begriffen **crafty customer** – Schlaumeier –, **a queer customer** – komischer Kauz – und **an awkward customer** – ein schwieriger Kunde beziehungsweise eine Plage.

▶ *Some shoplifters are crafty customers: within the store, they empty large cartons of their cheap contents, then put expensive items inside and reseal the carton.*

▶ *Room 45 is an awkward customer: we gave him a new room because he didn't like the view; now he's complaining about the hotel service.*

John Doe [US] oder Jane Doe [US]

Ein(e) Unbekannte(r); Herr / Frau X; der Mann oder die Frau auf der Straße. Auf Gerichtsurkunden des letzten Jahrhunderts waren John Doe und Jane Doe zwei der vier gewöhnlichen Namen für eine(n) zur Zeit der Ausstellung noch unbekannte(n) Beklagte(n).

▶ *A John Doe came and told us that the land was private and that we couldn't picnic there.*

▶ *The Jane Doe has been in the lake for several months; the only hope of identifying her is her dental fillings *.*   [* Plomben]

▶ *Higher education should not be elitist but be accessible to John and Jane Doe.*

▶ *Sign the form at the spot marked "John/Jane Doe".*

A dog oder devil

(In Verbindung mit einem vorgesetzten Adjektiv) ein Kerl, Patron oder Bruder. Besonders in den Begriffen **a lucky dog/lucky devil** – Glückspilz –, **an unlucky devil** – Pechvogel –, **a dirty dog/ dirty devil** – Schwein oder Schmutzfink – und **a sly dog/sly devil** – Schlaumeier oder Schlauberger. (Siehe auch **sea dog** – Seebär, Seite 84.)

▶ *Ilse is such a good gossip, you always wish you knew the poor devils she talks about.*

▶ *Arne's such an unlucky devil; when he carried his young bride over the threshold*, he got a hernia*.*   [*Schwelle *Leistenbruch]

A guy oder a bloke oder a chap

Ein Typ, Macker. Alle Begriffe bezeichnen einen Mann. "Guy", ursprünglich vom jiddischen "goi" (Nichtjude), ist über Amerika in die englische Sprache eingegangen. Einige Wörterbücher führen dagegen den katholischen Verschwörer Guy Fawkes als Quelle, dessen Bombenanschlag auf das protestantische Parlament in London 1605 vereitelt wurde und dessen Bildnis jährlich am 5. November auf Scheiterhaufen überall in Großbritannien verbrannt wird. Der Begriff war aber in Amerika Anfang dieses Jahrhunderts entstanden, was auf die Wahrscheinlichkeit des jiddischen Ursprungs hinweist. Die jährliche Verbrennung dieses Strohmanns ("the guy" genannt) hat daher womöglich nur den amerikanischen Ausdruck in Großbritannien eingebürgert. "Bloke" stammt aus dem geheimen Zigeunerdialekt Shelta, einer Art Rotwelsch, das irisch-gälische Elemente enthält. "A chap" ist eine Abkürzung des veralteten Worts "chapman" für einen Straßenhändler, die auch die Koseform **chappie** (Kerlchen) hat. In der Mehrzahl können "guy" und "chap" als Anreden gebraucht werden (zum Beispiel "hello **guys**!" oder "everything OK **chaps**?"), aber nur die erstere Anrede "guys" (Leute) bezieht sich auf eine gemischte Gruppe von Männern und Frauen, etwa wie die Anrede **folks.**

> *Heinz is a nice guy, but not the sort of bloke (chap) to go club-*
> *bing*.*   [*Nachtlokale besuchen]
> *Dad came into the room and said to my brothers and sisters, "OK,*
> *guys (OK folks), let's get going to the seaside".*

A henpecked husband

Ein Pantoffelheld. Eine Anspielung auf einen kleinen Hahn, der die
Schnabelhiebe (pecks) eines viel größeren Huhns (hen) erleiden
muß. Ein Sinnbild für einen Mann, der von seiner Frau beherrscht
wird und zu Hause nichts zu sagen hat. **To be henpecked** – unter
der Fuchtel der Frau stehen.

> *I'm not a hen-pecked husband with an overbearing* wife. I always*
> *have a whale of a time* with her and I must thank my wife for*
> *pointing this out*.*   [*herrisch *sich königlich amüsieren
>   *etwas klarmachen]

A punter

Kunde. Vom französischen "ponte" (Glücksspieler), einer Bezeichnung, die noch heute als Zocker beim Pferderennen haften geblieben ist. Außer im Pferderennen und in der Welt der Prostituierten,
wo "punter" den Freier bezeichnet, wird der Begriff scherzhaft für
jeden Käufer oder Kunden angewandt.

> *Siemens is expanding in China; it's a market of 1.2 billion punters.*
> *When I was on the game*, the punters used to pay me 200 DM for*
> *a trick*.*   [*auf dem Strich *Nummer]

A live wire

Ein Energiebündel; ein Feger. Diese energische Person wird mit
einem stromführenden oder funkenden Draht verglichen.

> *Ulrike's a live wire. She can get out of a train at four o'clock in the*
> *morning after a long journey looking like she's just come out of a*
> *beauty salon. I come out of a beauty salon looking like I've just got*
> *out of a train at four in the morning.*
> *Roly-poly* or not, the comedian Dirk Bach is a live wire.*

[*Pummelchen]

A bookworm

Ein Bücherwurm; eine Leseratte.

▶ *My husband Ulf's a bookworm; our whole flat is full of whodunnits*. Is your husband also a bookworm? – No, just an ordinary worm.*   [*Krimis; Detektivromane]

51 Persönliches Interesse / Verantwortung

To have an axe to grind

Seine Entscheidungen durch selbstsüchtige Ziele beeinflussen lassen; Unparteilichkeit vortäuschen und dabei sein eigenes Süppchen kochen wollen. Die Wendung geht auf eine Geschichte von 1811 aus der Jugend eines gewissen Charles Miner zurück, wobei ein Passant den Jungen, der am Schleifstein auf dem Hof arbeitete, auf sehr freundliche Weise bat, seine stumpfe Axt zu schärfen, was der Bubi auch tat. Der Passant zog dann, ohne zu danken oder zu bezahlen, weiter. Dieses Erlebnis behielt der Erwachsene Miner immer im Gedächtnis, besonders wenn Händler ihren Kunden schmeichelten; er dachte immer dabei "dieser Händler hat eine Axt zu schleifen". Eine ähnliche Geschichte wird später auch Benjamin Franklin zugeschrieben.

▶ *General Pinochet's appeal for a retrial in London was allowed on the grounds that one of the original judges could have had an axe to grind; he was connected to Amnesty International.*

▶ *Getting business permits and licences in that country without resorting to bribery * is not easy. Most officials have their own axes to grind.*   [*auf Bestechung zurückfallen]

(To do something) off one's own bat

Etwas auf eigene Faust / aus eigener Initiative tun; etwas aus eigener Kraft erreichen. Ein Ausdruck aus dem Cricketspiel für die Punkte, die vom Schlagholz (off the bat) eines Schlagmanns erzielt werden. Diese Verantwortung für die Punkte wird auf eine allgemeine Verantwortung von jemandem für seine Handlungen oder Entscheidungen übertragen.

▶ *You shouldn't just invite guests to stay with us off your own bat;*
 you should consult your family first.

▶ *Some of the staff lack initiative; they should work more off their*
 own bat, and not wait to be told to do things.

▶ *I've always earned my livelihood off my own bat; I've never asked*
 the State for handouts*. [*Almosen]

To have one's fingers in many pies

Finanzielle Interessen in vielen verschiedenen Branchen haben;
überall seine Finger drin (seine Hand im Spiel) haben. Die Idee ist,
daß jemand überall seine Finger in verschiedene Pasteten steckt, um
den Geschmack zu prüfen.

▶ *The Wallenberg family in Sweden have their fingers in many pies:*
 they have significant or majority shareholdings* in banks, paper
 mills, vehicle manufacturers (Saab and Scania), telecommunica-
 tions (Ericsson) and white-goods (Electrolux) companies. [*Mehr-
 heitsbeteiligungen; Aktienmehrheiten]

▶ *A baker is a man with his finger in many pies.*

That's your (my usw.) pigeon

Das ist Ihre (meine) Sache; das geht nur Sie (mich) an; das ist Ihr Bier.
"Pigeon" (wörtlich Taube) ist das Wort für "business" in Pidgin-Eng-
lisch; daher "your pigeon" – Ihre Sache. (Siehe "pidgin english",
Seite 324.)

▶ *We only sell the apparatus; repairs are the manufacturer's pigeon.*

▶ *You will be responsible for distributing and collecting the office*
 post; making the coffee will be your pigeon as well.

To be your (my usw.) baby

Jemandes Projekt sein; ein Aufgabenbereich oder Tätigkeitsfeld, mit
dem jemand sich persönlich identifiziert. Ein Baby, das aufgepäppelt
und erzogen werden muß, steht hier symbolisch für ein Projekt, das
sich im Frühstadium befindet oder das schon herangereift ist.

▶ *The European Coal and Steel Union 1951, that was to be the fore-*
 runner* of the Common Market and later EU, is popularly believed
 to be the baby of the French Foreign Minister Robert Schuman.

[*Vorläufer]

▶ *Mr Lutz has been appointed to develop our sales network in Japan;*
  that will be his baby.

That's your (her usw.**) funeral**
Das ist jemandes Problem. Der Begriff besagte ursprünglich, daß jemand für die Kosten eines bestimmten Begräbnisses aufkommen
sollte, zu einer Zeit, als die Beerdigung eines Verwandten oder Fami-
lienmitglieds eine beträchtliche Belastung sein konnte. Im übertragenen Sinne – das ist jemandes Sorge oder unangenehme Verantwortung.

▶ *Husband: This is the third time that I've paid to have the clutch* *
  replaced. You use the car too, how about paying part of the cost? –
  Wife: That's your funeral. I never use the clutch when I drive.
                                                      [*Kupplung]

To be (oder **put oneself) in someone's shoes**
In jemandes Haut stecken; mit jemandem tauschen; an jemandes
Stelle sein; sich in jemandes Lage versetzen.

▶ *The offer is good and if I were in your shoes, I would accept it.*
▶ *I would not like to be in your shoes when they find about your tax*
  fraud *.   [*Steuerbetrug]
▶ *If you want to solve this crime you must be able to put yourself in*
  the robbers' shoes.

To stick (oder **poke) one's nose into someone's business**
Seine Nase in jemandes Angelegenheiten stecken. Das von "nose"
abgeleitete Adjektiv **nosy** (neugierig) kommt auch im Begriff **a nosy
parker** (ein neugieriger Patron; Schnüffler) vor, wobei der histori-
sche Grund für den Gebrauch des Familiennamens "Parker" unbekannt ist.

▶ *People that sell perfume are always sticking their business into*
  your nose.
▶ *My wife thinks I'm a nosy parker. At least that's what she writes in*
  her diary.

To be no skin off someone's nose / back

Aus etwas wird jemandem kein Nachteil oder kein Ärger entstehen; was andere oder Fremde tun, ist nicht jemandes Sorge; das braucht jemanden nicht zu jucken. Die Grundidee ist, daß jemand, der seine Nase in die Angelegenheiten anderer steckt, dabei ein paar Blessuren an der Nase beziehungsweise dem Rücken kassieren könnte. Die Begriffe besagen, daß hier kein solches Risiko im Spiele ist, da der Betreffende überhaupt nicht am Geschehen selbst beteiligt ist oder da aus seinen Handlungen und Zugeständnissen keine persönlichen Nachteile erwachsen könnten.

► *The farmer owns the riverbank but he doesn't mind kids fishing there; it's no skin off his back (his nose) as long as they don't cause damage in his fields.*

► *Our next door neighbour is moonlighting*. – Big deal*! That's no skin off my nose (back).*   [*arbeitet schwarz *na und?]

On one's tod

Ganz allein; im Alleingang. "Tod" kommt vom reimenden Slang "Tod Sloane" für "alone" (allein), in Anlehnung an einen gleichnamigen Jockey.

► *I've been living on my tod since my wife left me a year ago.*

► *I'm self-employed; a one-man-band* so to speak. I don't mind working on my tod.*   [*Einmannbetrieb (wörtlich: Einmannkapelle)]

► *Who would walk through a graveyard on their tod at night?*

To wheel and deal

Geschäfte machen; seine eigenen Geschäftsinteressen betriebsam wahrnehmen; kungeln. Dieser amerikanische Ausdruck beschreibt einen eingefleischten Glücksspieler, der bei einem Kasinobesuch alle Spielarten betreibt und sowohl auf dem Roulettrad spielt (wheels) als auch Karten verteilt (deals). Dieser leidenschaftliche Zocker oder **wheeler-dealer** ist ein Sinnbild für einen betriebsamen Geschäftemacher. **Wheeling and dealing** – Geschäftemacherei; Kungelei.

► *Russian factory managers often have to wheel and deal; they must*

barter with all types of products when they have no cash to buy
raw materials or pay wages.
► *Frankfurt is a major European centre for wheeling and dealing.*

In that department
In dem Wissensbereich; auf dem Gebiet. **It's not my department**
– dafür bin ich nicht zuständig; da kenne ich mich nicht aus. "A department" (ein Amt; die Abteilung eines Warenhauses oder einer Hochschule) ist ein Sinnbild für ein Fachgebiet oder einen Tätigkeitsbereich im allgemeinen. Um einen bestimmten Bereich anzudeuten (in puncto ... Gesundheit / Arbeit / Reisen / Geschäft usw.), kann man vielen Substantiven einfach die Partikel **-wise** (in bezug auf) anhängen (healthwise; workwise; travelwise; businesswise usw.). Diese Partikel gibt ebenfalls eine bestimmte Richtung an, zum Beispiel "clockwise" – im Uhrzeigersinn.

► *Do you have any problems with diarrhoea*? I don't have any*
problems in that department, except that is, when I try to ... spell
the damned * word. [* Durchfall *verflucht]
► *Moneywise, the holiday in Florida was expensive, but weatherwise*
and enjoymentwise *, it was fantastic. [* was das Vergnügen
betrifft]

The ball is now in someone's court
Jemand ist jetzt an der Reihe; jemand steht jetzt unter Zugzwang. "Court" ist hier jemandes Hälfte eines Tennisplatzes, worin der Ball gelandet ist und unmittelbar zurückgeschlagen werden muß; symbolisch für die Pflicht, zu handeln oder etwas zu unternehmen.

► *I've paid the deposit as agreed, so the ball is now in your court.*
When will you deliver the goods?
► *It's no good just beefing * about need for security measures in these*
flats. If you want a decision about security, put your complaint in
writing and send it to the flat administrators; then the ball will be
in their court. [* meckern]

To be left (oder leave someone alone) holding / carrying the baby

Allein für etwas aufkommen / sorgen müssen; allein eine Sache ausbaden müssen. Eine Anspielung auf ein(e) Ehepartner(in), der / die im Stich gelassen wird und allein das Baby großziehen muß. Ein Sinnbild für jemand, der allein eine unangenehme Verantwortung tragen muß.

▸ *Our firm was struggling to stay above water*, when my partner suddenly passed away*, and I was left alone holding the baby.*

[*sich über Wasser halten *starb; schied dahin]

▸ *The snarl-ups* in the city centre are causing numerous complaints. Mr Steiner in the Traffic Department, who suggested the new one-way system could soon find himself alone carrying the baby.* [*schlimme Verkehrsstockungen]

To pass the buck

Jemandem die Verantwortung oder Schuld aufhalsen; jemandem den Schwarzen Peter zuschieben. "Buck" (hier "Verantwortung") wird von einer Marke im Pokerspiel abgeleitet. Die Wendung **the buck stops here** – die Verantwortung oder Schuld liegt letzten Endes bei mir – wird Präsident Truman, einem begeisterten Pokerspieler, zugeschrieben.

▸ *Mr Schulz said that you authorized that risky investment. – Nothing of the sort! He's just trying to pass the buck.*

52 Positive Gefühle

To have a ball oder have a whale of a time

Sich riesig amüsieren. Mit "ball" (Ball) ist hier das große Tanzvergnügen gemeint. Im zweiten Begriff ist ein Walfisch (whale) eine Metapher für einen Riesenspaß.

▸ *For twenty years my wife and I had a whale of a time (had a ball), … then we met.*

To grin like a Cheshire cat

Ständig sinnlos oder übers ganze Gesicht grinsen/strahlen; grinsen wie ein Honigkuchenpferd. "Cheshire cat" ist ein grinsender Kater aus dem Roman "Alice in Wonderland" von Lewis Carroll.

▶ *When Wagner heard about the legal problems of his arch-enemy** *Springer, he grinned like a Cheshire cat.*   [*Erzfeind]

To be on cloud nine

Überglücklich sein; im siebten Himmel sein. Früher klassifizierte das US-Wetteramt die Wolken mit neun Kategorien in aufsteigender Reihenfolge je nach Höhe über der Erde. Kategorie neun (Kumulonimbus) enthielt die höchste Wolkenart, die damals bekannt und erforscht war. Daher das Sinnbild für die höchste Stufe des Glücks. Ein entsprechendes Synonym – **be in the seventh heaven** – wird seltener als "on cloud nine" gebraucht. Der siebte Himmel ist der Ort, wo, nach den islamischen und jüdischen Religionen, Allah beziehungsweise Gott und seine ranghöchsten Engel wohnen.

▶ *My Abitur was borderline**, so I was on cloud nine (in the seventh heaven) when I heard that I had gained a study place in Heilbronn.*   [*auf der Grenze]

To be cock-a-hoop

In gehobener Stimmung sein; überglücklich sein. Der Begriff hatte die ursprüngliche Bedeutung "bierselig", da bei Saufereien der Hahn (cock) aus dem Bierfaß entfernt wurde, um das "flüssige Brot" schneller fließen zu lassen. Dieser Hahn wurde oben auf einen Faßreifen (hoop) gelegt. Eine andere Version des Ursprungs, wobei der Begriff von einem stolzierenden Gockel (cock) mit aufstehendem Kamm (vom französischen "houpe" – Kamm) kommt, ist wahrscheinlich falsch.

▶ *I'm afraid your husband will never work again Mrs Borchard. – Well doctor, the lazy so-and-so** *will be cock-a-hoop when he hears that.*   [*Knochen]

To be (really) chuffed oder **be tickled pink** oder
be tickled to death oder **be thrilled to bits**
(beziehungsweise **to pieces**) oder
be over the moon (with / at / about something)
Sich wahnsinnig (über etwas) freuen; mit seinen Leistungen sehr
zufrieden sein; sich sehr geschmeichelt/gebauchpinselt fühlen.
"Chuffed" ist eine mittelalterliche Variante von "puffed" (aufgebla-
sen); ursprünglich die Bezeichnung eines kränklich aufgeschwolle-
nen Gesichts. Heute sinnbildlich für eine überschäumende Freude.
Die zweite Wendung ist eine Anspielung auf die Freude eines Säug-
lings, der auf dem Bauch so lange gekitzelt wird (tickled), bis die
Haut rosa anläuft und die gesunde Farbe des Wohlseins bekommt
(siehe auch "in the pink", Seite 135). Das Anhängsel "to death" (zu
Tode) bedeutet hier "(erfreut) bis zum Gehtnichtmehr". "Thrilled to
pieces/bits" ist sinngemäß "so begeistert, daß man vor Emotion
platzt und in Stücke zerfällt". Der letzte Begriff besagt, daß man vor
Freude über den Mond gesprungen ist (over the moon).

▶ *We were tickled pink (tickled to death/really chuffed) when our
   restaurant was awarded three stars in the Good Food Guide.*
▶ *Even though I broke my leg, my wife must be thrilled to bits about
   having me at home during the day. The first morning she ran out to
   the postman shouting continually, "My husband's at home!"*
▶ *The actress Mae West once said in a film, "Is that a pistol in your
   pocket, or are you just over the moon to see me?"*

To warm the cockles of someone's heart
Jemanden mit Freude oder Genugtuung erfüllen; jemanden angenehm berühren; es jemandem warm ums Herz werden lassen. "Cockles" ist eine Verballhornung des lateinischen Begriffs "cochleae cor-
dis" für die Herzkammern. Mit Ausnahme von dieser Wendung wird
das Wort "cockle" heutzutage nur für das eßbare Weichtier "Herzmu-
schel" gebraucht.

▶ *It warmed the cockles of her heart to see the little kittens nestling
   up to their mother*.*   [*sich an ihre Mutter schmiegen]
▶ *After the long journey, it warmed the cockles of our hearts to see the
   German coast looming up * in the distance.*   [*am Horizont
                                                          auftauchen]

▶ *Dirk's wife serves meals that warm the cockles of your heart; they warm them so much that they give you heartburn* *.

[*Sodbrennen]

To have a field day
Ein Tag, um sich auszutoben; eine ausgezeichnete Gelegenheit haben, um jemanden zu kritisieren oder zu bestrafen. "A field day" ist ein Tag der militärischen Feldübungen und Manöver.

▶ *We had a field day at the safari park.*
▶ *The police radar trap had a field day yesterday; they booked over one hundred drivers for speeding and traffic offences.*
▶ *Critics of the Catholic Church will have a field day if the Turin shroud* * *proves to be a fake.*   [*das Turiner Leichentuch]

To tickle someone's fancy
Jemanden anlocken; jemandes Lust wecken; es jemandem antun. Die Wendung geht aufs 18. Jahrhundert zurück und wurde damals für unflätig gehalten, da sie sich auf das Kitzeln (tickle) der Schamteile (umhüllend als "fancy" – Lust – beschrieben) bezog. Die Wendung ist heute völlig unbedenklich, doch schwingen die Anklänge des Ursprungs, wenn auch nur entfernt, irgendwie mit.

▶ *How does a trip to Helgoland at the weekend tickle your fancy?*
▶ *When we saw this house for the first time, it immediately tickled our fancy and we bought it.*

To be in fine (oder Gegenteil poor) fettle
Sich in guter (schlechter) Verfassung befinden; guter Laune sein; obenauf sein. Vom altenglischen Wort "fetel" (Gürtel) im ursprünglichen Sinne von "gut (schlecht) angezogen und umgurtet".

▶ *How is your husband recovering after the operation? – He's still in poor fettle.*
▶ *You're in good fettle today. Have you won the lotto or something?*

To be (as) happy as a lark oder happy as Larry oder happy as a sandboy

Lustig und vergnügt sein; glücklich und zufrieden sein. Der erste Vergleich bezieht sich auf eine Lerche (lark), die laut und lebensfroh auf den Feldern trillert. Man hat wahrscheinlich diesen Vogel gewählt, da das Wort "lark" gleichzeitig die Bedeutung von "Jux" hat. "Larry" im zweiten Vergleich könnte auch eine Verformung von "lark" sein. Einige Wortforscher weisen jedoch auf den lebensfrohen australischen Boxkämpfer Larry Foley (1847–1917) hin. "Sandboys" waren Jungen im letzten Jahrhundert, die Sand zum Scheuern von Fußböden verkauften und die schwere Sandeimer von Tür zu Tür schleppten. Ironischerweise hatten sie den Ruf, immer glücklich und guter Laune zu sein, obwohl das Leben dieser Kinder hart und oft kurz war.

▶ *Our dog didn't like it when we lived in the town; now she's as happy as Larry running around in the woods.*

To be (as) pleased as Punch

Überglücklich sein; sich wie ein Schneekönig freuen. "Punch" ist die lustige männliche Figur eines Zweigespanns aus einem Handpuppenspiel für Kinder, "Punch and Judy", der immer den Clown spielt.

▶ *At 50 and after five years of unemployment, Georg was pleased as Punch to be back in work again.*

▶ *The Brazilian football supporters were as pleased as Punch that their team had won the match.*

To laugh up one's sleeve

Verstohlen und hämisch lachen; heimliche Schadenfreude empfinden; sich ins Fäustchen lachen. Im Mittelalter verdeckten diejenigen, die heimlich lachen wollten, das Gesicht hinter den damals sehr breiten Ärmeln.

▶ *I run a butcher's shop and when my neighbourhood competitor Hünig went bankrupt and closed his meat business, I told him that I was sorry, but really I was laughing up my sleeve.*

▶ *Antje had a very embarrassing ailment and all the time she was describing it to the doctor, she had the impression that he was laughing up his sleeve.*

To split one's sides laughing (oder with laughter)

Platzen vor Lachen; sich vor Lachen nicht mehr halten können. Wörtlich "sich die Seiten vor Lachen spalten".

▶ *What would you say if I asked you to marry me? – Nothing, because I can't speak and split my sides laughing at the same time.*

To be (oder have someone) in stitches

Sich vor Lachen kugeln; sich kaputtlachen; bei jemandem einen Lachanfall verursachen. Mit "stitches" ist "Seitenstechen" gemeint – stechende Schmerzen unter den Rippen bei körperlichen Anstrengungen, hier das Ergebnis des Lachkrampfs. "To have a stitch" – ein Seitenstechen haben. "Stitches" sind auch Kleidungsnähte und Stiche zum Nähen einer Wunde, aber der Ausdruck "in stitches" im Sinne von körperlichen Schmerzen (das heißt "mit stechenden Schmerzen") kommt nur in dieser Wendung vor.

▶ *I laughed all the way through the operation; the surgeon had me in stitches.*

▶ *A theatre critic reviewing a comedy show once wrote, "Someone was in stitches in the back row; they must have been cracking jokes * back there".* [*Witze reißen]

To be glued to something

An etwas kleben; etwas nicht verlassen. Sinngemäß: jemand ist von etwas fasziniert, als ob er an Ort und Stelle mit Kleber befestigt wäre. Man sagt auch **someone's eyes are glued to something / someone** – jemand starrt etwas wie gebannt an.

▶ *The last time this opera company played in Koblenz, they had the audience glued to their seats; ... which was a very good idea when you consider how badly they sing.*

To be as keen as mustard

Scharf auf etwas sein; sehr erpicht darauf sein, etwas zu tun; voller Enthusiasmus und Elan sein. Ein Wortspiel mit "keen", das sowohl enthusiastisch als auch scharf im Geschmack (wie hier Senf) bedeutet.

▶ *Does Brigitte want to join us on the cycling trip. – She's as keen as mustard.*

▶ *We have to move to Aachen for my work, but my family aren't exactly as keen as mustard.*

53 Positives Verhalten

To be (as) nice as pie (to someone)

Superfreundlich oder (ironisch) scheißfreundlich sein. Ein Wortspiel mit "nice", das sowohl freundlich als auch schmackhaft bedeuten kann. Die freundliche Einstellung wird hier mit der genüßlichen Bewertung einer leckeren Pastete (pie) verglichen.

▶ *Magda often gives me the cold shoulder*, but if she wants something from me, she is as nice as pie.* [*schneidet mich]

To take to something like a duck to water

Schnell Geschmack an etwas finden; sich in Windeseile irgendwo anpassen. Ein ausgeschlüpftes Entlein, das schnell den Weg zum Wasser findet, ist ein Sinnbild für jemanden, der sich für eine Tätigkeit oder einen Zeitvertreib begeistert oder der sich schnell an eine neue Umgebung anpaßt und sich dabei richtig wohl in seinem Element fühlt. **To take to someone / something (in a big way)** – sich zu jemandem (sehr) hingezogen fühlen; sich für etwas (sehr) erwärmen; sich etwas im großen Stil angewöhnen.

▶ *For someone who has never worked in an accountant's office before, she has taken to the routine here like a duck to water.*

▶ *Kids take to computers like a duck to water (in a big way); with adults it's often a different kettle of fish*.*

[*eine ganz andere Sache]

To take one's hat off to someone / something

Jemandem / etwas Respekt zollen; vor jemandem / etwas den Hut ziehen.

▶ *You've got to take your hat off to Veronika; for a blind harpist*, she certainly has come far in life.* [*Harfenspielerin]

▶ *You've got to take your hat off to my barber; how could he cut your hair otherwise?*

You've got to hand it to (someone)!

Das muß man jemandem lassen/zugute halten! Das Verb "hand" (überreichen) bezieht sich hier auf die Bezahlung einer guten Leistung, die man jemandem übergibt; sinnbildlich für eine vorzügliche persönliche Qualität, die anerkannt werden muß.

▶ *You've got to hand it to Thomas Edison who discovered electricity; without him, we'd all be watching TV by candlelight.*

To be in someone's good / bad books

Bei jemandem gut/schlecht angeschrieben sein; bei jemandem einen Stein im Brett haben. "Books" sind hier die Verkaufsbücher eines Händlers, worin die guten und schlechten Kunden getrennt aufgeführt sind.

▶ *I wasn't always in the teachers' good books when I was at school.*
▶ *I'd avoid Volker for the time being; you're still in his bad books for selling him a dud* printer. – It wasn't a dud*; he buggered* it himself.*   [*kaputt *Niete *kaputtgemacht]

To have bottle oder have guts

Mumm/Schneid haben. "Bottle" kommt zu uns auf den verschlungenen Umwegen des reimenden Slangs, wurde aber in den achtziger und neunziger Jahren, als Flaschenmilch noch üblich war, durch den Werbeslogan "milk's got a lot of bottle" (Milch macht stark) besonders volkstümlich gemacht. "Guts" (wörtlich: Eingeweide) bildet das Adjektiv **gutsy** (mutig).

▶ *Are you Leonardo the lion-tamer*, the one famous for his bottle? – No, I'm only his assistant, I only brush the lions' manes* and clean their teeth.*   [*Löwenzähmer *Mähnen]
▶ *Detlef has always had a lot of bottle. When he came into the world, the first thing he did was bungee jump from the table on the umbilical cord*.*   [*an der Nabelschnur]

To earn (a few) Brownie points (with someone)

Pluspunkte sammeln; sich bei jemandem beliebt machen. "Brownies" sind Pfadfinderinnen (Wichtel) von 7 bis 11 Jahren, die Pluspunkte als Belohnung für gute Taten erhalten.

▶ *The caretaker is getting on * and you can earn a few Brownie points with him if you clean the corridors yourselves.* [*wird alt]

To play one's cards right oder push all the right buttons

Es richtig anfassen; klug vorgehen. So wie man das Spiel gewinnt, wenn man seine Karten (cards) richtig ausspielt. Oder so wie eine Maschine anläuft, sobald die richtigen Knöpfe (the right buttons) gedrückt werden.

▶ *You're a good-looking girl. If you play your cards right (push all the right buttons) you'll be married soon.*

▶ *If you play your cards right (push all the right buttons) at the interview, they might give you the job.*

To play it by ear

Es auf sich zukommen lassen; ohne festen Plan vorgehen; improvisieren; den Umständen entsprechend handeln. Das Fürwort "it" ist hier ein Musikinstrument, das man frei nach dem Gehör und nicht nach einer vorgegebenen Partitur spielt.

▶ *When I first arrived in Boston, the way of life and the language were new to me, so for the first six months I played it by ear.*

Fair and square

Offen und ehrlich (Geschäft); untadelig (Benehmen); auf ehrliche Weise (als Adverb). "Square" ist hier ein veraltetes Adjektiv für "ehrlich", das auch in den Begriffen **a square deal** (ein faires Geschäft) und **to get a square deal** (kein schlechtes Geschäft machen; anständig behandelt werden) noch vorkommt.

▶ *This bank offers a five year credit deal with conditions that can only be regarded as fair and square.*

▶ *You've negotiated a bad deal, but you can only annul * the contract if the other party's conduct wasn't fair and square.*

[*rückgängig machen]

▶ *There was no doubt that we were the better team on the day*; we won the match fair and square.*   [*an dem Tag]

To let one's hair down oder let it all hang out oder whoop it up

Alle Hemmungen über Bord werfen; die Sau rauslassen; auf den Putz hauen. Die erste Wendung bedeutet wörtlich "sein Haar aufmachen/lösen". "It" in der zweiten Wendung war ursprünglich eine Anspielung auf ein männliches Glied, das aus der Unterhose locker heraushängt. Der letzte Begriff kommt vom Verb "to whoop" – vor Freude juchzen.

▶ *After the Croatian team won the match, it seemed as if all of Zagreb was whooping it up.*

▶ *Bruno works long hours in the hospital and gets too concerned about his patients; if he took a break and let it all hang out once in while, he might take it out* less on his family.*

[*seine schlechte Laune an seiner Familie weniger auslassen]

▶ *It's good to see Rainer letting his hair down, because lately his hair has been letting him down*.*   [*im Stich lassen]

To keep one's nose clean

Sich nichts zuschulden kommen lassen; eine saubere Weste behalten. Die Wendung entstand in der Armee als eine Empfehlung, die Finger vom Alkohol zu lassen, da Suff und Ärger als unlöslich verbunden angesehen wurden. Wörtlich "die Nase sauberhalten", das heißt, man sollte am Gesicht keinen Schaum von der Bierblume kleben haben.

▶ *I had received complaints about my son's misconduct and I warned him that if he didn't keep his nose clean, I would ground* him.*

[*(einem Kind als Strafe) Hausarrest erteilen]

▶ *Becker has kept his nose clean since coming out of prison.*

To mind one's P's and Q's

Sich anständig nach Knigge benehmen; sich sehr in acht nehmen. Die logische Grundlage der Wendung liegt darin, daß die Buchstaben "p" und "q" leicht zu verwechseln sind. Diese Tatsache war besonders wichtig in den Wirtshäusern von früher, wo die Zechen mit "p" beziehungsweise "q" für die Maße "pint" und "quart" auf Schiefertafeln festgehalten wurden. Da ein Quart zwei Pints beträgt, mußte der Kunde beim Zählen der p und q sehr aufpassen.

▶ *I don't want to hear this type of complaint again. When you visit customers in their homes, company representatives must mind their P's and Q's.*

▶ *As a singer I in some way represent Germany, so I mind my P's and Q's when I sing abroad.*

▶ *Mind your P's and Q's: never stir coffee with your right hand, use a spoon; don't throw lighted cigarettes on carpets, stamp them out first; don't put your feet on other people's tables, ... without taking off your shoes.*

To shape up

Sich auf Vordermann bringen. Wenn ein Schiff früher vom Kurs abdriftete, mußte der Steuermann diese Abweichung wiedergutmachen; das nannte man "shape up" (wieder auf Kurs kommen). Daher die übertragene Bedeutung "sein Verhalten oder seine Leistungen wieder in die Reihe bringen". Auch gebraucht im Sinne von der Richtung, in die eine Person sich entwickelt, oder der Wende, die bestimmte Ereignisse nehmen. (Sinngemäß, eine bestimmte Form oder "shape" annehmen. Siehe auch "pan out", Seite 68.)

▶ *Now that this company has been taken over, a lot of managers here will have to shape up or leave.*

▶ *We won't operate on your daughter just yet; we'll leave her on antibiotics for a while longer and see how things shape up.*

To pull one's socks up

Sich am Riemen reißen; sich mehr anstrengen. Ursprünglich eine Mahnung an schlampige Schüler mit kurzen Hosen, daß sie ihre langen Strümpfe ordnungsgemäß hochziehen mußten. Daher figürlich, daß man sein lasches Verhalten bessern und die Dinge nicht schleifen lassen sollte.

▶ *We don't know what we would do without you at work, but if you don't pull your socks up, we'll have a good try.*

To keep one's wits about one oder keep a level head

Einen kühlen Kopf bewahren; bei klarem Verstand bleiben. Die erste Wendung besagt, daß man seinen Verstand (one's wits) bei sich (about one) behält. "Level" (wörtlich: waagerecht) in bezug auf "Kopf" in der zweiten Wendung bedeutet sinngemäß "im geistigen Gleichgewicht (bleiben)".

▶ *Things can get hectic in this office, so it's important that you keep your wits about you (keep a level head) and don't run around like a headless chicken*.*   [*wie ein kopfloses Huhn herumrennen]

To be (remain) cool as a cucumber

Einen kühlen Kopf behalten; unerschütterlich bleiben. Im Sommer werden Gurken (cucumbers) oft in Salaten als Erfrischung angeboten.

▶ *James Bond always remains as cool as a cucumber even when he's in mortal danger*.*   [*in tödlicher Gefahr]

Mind your language!

Drück dich gefälligst anständig aus! Wörtlich: "Paß auf, was du sagst!" Da "language" nicht nur Sprache, sondern auch Ausdrucksweise bedeutet, wird in der Entschuldigung **excuse my French!** – verzeihen Sie die derbe Ausdrucksweise! – anstatt "language" die lebende Sprache Französisch scherzhaft eingesetzt.

▶ *Look* Dieter, I'm sick of your "sugar"* here and your "sugar" there. If you don't mind your language, I'm going to have to ask you to leave my bar.*   [*paß auf *Scheibenkleister
                                                        (Hüllwort für "Scheiße")]

▶ *Excuse my French, but Erna's a pain in the arse *!*   [* Landplage]
▶ *I don't speak much French, ... just enough to get my face slapped.*

54 | Problem / Bedrängte Lage

Teething troubles

Anfangsschwierigkeiten; Kinderkrankheiten. "Teething", das mit Wehwehchen verbundene Zahnen in früher Kindheit, ist eine Anspielung auf Probleme (troubles) im Frühstadium eines Prozesses oder einer Arbeit, die schließlich überwunden werden.

▶ *The new lift is continually breaking down and the lift installers put the problems down * to "teething troubles"; eight months is a bit long for teething troubles.*   [* zuschreiben; auf etwas zurückführen]

A stumbling block

Ein Hindernis; ein Stolperstein / Stein des Anstoßes. Wörtlich: ein Holzklotz, über den man strauchelt (stumbles).

▶ *I have the qualifications for the job but my age could be a stumbling block; I think they're looking for someone younger.*

A hitch oder a rub

Eine kleine Schwierigkeit; ein Haken. "Hitch" ist ein Stek, ein provisorischer Seemannsknoten, der leicht wieder gelöst werden kann. "A rub" ist ein Begriff aus dem englischen Bowls-Spiel für eine kleine Unebenheit auf dem Rasen, die Reibung verursacht und die Kugel abfälschen oder verlangsamen könnte. **To go off without a hitch / a rub** – glatt ablaufen; reibungslos über die Bühne gehen (andersherum: there's one hitch / what's the hitch?).

▶ *During the foundation * work we had one or two minor rubs, mainly due to waterlogged * ground, but the construction itself went off without a hitch.*   [* Fundament * aufgeweicht]
▶ *You say that that some company is offering free Internet access. What's the hitch? There must be a rub somewhere.*

To hit (oder **encounter** oder **run up against) a snag**
Auf ein Problem oder eine Schwierigkeit stoßen. Eine Wendung aus
der Zeit der Mississippi-Schaufelraddampfer. "Snag" ist ein Unterwasserhindernis oder -baum, wogegen ein Schiff stoßen kann.

▶ *My intention to study has hit (has encountered/has run up*
   against) a snag; I may not get a grant to finance my studies.

▶ *Apart from a few minor snags which we've sorted out, construction*
   of the tunnel is on schedule.

▶ *Mechanic: I've found the snag with your car. It's a flat* battery.*
   Customer: Oh dear *! What shape should a battery be?

[* leer *ach, du liebe Güte]

A catch-22 situation oder **a vicious circle**
Ein Teufelskreis. "Catch-22" stammt aus dem gleichnamigen Roman
von Joseph Heller, in dem die Hauptperson geistige Unzurechnungs-
fähigkeit vorschützte, um aus dem Wehrdienst entlassen zu werden.
Der untersuchende Psychiater behauptete aber, daß jemand, der so
beredt für seine Geistesgestörtheit argumentierte, niemals verrückt
sein könnte. "Vicious circle" ist ein Begriff aus der Logik für ein Argument, wo zwei Behauptungen aufeinander basieren und wo die
Fundiertheit keiner der beiden bewiesen wird. Der logische Kreis ist
daher unterbrochen und das Argument hinfällig (vicious).

▶ *The Palestinians claimed that they were in a catch-22 situation (in*
   a vicious circle): without land from the Israelis, they couldn't ap-
   pease * the fundamentalists and stop the terrorist attacks, and if they
   couldn't stop the terrorist attacks, the Israelis wouldn't give them land.

[* beschwichtigen]

▶ *There are different approaches * to breaking the catch-22 situation*
   of drugs, theft and prison: some liberal, some of zero-tolerance to-
   wards drugs.   [* Ansätze]

▶ *The nature of all health services is that they are in a catch-22*
   situation (a vicious circle) and continually need money; an improved
   health service allows people to live longer, and more elderly people in
   turn place more strain and financial demands on the service.

To cross a bridge when one comes to it

Sich erst mit einem Problem auseinandersetzen, wenn man soweit ist; alles zu seiner Zeit behandeln. Ein Fluß ist ein Hindernis, das irgendwann in der Zukunft, wenn man die Brücke erreicht, überwunden werden muß. Ein Sinnbild dafür, daß man Probleme nicht verfrüht angehen sollte.

▶ *When a politician says he'll cross a bridge when he comes to it, he means, he'll double-cross * the bridge.* [* reinlegen]

To have (something) on one's hands

Zuviel von etwas haben; eine lästige Verantwortung aufgebürdet bekommen; mit einem brennenden Problem konfrontiert sein. **To get something (**oder **be) off one's hands** – etwas loswerden; etwas los sein.

▶ *Protesters at the open-air meeting about the planned motorway began to get stroppy *, and suddenly the police had a full-scale * riot on their hands.* [* aufmüpfig * richtige (Aufruhr)]

▶ *Pensioners always have a lot of time on their hands. That's why people are given watches when they retire.*

To be stuck with oder lumbered with oder saddle with (someone / something)

Sich mit einem Problem herumschlagen müssen; einen Klotz am Bein haben; jemanden / etwas auf dem Hals haben. "Stuck" (feststeckend; geklebt) wird hier im Sinne von "sich mit einem Problem abfinden müssen" gebraucht. Die Metapher bei "lumbered" ist lästiges Gerümpel (lumber), das überall im Wege steht und das man nicht loswerden kann, wie ein Problem, das jemandem aufgehalst wird. Ein aufgesatteltes (saddled) Pferd ist ein Sinnbild für jemanden, der geduldig eine Bürde tragen muß. **To saddle** oder **lumber oneself with something / someone** – sich etwas / jemanden aufhalsen.

▶ *Elvira's husband is a drunken womanizer *. You've got to feel sorry with her being lumbered (saddled/stuck) with a husband like that.* [* Schürzenjäger]

▶ *I don't like the conditions of this contract any more than you do, but we need work in the factory, so we're lumbered (stuck/saddled)*

with them. It's like it or lump it*.   [*man muß in den
                                                        sauren Apfel beißen]

To get into (oder be in) hot water oder deep water oder a scrape

In Schwierigkeiten kommen. Heißes und tiefes Wasser sind hier Sinnbilder für eine schwierige Lage. "A scrape" (vom Verb "scrape" – schraffen) – ein kratzender oder scheuernder Kontakt – ist ein Sinnbild für Reibereien, eine Konfliktsituation oder eine problematische Lage überhaupt. Die Ausdrücke "hot water" und "scrape" beziehen sich besonders auf Ärger mit den Behörden.

▶ *Life is like a shower; one wrong turn and you're in hot water.*

▶ *A woman is like a tea-bag; you never know how strong she is until she gets into hot water.* (Spruch von Nancy Reagan)

▶ *Diplomacy* is the art of skating on thin ice* without getting into deep water.*   [*Diplomatie; Taktgefühl *die Kunst,
                                                        sich auf dünnem Eis zu bewegen]

To be up a gum tree oder in a fix oder in a jam oder up the creek (without a paddle)

In Bedrängnis sein; nicht weiterkommen; in der Klemme / Zwickmühle / Patsche sein (sitzen). Mit "gum tree" ist hier der riesige australische Eukalyptusbaum gemeint, der bis 160 Meter hoch wachsen kann und dessen Stamm sehr glatt mit wenigen Ästen ist. Jemand, der ganz oben in diesem Baum säße, hätte große Probleme, ohne Hilfe herunterzukommen. "A fix" ist eine bedrängte Lage, aus der man nur schwer herauskommt, in der man quasi festgehalten oder verankert (fixed) wird. "In a jam" ist wörtlich "in der Klemme". "Creek" ist ein kleiner Nebenfluß oder Flußarm, wo man ohne Paddel vom Hauptstrom abgeschnitten ist.

▶ *Hartmut lost his job and got into debt, then his wife left him; now he's really up a gum tree (in a fix / in a jam / up the creek).*

▶ *During the floods, a man phoned the fire brigade and said, "You've got to help me, I'm in a real fix; I'm standing in half a metre of water!" – The operator replied, "That's nothing, some people have over a metre in their homes" – "Yes, but I'm standing on the second floor."*

A pretty / fine kettle of fish oder a fine how-do-you-do

Eine schwierige, peinliche oder chaotische Lage; nette Zustände; eine schöne Bescherung. Der erste Begriff entstand in Schottland, wo Dorfbewohner früher frisch gefangene Fische in einem großen Kessel gleich am Flußufer zu kochen pflegten. Da meist ohne Besteck und mit der Hand gegessen wurde, besudelten sie die Gegend mit den heißen Fischresten, was sehr unordentlich aussah. Nicht zu verwechseln mit **a different kettle of fish** – eine ganz andere Sache (siehe Seite 381). "How-do-you-do?" ist eine Anspielung auf die Grußformel, die man bei einem Unbekannten gebraucht, und soll die erste Begegnung mit einem totalen Durcheinander ausdrücken, im Sinne von "netten Zuständen dieser Art bin ich nie zuvor begegnet".

▶ *We can't accept orders because half of our trucks are stranded in France by striking French truckers who are blocking the autoroutes; it's a pretty kettle of fish.*

▶ *Kallmeier is unemployed and living with his wife, four children and his girlfriend; a lady from the Social Services * described it to me as a fine how-do-you-do.* [* Sozialamt]

To be in a pretty (oder nice oder fine) pickle

In der Klemme / Tinte sitzen. Lange vor der Erfindung des Kühlschranks wurden Gemüse, Eier und Fleisch in Essig eingelegt (pickled), um sie zu konservieren. Wenn das Einpökeln schiefging und das Essen verdorben war, hatte man Schwierigkeiten, über den Winter zu kommen. Man verband diese schwierige Lage sinnbildlich mit dem im ironischen Sinne "schönen" (das heißt schlechten) Einpökeln (a pretty pickle).

▶ *The blackmailer told Mrs Becker that if her past as a hooker * became known she would be in a fine (nice/pretty) pickle.* [* Nutte]

▶ *Mr Hahn is severely handicapped and needs a professional carer*; without help he would be in a pretty (fine/nice) pickle.*

[* Pfleger(in)]

A troubleshooter

Jemand, der Probleme und Störungen findet und beseitigt; ein Betriebssanierer oder Krisenmanager. Während der Auseinandersetzungen zwischen Viehtreibern um Weideflächen im Wilden Westen des 18. Jahrhunderts war "a troubleshooter" ein Profischütze (a shooter), der gegen Bezahlung eines Viehbesitzers die Lösung eines Streits (trouble) mit anderen herbeischoß. Die Beseitigung von Störungen heißt **troubleshooting**.

▶ *We should bring in * a troubleshooter like Mr Cornelius; he has already restructured several ailing * companies.*   [* einschalten; hinzuziehen * kränkelnd]

▶ *Jürgen is our troubleshooter; he fixes any special problems that arise after our electricians have finished their work.*

To be in Queer Street

In Geldschwierigkeiten sitzen; in der Tinte / Klemme sitzen. Obwohl die Wendung manchmal als "in Schwulitäten sein" ins Deutsche übersetzt wird und obwohl **a queer** "ein warmer Bruder" in der englischen Umgangssprache bedeutet, hat "Queer" hier nichts mit Homosexuellen zu tun. "Queer Street" ist eine Verballhornung von "Carey Street", einer Straße in London, in der früher die Konkursverfahren stattfanden. Wenn ein Geschäftsmann in dieser Straße gesehen wurde, waren die Chancen hoch, daß er sich in finanziellen Schwierigkeiten befand. Die Bedeutung der Wendung wurde später auf Schwierigkeiten jeglicher Art ausgedehnt.

▶ *You've got to hand it to * Jürgen even though he's in Queer Street, he never loses his style. He once took a taxi to the bankruptcy court * and had the nerve * to invite the driver in as a new creditor *.*   [* das muß man ihm lassen * Konkursgericht * die Stirn * Gläubiger]

55 Qualität (1) – Gut / Passend

Something is someone's middle name

Jemandes Stärke sein; die Verkörperung von etwas; etwas in Person sein. Jemandes zweiter Vorname (middle name) ist ein Sinnbild für einen persönlichen Schwerpunkt oder eine persönliche Eigenschaft.

► *We will deliver your parcels anywhere in Germany within 24 hours. "Speed" is our middle name.*

► *"Modesty" * is not Rudi's middle name. He's now covered in love-bites, ... all self-inflicted * of course.*   [*Bescheidenheit
                                                                                *selbst beigebracht]

To be as good as gold

Kreuzbrav sein; gesund und munter sein; funktionstüchtig sein; gut in Schuß sein. Gold, das "gut" im Sinne von "wertvoll" ist, ergänzt den Stabreim mit "good". Das gediegene Edelmetall ist ein Sinnbild für artiges Benehmen, gute Qualität oder ausgezeichnete Gesundheit.

► *The children were as good as gold all evening.*

► *Doctor, when my hand is as good as gold again, will I be able to play the piano. – Of course. – That's great, because I couldn't before the accident.*

In apple-pie order

Picobello; tadellos in Ordnung. Man könnte sich gut fragen, was Apfeltorte (apple-pie) mit Ordnung zu tun hat. Wortforscher vermuten, daß der Begriff "apple-pie" aus dem französischen "nappes pliées" für gefaltete Tischdecken stammt, was die Ordentlichkeit erklären würde.

► *Your business accounts * are a mess and don't balance. You need a bookkeeper to get them in apple-pie order.*   [*Geschäftskonten]

► *The washrooms in the Vatican are in apple-pie order. The floors are marble * and clean as a whistle *. The washbasins all have three water taps; hot, cold and ... holy.*   [*aus Marmor *blitzsauber]

The bee's knees oder **the cat's whiskers**

Das Allergrößte oder Allerbeste; die Spitze; das Höchste der Gefühle. "Bee's knees" ist ein Reimbegriff, der in den zwanziger Jahren in den USA in Umlauf kam. Er ist womöglich ein Hinweis auf die knieähnlichen Säcke an den Bienenbeinen, die den begehrten Nektar enthalten. Der zweite Begriff geht auf die Anfangsgründe der Radiotechnik zurück, als der Kristalldetektor (cat's whiskers) noch Spitzentechnologie war.

- ▸ *For many motorbike fans a Harley Davidson is the bee's knees (the cat's whiskers).*
- ▸ *Konrad's as conceited as they come *; he thinks he's the bee's knees (the cat's whiskers). He once sent his mother a birthday card, congratulating her on his birthday.*   [*eingebildet wie sonstwas]

Brand new

Funkelnagelneu; nigelnagelneu. Vom angelsächsischen Wort "brand" (Feuer; Brand) im Sinne von "unlängst im Ofen gebrannt oder geschmiedet". Im Kunsthandwerk wurde früher das Markenzeichen des Handwerkers häufig auf Neuwaren eingebrannt. Heute noch die Bezeichnung einer Markenware (**a brand**).

- ▸ *The car is second-hand, but it looks brand new.*

As (good / bad / stupid usw.**) as they come** oder
as they make them

Wie sonstwas; äußerst (gut / schlecht / dumm usw.); überhaupt.

- ▸ *For North American mountains, Mount McKinley in Alaska is as high as they make them (as they come).*
- ▸ *The sea is very rough and this type of salvage * is as difficult as they come (as they make them).*   [*Bergung]
- ▸ *Max is a good student; he's as clever as they make them (as they come).*

A corker

Ein Prachtexemplar; einsame Spitze (sein). Eine Verformung des Seemannsbegriffs "caulker", des geteerten Wergs zum Kalfatern, das heißt zur Abdichtung der Fugen. Das Kalfatern war die Abschlußarbeit beim Bau eines Schiffs, und der Begriff ist eine Anspielung auf die Pracht des neuen Boots. "Corker" kennzeichnet ebenfalls eine treffende oder einschlägige Bemerkung, die einem Gespräch ein Ende setzt oder ein Argument abschmettert.

▸ *Today is a corker isn't it. I think I'll go swimming.*

▸ *A corker of an embarrassment* is when two eyes meet in a keyhole, or when you call your wife Anke when her name is Gisela.*
[*Verlegenheit]

▸ *That woman is a corker. Is she married? – Occasionally.*

▸ *When I saw Andreas yesterday he had a corker on his arm. – You mean a beautiful broad*? – No, I mean the best tattoo I ever saw.* [*Weib]

(Something) with knobs on

Eine Luxusausführung von etwas; etwas mit allen Schikanen. Die teuersten Betten von früher waren aus Messing und hatten runde Knäufe (knobs) an den erhöhten Gestellecken. **The same to you with knobs on!** ist die ironische Umkehrung einer abfälligen Bemerkung oder Beleidigung – danke, gleichfalls! beziehungsweise faß dich an deine eigene Nase!

▸ *The price depends on what type of burglar alarm you want; obviously, a doodah* with knobs on is going to set you back* a lot more.* [*Dingsbums; Gerät *kosten]

▸ *We only paid 800 DM each for two weeks in Turkey and it was a holiday with knobs on.*

▸ *Your cousin Georg looks ridiculous in youthful clothes; after all, he's no spring chicken*. – The same to you with knobs on!*
[*nicht mehr der / die Jüngste]

To separate the sheep from the goats oder separate the men from the boys [US]

Die Guten von den Schlechten / die Leistungsstarken von den Leistungsschwachen / die Spreu vom Weizen / die Böcke von den Schafen trennen.

▸ *We couldn't possibly interview every candidate; we try first to separate the sheep from the goats (the men from the boys) on the basis of the application forms.*

▶ *This type of high tower is an unusually difficult construction project for building engineers; it's the type of job that separates the men
   from the boys (the sheep from the goats).*

▶ *This economic downturn* will separate the men from the boys;
   some inefficient companies will go under* but the lean* efficient
   companies will survive.*   [*Abschwung *scheitern *verschlankt]

To be the best (oder greatest) thing since sliced bread

Der/die/das Größte seit der Erfindung der Bratkartoffel; es geht
nichts über etwas. Wörtlich "das Größte seit (der Erfindung von)
Scheibenbrot". (Siehe auch Seite 215.)

▶ *My wife's a couch potato*. She thinks that soaps* are the best
   thing since sliced bread.*   [*TV-Fanatikerin *Seifenopern]

▶ *I used to be crazy about Sabine; I thought that she was the best
   thing since sliced bread.*

To soup up (a motor)

Einen Motor aufmotzen oder frisieren. "Soup" ist eine Verformung
von "super", mit der Bedeutung, die Leistung eines Motors "super-
stark" machen. Das Phrasal Verb **beef up** (etwas stärken), eine Anspielung auf die kräftigende Wirkung von rindfleischhaltiger Nahrung, beschränkt sich nicht auf Essen oder Motoren, sondern ist auf
Personen und allerlei andere Sachen anwendbar.

▶ *This is police car 46. We are now pursuing a souped-up (beefed-up)
   Audi along the North Ring Road.*

▶ *Your essay is too wishy-washy*; you should beef it up with more
   factual information.*   [*lasch]

▶ *We're beefing up the presence of our bank on the Brazilian market
   with 25 new branches*.*   [*Zweigstellen]

Spick and span

Blitzblank; blitzsauber; gepflegt. In der früheren Schiffbausprache
war "a spick" ein Schiffsnagel und "span" ein Holzspan. Dieser Stabreim bezeichnete ein funkelnagelneues Schiff auf der Helling, wo die
Nägel und Holzbearbeitung noch gut sichtbar waren.

▶ *The last tenant had left the flat in a mess, but we soon got it spick and span again.*

▶ *My son came in from the muddy playground looking as if he had been in the wars *, but I soon got him spick and span again.*

[* ziemlich mitgenommen aussehen]

To be as clean as a whistle

Sauber wie geleckt, blitzsauber oder blitzeblank. Hierbei gilt die Regel, daß eine Pfeife in absolut sauberem Zustand gehalten werden muß, um einen klaren Ton zu erzeugen.

▶ *My mum's kitchen always used to be as clean as a whistle; it was her pride and joy *.*   [* jemandes ganzer Stolz]

To be in good / bad (oder poor) nick

In gutem / schlechtem Zustand sein; bei guter / schlechter Gesundheit sein. "Nick" war ein Ausdruck aus der Druckersprache für eine Rille am Schaft der einzelnen Lettern, die die Schriftart kennzeichnete und die, wenn klar sichtbar, auf eine gute Druckqualität deutete.

▶ *The house was in poor nick when we got it, and it took ages * to do it up *.*   [* eine Ewigkeit * instand setzen; aufmöbeln]

▶ *I'm 64, but I'm still in good nick. Touch wood! **

[* toi, toi, toi! = "knock on wood!" [US]]

As ... go

Was etwas betrifft; wenn es sich um etwas handelt. Der Ausdruck (immer in der Mehrzahl) wird gebraucht, um einen Vergleich in bezug auf Qualität oder Größenordnung zwischen Personen und Sachen in einer bestimmten Gruppe oder Kategorie anzustellen.

▶ *As accountants go, Scholt was no great shakes *, and as accountants go, ... he went.*   [* nicht gerade umwerfend]

▶ *As German palindromes * go, the following, although somewhat abstruse *, is one of the longest: Ein Neger mit Gazelle zagt im Regen nie.*   [* Palindrom * schwer verständlich; abstrus]

To be someone's cup of tea oder
be (right) up someone's street

Einem liegen; jemandes Fall oder Bier sein; in jemandes Fach schlagen. Die erste Wendung wird im Alltag überwiegend als Verneinung gehört (zum Beispiel "football is not her cup of tea"). Teekenner können sehr wählerisch sein. Etwas in jemandes Straße (up someone's street) ist ein Sinnbild für eine Tätigkeit, die einem gefällt beziehungsweise mit der jemand vertraut ist.

- ► *We need a chaperon* to take some Japanese visitors around our plant* in Darmstadt; is that your cup of tea (is that up your street)?*   [*Begleiter(in) *Fabrikanlage]
- ► *I doubt if Christel and Wilhelm will go to the concert; Techno music is not their cup of tea (is not up their street).*
- ► *Writing a long essay off the cuff* under exam conditions is not my cup of tea (is not up my street).* [*unvorbereitet; aus dem Stegreif]
- ► *The careers advisor suggested to Berndt that a job in banking might be up his street, but he replied that office work was not his cup of tea.*
- ► *A chick* like you is right up my street, because gentlemen prefer blondes. – But I'm not a blonde! – And I'm not a gentleman either!*   [*Mieze]

To do someone

Jemandem passen; jemandem ausreichend sein. Und als logische Ausdehnung: jemandem genug/überdrüssig sein. Man sollte den feststehenden Begriff **that does it!** – jetzt reicht's mir! – nicht verwechseln mit **that's done it!** (auch **that's torn it!**) – das hat alles vermasselt!; jetzt haben wir den Schlamassel!

- ► *How many reams* of paper do you want? – Six will do me.*
                                            [* 500 Blatt; halbes Ries]
- ► *That's does it! I've put up with my neighbours noise too long, I'm going over there now to complain.*
- ► *That's done (torn) it! We'll never get that oil stain of yours out of the new carpet.*

To fit (oder fill) the bill

Den Erwartungen entsprechen; den Umständen angemessen sein; gut passen. "A bill" ist hier das Programmplakat eines Theaters, auf dem noch Platz besteht und dem ein Schauspieler oder eine Nummer handschriftlich hinzugefügt wird. So wie die neue Nummer ins Programm paßt (fits), paßt sie auch in das Plakat oder füllt (fills) jetzt den Anschlag aus.

▶ *The position is demanding and only an accountant with at least ten years experience would fit the bill.*

▶ *That large aquarium with the brown hood doesn't match our wall-paper and may be too large for the sideboard, but the smaller blue one will probably fit the bill.*

▶ *Why don't we extend our Bumper* * *Summer Sale until the end of September? – That wouldn't fit the bill; it would clash with* * *our Super Christmas Sale.*   [* Riesen(sommerausverkauf) *aufeinan-derprallen]

To be cut out for something (oder ... to be someone)

Für etwas geeignet sein; zu einem Beruf taugen. Wie Stoff, der vom Schneider genau auf Maß zugeschnitten wird. Der Ausdruck wird meistens negativ angewandt (not cut out for something).

▶ *In the first month after enlistment* *, a lot of new recruits find that they aren't cut out for the army.*   [* Anwerbung; Musterung]

▶ *I'm not cut out to be a nurse; I can't stand the sight of blood.*

To be just what the doctor ordered oder
be just the job oder be just the ticket

Genau das richtige! Genau die Sache, die man nötig hat! "What the doctor ordered" (eine Verordnung des Arztes) ist eine Anspielung auf ein ärztliches Rezept, das sich als wirksames Heilmittel erweist. "Job" ist hier ein umgangssprachliches Wort für "Sache" (siehe Seite 105). "Just the ticket" ist die richtige Eintrittskarte für eine gewünschte Veranstaltung oder ein Lottoschein mit der Gewinnnummer.

▶ *How about spending three weeks on the Portuguese Algarve? – Great, just what the doctor ordered (just the ticket/the job)!*

▶ *How about a coffee? – Just the ticket (just what the doctor or-dered/just the job)!*

▶ *Planting cabbage is a lot easier if you use this dibble *. – You're right. Just what the doctor ordered (just the ticket usw.)!*

[*Pflanzholz]

To suit someone down to the ground
Jemandem prima passen; genau das richtige für jemanden sein. "Down to the ground" (wörtlich "bis zum Boden") bedeutet hier vom Kopf bis zur Sohle, das heißt vollkommen, voll und ganz. Dasselbe Sinnbild vom ganzen Körper findet man im Begriff **that's (Hans) down to the ground** – das ist typisch (Hans); das ist der Hans, wie er leibt und lebt.

▶ *A lot of people don't like night shift *, but it suits my husband down to the ground.*   [*Nachtschicht]

▶ *I don't want to talk to you again. – That suits me down to the ground!*

To a T
Perfekt gemacht; wie angegossen passend; haargenau; bis aufs Tüpfelchen. Man vermutet, daß das "T" hier das veraltete Wort "tittle" – einen winzigen Strich in der Schönschrift – darstellt.

▶ *We measured up the alcove * and then bought a similar sized cupboard. When the cupboard came, it fitted into the niche * to a T.*

[*Alkoven *Nische]

▶ *I'll meet you at five. – That suits me to a T because it gives me time to pick up the kids from school first.*

56 | Qualität (2) – Besser

To get (oder gain oder have) the edge on (oder over) someone / something
Sich einen gewissen Vorteil gegenüber jemandem verschaffen; jemanden / etwas um eine Kleinigkeit übertreffen; das Prä vor jemandem / etwas haben. Der Ausdruck bezeichnet im Cricket einen überlegenen Schlagmann, der die Bälle des Werfers immer mit dem Rand (edge) des Schlägers erreichen kann.

- ► *A knowledge of shorthand can give you the edge over other secretaries.*
- ► *The only way to gain the edge on a one-armed bandit * is to hit it with a sledge-hammer *.*   [* Spielautomat * Vorschlaghammer]
- ► *Two cannibals are sitting in the jungle eating a missionary and one says to the other, "This certainly has the edge over the nosh * we used to get in the student canteen at Heidelberg University".*

[* Fressalien]

To win hands down

Mit links oder großem Vorsprung gewinnen. Wenn ein Jockey beim Rennen einen großen Vorsprung hat und deswegen keinen Grund sieht, das Pferd anzutreiben, läßt er die Zügel etwas lockerer, und seine Hände fallen nach unten neben den Pferdehals. Ein Sinnbild für einen leichten Sieg, ohne große Anstrengung.

- ► *The Chamber Orchestra auditioned seven flutists for the vacancy and the Italian flutist won hands down.*
- ► *As a sport for meeting people, skiing wins hands down. The people you meet come from all walks of life *: ambulance drivers, doctors, nurses, orthopaedic surgeons *.*   [* Berufe * Orthopäden]

To pip someone at the post

Einen Konkurrenten im letzten Moment ausbooten; jemanden kurz vor Schluß übertreffen oder zu Fall bringen. Diese Wendung vereint zwei ganz verschiedene Metaphern, die eine sportlich und die andere aus einer Geheimabstimmung bei einem Männerverein. "At the post" bedeutet "kurz vorm Zielpfosten" in einem Wettrennen, hier sinnbildlich für die letzten Augenblicke einer Beschlußfassung. "A pip" war ein schwarzer Ball oder schwarzes Zeichen, das bei einer anonymen Abstimmung in einem geschlossenen Verein als Gegenstimme gegen die Aufnahme eines neuen Mitglieds nach vorn geworfen wurde. Die Wendung hatte die angenommene Bedeutung, daß ein Wähler im letzten Moment sein Veto gegen den Kandidaten eingelegt hat und ihn durchfallen läßt (pips). Ein erfolgssicherer Kandidat wird daher im übertragenen Sinne kurz vor seinem Sieg in einem Wettbewerb von einem Konkurrenten übertroffen und in die Schranken verwiesen.

▶ *Our IT-plans* * *had been approved by the City Council, and it*
seemed for a while that our company would get the contract for
networking all public buildings; then we were pipped at the post by
an American company.   [* IT = information technology]

To (be able to) run rings around someone

Jemanden in die Tasche stecken (können); jemandem haushoch
überlegen sein. Wie ein taktisch besserer Boxer, der Kreise um seinen
Gegner zieht. Besonders in bezug auf bessere Arbeit und höhere körperliche beziehungsweise sportliche Leistungen gebraucht.

▶ *Many bricklayers can run rings around you; they can lay twice as*
many bricks in the same time.

To not be able (oder not fit)
to hold a candle to someone

Jemandem das Wasser nicht reichen können; mit jemandem nicht
mithalten können; es mit jemandem nicht aufnehmen können. Im
Mittelalter bezahlten diejenigen, die es sich leisten konnten, einen
Mann aus einer niedrigeren sozialen Schicht, um sich mit einer
Kerze (candle) nach Hause leuchten zu lassen.

▶ *Teachers may have the same formal qualifications, but young*
teachers cannot hold (are not fit to hold) a candle to more experi-
enced ones.
▶ *The choice is clear. Of the two candidates, Mr Schulze cannot hold*
a candle to the other.

To be head and shoulders above someone

Jemandem haushoch überlegen sein; weitaus besser als die Konkurrenz sein. Die körperliche Größe, um die man einen anderen über-
ragt (hier um Kopf und Schultern), wird mit besseren Leistungen,
persönlichen Qualitäten und geistigen Fähigkeiten überhaupt verglichen. Die Shampoomarke "Head and Shoulders" lehnt sich an diese
Wendung an.

▶ *Ingo is by far the best pupil in the class; he's head and shoulders*
above the others.
▶ *Owing to stringent* * *purity regulations* *, German beers are head*

and shoulders above their British counterparts *.   [*streng
                    *Reinheitsgebot *Gegenstücke; Pendants]

Not to be in the same league as someone
Sich mit jemandem nicht messen können; an jemanden nicht herankommen. Die Wendung bezieht sich sinnbildlich auf eine Mannschaft oder einen Sportler in einer viel niedrigeren Liga (league) oder Spielgruppe.

▸ *I'm only an amateur artist; I'm not in the same league as professional painters.*

▸ *Of course this ice-cream maker is expensive at 800 DM, but it is automatic, and has its own freezer; the manual machines are a lot cheaper but they're not in the same league.*

To not be a patch on someone / something
An jemanden/etwas nicht heranreichen; es mit jemandem/etwas nicht aufnehmen können. "A patch" ist ein Flicken auf einem Kleidungsstück, im übertragenen Sinn, ein Hinweis, daß jemand oder etwas bei weitem nicht die Qualität oder Fähigkeiten eines anderen hat.

▸ *In Ulrike's mind, other playwrights were not a patch on Brecht.*

▸ *You should pay 80 marks more for the professional version of the software. The standard version is not a patch on it.*

Not to be able to touch someone / something (for something)
Es mit jemandem/etwas nicht aufnehmen können; jemandem das Wasser nicht reichen können; nicht an etwas/jemanden herankommen. Genau wie in einem Wettbewerb, wo ein Läufer den anderen so weit voraus ist, daß niemand in Kontakt kommen kann. Die Behauptung **there is nothing to touch (something)** – es geht nichts über etwas – wird häufig bei der Äußerung einer persönlichen Vorliebe gebraucht.

▸ *You cannot touch Friederike for organizing wonderful dinner parties; she is a splendid host and cook.*

▸ *In my book* *, there is nothing to touch daily swimming if you want to stay healthy.*   [*meiner Meinung nach]

▶ *Claudia reckons that no other country can touch Portugal for its
  choice of first-class beaches and bays.*

57 Qualität (3) – Mittelmäßig/Schlecht

Middle-of-the-road
Politisch gemäßigt; unentschieden oder ohne feste Stellungnahme;
sehr durchschnittlich (im Geschmack); mittelmäßig (in Leistungen).
▶ *The middle of the road is all of the usable surface *. The extremes,
  right and left, are in the gutters *.* (Spruch von Dwight D. Eisen-
  hower – Präsident der USA 1953–61)

  [*brauchbare Oberfläche *Gossen]

▶ *That dress is too daring* for Claudia; her tastes in fashion are
  middle-of-the-road.*   [*herausfordernd; kühn]

▶ *It's a difficult decision for Mrs Schneider; she's still very much
  middle-of-the-road and hasn't yet decided whether to put her senile
  husband in a nursing home *.*   [*in ein Pflegeheim]

Someone (something) is not all (oder not what)
they're (it's) cracked up to be
Enttäuschend sein; den Erwartungen nicht gerecht werden; je-
mand/etwas ist nicht so toll wie allgemein dargestellt. "Crack some-
thing up" ist ein veraltetes Verb für "etwas übermäßig loben".
▶ *Mexico is not all that it is cracked up to be.* (Aus der Zeitschrift
  "American", Jahrgang 1884)

▶ *This vase is cracked * because it's old; it's a valuable antique. – A
  lot of antique vases aren't what they're cracked up to be.*

  [*gesprungen; einen Riß haben]

Common-or-garden
Ganz gewöhnlich; Feld-, Wald- und Wiesen-. Abgeleitet von den
Pflanzenbeschreibungen "common-or-garden variety", das heißt die
normale Variante.
▶ *When you rung the doorbell, I thought you were the doctor. –*

No madam, I'm just a common-or-garden meter-reader* from the electricity board*.   [*Zählerableser *Elektrizitäts-
gesellschaft]

▶ *The photofit* of the armed robber fits Rohrbach, but I doubt whether it's him; he's just a common-or-garden crook* and shoot-ers* aren't up his street*.*   [*Phantombild *Verbrecher;
krummer Hund *Schießeisen; Pistolen *passen nicht zu ihm]

▶ *You've got to hand it to* the Krügers. The paintings in their house look original and impressive under the concealed lighting*; you have to examine them really closely to see that they're common-or-garden prints* from Italy.*   [*das muß man jemandem lassen
*unter der verdeckten Beleuchtung *Abdrucke; Kopien]

Run-of-the-mill
Ganz gewöhnlich; durchwachsen; uninteressant. "Run" war der ge-wöhnliche Ausstoß einer Fabrik (zum Beispiel "textile mill" – Textil-fabrik – oder "steel mill" – Stahlwerk), also Dutzendware, die keine besondere Qualität besaß. Das Adjektiv beschreibt heute eine mittel-mäßige Person beziehungsweise Sache oder eine Leistung, die "me-chanisch" und ohne besondere Kunst erbracht wird.

▶ *Biographers say that Winston Churchill was not academically gifted and had been a very run-of-the-mill pupil at school.*

▶ *Rita, when we get married, you'll be looking at my run-of-the-mill face for the rest of your life. – Don't worry, most of the time you'll be at work until it gets dark.*

To be no great shakes (at something) oder
not to be up to much (in something) oder
to be nothing to write home about
Nichts Besonderes sein; nicht gerade umwerfend / nicht das Gelbe vom Ei sein; mit etwas nicht weit her sein. "Shakes" bezieht sich auf einen Wurf im Würfelspiel, wo das Schütteln (shakes) des Bechers nur mittelmäßig ausfällt und keine großen Punkte bringt.

▶ *The forecast is that the weather will be no great shakes (will not be up to much / will be nothing to write home about) tomorrow.*

▶ *The exhibition of modern art in Stuttgart was hyped up* as being*

avant-garde, but for my money, it was nothing to write home
about.*   [*mit Reklameschwindel hochgepuscht
                                    *wenn man mich fragt]

► *At college I was no great shakes at history, but I was great on
dates *.*   [*beim Stelldichein]

► *Your dog plays chess? That's really something. – No, he's nothing
to write home about; I usually beat him two times out of three.*

Glorified

Als etwas Besseres getarnt. Wörtlich "verherrlicht", im Sinne von
"aufgebauscht". Die Anwendungsform dieses Adjektivs ist **be little
more than** (oder **be only** oder **be merely**) **a glorified ...** – nur
eine bessere (Person oder Sache) sein.

► *The job was described as an "executive post", but it was little more
than a glorified office clerk.*

► *Many government training courses for young unemployed people
are sometimes criticized as being not proper professional training
but merely glorified occupational therapy *.*

                                    [*Beschäftigungstherapie]

Goo oder gunge

Eine klebrige Masse; Soße; Schmiere. "Goo" ist ein erfundenes Wort,
vielleicht eine Nachahmung von "glue" (Klebstoff), eine Anspielung
auf die klebrige Schmiere, die Abflußrohre verstopft. "Gunge" ist
wahrscheinlich eine Verbindung von "glue" und "sponge"
(Schwamm) im Sinne von "schwammiger Klebstoff". Die gebildeten
Adjektive sind **gungy** und **gooey** – schmierig, schwammig und
klebrig.

► *There's gunge left, right and centre * from the oil spill in the bay;
the fish coming on the market are now classed as only two types:
regular or unleaded *.*   [*überall *normal oder bleifrei]

To be (oder look) the worse for wear

Abgetragen / lädiert sein (aussehen); abgelaufen sein; abgenutzt sein.
Sinngemäß "unter der Abnutzung schlechter geworden sein". **To
feel (**oder **look) the worse for wear** – sich angeschlagen fühlen;
mitgenommen aussehen.

> ► *Customer: Your herring look the worse for wear. Fishmonger: Well if it's looks you want, why don't you buy goldfish?*

To suck [US]

Äußerst schlecht sein; beschissen sein. Das Verb (wörtlich: saugen) bezeichnet eigentlich auf abfällige Weise eine Frau, die einem Mann einen bläst oder ablutscht, das heißt, die Oralsex praktiziert. Im übertragenen Sinne ist das Verb durch Gebrauch so banal geworden, daß es heute fast salonfähig ist. Das Adjektiv **yukky** (ekelhaft; abscheulich) ist vom Ausruf **yuk!** (bäh!; äks!) abgeleitet.

> ► *The book was middle-of-the-road, but the film they made of it sucks.*
> ► *That town sucks. It's an absolute yukky place.*
> ► *Some people are fascinated by snakes, others find them yukky.*

Grotty oder **crappy** oder **lousy** oder **naff**

Schlecht; minderwertig. Ursprünglich beschrieben all diese Adjektive spezifische unangenehme Zustände oder Personen. "Grotty" ist eine Verformung von "grotesque" (grotesk) in bezug auf Architektur. "Crappy" – beschissen. "Lousy" – mit Läusen befallen oder lausig. In der Kriegsmarine war "naff" Slang für eine als "frigide" abgestempelte Frau im weiblichen Marinedienst, die sich allen sexuellen Annäherungen der männlichen Kollegen gegenüber abweisend verhielt. Die Aufforderung **naff off!** – verpiß dich! – ist davon abgeleitet.

> ► *The play was so naff, I asked the woman in front of me to put on her hat.*
> ► *I've been married twelve years now and it seems just like yesterday. ... And you know what a lousy day yesterday was.*
> ► *Waiter, this drink is grotty; it tastes like turps*. I can't even tell whether it's coffee or tea. – It must be tea, cos * our coffee tastes like kerosine.*   [*Kurzform von "turpentine" – Terpentin
> *Kurzform von "because" – weil]

Jerry-built
Auf die Schnelle und auf unsolide Weise gebaut. Dieser Begriff hat
nichts mit der früheren Bezeichnung für einen Deutschen (**a Jerry**)
zu tun, sondern ist von der biblischen Stadt Jericho abgeleitet, deren
Mauern durch die Trompeten von Joschua zum Einstürzen gebracht
wurden. Die Substantive **a jerry-builder** und **jerry-building** sind
jeweils "ein Baupfuscher" und "Pfusch am Bau".

▶ *Immediately after the war massive jerry-built housing complexes,*
   sprung up like mushrooms * all over the former Soviet Union.
                              [* schossen wie Pilze aus dem Boden]

To be the pits
Der schlimmste Ort oder die allerletzte Tätigkeit, die man sich vorstellen kann. Der Begriff ist wahrscheinlich eine Abkürzung von
"armpits" (Achselhöhlen), eine Anspielung auf den Schweißgeruch.
Das Gegenteil heißt **to be the tops** – Spitze sein.

▶ *Many years ago, I used to live in a grotty * basement flat in a court-*
   yard * near Tempelhof; the walls were pock-marked * with Russian
   bullets from the war and everyone shared a loo * on the landing *;
   it was the pits.   [* schmuddelig * Hinterhof
                              * mit Einschüssen übersät * Klo * Treppenaufsatz]
▶ *Watching TV all day is the pits.* (Spruch von Woody Allen)

Wishy-washy
Labberig; wässerig; lasch. "Wishy" ist ein Reim mit "washy" (von
"wash" – waschen – gebildet), als ob etwas so wässerig sei, daß man
sich damit waschen könnte. Die Beschreibung eines dünnen Getränks, einer charakterlich schwachen Person oder einer schwachen
Leistung.

▶ *The team's performance this season has been wishy-washy.*
▶ *The coffee there was so wishy-washy that it wouldn't even stain*
   the tablecloth.
▶ *A junky once walked into a police station in South Carolina and re-*
   ported a dealer for selling him wishy-washy cocaine.

Rough-and-ready

Primitiv; behelfsmäßig; provisorisch. Dieser Stabreim besagt, daß etwas zwar primitiv (rough), aber fertig (ready) oder zweckdienlich ist, besonders in bezug auf Notlösungen. Dasselbe Adjektiv auf Personen bezogen bezeichnet ein Rauhbein, das heißt jemanden, der rauh (rough) oder selbst gewalttätig und bereit (ready) ist, hart zuzupakken oder einen Streit anzuzetteln.

▶ *I made a rough-and-ready tourniquet* out of a sheet to stop the bleeding until the ambulance arrived for him.* [*Notaderpresse]

▶ *When they first met, they were a very rough-and-ready couple. He was rough and she was ready.*

Ropey

Unangenehm; schäbig. Ursprünglich eine Stichelei von Piloten in den vierziger Jahren in bezug auf die alten Doppeldeckerflugzeuge, deren Flügel mit Drähten (damals abfällig als "ropes" – Seile – bezeichnet) verspannt waren, beschreibt das Adjektiv heute eine minderwertige Sache, eine untaugliche Handlung oder eine kränklich aussehende Person.

▶ *The meal sucked* and the wine was ropey.* [*war beschissen]

▶ *I had really ropey eyesight until I was eight. Then my parents gave me a haircut.*

Slapdash

Schludrig. Aus den Verben "slap" (klatschen) und "dash" (wegrasen) zusammengesetzt. Eine Anspielung auf jemanden, der eine Aufgabe im Schnellverfahren hinschludert oder hinwirft (slaps) und dann schnell abhaut (dashes). Das Adjektiv bezeichnet sowohl diesen nachlässigen Typ als auch die schlampige Arbeit oder die Arbeitsweise selbst.

▶ *Our service technicians are overloaded and this is resulting in slapdash repairs.*

▶ *You should take more care with your accounts; you are too slapdash when adding up figures.*

58 Reden

To crack a joke

Einen Witz verzapfen/reißen; geistreicheln. In Anlehnung an den Knalleffekt (crack) des Witzes. Ein Witz wird auch als **a crack** oder **a wisecrack** bezeichnet.

▸ *I could crack jokes all night; but what's the use, you'd only laugh at them.*

▸ *I can tell you a hilarious* * *wisecrack; it will kill you. – Please don't, I don't want to die young.* [*urkomisch]

▸ *Did any of the customers laugh when the waiter slipped on the floor? – No, but the floor made a nasty crack about his head* *.*

[*Wunde in der Kopfgegend; Scherz über seinen Kopf]

Blarney

Schmeichelei; unsinniges Geschwätz. Der Begriff geht auf die Belagerung des irischen Schlosses Blarney 1602 durch die Engländer zurück. Ein Waffenstillstand wurde vereinbart, um über die Aufgabe des Schlosses zu unterhandeln. Aber der irische Unterhändler Cormac Macarthy raspelte Süßholz und zog die Verhandlungen monatelang in die Länge, zum großen Ärgernis der damaligen Königin Elizabeth I, die einmal, als sie von einer nochmaligen Verzögerung der Unterhandlungen erfuhr, verärgert ausrief: "Schon wieder dieses Blarney!" Der Blarney-Stein, ein Stein in der Brüstung des Schlosses, wird heute noch von Touristen geküßt, da er die Gabe der Redegewandtheit verleihen soll.

▸ *Klaus charms all the girls with his blarney.*

▸ *Don't give me that blarney about how you joined the police force in order to serve the community.*

To have the gift of the gab

Schön reden können; die Gabe der Redegewandtheit besitzen. "Gab" – eine Verformung von **gob** (Klappe; Fresse) – war ursprünglich ein irisch-gälisches Wort für "Mund".

▸ *Salesmen must have the gift of the gab to be successful.*

▸ *Doris has the gift of the gab, that's why she gets on well with people.*

Patter

Schnelles Geplapper, Fachjargon oder Sprüche. "Patter" (ohne Artikel) ist eine Verformung von "paternoster" (dem Vaterunser), eine Anspielung auf den schnellen Redefluß dieses Gebets. Das deutsche Wort **spiel** (häufig mit dem bestimmten Artikel "the" gebraucht) hat im Englischen die Bedeutung "eine auswendig gelernte Story" angenommen, besonders in bezug auf Verkauf und Werbung (auch **sales patter** genannt).

▶ *My wife is still talking to the neighbour in the garden; they've kept up the patter * for half an hour now.*

[* ohne Unterbrechung geredet]

▶ *I used to work in a giant call centre; an open-plan office * of 200 people selling insurance. Every day I had to phone up a hundred potential clients and give them the spiel (sales patter) about how our policies * were better and cheaper.* [* Großraumbüro * Policen]

To get on the blower

Sich ans Telefon klemmen; sich an die Strippe hängen. Vom Brauch her, in das Sprechhorn der ersten Telefone zu blasen (blow), um die Aufmerksamkeit des Angerufenen zu erregen.

▶ *Get on the blower and find out the departure times for trains to Aachen tomorrow.*

▶ *I haven't been able to give Bettina a ring * because my sister's been on the blower over an hour.* [* anrufen]

▶ *Sir, your babysitter is on the blower; she wants to know where you keep the fire-extinguisher.*

▶ *It's no good kissing a girl over the blower, ... unless you're in the phone box with her.*

To talk (shout / argue usw.) until one is blue in the face

Reden (schreien / sich streiten usw.), bis man verrückt / schwarz wird. Die Grundidee ist, daß man vor lautem Schreien keinen Sauerstoff mehr bekommt und das Gesicht deswegen blau anläuft.

▶ *Hartmann complained to the meter maid * until he was blue in the face, but she wouldn't cancel the parking ticket she had issued *.*

[* Politesse * ausgestellt]

To make no bones about something

Keinen Hehl aus etwas machen; etwas frei heraus sagen. Die Wendung weist auf eine gute "ehrliche" Suppe mit Fleisch und keinen Knochen hin.

▶ *Rotfuchs made no bones about the work his colleagues had done and told the customer that it was a slapdash* job.*

[*hingeschludert]

▶ *I'll make no bones about it; the car would never pass its TÜV in this condition, that's why I'm selling it so cheap.*

To get down to brass tacks oder talk turkey [US]

Zur Hauptsache oder zum Geschäftlichen kommen; Nägel mit Köpfen machen. Die Ladentische von Textilgeschäften wurden früher mit in festen Abständen eingehämmerten Messingnägeln (brass tacks) markiert, um das Tuch abzumessen. Die Abmessung des Tuchs auf dem Ladentisch steht sinnbildlich für einen Geschäftsabschluß oder ein geschäftliches Gespräch. Die zweite Wendung bezieht sich auf den wildlebenden Truthahn, der ein begehrtes Federwild im Amerika des letzten Jahrhunderts war. Bei der Verteilung einer gemischten Jagdbeute unter einer Jägergruppe ging es darum, so viele Truthähne wie möglich abzubekommen. Dabei waren die Unterhaltungen mitunter sehr ernst.

▶ *We've decided on principle that the expense of a stand at the Paris Trade Fair is worth our while; let's get down to brass tacks (let's talk turkey) now and decide the products to exhibit and the size of stand to take.*

▶ *Rudi's got a reputation as a stud*; when he takes a girl out for the first time, it doesn't take him long to talk turkey (get down to brass tacks).*   [*Zuchthengst]

▶ *Some doctors prefer to get down to the brass tacks immediately and tell you the bad news face to face. Others prefer to send you the bill later by post.*

To chip in

Sich mit seiner Meinung einmischen (intransitiv); Geld beisteuern (intransitiv/transitiv). Eine Anspielung auf den Einsatz der Spielmarken (chips) bei einer Wette. Die Beteiligung am Glücksspiel wird sinnbildlich sowohl auf das Mitreden bei einem Gespräch als auch auf die finanzielle Beteiligung an einem Projekt ausgedehnt.

► *We were discussing the details of the angling trip to Poland when Theo chipped in that he couldn't go for family reasons.*

► *The judge in the divorce case said, "I'm awarding your wife an alimony* of 1500 DM a month". The husband replied, "That's very nice of you, I might even chip in a few hundred myself".*

[*Alimente]

Double Dutch oder gibberish oder gobbledegook

Kauderwelsch; ein unentzifferbarer Text; böhmische Dörfer. Holländisch (Dutch) galt früher als eine schwierige Sprache, und "double Dutch" bezeichnet eine unverständliche Sprache oder einen verklausulierten Text, der doppelt so schwierig wie Holländisch ist. "Gibberish" ist von dem berühmten arabischen Alchimisten Jebir abgeleitet, dessen Schriften über die Umwandlung von unedlem Metall in Gold unergründlich waren. "Gobbledegook" ist ein Kunstwort, zusammengesetzt aus "gobble" (kollern, zum Beispiel wie ein Truthahn) im Sinne von "auf ulkige Weise reden" und "gook" (Schlitzauge), einem Asiaten, der die Sprache verhunzt. (Siehe "gook", Seite 248.)

► *Double dutch is the hallmark* of a professional.*

[*das Kennzeichen]

► *What's the difference between the Mafia in the Big Apple* and the Mafia in Glasgow? – In the Big Apple they make you an offer you can't refuse. In Glasgow they speak double dutch (gibberish/gobbledegook) and make you an offer you can't understand.*

[*New York]

A lingo

Eine unverständliche Fachsprache oder Fremdsprache. Eine Verfälschung des italienischen Worts "lingua" – Sprache –, das heute noch
im Ausdruck "lingua franca" (eine Verkehrssprache unter Völkern
verschiedener Sprachen, wie zum Beispiel Hindi in Indien) anzutreffen ist.

> ► *I met a Cherokee indian and he greeted me with "How!", to which
> I replied, "How!" He then said, "How!" and I answered, "How!" –
> So you know the Cherokee lingo? – Oh, it's child's play* when you
> know how.*   [*kinderleicht]
>
> ► *Helmut knows several lingos, unfortunately he can't master* the
> tongue of his wife.*   [*beherrschen]

To not mince one's words

Ganz offen und unverblümt reden. Das Sinnbild von Fleisch, das
nicht fein gehackt (minced), sondern in natürlicher Form angeboten
wird, steht hier für eine ungekünstelte Sprechweise oder ehrliche
Meinung.

> ► *Volker is always mincing his words. He once said of a friend that
> wants to be singer but can't sing for toffee*, "She has a very fine
> voice; it's a pity to waste it on singing."*   [*nicht für fünf Pfennig
>   singen können]

To beat about the bush

Nicht gleich zur Sache kommen; um den heißen Brei herumreden.
Die Wendung, die häufig als negativer Befehl vorkommt, war ursprünglich ein Jagdbegriff und beschrieb nachlässige Treiber, die, anstatt das Federwild gleich im Busch aufzuscheuchen, um den Busch
herum klopften.

> ► *Don't beat about the bush! Just tell me what you did with the
> money I gave you to pay the electricity bill!*
>
> ► *Instead of telling us immediately that he had failed the exam, Joa-
> chim beat about the bush for twenty minutes.*
>
> ► *Man: I'm only in town for a few hours, so I'm not going to beat
> about the bush. Do you want to go to bed with me? – Woman:
> Well I wouldn't normally, but you've talked me into it*.*

[*mich überredet]

A chatter-box

Eine Quasselstrippe; Plaudertasche. Der Begriff bezog sich ursprünglich auf die Sammeldose eines Bettlers, in der mit den Münzen unaufhörlich gerasselt wurde. Seiner Herkunft zum Trotz ist der Begriff aber nur leicht abwertend, im Gegensatz zu **a windbag** und **gasbag** (Schwätzer[in]), die viel abschätziger sind.

▶ *Barbers are notorious * chatter-boxes. One customer came into a barber's shop and said, "Just give me a shave; I haven't time to listen to a whole haircut!"* [*berüchtigt]

▶ *Uwe's wife was such a windbag, in his will * he left a loudspeaker to the church in her memory.* [*Testament]

▶ *You can always tell * the chatter-boxes by their sun-burnt tongues.* [*(jemanden an etwas) erkennen]

A corny joke oder a chestnut (beziehungsweise an old chestnut)

Ein abgedroschener Witz; Kalauer. Das Adjektiv "corny" stammt ursprünglich aus der Showbusiness-Welt New Yorks Anfang dieses Jahrhunderts und beschrieb Theater- und Kinobesucher aus den unteren, weniger anspruchsvollen Schichten, die (wie man damals sagte) sich ausschließlich mit billigem Getreide ernährten. "Corny" bedeutet zusätzlich "altmodisch", "geschmacklos" oder "schmalzig". "A chestnut" stammt aus einem Theaterspiel von 1812, worin ein Darsteller zum Überdruß der anderen Charaktere immer denselben Witz über eine Kastanie erzählt, die ihm vom Baum auf den Kopf gefallen ist.

▶ *Gerhard has an unimaginative garden with a large lawn and lots of corny garden gnomes *.* [*Gartenzwerge]

▶ *We went into a corny bar full of footballer photos with a tear-jerker * blaring * from the juke box.* [* Schnulze *laut spielen]

▶ *Have you heard the corny joke (the chestnut) about famous quotes on the nature of life?: "To be or not to be?", said William Shakespeare; "to do is to be", said Jean Paul Sartre; "do be do be do", said Frank Sinatra.*

To cry (oder scream) blue murder
Lautstark/aus vollem Halse protestieren; Zeter und Mordio schreien.
"Blue murder" kommt vom altfranzösischen Fluch "mordieu!" (Gottestod), der oft verschonend oder abgeschwächt als "morbleu!" (blauer Tod) ausgesprochen wurde. Daher die englische Verballhornung "blue murder" (wörtlich: blauer Mord).

▶ *Matzke will scream (cry) blue murder when he hears that you've damaged his Mercedes when parking.*

▶ *The Austrians cried blue murder when the Czechs wanted to open a nuclear power station on their border.*

To be able to talk the hind legs off a donkey
Ewig reden können; das Blaue vom Himmel herunterreden können; einem die Ohren abreden können. Wörtlich "die Hinterbeine eines Esels abreden können". Die Hauptkraft eines Esels, die in den Hinterbeinen (hind legs) stecken soll, ist hier ein Sinnbild für eine standhafte Person, die viel aushält, aber die man mit endlosem Geschwätz endlich kleinkriegen kann.

▶ *Udo's an old windbag*; he can talk the hind legs off a donkey.*
[*Schwätzer]

To talk nineteen to the dozen
Wie ein Wasserfall reden. Der Sinn der Wendung ist, daß der redselige Sprecher immer neunzehn Wörter gebraucht, wo eigentlich nur ein Dutzend nötig wären.

▶ *My budgies * don't like loud noise, and if I put the radio or TV on, they start chirping * nineteen to the dozen.*   [*Wellensittiche
*zwitschern]

▶ *At the Vatican in Rome, I saw priests scurrying around * with mobile phones, talking nineteen to the dozen, obviously on the hot line to God.*   [*herumhuschen]

Pidgin English
Ein Mischmasch von Englisch und Eingeborenensprache; das Pidgin-Englisch. Das Wort "pidgin" ist eine chinesische Verballhornung für "business" und basiert auf dem Versuch, den Begriff "business eng-

lish" (die englische Geschäftssprache) auszusprechen. In Papua-Neu-
guinea ist das Pidgin-Englisch selbst zur Landessprache geworden.
Jetzt auch eine scherzhafte Bezeichnung für verstümmeltes oder ge-
brochenes Englisch. Ein geläufiger Begriff aus dem Pidgin-Englisch ist
der Befehl **chop chop!** (dalli, dalli!), eine Mischung des englischen
"quickly" und des kantonesischen "kap kap".

- ▶ *When Gerhard says that he speaks English, he really means pidgin*
  English.
- ▶ *The receptionist has given me the wrong key; maybe she didn't un-*
  derstand my pidgin English.

To murder a language
Eine Sprache radebrechen oder verhunzen (wörtlich: eine Sprache
umbringen). (Siehe auch "murder" in bezug auf Essen und Trinken
Seite 72.)

- ▶ *I'm learning Spanish but I still murder the language; I'm having*
  *trouble with my vowels *. – Oh, that's bad, you should see a doctor.*
  [*Selbstlaute (klingt wie "bowels" – Därme; Darmbewegung)]

To call a spade a spade
Etwas ohne Umschweife oder unverblümt aussprechen; derbe, aber
zutreffende Bezeichnungen gebrauchen; das Kind beim Namen nennen. Ein Spaten (spade) ist ein einfaches Werkzeug zum Graben und
hier symbolisch für eine schlichte und unverblümte Sprechweise.

- ▶ *You say that Wohlmann is "being economical with the truth". I*
  *say he's a lying toad *; you've got to call a spade a spade.*
  [*Lügenmaul]
- ▶ *Drexler described you as a piss-artist *. You know how he always*
  calls a spade a spade. [*Säufer; besoffenes Huhn]
- ▶ *Your position is shit. Sorry for being frank, but we Bavarians call a*
  spade a spade.

To thrash out something
(Eine Frage) detailliert ausdiskutieren; etwas ausarbeiten/austüfteln.
"Thrash" ist womöglich eine Verformung des Verbs "thresh" (Ge-
treide dreschen) im Sinne von "nach einem langen Gespräch end-

lich Klarheit in eine Sache bringen" oder "ein Problem mühsam ausklamüsern", so wie man durchs Dreschen die eßbaren Körner langsam von den Hülsen trennt.

► *The two companies got together and thrashed out the details of the planned merger in ten hours of discussion.*

To harp on (about something)

Immer wieder von etwas reden; dasselbe Thema ständig erwähnen/aufwärmen. Eine Anspielung auf den eintönigen Klang der Harfe (harp), der einem mit der Zeit auf die Nerven gehen kann.

► *Don't harp on about the prices in this restaurant; you'll only spoil the evening. It's your birthday and I'm picking up the tab*.*

[*die Rechnung bezahlen]

To rabbit on (about something)

Fortdauernd quatschen; ohne Unterbrechung über etwas quasseln. "Rabbit" kommt vom reimenden Slang "rabbit and pork" (Kaninchen und Schweinefleisch) für "talk" (reden).

► *Uli is car-crazy; he's always rabbiting on about his old banger* being a collector's item*.* [*Klapperkasten *Sammlerstück]

To waffle (on) oder flannel (on)

Schwafeln; seine Unwissenheit mit belanglosem und improvisiertem Text zu verbergen versuchen. "Waffle" war ursprünglich lautmalend für "waf waf" oder "woof woof" – das Wau-Wau eines Hundes. "Flannel" dagegen ist veraltete Druckersprache für einen mit Farbe gesprenkelten Schnörkel auf dem Papier, als ob die Tinte mit einem Flanelltuch oder Waschlappen (flannel) aufgetragen wäre. Diese großen farbigen Stellen wirkten auf Briefpapier protzig, und da sie unnötig Platz anstelle von Text einnahmen, gaben sie ein Sinnbild für unnötiges Geschwafel (**waffle** oder **flannel**) ab.

► *Sorry I'm late. The speaker waffled (flannelled) on for over two hours and I thought he'd never stop.*

► *Your essay contains too much waffle (flannel) and not enough concrete facts.*

59 Sex

Randy oder **horny**
Geil; spitz. "Randy" ist mit dem deutschen Wort "Rand" verwandt und beschrieb ursprünglich Landstreicher, die durch die Gegend am Rande der Dörfer streiften. Im Sinne von Verhalten am Rand des Annehmbaren nahm das Adjektiv dann die Bedeutung ausschweifend oder aufbrausend an, bevor es endlich bei "lüstern" blieb. Da sich "horny" (wörtlich: hornartig) vom Horn, einem phallischen Symbol, ableitet, wird es meistens (aber nicht ausschließlich) auf Männer angewandt.

▶ *Fat girls make Thomas horny (randy); he loves every hectare of them.*

To neck oder **snog** oder **smooch (with someone)**
Küssen; schmusen. Das Verb "neck" kommt vom Verhalten einiger Tiere, besonders Pferde, die als Zeichen der Zuneigung sich zärtlich in den Hals knabbern. "Snog" ist unbekannten Ursprungs. "Smooch" ist ein lautmalendes Verb, das einen Schmatz nachahmen sollte. **Necking, a snog (**oder **snogging)** und **a smooch (**oder **smooching)** sind Knutschen oder Schmusen.

▶ *When we were snogging, I knew that it was just puppy love*; ... his nose was cold.*   [*Jugendschwärmerei]

▶ *Who was that guy I saw you necking with last night? – What time was it?*

▶ *Mother, is snogging dangerous? – It certainly is, I got your father that way.*

▶ *When I was driving on the motorway, this couple in front of me were snogging for ten kilometres. – What's so special about that? – They were in separate cars.*

Talent
Gutaussehende Personen des anderen Geschlechts; interessante Frauen oder Typen. Wörtlich "Begabungen", wobei das "Talent" rein körperlicher oder sexueller Art ist. **Crumpet** (ohne Artikel – wörtlich: ein weiches Hefeküchlein zum Toasten) bezeichnet Frauen

als Sexobjekte. **A piece** (oder **bit**) **of crumpet** oder **a piece** (oder **bit**) **of skirt** (wörtlich: ein bißchen Rock) ist eine Frau oder ein Weib.

▶ *We're going to a club in the Bleibtreustraße tonight; there's usually plenty of talent there.*

▶ *It's scandalous; he's a married man and he chases every piece of crumpet (skirt) in the office.*

(A bit of) nookie oder (a bit of) how's-your-father

Geschlechtsverkehr; Bumsen. "Nookie" kommt von "nook" (Nische) und ist eine Anspielung auf Körperhöhlen. Der scherzhafte Ausdruck "how's-your-father" (wörtlich: wie geht es deinem Vater?) bedeutet eigentlich "was dein Vater tat, um dich zu erzeugen".

▶ *Nookie is the poor man's polo* *. [* Polo – Pferdesport der Reichen]

▶ *In 1984 the Orient Express from Paris to Venice ground to a halt* * *after a woman got her foot caught in the emergency brake* * ... *while having a bit of how's-your-father (a bit of nookie).*

[* kam quietschend zum Stehen *Notbremse]

▶ *The bride-to-be* *, *who was to be married in church next day, asked the vicar if he believed in how's-your-father before the wedding, and he replied, "Not if it delays the ceremony".*   [* die zukünftige Braut]

▶ *Don't mention that word in front of the children! – Come on* *, *kids nowadays know all about nookie, it's the birds and the bees they don't know anything about.*   [* hör auf]

To lay someone

Jemanden bumsen / vernaschen. Wörtlich "(aufs Kreuz) legen". **To get laid** – vernascht werden. **A good lay** bezeichnet eine Frau oder einen Typ, der gut im Bett ist. Andere Verben, die den Geschlechtsakt bezeichnen, sind **poke someone** (wörtlich: schüren), **hump someone** (oder intransitiv **hump**) und **roger someone**. Das Verb "hump" (vom gleichen Substantiv für "Buckel") ist eine Anspielung auf Sex von hinten und hat die Zweitbedeutung etwas "asten" oder "schleppen" (siehe Seite 27). Das Verb "roger" ist vom gleichnamigen männlichen Vornamen abgeleitet. **A poker** (wörtlich: Schüreisen) ist auch ein Schwanz oder Riemen.

► *Oh neighbour, can't you prevent your dogs getting into my garden?*
  It's very embarrassing to have barbecue guests in the garden and
  have your mutts* here at the same time humping away in front of
  them.   [*Köter]

► *In the Garden of Eden Adam goes to God and asks, "What's snog-*
  ging*?", and the Lord shows him how to snog. Adam goes away to
  Eve and has a snog. Then Adam returns and asks, "What's hump-
  ing?", and the Lord shows him how to roger someone. Adam goes
  away to look for Eve but comes back immediately and asks,
  "What's a headache?"   [*schmusen]

To stuff someone (derb)

Jemanden bumsen / stoßen. Das kulinarische Sinnbild hier ist ein Vogel (Huhn oder Truthahn), der mit einer Füllung, wie zum Beispiel
Salbei, gefüllt wird, wobei das Stopfen der Füllung an den Geschlechtsakt erinnert. "Stuff" ist ebenfalls ein Begriff in der Taxider-
mie für "(ein Tier) ausstopfen". Der Befehl **get stuffed!** bedeutet
verpiß dich! **He (she / they) can stuff it!** – er kann mich mal!, besonders bei der eindeutigen Ablehnung eines Angebots.

► *The company offered me a measly*800 DM as compensation for*
  my injuries, but I told them that they could stuff it; I'm going to
  take them to court.   [*popelig]

To shag oder **screw someone**

Jemanden bumsen. Vom Substantiv "shag" in der alten Bedeutung
als "Zottelhaar" und in Anlehnung an struppiges Schamhaar wurde
im 18. Jahrhundert das Verb "shag" im Sinne von "vögeln" gebildet.
In bezug auf struppiges Haar wird das Adjektiv "shaggy" (zottelig)
heute immer noch gebraucht. **To screw someone**, wörtlich "jemanden schrauben" – wobei eine Schraube mit dem Schwanz verglichen wird –, hat auch die Zweitbedeutung "jemanden um sein Geld
betrügen". Man sagt auch **to shag around** und **screw around** –
herumbumsen. Die Substantive **a screw** und **a shag** beschreiben
sowohl den Geschlechtsverkehr selbst (**to have a screw / a shag** –
vögeln) als die diesbezüglichen Qualitäten der Person (**be a good
screw / shag** – gut ficken können). Diese Verben, die transitiv und

intransitiv gebraucht werden, sind grobe Synonyme des anzüglichen
Verbs **to fuck**.

▶ *You'll pick up the clap * or something worse if you don't stop screwing (shagging) around.*   [*sich den Tripper zuziehen]

▶ *A new assistant governess * of a men's prison was once interviewed by a reporter who asked her, 'Do you think the prisoners here will regard you as being a good screw *?'* [*stellvertretende Direktorin
*Gefängniswärter(in)]

To have it off oder make it (with someone)
Es mit jemandem treiben; eine Nummer schieben.

▶ *A promiscuous * person is someone who is having it off more partners than yourself.* [* der / die häufig den / die Partner(in) wechselt]

▶ *First Woman: I never had it off with my husband before we were married. How about you? – Second Woman: I don't know; what's his name?*

▶ *Boy: Am I the first person you've made it with? – Girl: My God, why do they all ask me that question?*

To wank (off) oder jerk off oder toss off
(Von einem Mann) masturbieren; wichsen; sich einen runterholen.
"Wank" ist eine alte Prägung unbekannten Ursprungs. "Jerk" ist
wörtlich "ruckartig ziehen". "Toss" als transitives Verb bedeutet
eigentlich "schmeißen". Alle Verben können auch transitiv angewandt werden – "wank/jerk/toss someone off". **To have a
wank/a toss** – sich einen abwichsen. **A wanker** ist ein Wichser
und ebenfalls ein (männliches) Arschloch oder anderer verächtlicher
Typ.

A cathouse [US] oder a knocking shop
Bordell; Freudenhaus; Puff. "Cat" (Katze) im Begriff "cathouse" (Hurenhaus) kommt von der alten amerikanischen Bezeichnung einer
Hure – "a cat". "Knocking" im zweiten Ausdruck beinhaltet eine Anspielung aufs Stoßen oder Klopfen beim Sex, und "shop" ist umgangssprachlich für Betrieb, das heißt Bumsladen.

▶ *Our property portfolio * includes several commercial and residential premises, and a cathouse.*   [*Immobilienbesitz]

To have a bun in the oven (beziehungsweise **put a bun in someone's oven**) oder **be** (beziehungsweise **put someone) in the family way** oder **have joined** (beziehungsweise **put someone) in the pudding club** oder **be** (beziehungsweise **put someone) up the spout**

In anderen Umständen sein; einen dicken Bauch haben; eine Frau schwanger machen. Alle Begriffe sind Sinnbilder für die Schwangerschaft und schwangere Frauen. Ein Brötchen im Ofen (a bun in the oven) steht für ein Kind im Bauch. Wenn man sich auf dem Weg zu einer Familie befindet (in the family way), ist ein Kind unterwegs. Liebhaberinnen der dickmachenden Speise Pudding, die dem Pudding-Klub beigetreten sind (joined the pudding club), sind deswegen dick, da sie vom Storch ins Bein gebissen wurden. Das Sinnbild bei "up the spout" (wörtlich: oben im Rohr) kommt von der Soldatensprache und bezieht sich auf ein geladenes Gewehr (das heißt mit einer Kugel im Gewehrlauf), das die männliche Potenz darstellen soll. Der Begriff bedeutet zusätzlich "kaputt" oder "futsch" (siehe Seite 232).

▸ *A Dutch lady took ill* on Majorca and, to her pleasant surprise, a doctor told her that she was in the family way. However she was flabbergasted* to hear that the baby was due any minute.*

[*wurde krank *von den Socken]

▸ *Olga seems to be fighting the Battle of the Bulge*. – No, I don't think it's that; I think Arno's put her in the pudding club (in the family way/put a bun in her oven) again.*   [*die Bugschlacht austragen = mit Fettwulsten (bulge) kämpfen]

▸ *Teenage Ilse went to her mother and told her that she was in the family way. Her mother told her to go into the kitchen and drink a bottle of vinegar, then the juice of five lemons. The girl protested, "But that won't get rid of* the baby!" and her mother replied, "No, but it'll take the smug* smile off your face."*   [*wegmachen *selbstgefällig]

A good-time girl

Ein Mädchen, das wilden Spaß und Männerbekanntschaften sucht.

▸ *Hannelore is a demure* office temp*, but at weekends you*

wouldn't recognize her; she turns into a good-time girl.   [*betont
zurückhaltend *Zeitarbeitskraft]
► *Okay, so I've had a few flings* * *with good-time girls, but that
doesn't mean I don't love you.*   [*Ausschweifungen; Affären]

A hooker [US]

Eine Hure. Der Begriff entstand während des amerikanischen Bürgerkriegs als ein Spitzname für die vielen Schlachtenbummler des Heers
unter der Leitung von General Joseph Hooker.

► *Some East European women are attracted to Germany for so-called
"modelling" jobs and then exploited as hookers.*
► *According to the medical journal "The Lancet" one New York
hooker had had 15,000 punters* *, usually at the rate of 24 a day.*
   [*Kunden]

A peeping Tom

Ein Spanner oder Voyeur. Im 11. Jahrhundert ritt Lady Godiva, die
Frau des Herrn von Coventry, nackt durch die Stadt, um ihren Mann
zu erniedrigen und ihn dazu zu bewegen, die für die Bevölkerung
unerträglich hohen Steuern zu senken. Um die Schamgefühle des
wohltätigen Nackedeis zu schonen, hielten die dankbaren Bürger die
Fensterläden dicht oder drehten sich weg, mit Ausnahme von einem
gewissen Schneider mit Namen Tom, der die entblößte Frau verstohlen beguckte.

► *Blocks of flats like these are a paradise for peeping Toms with tel-
escopes in their windows.*
► *It's time we washed our windows. Those peeping Tom neighbours
are beginning to strain their eyes.*

A puff oder pooftah oder ponce oder a queer
oder a fag / faggot [US]

Schwuler; warmer Bruder; Tunte. "Puff" und "pooftah" sind von
"powder puff" (Puderquaste) abgeleitet, in Anlehnung an die un-
männlichen Schminkgewohnheiten von einigen Homosexuellen.
"Ponce" kann man bis zum altfranzösischen "pront" (Hure) zurück-
verfolgen. "A queer" ist vom gleichnamigen Adjektiv abgeleitet, eine

Anspielung auf die vermeintlich sonderbaren oder abartigen Ge-
wohnheiten dieser Leute. Der amerikanische Begriff "faggot" (verkürzt "fag") kommt wahrscheinlich vom Wort "faygele", das "Vögel-
chen" oder "Tunte" auf jiddisch bedeutet. Alle Begriffe sind abfällige
oder derbe Synonyme für **a gay,** ein unverfängliches Substantiv, das
auch als Adjektiv gebraucht wird, wobei es seine alte Bedeutung von
"fröhlich ausgelassen" fast völlig verloren hat.

> ▶ *I was at a "Gay Nineties" party last night, but it wasn't much fun;
> all the men were fags and all the women were ninety.*

A sexpot
Eine Sexbombe; Sexbesessene(r).

> ▶ *Last century, the Pope once sent an envoy* * to a Bavarian woman
> with sixteen children in order to congratulate her for bringing so
> many Catholics into the world. The woman lived in the back of
> beyond* * in the Alps, and when the envoy finally got there, the
> woman informed him that she was a Protestant. He then ex-
> claimed angrily, "What! I've come all this way for a Protestant
> sexpot!"*   [* Gesandter * am Ende der Welt]

 ## 60 Sicherheit / Gefahr

Dicey
Gefährlich; riskant; unzuverlässig. Das Adjektiv ist eine Anspielung
auf die Risiken des Würfelspiels (dice), besonders in Anlehnung an
den Ausdruck **to dice with death** – mit seinem Leben spielen; sich
tödlichen Gefahren aussetzen. Ein ähnliches Wort, **dicky** (gebrech-
lich; schwach), stammt aus einer veralteten und heute unverständ-
lichen Wendung des 18. Jahrhunderts, die körperliche Unpäßlichkeit beschrieb – "as queer as Dick's hatband". Das Überleben von
"dicky" als selbständiges Adjektiv ist wahrscheinlich der Ähnlichkeit
mit einer Verschmelzung von "dicey" und "risky" (riskant) zu verdanken. Es wird besonders in bezug auf Körperorgane gebraucht,
zum Beispiel "a dicky heart" – ein klapperiges Herz.

▶ *There are some dicey bends on Alpine roads.*

▶ *Use a safety harness * while working on the roof; don't dice with death!*   [* Sicherheitsgürtel]

▶ *My bladder * is a bit dicky.*   [* Blase]

To be as safe as houses

Vollkommen sicher oder gefahrlos sein. Dieser Vergleich entstand ursprünglich zur Bezeichnung von Häusern und Immobilien als eine risikofreie oder "mündelsichere" Geldanlage.

▶ *We feel as safe as houses in our cottage now we've got a biting employee, a large Doberman.*

▶ *Uwe thought that his marriage was as safe as houses; then three weeks after moving to Stuttgart, he discovered that he had the same mailman.*

To take the plunge

Ein großes Wagnis eingehen; den Sprung wagen; heiraten. Wörtlich "hineintauchen" (plunge).

▶ *I took the plunge last year and set up my own business.*

▶ *A confirmed bachelor * is someone who always hesitates before he takes the plunge, and then doesn't.*   [* eingefleischter Junggeselle]

Dodgy

Gewagt; heikel; kniffelig; unsicher. Vom Verb "to dodge" (ausweichen; sich vor etwas drücken) im Sinne von "unzuverlässig" und – durch Ausdehnung der Bedeutung – "unsicher" oder "gefährlich". (Siehe "dodger", Seite 265.)

▶ *Isn't it a bit dodgy carrying so much money around with you?*

▶ *Watch the floorboards here; they are loose and a bit dodgy.*

▶ *Crime is getting out of hand * in our area. The situation is so dodgy even the muggers * go around in pairs.*   [* außer Rand und Band geraten * Straßenräuber]

To be within an ace of something

Etwas um Haaresbreite entgehen; in greifbarer Nähe von etwas (einem Erfolg / dem Tod usw.) sein. Mit "ace" ist hier nicht das Spielkarten-As gemeint, sondern ein veralteter Begriff für die niedrigstmögliche Punktzahl beim Wurf von zwei Würfeln (zwei mal eins), symbolisch für einen minimalen Abstand zu einem Erfolg oder Unglück.

▸ *I was within an ace of being talked to death.* (Brief von 1704)
▸ *Teacher: You were within an ace of getting 100 in your exams. – Student: You mean 99? – Teacher: No, I mean two noughts.*

To be in the bag

In der Tasche sein; gewonnen oder erreicht sein. Ursprünglich Jägersprache für erlegtes Wild, das in der Jagdtasche (in the bag) als sichere Beute liegt.

▸ *We have six firm orders in the bag and the chance of another two.*
▸ *They've given me the job; it's in the bag.*

One can bet one's bottom dollar oder one's boots (that ...)

Man kann jede Wette eingehen, daß ...; worauf man sich verlassen kann. Beide Wendungen sind amerikanischen Ursprungs. "Bottom dollar" ist der unterste Dollar in einem Stapel auf dem Spielkartentisch, ein Sinnbild dafür, daß man sein ganzes Geld auf etwas Sicheres wetten kann. Die Stiefel (boots) waren für Bergleute und Viehtreiber unentbehrliche Gegenstände, die man eigentlich nie aufs Spiel setzen sollte, es sei denn, daß ein Gewinn sicher war.

▸ *If the birds are migrating early this year, you can bet your bottom dollar (your boots) that the winter will be cold.*
▸ *Oswald's not at home yet, but I'll bet my bottom dollar (my boots) that he'll put us up * for a few nights.*   [*uns unterbringen]
▸ *I accidentally stepped on a guy's foot in the queue. – Did you say "sorry"? – You can bet your bottom dollar I did; I always say "sorry" to hulks * over 1.90 meter.*   [*Kolosse]

To clinch oder **strike** oder **wrap up** oder **sew up** oder
stitch up a deal (an agreement / a contract usw.)
(Ein Geschäft / einen Vertrag / eine Vereinbarung) abschließen, festmachen oder unter Dach und Fach bringen; zu einer festen Abmachung kommen. "A clinch" war ein im Schiffsbau gebrauchter langer
Nagel, dessen Ende nach Durchdringen der Bretter platt gehämmert
wurde, um die Plankenverbindung zu verstärken. Daher die übertragene Bedeutung von "festmachen". "Strike a deal" rührt vom Brauch
her, bei einer Abmachung einander in die Hände zu schlagen. "Wrap
up" (einwickeln), "sew up" und "stitch up" (zusammennähen) vermitteln das Gefühl einer definitiv bindenden Abschlußhandlung.
Zusätzlich bedeuten **to have someone / something sewn up** beziehungsweise **stitched up** beziehungsweise **wrapped up** jemanden / etwas unter Kontrolle oder unter der Fuchtel haben. (Siehe
auch "wrap up", Seite 16.)

 ► *The trade mission clinched (struck / wrapped up / swung / sewed up)
   several contracts on the trip to Brazil.*
 ► *After the fourth goal, Juventus knew that they had their opponents
   sewn up (stitched up / wrapped up).*

To have (oder **be) a close shave** oder **a close call**
Gerade noch / mit knapper Not davonkommen; einen Unfall oder
ein Unheil nur knapp vermieden haben. Beim hautnahen Rasieren
(a close shave) mit scharfer Klinge kann man sich leicht schneiden.
Bei einigen unklaren Situationen im Baseball kann die Entscheidung
(call) eines Spielrichters knapp (close) zugunsten von jeder der beiden Mannschaften ausfallen.

 ► *The tyre came off the car in front of us and bounced across the Autobahn just missing my bonnet *. It was a close shave (close call), I
   can tell you!*   [* Haube]
 ► *Have you ever been married? – No, but I've had a few close shaves
   (close calls).*

The coast is clear

Die Gefahr ist vorbei; wir können ungehindert beziehungsweise ungesehen weitermachen / weitergehen; die Luft ist rein. Die Wendung wird Schmugglern zugeschrieben, die in früheren Zeiten längs der Küste nach Zollbeamten Ausschau hielten.

► *Richter first stopped his van, got out to see if the coast was clear and then dumped twelve sacks of building rubble * on the verge * of the road.*   [* Bauschutt *Straßenrand]

► *Is your father at home? You know he doesn't like me. – You can come in; the coast is clear. He's gone off to work.*

► *My neighbour must think I work as a coast guard *; he keeps ringing up * my wife to ask if the coast is clear.*

[*bei der Küstenwache arbeiten *anrufen]

To be as sure as eggs (is eggs)

So sicher, wie zwei mal zwei vier ist; so sicher wie das Amen in der Kirche. "Eggs" ist eine Verballhornung des Buchstabens X, der früher von Analphabeten als Unterschrift geschrieben wurde. Die Wendung bedeutete ursprünglich "so sicher wie jemandes Unterschrift oder Zustimmung".

► *The prices are fixed and as sure as eggs, you won't get a cash discount by haggling *.*   [*feilschen]

► *If the rival football fans are not kept apart in the stadium, there will be trouble; as sure as eggs is eggs.*

► *Are you sure you can support a family when you marry my daughter? – I have a good job and I'm as sure as eggs that I can. – But you do realize that there are eight of us?*

Not to put all one's eggs into one basket

Nicht alles auf eine Karte setzen; sich mehrere Möglichkeiten offenhalten. Das Risiko einer Investition oder eines Energieaufwands wird hier durch zerbrechliche Eier symbolisiert, die über mehrere Körbe verteilt werden sollten, um die Gefahr eines Totalverlusts bei einem Mißgeschick zu vermeiden.

► *As a graduate fresh from college you should apply for as many jobs as possible and not put all your eggs in one basket with just one single application.*

▶ *Our company shouldn't put all its eggs in one basket and should seek new markets abroad; we are too exposed to a downturn* * *on the German market.*   [*einem Abschwung ausgesetzt]

To run the gauntlet

Sich einer Gefahr oder unangenehmen Situation aussetzen; Spießrutenlauf. Ursprünglich eine lebensgefährliche Strafe in der Marine, wobei ein Matrose durch das Spalier eines Strafkommandos laufen mußte, das mit Stöcken oder Seilen auf ihn einschlug.

▶ *Some foreign tourists bought cheap GDR currency in West Berlin, but when smuggling it into East Berlin they had to run the gauntlet of checkpoints and police controls.*

▶ *Many film stars Hollywood have to run a gauntlet of press photographers every time they leave their homes.*

To be out on a limb

Allein und leicht angreifbar dastehen; exponiert sein. Ein amerikanischer Jagdbegriff für ein Tier, wie zum Beispiel einen Waschbären, das mit einem Glied (limb) – einem Arm oder Bein – ungedeckt an einem herausragenden Ast im Baum hängt und ein gutes Ziel abgibt. Symbolisch für jemanden, der einen riskanten Alleingang macht oder ohne Rückendeckung dasteht.

▶ *The England football coach Glenn Hoddle was out on a limb after he made a press statement that he believed in reincarnation* * *and that physical and mental handicaps were a punishment for the sins of a past life.*   [*Wiedergeburt]

To put something on the line

Etwas riskieren; etwas aufs Spiel setzen. Die Wendung entstand ursprünglich in der Form **put one's money on the line** (sein Geld einsetzen), wobei "line" die Linie auf einem Roulettetisch oder Schalter in einer Wettannahmestelle war, die die unwiderrufliche Abgabe der Wette bedeutete.

▶ *Everyone thinks that the project is a good idea, but nobody wants to put their money on the line.*

▶ *The Bishop of Armagh appealed to young Irish Catholics not to put their futures on the line by joining violent political groups.*

To stick one's neck out

Ein großes Risiko eingehen; eine Prognose wagen; eine riskante Entscheidung oder Wahl treffen. Indem man ein Risiko auf sich nimmt, versetzt man sich sinnbildlich in die Lage eines Hofhuhns, dessen Hals auf einem Holzblock für die Schlachtung freigelegt wird. **To get it in the neck** (leiden müssen; bestraft werden; eins auf den Deckel kriegen), wobei "it" hier für den Axthieb steht, ist von demselben Sinnbild abgeleitet.

- ▶ *Accepting a bribe is a dicey* thing to do; you should have known that you were sticking your neck out. You've now put your job on the line* and there's good chance you'll get it in the neck.*

[*gefährlich *aufs Spiel gesetzt]

- ▶ *It's a dicey* thing for a weather forecaster to do so far in advance, but I'm going to stick my neck out and predict good weather next month.* [*gefährlich]

To be touch-and-go oder be iffy

Unsicher oder riskant sein; auf des Messers Schneide / auf der Kippe / unter einem Fragezeichen stehen. "Touch-and-go" war ursprünglich ein Begriff aus der Seefahrt für ein Schiff, das durch untiefes Wasser gelotst wird und dessen Rumpf zum Schrecken der Besatzung den Boden ab und zu berührt (to touch). Das Adjektiv "iffy" wird vom Bindewort "if" (wenn) gebildet, das heißt mit vielen "Wenn und Aber" verbunden.

- ▶ *The condition of the French policeman injured by soccer hooligans is touch and go (very iffy).*

- ▶ *It is touch and go (iffy) whether the monopolies commission* will allow the proposed merger.* [*staatliche Wettbewerbskontrolle]

- ▶ *Strong winds are predicted in French Guyana for tomorrow, so the satellite launch looks touch-and-go (iffy) at the moment.*

There are no two ways about it

Da gibt es gar keinen Zweifel; das ist sicher; da kann kein Fehler vorliegen. So wie man sich nicht verlaufen oder verfahren kann, wenn es nur einen Weg gibt.

- ▶ *We first thought that a member of staff might have borrowed the*

*computer, but there are no two ways about it, it's been nicked *.*
                                                    [*geklaut]
► *There are no two ways about it; those are the typical symptoms of shingles *.*   [*Gürtelrose]
► *You can't buck the system *! The plaintiff has served a summons * and if you don't appear in court on the 27th without good cause, the judge will make a judgement by default*; there are no two ways about it.*   [*sich der etablierten Ordnung widersetzen
                                      *der Kläger hat eine Vorladung zugestellt
                                      *ein Versäumnisurteil fällen]

To be out of the woods
Außer Gefahr sein; aus dem Schneider / über den Berg sein. Reisende gingen früher nur ungern durch Wälder, wo häufig Räuber lauerten.
Not to be out of the woods yet – etwas kann noch schiefgehen.
► *If Germany wins this match they are out of the woods and qualify for the next round.*
► *The operation has removed the tumour, but Karin is not out of the woods yet, and she will need chemotherapy to clear up the remaining cancer cells.*

61 Sinne

To have pins and needles (in one's leg / hand)
Ein Kribbeln im Bein oder in der Hand haben. Das Prickeln oder Kribbeln beim Einschlafen einer Gliedmaße wird hier mit kleinen Stichen von Stecknadeln und Nadeln verglichen.
► *It was such a long meeting that I had pins and needles in my legs.*

To clap eyes on someone / something
Etwas zu Gesicht bekommen. Wörtlich "seine Augen auf etwas schlagen".
► *The Chinese guide told us that we would see some pandas on the hillside, but the weather was bad and we didn't clap eyes on a single one.*

▶ *In some Eastern countries a woman doesn't get to see her future husband before the marriage; in some Western countries a woman doesn't clap eyes on him very often after the marriage either.*

▶ *It's on the cards * that Christian will be in hospital for a little while yet. – Why, have you seen his doctor? – No but I've clapped eyes on his nurse.* [* es ist wahrscheinlich]

To be as deaf as a doorpost oder be stone-deaf

Stocktaub sein; Bohnen in den Ohren haben. Ein Türpfosten (doorpost) muß das Zuknallen der Tür und das Klopfen dulden und soll daher taub sein. "Stone-deaf" ist wörtlich "taub wie ein Stein".

▶ *You can shout as much as you like but my grandma is as deaf as a doorpost.*

▶ *Medical Consultant: Your were deaf as a doorpost before the operation, but I'm glad to say that it's been a complete success. – Patient: Come again? ** [* wie bitte?]

▶ *Curry sausage and bread rolls twice! – I'm not stone-deaf, I heard you the first time.*

To be as dry as a bone oder be bone-dry

Knochentrocken oder ausgedörrt sein.

▶ *I need a drink; my throat is as dry as a bone (bone-dry).*

▶ *Most spectators were soaked to the skin *, but we remained bone-dry in the covered section of the stadium.* [* klatschnaß]

To take a gander at something

Sich etwas angucken. Der Begriff ist eine Anspielung auf den ausgestreckten Hals eines Neugierigen in Anlehnung an den langen Hals eines Gänserichs (a gander). Der Befehl **get a load of something!** ist "guck mal genau hin!" oder "hör mal gut zu!". "Load" (Ladung) ist dabei ein Sinnbild für etwas, was die Augen und Ohren aufnehmen können.

▶ *Get a load of that woman's legs! I've seen better bones in a soup.*

▶ *Take a gander at that notice. It says clearly, "Private – No fishing". So why are you angling here? – I wouldn't be so impolite as to read other people's private notices.*

▸ *Girl: Would you like to take a gander at the private place where I was vaccinated*? – Boy: You bet* I would! – Girl: Well drive down this street, ... it's the private clinic on the left.*

[*geimpft *und wie!]

▸ *I was a war baby. When I was born, my parents took a gander at me and started fighting.*

▸ *You can get a load of the eclipse* from Dresden tomorrow, but watch out, don't stand too close!* [*Sonnenfinsternis]

To hum oder pong

Übel riechen; miefen. Im ersten Verb wird das Summen einer Melodie (humming) scherzhaft mit einem Mief verglichen. Als ob der aufdringlich riechende Gegenstand lebendig wäre und reden könnte. Aufpassen bei dem Ausdruck **things are really humming** – die Sache ist echt in Schwung gekommen, wo "hum" das Summen oder Brummen einer Maschine darstellt, die anläuft oder sich dreht. "Pong" kommt wahrscheinlich aus der Zigeunersprache Romani vom Verb "pan" (stinken). **Pongy** ist miefend, und **a hum** und **a pong** sind ein Gestank oder Mief. **A whiff** – ein (gewöhnlicher, aber nicht notwendigerweise schlechter) Geruch – bildet das Adjektiv **whiffy** (stark riechend). **To take a whiff of something** – etwas beriechen / beschnuppern. Das Verb "whiff" (riechen) hat sowohl eine transitive als auch intransitive Form: **to whiff something** (etwas mit der Nase riechen / vernehmen) und **whiff (good / bad)** – einen guten / üblen Geruch haben.

▸ *The Town Council are threatening to fine householders who put out their rubbish sacks on the wrong days; not only does it make the street look untidy, but the sacks get opened accidentally or by animals and begin to pong.*

▸ *No, we can't keep a monkey in the house because of the pong. – Don't worry, it'll soon get used to it!*

▸ *My feet don't pong (hum). I'll have you know*, I wash them once a fortnight whether they need it or not.* [*ich möchte Sie darauf hinweisen, daß]

▸ *You whiff very nice today. What have you got on? After-shave? – No, clean socks.*

To stink to high heaven

Gottserbärmlich stinken (von einem Geruch); zum Himmel stinken (von einer korrupten Angelegenheit).

► *The dead horse had been lying in the field for a week and stank to high heaven.*

► *An American who had been in a Colombian prison without trial for three years claimed that the justice system was so corrupt that it stank to high heaven.*

To be as snug as a bug (in a rug)

Sich urgemütlich (snug), kuschelig oder wohlbehütet fühlen. Hier als Reim mit "bug" (eine Wanze), die es sich in einem Teppich (rug) urgemütlich macht.

► *The baby is fast asleep; snug as a bug in a rug.*

► *Have you settled into the new house? – We're as snug as a bug in a rug.*

To keep one's eyes peeled / skinned (for something)

Wie ein Schießhund aufpassen; nach etwas Ausschau halten. Offene Augen (das heißt ungedeckt von den Augenlidern) werden hier mit geschältem ("skinned" oder "peeled") Obst verglichen. Die Wendungen werden meistens als Befehle angewandt.

► *I sat in the hide* and kept my eyes peeled (skinned); then after an hour the first otter appeared near the holt*.* [*Ansitz *Otterbau]

► *Keep your eyes skinned (peeled) for the train. I'll just pop* into the station buffet for a can of Coke.* [*ich flitze mal]

To stand out (oder stick out) like a sore thumb / a mile

Stark auffallen oder sich abheben (stand out) von etwas; hoch aufragen (stick out) und meilenweit sichtbar sein; ins Auge springen. "Sore thumb" ist eine negative Analogie zu einem angeschwollenen Daumen.

► *You can't miss the building; it stands out like a sore thumb (sticks out a mile) in the city centre.*

► *It stood (stuck) out a mile (like a sore thumb) that Mr Koch wasn't pleased with my visit.*

▶ *The last tenant of this flat was a heavy smoker; that stands (sticks) out a mile (like a sore thumb).*

To be as blind as a bat

Sehr kurzsichtig oder stockblind sein; blind wie ein Maulwurf. Wörtlich "blind wie eine Fledermaus".

▶ *I can't read the ship's name, I'm as blind as a bat without my glasses.*

▶ *When it comes to social awareness this government is as blind as a bat.*

▶ *My husband keeps telling me I'm the most beautiful woman in the world. – Yes, my husband is as blind as a bat too.*

▶ *There is so much smog in the city, motorists are as blind as a bat (oder as bats); the authorities are now considering making all new traffic signs in Braille *.*   [* Blindenschrift]

62 Spott / Hänselei

To send someone / something up

Jemanden / etwas parodieren; jemanden / etwas durch den Kakao ziehen. Der Ursprung des Ausdrucks war ein Schüler, der für eine Standpauke oder körperliche Züchtigung nach oben (up) zum Schuldirektor geschickt (sent) wird. Die Erniedrigung durch diese Strafe wurde auf eine abwertende Karikatur von jemandem oder etwas (**a send-up**) und später auf eine Verhohnepipelung überhaupt übertragen.

▶ *Höhne once reported a UFO to police. Since then, people in the village have never stopped sending him up; he gets loads of * postcards from aliens.*   [* haufenweise]

To pull someone's leg oder have someone on

Jemanden veräppeln / aufziehen / auf den Arm nehmen. Die erste Wendung ist von den Albereien von Kindern abgeleitet, die aus Jux einander am Bein ziehen und zum Stolpern bringen. Davon kommt

auch die ironische Erwiderung **pull the other leg** (beziehungsweise **one)!** – wörtlich "du hast es schon mit dem einen Bein probiert, hier ist das andere", im Sinne von "du übertreibst es wirklich"
oder "das kannst du anderen weismachen". Manchmal wird hinzugefügt **…, it's got bells on!** Der Sinn bei "have on" ist, daß jemand
in ein Fahrzeug steigt und auf eine (Jux-)Reise mitgenommen wird.
Im übertragenen Sinne – jemanden einem Jux aufsitzen lassen; jemanden hoch- oder auf die Schippe nehmen.

▶ *Calm down! I'm only pulling your leg (having you on); the plane
doesn't leave for another hour.*

▶ *When Dirk said that my garden hut was on fire, I thought at first
that he was pulling my leg (having me on).*

▶ *Pull the other leg, it's got bells on! That writing desk is made of
spruce *, not oak.*   [* Fichte]

Tell that to the marines!

Das kannst du anderen weismachen!; das kannst du deiner Groß-
mutter erzählen! Man sagte früher nicht "marines", sondern "horse
marines", und da die Marineinfanteristen keine Pferde hatten,
spielte man darauf an, daß der Gesprächspartner dummes Zeug re-
dete.

▶ *15 000 DM is a good price; after all, my car is only three years old.
– Tell that to the marines! It's at least five years old.*

▶ *Tell that to the marines! You've never cleaned this room today.*

To take the mickey (oder grob the piss)
(out of someone)

Jemanden aufziehen / verladen / verhohnepipeln / durch den Kakao
ziehen. "Mickey" ist die Koseform von Michael, einem typisch irischen Namen, und die ursprüngliche Anspielung war, daß man als
ein "dummer" Ire hingestellt wird. (Siehe Bemerkung über "Paddy-
jokes", Seite 246.)

▶ *Cat owners don't need a licence to keep a moggy*; Ulrich is just
taking the mickey (the piss) out of you.*   [* Mieze]

▶ *Children often took the mickey out of Detlef because he had a
speech defect.*

▶ *I've had a breast enlargement, but I keep it under my hat* in case*
people start taking the mickey.   [*schweige darüber]

To poke fun at someone / something

Sich über jemanden / etwas lustig machen; jemanden / etwas verspot-
ten. Das Verb "poke" ist eine Anspielung auf "poke one's finger at
someone" – mit dem Finger nach jemandem stoßen, als ob dieser ein
Sonderling oder Freak ist, über den man lachen kann.

▶ *Everyone is poking fun at me because I have a new invention, just*
as they all poked fun at Benjamin Franklin when he invented the
lightning conductor.

63 Stören / Verhindern

To upset the applecart

Jemandes Pläne umwerfen; ein Vorhaben durchkreuzen. Wenn man
einen Karren mit Äpfeln (applecart) umkippt, dann rollen sie überall
hin, und das Einsammeln verursacht viel Arbeit.

▶ *The whole family was looking forward to our holiday on Mauri-*
tius; then my husband broke his leg and upset the applecart.

To rock the boat

Als Störenfried auftreten; dazwischenfunken. Das Sinnbild ist ein
Ruder- beziehungsweise Paddelboot, das von einem störenden Mit-
insassen übermäßig geschaukelt wird.

▶ *Some junior managers are reprimanding * staff in front of custom-*
ers; it creates a bad impression and they must stop rocking the
boat.   [*tadeln]
▶ *Some of the larger stores are rocking the boat and selling our prod-*
ucts at reduced prices.
▶ *You don't rock the boat; you don't grass on * your work mates!*
[*jemanden verpfeifen]

To nip something in the bud

Etwas im Keim ersticken; ein Problem vor dem Ausbruch unterbinden; den Anfängen wehren. Die Unterdrückung eines Projekts in der Entwicklungsphase oder eines Talents in der Entwicklung wird mit einem plötzlichen Kälteeinbruch verglichen, der eine Knospe (bud) abtötet (nips) und ein Wachstum in eine bestimmte Richtung verhindert.

- ▸ *It is a moot point* whether early military action by NATO could have nipped the Yugoslavian problem in the bud.*

  [*umstrittene Frage]
- ▸ *Gerda could have been a great pianist, but injuries form a car accident nipped her career in the bud.*

To put paid to something / someone

Einer Sache ein Ende setzen, etwas zunichte machen; mit jemandem kurzen Prozeß machen. Vom Brauch der Händler, bei der Bezahlung von offenstehenden Rechnungen den Vermerk "paid" (bezahlt) neben den Betrag zu setzen. So wie mit diesem Vermerk die Schuld vom Tisch ist, wird durch eine Handlung eine Hoffnung beziehungsweise Aussicht zerschlagen, ein Projekt vereitelt oder mit einer Person abgerechnet.

- ▸ *That was a silly thing to say to the boss; now you've put paid to your chances of promotion.*
- ▸ *The blackmailer was finally caught and given two years in prison; that put paid to him for a while.*

To queer someone's pitch

Jemandem einen Strich durch die Rechnung machen; sich bei jemandem querlegen; querschießen. "Pitch" hat hier mit einem Sportfeld (zum Beispiel football pitch) nichts zu tun; gemeint ist ein Marktstand, der wie ein Zelt aufgeschlagen (pitched) wurde und wo Händler ihre Waren anpriesen. Andere Händler mischten sich häufig unter die Menge, um mit Zwischenrufen das Verkaufsgerede der Konkurrenz zu stören und deren Verkaufschancen zu vermasseln. Das Verb "to queer" im Sinne von "vermasseln" kommt außer in dieser Wendung nirgends vor.

▶ *The trip to Potsdam would have been great if the weather hadn't queered our pitch. It poured down the whole time.*

▶ *We wanted to build an extension to our kitchen, but the Council queered our pitch and refused planning permission *.*

[* die Baugenehmigung verweigern]

To pull the rug (oder the carpet) from under someone's feet

Jemandem den Boden unter den Füßen wegziehen; ein Projekt zum Scheitern bringen. Man vereitelt ein Projekt, so wie man jemanden zu Fall bringt, indem man ihm den Teppich (rug) unter den Füßen wegzieht.

▶ *I was going to buy the house, but then I lost my job and that pulled the rug from under my feet.*

▶ *We were doing good business in the Zaire; then the civil war there pulled the rug from under our feet.*

To throw a spanner (monkey wrench [US]) in the works oder to put a spoke into someone's wheel

Ein Vorhaben zu Fall bringen; Sand ins Getriebe streuen; jemandem einen Knüppel zwischen die Beine werfen. Ein Schraubenschlüssel (spanner) und ein Rollgabelschlüssel (monkey wrench) sind Werkzeuge, die aus der Hand rutschen und ins Getriebe einer Maschine (the works) geraten können. Auch eine Anspielung auf die Maschinenstürmer des 18. und 19. Jahrhunderts, die die Mechanisierung als eine Bedrohung ihrer Arbeitsplätze ansahen und die Maschinen sabotierten. ("Monkey wrench" ist nach dem amerikanischen Erfinder Monk genannt und hat mit einem Affen nichts zu tun). "A spoke", heute Fahrradspeiche, war ein massiver Stab, den man in ein Stellloch auf der Radachse eines Pferdewagens steckte, um diesen gegen das Wegrollen zu sichern.

▶ *We could not get a bank loan for a van and that threw a spanner in the works (put a spoke in our wheel) for the planned mobile discotheque.*

▶ *The WDR film team intended to catch a helicopter to Yakutsk to film a documentary there, but the next day heavy mist shrouded **

*the mountains and temporarily threw a spanner (a monkey
wrench) in the works (put a spoke in their wheel).*   [*einhüllen]

To snooker oder stymie oder stump someone

Jemandes Absichten vereiteln; jemanden vor ein unlösbares Problem stellen. Alle Begriffe stammen aus verschiedenen Ballspielen.
"Snooker" ist ein Begriff aus dem gleichnamigen Billardspiel, wobei
der Gegner in eine Lage gebracht wird, in der die richtige Kugel nicht
direkt bespielt werden kann. "Stymie someone" ist ein ähnlicher
Golfausdruck für das Blockieren des direkten Zugangs des Gegners
zum Loch. Der Cricketausdruck "stump someone" beschreibt eine
Methode, den Schlagmann auszuschalten, wobei die Stäbchen mit
dem Ball umgeworfen werden, wenn der Schlagmann die Linie der
Stäbchen schon verlassen hat.

▶ *The massive fall in the price of computer chips has snookered (stymied) the expansion plans of many chip manufacturers.*

▶ *My doctor told me that whiskey can't cure the common cold, but
then again*, the common cold has stymied (stumped/snookered)
medical science as well.*   [*andrerseits]

64 Suchen / Finden

To get hold of something

Etwas auftreiben; in den Besitz von etwas gelangen. Wörtlich "etwas
fassen". Der Ausdruck bezieht sich meistens auf Sachen, aber manchmal auch auf Personen (**get hold of someone** – mit jemanden in
Kontakt kommen), die schwer zu erreichen sind. **To dig up** oder **un-
earth something** ist etwas ausgraben oder aufdecken, in bezug auf
alte Sachen und Informationen, die ans Tageslicht gebracht werden.

▶ *I'm trying to get hold of a cheap flat near the city centre.*

▶ *In Amsterdam, it's a lot easier to get hold of drugs than in Germany.*

▶ *Where did you get hold of (dig up/unearth) that old telephone?*

▶ *A supermarket is a place where you can get hold of anything, ...
except the children when you want to leave.*

To pick up something (an object / a language / a habit / a girl / a bug)

Einen Gegenstand zufällig erwerben; eine Sprache aufschnappen; eine Gewohnheit annehmen; jemanden (ein Mädchen) aufreißen/aufgabeln; sich einen Virus (zum Beispiel eine Grippe) holen. Wörtlich "etwas aufnehmen". (Siehe auch "pick up" als intransitives Verb, Seite 84.)

▶ *Spanish is easy to pick up when you're living in that country.*

▶ *My son has picked up smoking from his school friends.*

▶ *It's a good disco for picking up girls.*

▶ *Take these pills before you leave. You don't want to pick up malaria* (oder *a bug*) *on holiday.*

To come by something

Etwas erwerben; kriegen. Wörtlich "an etwas herankommen".

▶ *The Dutch company Maatwerk helps the long-term unemployed to come by a job.*

▶ *You say that you came by that black eye* * *and the cauliflower ear* * *just because you coughed? – Yes, her husband heard me cough while I was in the wardrobe.*   [*blaugeschlagenes Auge
*Blumenkohlohr]

To bag something

Etwas in Besitz/Beschlag nehmen; sich etwas schnappen. Wie ein Gegenstand, der zur Mitnahme in eine Tasche (bag) gesteckt wird.

▶ *This is the second time I've made this speech about accident prevention in the firm and I see that those of you who were here last time have bagged all the good seats, ... near the door.*

▶ *How many Microsoft engineers does it take to change a light bulb. – None, because Bill Gates will bag "Darkness" as a new industry standard and charge $ 2 every time it occurs.*

A bird in the hand is worth two in the bush

Was man hat, das hat man; ein Spatz in der Hand ist besser als eine Taube auf dem Dach. Die Idee, daß ein kleiner sicherer Erwerb den Vorrang hat vor einem viel größeren, aber unsicheren, der einem nur vorschwebt, wurde ursprünglich in den äsopischen Fabeln ausgedrückt. Eine Nachtigall flehte den Habicht an, sie loszulassen. Der Habicht antwortete, "du bist zwar mager, aber ich habe dich in meinen Krallen, die anderen fetteren Vögel muß ich erst noch fangen".

▶ *He didn't offer much for the car, but I accepted. A bird in the hand is worth two in the bush.*

To fish for compliments

Nach Lob suchen; auf Komplimente aus sein. Das Sinnbild ist das Angeln einer bestimmten Fischart. Man angelt nach Komplimenten, indem man seine Leistungen so stark untertreibt, daß andere sich zu einer lobenden Berichtigung der Aussage aufgerufen fühlen.

▶ *I'm the last person they should have promoted to Chief Programmer. – Stop fishing for compliments; you know you're one of our best computer experts.*

To be up for grabs

Zu einem Spottpreis zu erwerben sein; umsonst zu haben sein; der Spekulation beziehungsweise dem Mißbrauch freigegeben sein. Der Begriff ist eine Abwandlung von "be up for sale" – zum Verkauf angeboten sein, nur daß man den aus Eifer oder Geldgier begehrten Gegenstand viel leichter erwerben kann, indem man einfach danach "grapscht".

▶ *After reunification, some East German families complained that their houses were up for grabs and that the previous owners who had been expropriated * during the GDR period could come and reclaim the properties *.*   [* enteignet * Eigentum beanspruchen]

▶ *One night in July 1998, a world record of 250 million dollars were up for grabs after the jackpot in the US Power Ball lottery had rolled over * for the eighteenth time.*   [* nachdem das große nicht gewonnene Los sich angehäuft hatte]

▶ *This week 380 jobs are up for grabs in our "situations vacant" * section.*   [* Stellenangebote]

The grass is greener on the other side (of the fence)
Die Kirschen des Nachbarn schmecken immer viel besser; den anderen scheint es immer besser als einem selbst zu gehen. Abgeleitet von der Gewohnheit der Kühe, das oft saftigere Gras auf der anderen Zaunseite zu suchen.

▶ *Thousands of Albanians packed in old tubs * left their country for Italy, believing that the grass was greener on the other side.*

[* alte Kähne]

▶ *I don't like my present job and wish that I had stayed with my old company; now I know that the grass isn't always greener on the other side.*

To land (a job / an order)
(Eine Stelle / Bestellung) ergattern; etwas an Land ziehen. Das Sinnbild ist hier ein Angler, der einen Fisch aus dem Wasser zieht (lands). Einige andere Bedeutungen von "land" sind "(einen Schlag) versetzen", zum Beispiel **to land someone a blow** (oder **one**) und als rückbezügliches Verb "sich (Ärger) zuziehen", zum Beispiel **land oneself in trouble (with someone)** – bei jemandem Ärger einhandeln; sich in Schwierigkeiten bringen.

▶ *Our company landed some good orders at the Leipzig Fair.*
▶ *That's the third husband she's landed.*
▶ *Rainer has landed a study place for medicine at Tübingen, in spite of the Numerus Clausus.*
▶ *If you call me a wimp * again, I'll land you one.*   [* Hänfling]
▶ *Jäger has already landed himself in trouble with the police several times.*

To go (oder send someone) on a wild-goose chase
Ein vergebliches Unternehmen oder eine sinnlose Suche antreten; einem Phantom nachjagen (lassen). Früher, als Jäger keine Flinten hatten, galten wilde Gänse als schwierig zu fangen.

▶ *Searching for a cheap and comfortable flat in Berlin is a wild-goose chase; they have all been snapped up * already.*

[* sofort weggenommen / ergattert]

▶ *Madeleine Albright was sent on a wild-goose chase to Israel, since*

> *the Netanyahu government was dead set* against implementing**
> *the Oslo peace agreement.*   [*absolut gegen etwas eingestellt
> *erfüllen; in die Tat umsetzen]

Something doesn't grow on trees

Etwas fällt nicht einfach vom Himmel. Mittel, Personal oder Gegenstände stehen nicht frei zur Verfügung wie Blätter, die auf den Bäumen wachsen, sondern müssen mühsam gesucht oder erarbeitet werden.

► *My son spends my dosh* like it was going out of fashion*. I keep telling him that money doesn't grow on trees.*

[*Moneten *wie verrückt]

► *Husbands like yours don't grow on trees. – I know, I couldn't ask for a better husband, ... much as I'd like to.*

► *Men like him don't grow on trees, they swing around* on them.*

[*von Baum zu Baum schwingen]

► *A middle-aged executive went to his boss and asked for a pay rise. Executive: Experienced staff like me don't grow on trees. I'm very sought-after*. I'll have you know*, I have three companies looking for me. – Boss: Oh really, and which companies would they be? – Executive: The phone company, the electric company and a loan-shark* company.*   [*gesucht *ich möchte Sie darauf hinweisen, daß ...*Kredithai]

65 Tod / Töten

Someone's days are numbered

Jemand wird es nicht mehr lange machen; jemandes Tage sind gezählt; das Ende oder der Zusammenbruch von etwas ist absehbar. Abgeleitet aus dem Alten Testament vom Fest des Königs Balsazar, als eine Geisterschrift (ein Menetekel) an der Wand den bevorstehenden Sturz seiner Herrschaft voraussagte. Man sagt auch **the writing is on the wall for something / someone** – etwas / jemand hat keine Zukunft mehr.

▶ *Gerd is terminally ill and his days are numbered.*

▶ *When the Allies started bombing Berlin, the days of the Third Reich were numbered* (oder *the writing was on the wall for the Third Reich*).

▶ *If Bernd continues to behave like that, his days in this firm are numbered.*

To be living on borrowed time

Jeden Augenblick sterben oder verschwinden können; jemandes Uhr ist abgelaufen. Die jetzige Lebenszeit wird mit geliehenen (borrowed) Schulden verglichen, die bald zurückgezahlt werden müssen.

▶ *Otto has had three operations on his ticker*; he's now living on borrowed time and taking every day as it comes.*   [*Herz; Pumpe]

▶ *After a month of rioting in Indonesian cities, Suharto knew that his regime was living on borrowed time.*

To be on one's (oder its) last legs

In den letzten Zügen liegen; aus dem letzten Loch pfeifen; notdürftig laufen (Maschine). Eine Anspielung auf den wankenden Gang von alten und kranken Tieren, die sich nur noch mit letzter Kraft auf den Beinen halten können.

▶ *The dog is sixteen years old; I'm afraid she's on her last legs.*

▶ *We need a new telly*; this one is on its last legs.*   [*Fernseher]

▶ *A lot of factories around Vladivostok are on their last legs; they haven't enough cash to pay regular wages and have to barter for raw materials.*

To be as dead as doornail oder be stone-dead

Mausetot oder hinüber sein; die/den bringt keiner mehr zurück. "Doornail" ist eine Anspielung auf Vortüren von früher mit nicht versenkten Beschlagnägeln, die ein für allemal in unverrückbarer oder toter Position blieben, wie man sie zum Beispiel bei einigen alten Gefängniseingängen oder Herrenhäusern noch vorfindet. "Stone-dead" ist wörtlich "tot wie ein Stein".

▶ *After taking ten bullets the anaconda was as dead as a doornail.*

▶ *Company profits were excellent this year and the campaign to dismiss the chief executive is now as dead as a doornail.*

▶ *Dad, how does one get to heaven? – You must be dead as a door-nail, son!*

▶ *Is this spray good for midges*? – Certainly not, it kills them stone-dead.*   [*Stechmücken]

To be as dead as the dodo oder dead as mutton

Mausetot sein (Tiere); völlig ausgestorben sein (Gebrauch); begraben sein (Plan). Der Dodo (beziehungsweise die Dronte) war ein großer flugunfähiger Vogel, der im 18. Jahrhundert auf der Insel Mauritius ausgerottet wurde. "Mutton" (Hammelfleisch) ist ein totes Schaf.

▶ *The death zone on the mountain starts at 8000 metres. There is only a third of the oxygen at sea-level and if you stay up there long without oxygen supplies, you'll be as dead as mutton (the dodo).*

▶ *Most Europeans think that the abacus * is as dead as the dodo, but in fact they are still in everyday use in some places of the Far East.*   [*Rechenbrett]

▶ *The Aztec culture of ancient Mexico is now as dead as the dodo.*

To be six feet under oder be pushing up daisies

Tot und begraben sein: sich die Radieschen von unten ansehen. Der erste Begriff ist wörtlich "sechs Fuß unter der Erde sein". Der zweite Begriff besagt, daß ein Toter jetzt als Pflanzennahrung dient und die Gänseblümchen (daisies) wachsen läßt.

▶ *An up-market * undertaker * also included a ten-word obituary * in the price of his funerals. One widow whose husband had just been buried wrote an ad *, "Stephan Reinfried is dead." The undertaker had pangs of conscience * because his prices were sky-high *, so he rung the widow to point out that she could have ten words. The widow then wrote, "Stephan Reinfried is pushing up daisies. Delivery van for sale."*   [*teuer; anspruchsvoll *Bestattungsunternehmer *Nachruf *(Klein-)Anzeige *Gewissensbisse *astronomisch]

▶ *Poor Werner is now six feet under and you know that one shouldn't say anything about the dead unless it's good. – What, is he really dead? … Good!*

To bite the dust

Dran glauben müssen; ins Gras beißen. Wörtlich "in den Staub beißen", das heißt tot umfallen.

▶ *Georg bit the dust just the other day*. – What did he die of? – I*
  don't know, but it wasn't anything serious.   [*neulich]

▶ *My grandfather bit the dust in Papua New Guinea in the 30's; he*
  was killed by cannibals while working as a missionary. At least he
  gave them their first taste of Christianity.

To kick the bucket oder **peg out** oder **pop off**

Abkratzen; ins Gras beißen; den Löffel abgeben. Die erste Wendung
ist nach einer Selbstmordmethode benannt, wobei die Lebensmü-
den mit dem Strick um den Hals auf einem Eimer standen, den sie
dann mit dem Fuß wegstießen. Das zweite Sinnbild kommt von
Pflöcken, die in die Löcher eines Bretts gesteckt werden, um die
Punktzahl bei bestimmten Kartenspielen wie Cribbage festzuhalten.
Das Spielende, wenn der Pflock (peg) des Gewinners aus (out) dem
letzten Loch gezogen wird, wird hierbei mit dem Tod verglichen.
Dieses Phrasal Verb bezeichnet ebenfalls das Zusammenklappen bei
Erschöpfung oder Ohnmachtsanfällen. "Pop off" ist schnell wegge-
hen oder wegflitzen (siehe Seite 110).

▶ *It's high time * I made my will *; at my age I could kick the bucket*
  (peg out/pop off) at any moment.   [*höchste Zeit *Testament]

▶ *Haven't you heard? Heinrich pegged out (kicked the bucket/popped*
  off) last week. – Yes, he was a workaholic. Death was Nature's way
  of telling him to slow down.

▶ *Dieter wants to die with his boots on*, ... so as not to hurt his*
  tootsies * when he kicks the bucket.   [*in den Sielen sterben; ge-
                                              stiefelt *Zehen]

▶ *If I should take out * your life insurance policy on my wife for the*
  maximum amount today and she pegs out tomorrow, what will I
  get? – Ten years in jail!   [*abschließen]

▶ *My uncle is such a hypochondriac *; when he pegs out, he wants to*
  be buried next to a doctor.   [*Hypochonder;
                                              eingebildeter Kranker]

To buy it oder **snuff it**

Getötet werden; daran glauben müssen. Das Fürwort "it" im ersten Begriff steht für "Farm" und ist abgeleitet von dem innigen Wunsch vieler amerikanischer Soldaten, sich ein Gehöft zu Hause zu kaufen und auf dem Lande zu leben, sobald der Krieg vorbei wäre. Man sagte daher von einem Gefallenen "he's bought it" im Sinne von "er hat mit dem Tod seinen Wunsch endlich erfüllt bekommen". Das Fürwort "it" bei "snuff" (löschen) bezieht sich auf eine Kerze, die das Lebenslicht darstellen soll. **To snuff someone out** – jemanden umbringen.

▶ *The blaze had been ferocious and had spread like wildfire* through the hotel. Many of the John and Jane Does* who had bought it could only be identified by their teeth.* [*wie ein Lauffeuer *unbekannte Männer und Frauen]

▶ *If we are the only intelligent life in the universe as some scientists claim, then we have a duty not to snuff ourselves out with war and environmental destruction.*

To die (oder **drop**) **like flies**

Wie die Fliegen sterben; in großer Anzahl umfallen/umkippen.

▶ *1916 was the most bloody year of the First World War. In two battles alone – the German breakthrough * of the French lines at Verdun and the Allied counter-attack at the Somme – some 1970.000 soldiers died like flies.* [*Durchbruch]

▶ *It was like an oven in the disco and people were dropping like flies; one girl fainted on top of me.*

To put down (an animal) oder **put (an animal) to sleep**

Ein Tier einschläfern. Auch in bezug auf menschliche Bestien, die Greueltaten begehen.

▶ *I once had a mutt * that used to run around the house barking and causing damage as soon as I went out. I had to have him put down. – Was the dog mad *? – He was furious *!* [*Köter *tollwütig; sauer *wütend]

▶ *An American farmer had his dog next to him and was driving a*

horse to market in his truck when a road hog* crashed into him.
He then sued the other driver for damages* in court. Lawyer: You
claim that you were seriously injured with broken ribs, yet at the
time, you told the cop who arrived that you were as fit as a
fiddle*. – Farmer: When the cop arrived, he went over to my
nag* which had a broken leg and put him down with a shot.
Then he went to my injured mutt* and did the same. Then he
came to me and when he asked me if I was all right, I was scared
stiff* that he might put me down as well so I replied, "I'm as
right as rain*."   [*Verkehrsrowdy *auf Schadenersatz verklagen
*kerngesund *Gaul; Klepper *Köter
*zu Tode erschrocken *kerngesund]

To zap someone / something

Jemanden erschießen; jemanden umlegen; jemanden oder ein Ziel
vernichtend treffen. Vom italienischen "zappere" – (eine Festung)
unterminen, das heißt mit eingegrabenen Minen wegsprengen. Unter italienischen Immigranten im Amerika der zwanziger Jahre nahm
das Verb die Bedeutung "ein Opfer niederschießen" an. Später im
Zeitalter des Fernsehens und in bezug auf das "Ausschalten" eines
Kanals wurde das Verb **zap** für das Umschalten **(channel-zap-
ping)** mit der Fernbedienung **(a zapper)** gebraucht.

▶ *This insecticide zaps any pesky* ants you have in your house.*

[*ärgerlich]

▶ *This single remote-control controls seven pieces of electrical equip-*
ment by storing the codes of the individual zappers.

To do someone in oder knock someone off

Jemanden umlegen; umbringen. (Siehe auch "knock something off"
– klauen, Seite 388.)

▶ *Pope Alexander VI, one of the notorious Borgias, was on his last*
legs* in 1503 and was asked if he would forgive his enemies before
he died. He replied, "I have no enemies, ... I've knocked them all
off".   [*stand mit einem Bein im Grabe]

▶ *One woman in Italy who wanted to do herself in closed all the*
windows in her apartment, turned on the gas, then lit a last fag*.

The resulting explosion devastated her flat and sent two tenants to
kingdom come *, but she survived almost unhurt.
[* Glimmstengel *ins Jenseits beförderte]

To bump off oder polish off someone

Kaltmachen; umlegen. Das Sinnbild bei "bump off" ist jemand, der
angestoßen oder angerempelt (bumped) wird und über eine Klippe
zu Tode fällt. Das Wegpolieren von Staub im zweiten Begriff ist sinnbildlich für das Auslöschen einer lästigen Person. (Siehe auch Seite
72.)

► *On average 16 people get bumped off in New York every day.*
► *She chose a very strange way to polish off her husband. – Yes, she*
  did it with bow and arrow so as not to wake the children.

To end it all oder top oneself

Selbstmord begehen; mit dem Leben Schluß machen. Das Fürwort
"it" im ersten Ausdruck ist das Leben, dem man ein Ende setzt. "Top
oneself" (vom Verb "top" – (Bäume) stutzen / kappen) bedeutete ursprünglich "sich erhängen / sich aufknüpfen" in Anlehnung an eine
abgekappte Baumspitze (top). Der Ausdruck hat immer noch den
Beiklang des Erhängens, wird jedoch heute auf alle Selbstmordfor-
men angewandt.

► *What with * debts and health problems, Reinhold topped himself*
  last night. – Well, they say that suicide is the sincerest form of self-
  criticism.   [* vor lauter]
► *Mr Schümann was out hunting and while climbing over a stile *,*
  he accidentally topped himself with his shotgun. He is survived
  by * a wife, three children and ... a grateful pheasant *.
  [* Zauntritt *die Hinterbliebenen / Überlebenden sind *Fasan]
► *I was often depressed and there were times when I would have top-*
  ped myself with my razor if it hadn't been for my mother-in-law *.
  – How was that? – She was always using it. [* Schwiegermutter]
► *I told my psychiatrist that I wanted to end it all, ... and he said*
  that I must pay in advance from now on.

66 Total / Extrem / Gesamtheit

As (honest / happy / boring) as the day is long

Äußerst (ehrlich/glücklich/langweilig); (ehrlich usw.) bis dort hinaus. "So wie der Tag lang ist" steht hier für die gesamte Dauer des Tages oder immer und folglich im übertragenen Sinne und in Verbindung mit einem Adjektiv der Emotion (zum Beispiel "sad" – traurig) oder einer persönlichen Qualität (zum Beispiel "cowardly" – feige) für "außerordentlich".

▶ *I don't believe that Schielein stole the money; he's as honest as the day is long.*

▶ *Ernst is boring as the day is long; but that's just until you get to know him. After that he's just plain boring.*

Up to the hilt

Voll und ganz; bis zum Gehtnichtmehr. Das Sinnbild ist ein Degen oder Schwert, das bis zum Griff (to the hilt) in ein Opfer hineingestoßen wird. Gewöhnlich bezeichnet der Begriff rückhaltlose Unterstützung oder die Unantastbarkeit von Rechten, Ansprüchen und Argumenten.

▶ *When I fell ill, my family supported me up to the hilt.*

▶ *Our company is in debt up to the hilt.*

▶ *Rats are cagey* up to the hilt; if they see any unusual food they first send one of their number as a food-tester and if he's still alive after a day or so, only then will they touch it.*

[*vorsichtig; mißtrauisch]

Out-and-out

Durch und durch. "Out" hat hier die alte Bedeutung von "von einem Ende bis zum anderen" oder "gänzlich". Das Adjektiv wird gewöhnlich einem Substantiv vorgestellt, kann aber auch als Adverb dahinter stehen. Es bezeichnet einen verkommenen Typ mit einem bestimmten eingefleischten Laster.

▶ *Immigrant groups in France have described the Front National as "out-and-out racists".*

▶ *König is an out-and-out crook *.*

[*Gauner]

▶ *That journalist is a scandal-monger out-and-out* (oder *an out-and-out scandal-monger* *. [*Erzähler(in) von Skandalgeschichten]

(To do something) like hell oder like nobody's business

Etwas wie verrückt tun; wie der Teufel (rennen / arbeiten / weh tun usw.). Nicht mit der ablehnenden Antwort **like hell!** – nie im Leben!; Pustekuchen! – zu verwechseln. "Like nobody's business" ist eine scherzhafte Anspielung auf etwas (zum Beispiel einen Lohn), das so groß ist, daß man es nicht gern weitererzählt, da es "niemanden angeht" (nobody else's business).

▶ *We're late for the bus. We'll have to run like nobody's business (like hell) to catch it.*

▶ *The only dentist who doesn't hurt like hell is the one who forgets to bill * you.* [*die Rechnung schicken]

To take the cake oder take the biscuit

Entschieden zu weit gehen; aberwitzig oder übermäßig sein. Kuchen und Kekse waren oft Preise für die schlechtesten Teilnehmer an Wettbewerben. Daher die Bezeichnung für jemanden oder etwas, der oder das an Unglück oder negativen Qualitäten alles andere übertrifft, im Sinne von "das ist doch die Höhe / der Gipfel".

▶ *My car developed a fault on the motorway and an ADAC breakdown truck * came to tow * me to Bochum, but what took the biscuit (the cake) was when, five kilometres down the road, the breakdown truck conked out * as well.* [*Abschleppwagen * schleppen *gab den Geist auf]

▶ *I've had some set-backs * in my time *, but bad luck like yours, that takes the biscuit.* [*Rückschläge *zu meiner Zeit]

To pile it on (with a trowel) oder lay it on thick

Etwas (maßlos) übertreiben; dick auftragen. "A trowel" ist eine Maurerkelle (auch Pflanzkelle), und die Grundidee ist, daß man den Mörtel auf die Ziegel viel zu dick aufhäuft (pile). **To pile on something (the pressure / work / emotion)** ist massiv mit etwas (Druck / Arbeit / Emotion) kommen.

▶ *Gerling wanted a sick note* * *so he went to the doctor pretending that he had pains in the back; he piled it on thick with a trowel (oder he piled on the agony) at the doctor's.*   [*Krankenschein]

▶ *I didn't like the film, but the newspaper critics praised it; they piled (laid) it on thick (oder they piled on the praise).*

It's the last straw!

Jetzt reicht's aber! Vom Sprichwort **it is the last straw that breaks the camel's back** – es ist der letzte Tropfen, der das Faß zum Überlaufen bringt.

▶ *What a mess your cousin's left this kitchen in! It's the last straw! I've put up* * *with the pain-in-the-arse* * *for a week already; you'll have to ask him to leave.*   [*sich mit jemandem / etwas abfinden
*Landplage]

▶ *Sales in the shop had slumped and our business had been teetering on the brink* * *for while; the last straw was when the Council made the street a pedestrian zone and our customers couldn't park their cars nearby.*   [*schwankend am Rande des Abgrunds stehen]

To go (oder be) over the top

Es übertreiben; über die Stränge schlagen; überzogen sein. Dieser Begriff aus dem Ersten Weltkrieg beschrieb Soldaten, die in Wellen über den Rand (top) der Schützengräben stiegen, um einen Angriff durchzuführen, ähnlich wie Wasser, das über den Rand eines überfüllten Glases quillt. Als Ausruf, **that's totally over the top!** – das geht entschieden zu weit!

▶ *I'm sorry that I called you a liar last night; I went over the top (oder it was totally over the top).*

▶ *I told my son that he could buy some chocolate, but four bars* * *is going over the top.*   [*Riegel]

▶ *Richard had a crush on* * *Lieselotte, but he went over the top, ringing her up and sending flowers every day, and writing mushy* * *love poems.*   [*in jemanden verknallt *gefühlsduselig]

To go overboard (for / about someone / something)

Wegen etwas ausflippen; sich für etwas / jemanden überschwenglich
begeistern; in Extreme verfallen. Jemand, der über Bord geht, das
heißt über die Reling des Schiffs, hat sinnbildlich mit seiner Begeisterung oder einer Handlung die Grenze des Normalen oder Annehmbaren überschritten.

- ▶ *I like cats but I don't go overboard about them like Rita; she's got
  seven.*
- ▶ *Astrid went overboard with her birthday party; she hired a top
  band and laid on a slap-up meal*; it was worthy of any Hollywood do*.*   [*feudales Essen *Veranstaltung; Fete]

To go to town

Keine Halbheiten machen; in die vollen gehen; sich in etwas stür-
zen; etwas übertreiben. Eine Reise in die Stadt war früher für die
Dorfbewohner ein besonderes Ereignis und Anlaß, Geld auszugeben
oder sich zu vergnügen.

- ▶ *France has really gone to town with atomic energy; 90 percent of its
  total electricity consumption comes from nuclear power.*
- ▶ *Sigrid went to town weeding the garden; she pulled up my young
  dahlias as well.*
- ▶ *We were invited over to our new neighbours for dinner last night;
  they really went to town with the food and drink.*

To go the whole hog

Etwas bis zum Ende durchführen; keine halben Sachen machen; aufs
Ganze gehen. Da "a hog" eine alte Münzeinheit war, bezeichnete die
Wendung ursprünglich jemanden, der mit seinem Geld nicht zu-
rückhaltend war und alles auf einmal ausgab oder verwettete.

- ▶ *Uwe decided that if he was going to buy a computer, he would go
  the whole hog on a super-duper * model with a printer, modem and
  scanner as well.*   [*Superklasse-; mit allem Drum und Dran]
- ▶ *Volker often pops off* to a bar "for half an hour" and ends up
  going the whole hog until midnight.*   [*verschwindet; abdampft]

To make a mountain out of a molehill oder **make a Federal case of something** [US]

Aus einer Mücke einen Elefanten machen; aus etwas eine Staatsaktion machen. In der ersten Wendung übertreibt man die Höhe eines Maulwurfshügels, indem man ihn als einen Berg darstellt. Ähnlich wie man die Wichtigkeit einer Affäre dermaßen aufbläst, als ob sie ein schwerer Fall für die Bundesbehörden (a Federal case) wäre.

▶ *I'm sorry that I'm late, but only by 10 minutes, so don't make a Federal case out of it.*

▶ *Wilhelm's hobby is making things; ... mountains out of molehills.*

Across the board

Pauschal; für jeden gültig; für alles zutreffend. "Board" ist hier das Brett eines Buchmachers, das die verschiedenen Wetten verzeichnet. Eine Wette "across the board" war früher eine Wette auf den Sieg oder Platz eines Pferdes; heutzutage sagt man "an each-way bet" (Einlaufwette). Dieser Ausdruck für eine breitgefächerte Wette wurde später bei Maßnahmen angewandt, die viele Leute oder Organisationen zugleich betreffen.

▶ *The Health Service has given a three percent pay rise for all professions across the board, including doctors.*

▶ *Serbs claimed that arrests for war crimes should be across the board and also include more Croats and Bosnian Moslems.*

Lock, stock and barrel

Pauschal; in Bausch und Bogen; samt und sonders. Der Begriff beschrieb ein ganzes Gewehr (oder zumindest die Hauptbestandteile davon), das aus einem Feuermechanismus ("lock"), dem Schaft und Kolben ("stock") und dem Lauf ("barrel") besteht. Heute bezeichnet er eine komplette technische Anlage oder eine ganze Einrichtung mit allem Drum und Dran.

▶ *I told my mother-in-law*, "My house is your house". Then last week she sold it, lock, stock and barrel.*   [*Schwiegermutter]

The full monty
Alles; das Ganze; die volle Version. Es gibt mehrere Theorien über den Ursprung dieses alten Begriffs, der durch den gleichnamigen Film (mit deutschem Titel "Ganz oder gar nicht") über männliche Stripper in Sheffield neuen Aufwind bekommen hat. Zwei Möglichkeiten sind das spanische Kartenspiel "monte" und der deutsche Ausdruck "die volle Montur", der über jüdische Schneider in Amerika ins Englische gekommen sein soll.

▶ *There are twenty pay-channels in the TV package; you can get three for 15 DM a month, but if you want the full monty, you'll have to fork out*50 DM.* [*blechen]

▶ *You'll get that spare part for your Audi at Kiepert's. They have every spare part there; the full monty.*

67 Trinken

To knock back oder **to toss back / off** oder
to down (a drink)
(Ein Getränk) zügig runterkippen; leer machen. Die dynamischen Verben "knock" (schlagen) und "toss" (werfen) geben die Energie und Schnelligkeit des Austrinkens wieder. "Down" ist wörtlich "runterkippen" oder "zu Boden schlagen", zum Beispiel "I downed him with a single punch". (Siehe auch "knock someone back", Seite 123, und "toss off", Seite 330.)

▶ *Erwin's got a cushy number* in the Civil Service*. He used to knock back coffee in the morning, until he realized that it kept him awake for the rest of the day.* [*ein ruhiger Job *Staatsdienst]

▶ *A pilot is in an airport bar and tells the passenger drinking next to him that he has just been given the chop* because he drinks too much. Passenger: Before you came to this bar, when did you last knock back a drink? – Pilot: Nineteen fifty five. – Passenger: What, they sacked you because you last downed a drink in 1955? – Pilot: Well, according to my watch, its only 21.35 now.* [*soeben die Kündigung/den Laufpaß erhalten]

Plonk

Billiger Wein. Der Ursprung ist wahrscheinlich eine Verballhornung von "vin blanc" (Weißwein), da der Begriff kurz nach der Rückkehr der englischen Soldaten aus dem Ersten Weltkrieg in Frankreich entstand. Das Wort ist lautmalend für den Plumps beim Ziehen eines Korkens aus der Flasche. **A plonker** – ein Weino oder Saufbruder – bezeichnet ebenfalls einen Trottel. **Hooch** ist jeder starke Alkohol, Wein oder Fusel. Ursprünglich war dies ein von den Hutsnuwu-Indianern in Alaska gebrannter Schnaps. Der Name dieses Stamms wurde von den Weißen als "Hoochinoo" ausgesprochen und die verkürzte Form "hooch" damals für schwarz gebrannten Schnaps allerlei Art verwendet.

► *It was embarrassing to discover that the other party guests had brought along bottles of quality wine, while all we had was cheap plonk.*

► *Martha is 85 and she doesn't need glasses; ... she drinks her plonk (hooch) straight from the bottle.*

Pop

Sprudel; Brause. Vom lauten Peng (pop) des kohlensäurehaltigen Getränks beim Öffnen. "Pop" wird auch manchmal scherzhaft für "Bier" gebraucht. **To be on the pop** – (Bier) saufen; im Suff sein.

► *All my kids eat are crisps washed down with pop.*

► *Uli doesn't drink anything stronger than pop; mind you*, Pop* will drink anything.*   [*wohlgemerkt *Pa]

To booze

Saufen. Vom altniederländischen Verb "busen" mit der gleichen Bedeutung. **Booze** ist Suff. **A boozer** ist entweder ein Säufer oder eine Kneipe. **A booze-up** ist ein Besäufnis oder Saufgelage. **Boozy** – trunksüchtig; versoffen.

► *Anton has read so much about the bad effects of boozing, he's decided to stop ... reading.*

► *Lothar has just found happiness in the dictionary, ... under booze.*

► *Where's the nearest boozer? – You're talking to him!*

Tiddly

Leicht angetrunken; beschwipst. Ursprünglich eine humoristische Nachahmung des Synonyms **tipsy**, so wie ein leicht Angetrunkener dieses Wort undeutlich aussprechen könnte. (Siehe auch Seite 180.)

▶ *One night two drivers collide and they have a barney * about who is to blame. First Driver: Let's settle this amicably *. It's a cold night and we've both had a shock. Take a few swigs * of brandy from my hip flask *. – Second Driver: That's very kind of you. This brandy certainly packs a punch *. I'm feeling slightly tiddly already. Don't you want any? – First Driver: No thanks, I'll wait until after the police arrive.* [*lautstarker Streit *gütlich *Schlucke *Flachmann *hat es in sich]

To go on a bender

Sich schwer besaufen; auf eine Bierreise gehen. "A bender" war der Spitzname einer großen und leicht biegbaren Münze aus dem 18. Jahrhundert, für die man viel Bier kaufen konnte. Der Begriff blieb volkstümlich, lange nachdem die Münze nicht mehr in Umlauf war, wahrscheinlich durch den damaligen Ausdruck "bend the elbow" – den Ellenbogen biegen (sprich "saufen").

▶ *I'll never forget the day Petersen went on a bender and accidentally dropped a bottle of schnapps onto the U-Bahn platform. I've never seen so many glass splinters on a tongue!*

▶ *Every time I go on a bender I start seeing pink elephants *. – Have you seen a doctor? – No, just pink elephants.* [*weiße Mäuse]

Dutch courage

Angetrunkener Mut. In Anlehnung an niederländische Seefahrer, die als trinkfreudig galten. **To give oneself Dutch courage** – sich Mut antrinken. (Siehe auch "then I'm a Dutchman", Seite 239.)

▶ *A motorist, with his wife next to him, had slightly exceeded the speed limit and was stopped by traffic cops. The man protested loudly about living in a police state, and the cops decided to let him off* * *with a warning. As the policeman were returning to their car, the driver's wife popped * her head out of the window and shouted,*

"Sorry about my husband, officers, it's just Dutch courage, he's always like this when he's been on a bender*".   [*gehen lassen
*den Kopf herausstrecken *Saufgelage]

To drink like a fish

Wie ein Loch / Bürstenbinder saufen. Der Vergleich spielt auf die Lip-
penbewegungen der Karpfen und Goldfische im nassen Element an,
die dem menschlichen Mund beim Trinken ähneln.

▶ *Herbert does good animal impressions*; he drinks like a fish and*
  eats like a horse.   [*imitiert Tiere gut]
▶ *I had an operation and the surgeon mistakenly* left a sponge in*
  my stomach. – Are you in pain? – No, but I'm drinking like a fish.
                                            [*versehentlich]
▶ *There's nothing wrong with drinking like a fish, ... as long as you*
  drink what a fish drinks.

To be half-seas-over

Angesäuselt sein, besoffen sein. Wörtlich "die Hälfte (half) der See-
reise ist (seas = of the sea is) vorbei (over)". Von einem früheren
Brauch auf langen Schiffsreisen, das Erreichen des Mittelpunkts der
Reisestrecke mit einem Trinkgelage zu feiern.

▶ *The bride's father was rebuked* by his wife for being half-seas-*
  *over at the marriage party, and he replied, "My feet hurt, this do**
  has cost me a packet and my son-in-law is a twerp*: I've a good**
  right to be half-seas-over".   [*getadelt *Veranstaltung
                                            *eine Menge Geld *Trottel]

To paint the town red

Auf die Pauke hauen; die Stadt mit einem wüsten Zechbummel unsicher machen. Die Wendung geht auf eine durchzechte Nacht im
Jahre 1873 zurück, als der adlige Marquis von Waterford (Irland) und
seine betrunkenen Zechkumpane, die für ein Pferderennen in England zu Besuch waren, öffentliche Gebäude in der Stadt Melton
Mowbray mit roter Farbe beschmierten.

▶ *When Schalke won the final, their supporters went out and painted*
  the town red.

To be drunk as a lord oder **drunk as a skunk** [US] oder
pissed as a newt (grob) oder **pissed out of one's
mind** (grob)

Voll wie eine Haubitze; blau wie ein Veilchen. Die englischen Lords
oder Adligen hatten früher einen feuchtfröhlichen Ruf. "Skunk"
(Stinktier) ist ein Reimwort mit "drunk". Der Vergleich mit einem
Salamander (newt) weist auf den wackligen Gang des Lurchs hin.
"Pissed" ist eine umgangssprachliche Bezeichnung für "besoffen ge-
nug, um sich zu bepinkeln".

▶ *Mario's idea of a good holiday was lying round pissed as a newt
(drunk as a lord/pissed out of his mind) at Ballermann Sechs * on
Mallorca.*   [* die Getränkebude "balneario seis"]

▶ *Erwin was drunk as a lord behind the wheel when the police
caught him. Not only did he blow into the breathalyzer *, he twist-
ed the thing into the shape of a kangaroo.*   [* in die Tüte blasen]

To be three sheets in the wind

Voll wie eine Haubitze sein. In der Seemannssprache ist "sheet" ein
Schot, das heißt ein Tau, mit dem das Segel gerichtet wird. Der Ausdruck besagt, daß drei Segelseile nicht am Mast befestigt sind und zusammen mit dem Segel unkontrollierbar im Wind herumflattern.
Ein Sinnbild für einen Betrunkenen, der die Kontrolle über sich verloren hat und beim Gehen herumtorkelt.

▶ *Wolfgang is never sober, he's always three sheets in the wind.
When pink elephants * get sloshed *, they see him.*

[* weiße Mäuse * besoffen]

▶ *Two Paddies *, are walking home one night three sheets in the
wind, and one asks the other, "When I kick the bucket *, will you
pour a bottle of Irish whisky over my grave?". The other replies,
"Would you mind if it passed through my kidneys * first?"*

[* Iren * ins Gras beißen * Nieren]

To spend a (oder the) night on the tiles

Die ganze Nacht durchzechen/durchsumpfen; bei einer Zechtour
die Nacht zum Tage machen. "Tiles" soll hier Dachpfannen darstellen, eine Anspielung auf die nächtliche Tollerei verliebter Kater auf
den Dächern.

▸ *Franz is a boozer* * *all right. I'll never forget the morning he turned up in the work's canteen from a night on the tiles, all bleary-eyed* * *and with coffee in his hand. – Well what's wrong with having a coffee? – Yes, but it wasn't in a cup!*   [*Säufer *verschlafen]

To spike a drink

Insgeheim zusätzlichen Alkohol in das Getränk von jemandem schütten, um ihn/sie besoffen zu machen. Die früheren Kanonen wurden außer Gefecht gesetzt, indem man einen großen Nagel (spike) in das Zündloch eintrieb. So wie durch die Erhöhung des Alkoholgehalts eines Getränks jemand "unschädlich" oder besoffen gemacht wird.

▸ *I went out with one boy and woke up on a sofa in his flat next morning; I'm sure he spiked my drinks.*

▸ *Drunken drivers often plead that they have taken medicine or that someone spiked their tomato juice.*

To be (oder go) on the (water) wagon

Zeitweilig auf Alkohol verzichten; (vorübergehend) Abstinenzler werden; keinen Tropfen mehr anrühren. Die Grundidee ist, daß jemand durch die Gegend zieht (wie früher der Fahrer eines Wasserwagens) und immer nur mit nichtalkoholischen Getränken zu tun hat.

▸ *Jürgen has given up beer for pineapple juice, but knowing him, I don't think he'll stay on the wagon* (oder *water wagon*) *for long.*

To wet one's whistle

Sich die Kehle anfeuchten; sich einen genehmigen. "Whistle" steht hier für Kehle. Die Grundidee ist, daß man mit einer trockenen Kehle schlecht pfeifen kann.

▸ *Now that we've concluded the deal, let's go and wet our whistle.*

To hit the bottle

Anfangen zu saufen; sich dem Suff ergeben. Wörtlich "die Flasche schlagen", als ob das Saufen eine Auseinandersetzung mit dem Alkohol sei.

▸ *Is it true that you have a son now? – Yes, he's called Günter. He's been hitting the bottle for years; ... he'll be two next month.*

▶ *The American film actor W. C. Fields (1880–1946) was once asked*
  if he often hit the bottle and he replied, "Only when I see a snake, …
  and I keep the snake next to the bottle".

Sloshed oder sozzled oder pickled oder blotto oder stewed oder plastered oder tight oder stoned

Besoffen; kornblumenblau; sternhagelvoll. "Sloshed" kommt vom
Verb "slosh" (platschen oder schwappen) und ist eine Anspielung
auf die Menge Flüssigkeit, die im Körper herumschwappt. "Sozzled"
(im Tran) kommt vom veralteten Wort "sozzle" – Benommenheit
oder Bewußtlosigkeit. "Pickled" ist eingelegt oder mariniert, wobei
das Konservierungsmittel hier Alkohol sein soll. "Blotto" ist eine Prägung vom Verb "blot" (beklecksen; verdecken), in bezug auf die ver-
schleierte Sicht und das benebelte Denken bei Betrunkenheit. Das
Verb "stew" (schmoren), wovon "stewed" abgeleitet ist, ist eine
Anspielung auf einen dampfenden Eintopf (a stew), der hier die Ausdünstung bei Betrunkenheit darstellen soll. (Siehe auch "in a stew" –
aufgeregt sein, Seite 25.) "Plastered" beschreibt einen hilflosen Verletzten, der vollkommen in Gipsverbände gelegt wird; hier sinnbildlich für einen total Besoffenen, der nicht allein auf den Füßen stehen
kann. **To plaster someone** (jemanden vernichtend schlagen oder
besiegen) ist sinngemäß "jemanden krankenhausreif schlagen, so
daß er eingegipst werden muß". "Tight" ist eine Anspielung auf die
ausgedehnte oder straffe (tight) Bauchhaut, wenn jemand sich zum
Bersten vollgetankt hat. "Stoned" (voll zu) kann auch in bezug auf
Rauschgift, im Sinne von "zugedröhnt", angewandt werden. **To
get sloshed / sozzled / pickled / blotto / stewed / plastered /
tight / stoned** – sich vollaufen lassen.

▶ *Volker's been pickled so often, his nickname is cucumber *.*

[*(saure) Gurke]

▶ *After our wedding we both looked like a new house; she was freshly*
  painted * and I was plastered.   [*frisch geschminkt]

▶ *Waiter, do you have any stewed prunes *. – Yes sir, the prunes are*
  stewed *. – Well give them some black coffee and sober them up.

[*Backpflaumenkompott *geschmort]

▶ *Italy was great, but Götz got so sloshed on the trip to Pisa, that he*
  couldn't see anything wrong with the Tower.

▶ *My uncle was a tightrope-walker* * *in a circus until his accident one evening. He was tight and the rope wasn't.*   [*Drahtseilkünstler]

▶ *What's the difference between an Irish wedding and an Irish wake* *? – I don't know. – At an Irish wake there's one less who's blotto.*   [*Totenwache]

▶ *Detlef used to work with a publisher of thesauruses* *. One morning before work, he went to a bar and got blotto, ... sozzled, sloshed, plastered, stewed, pickled. Then when he arrived at work, he got the chop, ... the axe, his cards, fired, sacked.*

[*Synonymwörterbücher]

To take a hair of the dog (that bit one)
Einen Schluck Alkohol nehmen, um den Kater zu vertreiben; "mit dem anfangen, womit man aufgehört hat". Als abergläubisches Heilmittel gegen einen Hundebiß legte man früher ein Haar des bissigen Hundes auf die Wunde.

▶ *I took a hair of the dog (that bit me) this morning; one beer and the hangover* * *was almost gone.*   [*Kater]

To be as sober as a judge oder be stone-cold sober
Stocknüchtern oder Abstinenzler sein. Aber auch "sachlich trocken", eine Qualität, die ein guter Richter (judge) besitzen sollte. Die transitive Verbform von "sober" (ernüchtern) hat auch die Bedeutung ernst oder nachdenklich stimmen, zum Beispiel "a sobering thought" (ein ernüchternder Gedanke). "Stone-cold" ist gefühllos oder kalt wie ein Stein (siehe auch stone-cold, Seite 76).

▶ *Have you been drinking? – Not at all, I'm stone-cold sober.*

▶ *The man began abusing the lady behind the post-office counter, but she remained as sober as a judge.*

▶ *Dear audience, I'm making the keynote speech* * *at this conference under a major handicap; I'm as sober as a judge.*

[*die Hauptrede]

68 Umstände / Lärm

To get out of hand

Außer Rand und Band geraten; übermäßig werden. Sinngemäß "etwas oder jemand kann nicht mehr in der Hand gehalten werden", das heißt geriet außer Kontrolle.

▶ *The dispute over a card game in the bar quickly got out of hand, and one man was stabbed.*

▶ *Hubert's drinking is getting out of hand; he's becoming an alcoholic.*

To raise Cain

Krach schlagen (wegen einer Sache). "Cain" ist hier der biblische Brudermörder Kain, der sinnbildlich durch den höllischen Lärm aus dem Grab erweckt wird, um wieder Ärger zu verursachen.

▶ *My neighbour raised Cain when my son accidentally hit his window with a football.*

▶ *Some people raised Cain about the German spelling reform, claiming that it was a botched job*.*　　　　　　　　　　[*verpfuschte Arbeit]

To carry on

Umstände machen; ein Theater machen. Das Verb "to carry on" bedeutete ursprünglich in der Kriegsmarine "längsseits gehen und das Schiff entern". Die Bedeutung von "Theater" rührt vom dazugehörigen Geplänkel des Enterns her. **To carry on with someone** ist dagegen eine Liebesaffäre mit jemandem haben, also mehr im Sinne von "längsseits gehen". Das Substantiv **a carry-on** hat aber meistens nur die Bedeutung eines Getues oder Heckmecks und wird im Kontext einer Liebelei kaum gebraucht. Dafür aber hat man den verwandten Begriff **carryings-on** (eine Liebesaffäre oder ein Techtelmechtel), der zusätzlich auch ein seltsames Treiben oder merkwürdige Betätigungen beschreibt, die Argwohn erregen.

▶ *Don't carry on! I'll do the washing-up later.*

▶ *I warned you not to carry on with married men.*

▶ *There's always someone who tops himself* in front of a train. On the Paris Metro, drivers regularly get this carry-on with delays and police investigations.*　　　　　　　[*Selbstmord begehen]

To kick up fuss / a stink

Eine Szene machen; Stunk machen. Das Phrasal Verb "kick up" bezieht sich auf Sand oder Staub, der mit den Füßen aufgewirbelt wird.
Daher im übertragenen Sinn "eine Störung verursachen". Auch in
bezug auf übermäßigen Lärm, **kick up a racket** – Krach / einen
Höllenlärm machen (siehe Seite 376).

▶ *We were planning to marry but his family didn't half* kick up a
stink. – You mean his parents? – No, I mean his wife and three
kids.*   [*nicht schlecht]

Mumbo-jumbo

Brimborium; Theater; Kauderwelsch. Der Begriff ist eine Verformung
von "mama dyumbo", einem afrikanischen Stammesgott, in dessen
Verkleidung verstimmte Ehemänner in einer mit Zaubersprüchen
gefüllten Zeremonie ihre nörglerischen Frauen auspeitschten. Dieser
afrikanische Gott ist ein Sinnbild für ein übertriebenes Zeremoniell
wie auch für eine unverständliche Sprache.

▶ *In his book "Inside the Brotherhood" Martin Short examines the
rituals of freemasonry* and asks the question, "Are freemasons
simply men who want to get away from their wives for an evening
and is this mumbo-jumbo all a staggering* waste of time, or is
freemasonry a secret conspiracy that threatens the very foundations of a democratic state?"* [*Freimaurerei *schwindelerregend]

To nit-pick

Kritteln. Wörtlich "Nissen (nits) mit der Hand entfernen (pick)". Das
abgeleitete Substantiv für Kritteleien ist **nit-picking** und **a nit-
picker** für den Kleinkrämer. (Siehe auch "nitty-gritty", Seite 162.)

▶ *My wife is a proper nit-picker; she wants a divorce because one
little hair was out of place*. – Out of place? – Yes, it was blond,
and it was on my jacket.*   [*fehl am Platze]

To give someone the run-around

Jemanden unnötig und absichtlich hin und her schicken; jemanden
mit unnötigen Verweisen an andere Personen und Instanzen abwimmeln oder schikanieren. Sinngemäß "jemanden umherlaufen lassen".

► *For a year now, the insurance company has passed my damages claim to seven different departments in three different cities. They are just giving me the run-around.*

Red tape
Unnötige Bürokratie; Amtsschimmel. Im letzten Jahrhundert wurden amtliche Dokumente mit einem rötlichen Band gebunden. **To cut red tape** – unnötige Bürokratie abschaffen.

► *The EU institutions in Brussels are making every effort to stream-line * bureaucracy and to cut red tape.* [*einschränken]

To make a song and dance about something
Sich über eine Bagatellsache fürchterlich aufregen; ein (Riesen-)Theater oder großes Trara machen. Das Sinnbild ist jemand, der unnötig ein ganzes Theaterspiel mit Gesang und Tanz inszeniert.

► *So I've had a few beers. Big deal! * It's nothing to make a song and dance about.* [*na und?]

► *If I'm even a few minutes late, he'll make a song and dance.*

► *The kid can't help * being travel sick in your car and your precious seats * can be cleaned, so why make a song and dance about it?*
[*kann nichts dafür *und die dir so lieben Autositze]

There are (oder Gegenteil no) strings attached
Es sind (keine) Bedingungen damit verknüpft. Zusätzliche Bedingungen, die die Freiheit oder Verfügungsgewalt einschränken, werden hier mit den Fäden verglichen, von denen die Bewegung einer Marionette abhängig ist.

► *You can't just buy the cottage and modernize it; it is a listed * building and there are strings attached.* [*unter Denkmalschutz]

► *You can buy this Audi on hire-purchase * with an amazingly low APR * of only three percent, no strings attached.* [*auf Abzahlung
*Annual Percentage Rate – effektiver Jahreszinssatz]

► *Mr Kolb will hire out the hall to us for our motor-bike club meetings, but there are strings attached; we can only use it on Mondays and Thursdays, and we must pay a 10000 DM deposit.*

► *Marriage is like a violin; when the beautiful music is over, the strings are still attached.*

▶ *That company has a new Fire and Theft insurance Policy but there are strings attached; they only pay you if your house is robbed while it's burning.*

To make a hullabaloo (about something)

Einen Höllenlärm oder viel Aufhebens (um etwas) machen. Das lautmalende Wort "Hullaballoo" soll ein Geschrei oder ein Gezeter darstellen. **What's all the hullaballoo about?** – was soll das ganze Theater?

▶ *Wipe your feet before you come in. My wife makes a hullabaloo about any dirt on her carpet.*

▶ *Oh neighbour, didn't you hear me pounding* on the wall last night during your party. – No, but that's all right because we were making a hullabaloo as well.*   [*heftig klopfen]

To kick up a rumpus oder a ruckus oder a racket

Einen Höllenlärm / Krach veranstalten. Das Phrasal Verb "kick up" (wörtlich: etwas mit den Füßen aufwirbeln) wird häufig mit Synonymen für Radau oder Rabatz im Sinne von "Krach schlagen" angewandt. (Siehe auch "kick up a fuss", Seite 374.)

▶ *Are the rooms in this hotel quiet? – Of course sir, it's the occupants that kick up a ruckus.*

▶ *Does your boss have an open-door policy? – Well he certainly leaves his door open and a note on it reads, "My door is open at all times, ... so don't make such a flipping* racket when you go past".*
                                                              [*verdammt]

▶ *Why do bagpipers* walk while they're playing? – To get away from the ruckus.*   [*Dudelsackspieler]

You could have heard a pin drop

Man hätte eine Stecknadel fallen hören können. Im Perfekt wird die Wendung meistens in bezug auf eine peinliche Stille in einer Unterhaltung gebraucht, im Sinne von "ein Engel flog plötzlich durchs Zimmer". Im Präsens **(you can hear a pin drop)** hat der Ausdruck die Bedeutung "sehr ruhig" oder "schalldicht sein" beziehungsweise "äußerst still funktionieren".

▶ *During dinner at the Brauns I mentioned that Petra Uehling was now spoken for * and you could have heard a pin drop; I forgot that their son had once been engaged to her.* [*in festen Händen]

▶ *In the evenings Manfred usually has his ghetto-blaster on in his room, but tonight he's swotting * for exams tomorrow and you can hear a pin drop up there.* [*paukt]

▶ *The houses near the Autobahn have now all been sound-proofed * and you can hear a pin drop inside.* [*schalldicht gemacht]

Unfähig / Unerfahren

A rookie [US]

Ein Grünschnabel / Greenhorn in einem Beruf: ein Frischling. Eine Verformung von "recruit" (Rekrut), ursprünglich ein Polizeirekrut oder ein frisch Eingezogener bei der Armee. Die Bedeutung wurde später auf andere Berufsgruppen und Profisportler ausgeweitet. **Greenhorn** kommt von den Hörnern der jungen Rehe, die mit einem seidenartigen grünen Belag bedeckt sind.

▶ *This golf tournament is unusual in the fact that three rookies (oder rookie golfers) have reached the final stage.*

A lame duck

Ein Versager; ein Zuschußbetrieb oder bankrottes Unternehmen. Eine Prägung der Londoner Börse des 18. Jahrhunderts für einen zahlungsunfähigen Makler, der sich Riesenverluste eingehandelt hat und wie eine angeschossene Ente nach Hause "wackelt". In den USA bezeichnet der Begriff ebenfalls einen handlungsunfähigen Präsidenten.

▶ *The agricultural sector in France contains many lame ducks, but these lame ducks have a powerful "quack" and the government often gives in to the farmers.*

A dude

Ein vornehmer Pinkel aus der Stadt. Ein New Yorker Ausdruck, im Jahre 1883 geprägt, wahrscheinlich in Anlehnung an "a dud" (eine Niete – siehe Seite 233) im Sinne von "ein vornehmer und gut angezogener Nichtsnutz".

▶ *Some less fashionable and jealous people describe Harrods in London as "an expensive shop for dudes".*

▶ *Bureaucracy has gone mad there. I only went to hand in an application form; the dudes sent me to about ten different offices before I finally found the right place.*

A dead-beat

Ein Nichtsnutz; Faulenzer; Penner. Ein amerikanischer Begriff, gebildet von "dead" (hier im Sinne von "total" oder "richtig" gebraucht) und "beat" (ein veraltetes Wort für einen Schmarotzer). Nicht zu verwechseln mit dem Begriff **dead beat** – völlig erschöpft!

▶ *We've international trains arriving and leaving the station all night; police have to keep the platforms clear of junkies and deadbeats.*

A cowboy

Ein unseriöser Geschäftsmann; ein unfachmännischer Handwerker oder Baupfuscher. Vom rauhbeinigen Naturell der amerikanischen Viehtreiber.

▶ *In the building trade, cowboy outfits * are making a killing * out of a crisis by exploiting emergencies such as leaks and electrical faults in the home.*   [* Pfuschervereine *einen Reibach machen]

To bite off more than one can chew

Sich zuviel vornehmen; sich zuviel aufladen. Die Wendung entstand in Amerika und bezog sich ursprünglich auf Kautabak, von dem jemand mehr abgebissen hatte, als er kauen konnte. Ein Sinnbild für jemanden, der zuviel Verpflichtungen auf sich nimmt.

▶ *I once tried to build my own computer, but when I had purchased all the components, I soon realized that I had bitten off more than I could chew.*

Not to be able to do something for toffee
oder **for nuts**

Etwas überhaupt nicht tun können; jemand kann etwas nicht für fünf Pfennig tun. Leckereien wie Sahnebonbons, Karamel (toffee) und Nüsse (nuts) werden Kindern für kleine Botengänge und Aufträge geschenkt.

▶ *Ursula can't sing for toffee. She sang in church last week, and twenty people immediately changed their religion.*

▶ *This new washing powder 'Super Kleeny' is approved by environmentalists * everywhere: it's phosphate-free, CFC-free *, completely biodegradable* and only costs four marks. ... Unfortunately it can't clean your clothes for toffee.* [*Umweltschützer *FCKW-frei *biologisch abbaubar]

Not to be able to run a whelk stall oder **not to be able to organize a piss-up in a brewery** (grob)

Vollkommen unfähig sein; kein Organisationstalent besitzen; eine Niete sein. "A whelk stall" ist ein Marktstand, an dem gekochte Wellhornschnecken ("whelks" – eine Art Seeschnecke) und andere Meeresfrüchte verkauft werden. Das Betreiben einer solchen urwüchsigen Bude sollte eigentlich einfach sein. Die zweite Redewendung ist verfänglicher und meist unter Männern gebraucht, wörtlich: unfähig, ein Besäufnis oder Zechgelage (a piss-up) in einer Brauerei zu veranstalten.

▶ *No wonder your company is going downhill *; some of your managers couldn't organize a piss-up in a brewery (run a whelk-stall).* [*(mit der Firma) bergabgehen]

To be all fingers and thumbs

Zwei linke Hände haben; sehr ungeschickt sein. Es wird darauf angespielt, daß man die Finger von den Daumen nicht unterscheiden kann, was sich in einem Verlust an Geschicklichkeit niederschlägt.

▶ *My husband is the first one to recognize that he's all fingers and thumbs, so he never tries to fix anything. That's why everything in our house works.*

To be (oder **be getting) past it**
Nicht mehr leistungsfähig/funktionsfähig sein; zum alten Eisen gehören; jenseits von Gut und Böse sein. Die Präposition "past" bezieht sich auf etwas Grenzüberschreitendes, sowohl zeitlich (zum
Beispiel "past midnight" – nach Mitternacht) als auch in bezug auf
Entfernung (zum Beispiel "past the church" – an der Kirche vorbei)
und Fähigkeit (zum Beispiel "it is past repair" – nicht mehr zu reparieren – oder "it is past comprehension" – völlig unverständlich). In
diesem Ausdruck kommen zwei Elemente (Zeit und Unfähigkeit) zusammen, um ein altersbedingtes Unvermögen zu bezeichnen. "Past"
im Sinne von "unfähig" (ohne Ansehen des Alters) ist auch die logische Grundlage des Ausdrucks **I wouldn't put it past him (her)**
– er/sie ist dazu imstande; das ist ihm (ihr) zuzutrauen (sinngemäß,
"ich würde nicht sagen, daß es außerhalb seiner/ihrer Fähigkeiten
liegt").

▶ *Granny* * *can't clean the house herself; she's past it.*   [*Oma]
▶ *Are you still working on the buildings? – No, I injured my back*
  when I fell from scaffolding*; *I'm past it now.*   [*Gerüst]
▶ *Your husband is very late. Where on earth* * *has he got to* *? *You*
  don't suppose he's drinking in a bar somewhere? – I wouldn't put it
  past him.   [*in aller Welt **verschwunden]

70 | Ungleich/Anders

The boot is now on the other foot oder
the tables are now turned
Die peinliche oder schwierige Lage ist jetzt genau umgekehrt; der
Spieß ist jetzt umgedreht. Bis zur Mitte des 19. Jahrhunderts wurde
in der Schuhmacherei für den Massenmarkt kein Unterschied zwischen den linken und rechten Stiefeln oder Schuhen gemacht; jeder
Schuh des Paars wurde einerlei angefertigt, und ein Stiefel, der an
einem Fuß gut saß, tat oft weh am anderen Fuß. Die zweite Wendung
bezieht sich auf den Brauch bei einigen Brett- und Kartenspielen, die
Tische so umzudrehen, daß der eine Spieler aus der Sicht des Gegners

spielen kann. Man sagt ebenfalls **to turn the tables on someone** – jemandem gegenüber den Spieß umdrehen; jemanden in die schwierige Lage des Gegners versetzen.

▶ *Some of my acquaintances used to look down their nose* at me when I was unemployed. Now the tables are turned (now the boot is on the other foot); I found a job and a few of them got the chop*.*

[*jemanden über die Schulter ansehen *wurden entlassen]

A hotchpotch oder hodgepodge (of something)

Ein Mischmasch; eine bunte Mischung aus ungleichen Personen oder verschiedenen Gegenständen. Abgeleitet vom französischen Verb "hocher" (früher "rühren", heute "nicken") und von "pot" (Topf), um einen Eintopf aus allerlei zusammengerührten Zutaten zu beschreiben.

▶ *The weather this week has been a hotchpotch of wind, sleet, rain and bright sunny spells.*

▶ *Magistrates come from a hotchpotch of backgrounds not just the law: teachers, accountants, postmen, nurses, and factory workers.*

To be a different kettle of fish

Eine ganz andere Sache. Wörtlich "ein anderer Kessel voller Fisch".

▶ *This is the sales department and I thought that you were placing an order; if you're making us an offer, that's a different kettle of fish. I'll put you through* to the purchasing department.*

[*durchstellen]

▶ *Haferkorn hasn't denied the debt but only asked for more time to pay. That's a different kettle of fish.*

▶ *So the damage was an accident and not intentional; that's a different kettle of fish.*

▶ *But judge, I wasn't drunk, I was only drinking. – Oh, that's a different kettle of fish. I'm not now giving you a month in jail, only thirty days.*

To do a U-turn oder **a flip-flop** [US] **(on something)**
Eine Kehrtwendung bei etwas vollziehen; seine Meinung über etwas
vollkommen ändern; das Ruder herumwerfen. "U-turn" ist eine
Wende um 180 Grad, nach dem Buchstaben "U" benannt, die besonders die Wende eines Autos bezeichnet. "A flip-flop" ist ein Salto
rückwärts, der auch häufig bei Hochspringern angewandt wird. **(To
be) a sea change** (eine erstaunliche Metamorphose sein) bezieht
sich auf einen plötzlichen Wetterumschlag auf dem Meer. All diese
Sinnbilder beschreiben eine entgegengesetzte Vorgehensweise oder
stark geänderte Meinung.

▶ *There was a tremendous sea change on the depressed stock market*
   today. One suicidal broker* jumped from the twelfth floor. While
   passing the sixth floor, he saw a computer screen showing a share
   rally* and did a U-turn.   [*Makler *Anziehen der Aktienkurse]

To be (oder **be in) a whole new ball game**
Eine ganz andere Sache oder neue Geschichte sein; sich in einer ganz
anderen Situation befinden. Der Hinweis gilt einem neuen Ballspiel,
wo ganz andere Regeln gelten.

▶ *If the Chinese were to enter the (Vietnam) war, we would be in a*
   whole new ball game. (Aus der Zeitung "The New Yorker", 1971)

To be as different as chalk and cheese
Grundverschieden / himmelweit verschieden sein; so verschieden
wie Tag und Nacht. Die unterschiedlichen Substanzen Kreide und
Käse wurden wegen des Stabreims gewählt.

▶ *The TVs are from the same manufacturer, but qualitywise* the*
   models are as different as chalk and cheese. [*in puncto Qualität]
▶ *The governments of North and South Korea are as different as*
   chalk and cheese.
▶ *Some Jews claim that, culturally, the Ashkenazim of European or-*
   igin and the Sephardim of Spanish descent* are as different as
   chalk and cheese.   [*Abstammung]

To be a far cry from something

Qualitätsmäßig ganz anders sein; viel besser/schlimmer als anderswo oder als etwas in der Vergangenheit sein. Der große Unterschied in Qualität wird mit einem Schrei in weiter Ferne verglichen, der nur schwach zu hören ist.

▶ *Modern computers are a far cry from the models of only a few years ago.*

▶ *Life in the rural Siberian villages is still a far cry from the bustling* high-rise city* of Moscow.* [*belebt
* Stadt mit Wohn- und Bürohochhäusern]

▶ *When Everest was first climbed in 1953, climbing equipment was a far cry from the space-age technology used today.*

To be (oder feel like) a square peg in a round hole

Irgendwo nicht hineinpassen; für etwas vollkommen ungeeignet sein; aus dem Rahmen fallen. Wörtlich "wie ein vierkantiger Pflock in einem runden Loch".

▶ *I prefer working outdoors. I had an office job for a while, but I felt like square peg in a round hole there and left after a month.*

An oddball oder a weirdo

Ein Sonderling; komischer Kauz. "An oddball" ist ein veralteter Begriff aus verschiedenen Ballspielen, darunter Golf, für einen Ball, der abseits der anderen allein liegt. Er wurde ursprünglich in Amerika als eine Bezeichnung für einen Homosexuellen übernommen, eine Anspielung auf einen vermuteten körperlichen Defekt, nämlich eine Hode, die zur anderen nicht paßt (is odd), was die vermeintliche sexuelle Abartigkeit erklären sollte. Heute charakterisiert er jeden merkwürdigen Eigenbrötler. "Weirdo" wird vom Adjektiv "weird" (bizarr; unheimlich) gebildet.

▶ *There are always a few weirdos (oddballs) among university students, but most of them grow out of it.*

71 Verbrechen

To send someone down
Jemandem eine Gefängnisstrafe aufdonnern (von einem Richter).
Wörtlich "hinunterschicken"; von der Zeit her, als die Zellen sich
überwiegend unterirdisch unterhalb der Gerichtssäle befanden.

▶ *Judge: I'm going to send you down for six months. – Accused*:
What's the charge*? – Judge: There's no charge, it's buckshee*.*
[*Angeklagter *Anschuldigung; Gebühr *zum Nulltarif]

Something fell off the back of a lorry
Eine Ware ist wahrscheinlich gestohlen; es ist jemandem einfach
"zugelaufen". Wörtlich "vom Hinterteil eines LKWs gefallen". Die
scherzhafte Bezeichnung einer Hehlerware oder einer Ware, deren
Herkunft zweifelhaft ist und worüber man keine weitere Fragen stellen sollte.

▶ *An Eskimo in North Alaska was questioned by police after he tried
to sell watches that fell off the back of a lorry. The fuzz* then
asked him, "Where were you on the night of October to April?"*
[*Polente]

The Mob
Die Mafia. Wörtlich "Pöbel" oder "Mob". **A mobster** (gebildet von
"mob" und der Endung "ster" von "gangster") ist ein Ganove. Der
Chef einer Verbrecherorganisation wird als **Mr Big** bezeichnet.

▶ *If I don't pay them, the Mob are threatening to beat me up, then
encase* my feet in cement and throw me in the river, but that's not
what worries me, … it's the fact I can't swim.* [*verpacken]

To make a charge stick
Mit einer Anklage durchkommen; jemanden eines Verbrechens
überführen können. Das Sinnbild eines Etiketts, das an jemandem
wie eine Anschuldigung klebenbleibt (sticks), wird sinnbildlich auch
auf einen Namen angewandt, der an jemandem hängenbleibt, zum
Beispiel **and the nickname stuck** – und der Spitzname blieb hängen.

▶ *You can accuse me of theft, but it's another thing to make the charge stick.*

▶ *When Dieter first went to school in London, some guys started calling him "Hermann the German", and the nickname stuck.*

A jailbird

Ein Knacki; Knastologe. Der Vergleich eines Gefangenen mit einem Vogel im Käfig rührt auch vom Glauben her, daß sich Krähen und Raben in der Nähe von Gefängnissen aufhielten, um die Augen der Toten am Galgen auszuhacken. Dieser Glaube war in Deutschland auch verbreitet, wo man die Hinrichtungsstätten mitunter "den Rabenstein" nannte. **A screw** ist ein Gefängniswärter(in), vom Drehen der Schlüssel im Schloß, das dem Eindrehen einer Schraube (screw) ähnelt.

▶ *The secret of survival in prison is to get on well with the screws.*

▶ *When Mike was a jailbird he used to go in for sport * a lot, until he broke a leg throwing a ball; he forgot that it was chained to his ankle.* [*Sport treiben]

A Black Maria oder paddy wagon [US]

Ein Polizeiwagen für Gefangenentransport; eine grüne Minna. Eine vierschrötige Schwarze, die Maria Lee hieß und im letzten Jahrhundert ein Obdachlosenheim in Boston führte, erwies der Polizei regelmäßig tatkräftige Hilfe beim Abtransport von verhafteten Gästen. "Paddy wagon" wurde von der umgangssprachlichen Bezeichnung eines Iren (a paddy) abgeleitet, da Iren häufig sowohl in der Polizei als auch unter den Gefangenen anzutreffen waren.

▶ *Demonstrators against the rail transport of nuclear materials were ferried away * in Black Marias (paddy wagons).* [*abtransportiert]

To be (oder put someone) in clink / in the slammer / in the nick / in the can [US]

Im Knast/Kittchen sein; jemanden einsperren. "Clink" (immer ohne Artikel) ist eine Anspielung auf das ständige Klimpern der Schlüssel im Gefängnis. "Slammer" ist eine Prägung von "slam a door" (eine Tür zuknallen). Das amerikanische "can" (das auch "Klo" bedeuten kann, siehe Seite 182) ist eine Anspielung auf Wellblechbaracken, die früher als Gefängnis dienten. **In the nick,** das sowohl "im Knast" als auch "in Polizeigewahrsam" bedeutet, ist ein Hinweis auf Einkerbungen (nicks) im Holz, womit Häftlinge die Hafttage abzählten. Von diesem Begriff kommt auch **to nick someone** – jemanden verhaften. **To nick something** ist aber etwas klauen/stibitzen (siehe Seite 388). Das Verb **clap someone in jail** (wörtlich: jemanden ins Gefängnis klatschen) weist auch auf das Geklapper der Gefängnistüren hin, wenn jemand eingesperrt wird.

▶ *Clink (the slammer/the can) is the only place they don't raise your rent.*

▶ *Burkhardt was clapped in jail for things he didn't do, ... he didn't pay his taxes, and didn't run fast enough when the fuzz * came for him.*   [*Polente]

▶ *Lawyer on phone: You can be put in the nick for that? – Client: And where do you think I'm calling from, ... the public library?*

▶ *I'm in the can for my beliefs. – You mean you're a political prisoner? – No, I believed the bank didn't have any security guards and that the safe was easy to crack.*

A private eye
Ein Privatdetektiv; Privatschnüffler. Im letzten Jahrhundert wurde der Spitzname "eye" der amerikanischen Detektivgesellschaft Pinkerton zugeschrieben, wegen ihrer Losung "Wir schlafen nie".

▶ *Raymond Chandler (1888–1959) created Philip Marlowe, one of the first private eyes in novels of this century.*

A fence
Ein Hehler. Die Grundidee ist, daß der Aufkäufer gestohlener Waren einen für den Dieb schützenden Zaun (fence) zwischen ihm und der Polizei bildet, indem er beim Weiterverkauf die Herkunft der Ware verschleiert. **A fink** ist ein Polizeiinformant; von der deutschen Bezeichnung des Singvogels "Fink". **A stool-pigeon** ist auch ein Polizeispitzel, aber zusätzlich ein Lockvogel für Verbrecher – ein amerikanischer Jägerausdruck für eine Locktaube, die an einen Stuhl gebunden wird und deren Geschrei andere Tauben anlocken sollte.

▶ *A fink (stool-pigeon) told police that the stolen consignment of*

Viagra had been sold to a fence called Toni. Police are now search-
ing for this hardened * criminal who sticks out a mile *.

[* hartgesotten; versteift * ins Auge springen; weit herausragen]

A kangaroo court

Ein parteiliches oder illegales Tribunal; ein Femegericht. Der Ausdruck
entstand eigenartigerweise nicht in Australien, sondern in Amerika,
und bezeichnete ursprünglich ein Gefangenenkomitee innerhalb
eines Gefängnisses, das Selbstjustiz über andere Gefangene ausübte.
Der Zusammenhang mit Australien ist wahrscheinlich die Tatsache,
daß das ganze Land eine Riesenstrafkolonie war und daß englische
Gerichte im Schnellverfahren und mit fadenscheinigen Beweisen die
Angeklagten für Bagatelldelikte massenweise verurteilten und dahin
abtransportieren ließen. Dieses Gericht, das Angeklagte in das Land
der Känguruhs verurteilte, ist ein Sinnbild für ein Disziplinarverfah-
ren, das illegal ist oder in dem man keine faire Behandlung erfährt.

▶ *The doctor claimed that he had been struck off the register * by a*
kangaroo court, which hadn't proceeded according to the rule
book. [* jemandem die Zulassung entziehen]

A hoodlum [US] oder hood [US]

Ein Ganove oder Gangster. Es gibt zwei Hauptversionen der Herkunft
dieses amerikanischen Begriffs. Vielleicht stammt er vom süddeutschen Dialekt "Haderlump" (Schurke). Die zweite Version bezieht
sich auf die wahre Geschichte eines Journalisten im San Francisco
des letzten Jahrhunderts, der über einen gewissen Muldoon, den
Führer einer Straßenräuberbande, schreiben wollte. Aus Angst vor
Vergeltung schrieb er dessen Namen im Zeitungsartikel rückwärts,
nämlich als "Noodlum". In der Setzerei verlas sich jemand bei dem
ersten Buchstaben und setzte H anstelle von N. Diese falsche Schreibweise hat sich durchgesetzt. Vielleicht ist diese Geschichte der wahre
Ursprung des Begriffs, oder womöglich hat sie nur zu der Verbreitung
des süddeutschen Begriffs beigetragen.

▶ *Frank Sinatra played Robin the gangster boss in the comedy film*
Robin and the Seven Hoods.

▶ *Two hoodlums asked a New York bar-owner for protection mon-*

ey*. When he replied "No way! *", they beat him black and blue *
until he consented. The thugs then asked him why he hadn't
agreed earlier and he replied, "You hadn't explained your request to
me then".   [*Schutzgeld *nichts da! *grün und blau schlagen]

A punk [US]
Ein Dreckskerl; Rabauke; kleiner Ganove. Das Wort kam aus dem
spanischen "puto/punto" und bedeutete früher einen Strichjungen.
Es besteht kein Zusammenhang mit den gleichnamigen Anhängern
von Punkrockmusik.
> ► *I would lock up that punk and throw away the key.*

To catch someone red-handed oder in the act
Jemanden auf frischer Tat erwischen/ertappen. "Red-handed" ist
eine Anspielung auf die blutbefleckten Hände, die den Mörder verraten.
> ► *While shoplifting, Barbara was caught red-handed (oder in the*
> *act) by a close-circuit TV camera.*

A shyster [US]
Ein Winkeladvokat. Eine Verformung von "Scheuster", dem Famili-
ennamen eines "krummen" Rechtsanwalts im New York des letzten
Jahrhunderts.
> ► *I'm a criminal lawyer*. – Thanks for warning me that you're a*
> *shyster.*   [*Anwalt/Anwältin für Strafsachen]
> ► *Old shysters never die, they lose their appeal*.* [*Einspruch; Reiz]
> ► *An item of a shysters' bill: "For crossing the street to speak to you*
> *and discovering that it was not you – $ 12".*

To knock something off oder to swipe something
oder nick something oder pinch something
Etwas klauen; klemmen; stibitzen. **To nick someone** ist aber "jemanden verhaften" (siehe "in the nick", Seite 385).
> ► *A man jumped the queue* waiting at the confessional box*, and*
> *said to the priest, "If anyone confesses to nicking (swiping/knock-*
> *ing off/pinching) a black leather wallet just now, it's mine".*
>   [*drängelte sich vor *Beichtstuhl]

► *Young man, what are you doing up my tree; you're pinching apples aren't you? – No, I'm not nicking anything; one of your apples fell down and I'm just putting it back.*

► *My cousin was nicked for pinching a lorry-load of calendars. He got twelve months.*

The fuzz oder the (old) Bill

Die Polizei; Polente; Bullen. "Fuzz" stammt aus Amerika, wahrscheinlich vom früheren Negerschimpfwort für einen Weißen "fuzzy-balls" (wörtlich: kraushaarige Hoden). "Bill" (eine Koseform des Vornamens Robert) lehnt sich an Robert Peel an, den Gründer der Londoner Polizei.

► *Have you ever been picked up * by the fuzz *? – No but it must be really painful?*   [*verhaftet; aufgehoben *an den Schamhaaren]

► *The Bill are doing a wonderful job; I mean, just look at all the prisons, they're overflowing *.*   [*zum Überlaufen voll]

72 Verrückt

To be as daft as a brush

Saudumm / verrückt sein. Der Vergleich ist eine Verschmelzung von zwei Begriffen, dem Adjektiv **daft** (blöd; doof) und dem veralteten Vergleich "soft as a brush" (samtartig; seiden). In Anlehnung an die verbreitete Wendung **be soft in the head** (eine weiche Birne haben) wurde das erste Wort in "soft as a brush" durch "daft" ersetzt.

► *Some prisoners here are as daft as a brush and should be in a mental hospital rather than jail.*

► *Lothar's as daft as a brush. He couldn't tell you which way a lift was going if you gave him two guesses.*

To be (clean) round the bend (oder the twist)

Total spinnen. "Bend" (Kurve) und "twist" (Verdrehung) sind hier das U-Rohr oder Knie an einer Spüle oder im Klosettabfluß. Das Weggespülte (wenn es schon hinter diesem Knie – "round the bend"– ist)

steht sinnbildlich für eine Person, die "nicht mehr zu retten" oder
geistig weggetreten ist. **To go round the bend / twist** – durchdrehen. **To drive someone round the bend / twist** – jemanden
wahnsinnig machen.

> ► *Some people think Jürgen's clean round the twist because he col-
> lects yo-yos*. He's got the full monty*, from yo-yos costing a few
> marks, right up to the "Mercedes Class" of yo-yo costing 500.*

[*Jo-Jos *einfach alles; die ganze Palette]

To drive / send someone (oder go) up the wall

Jemanden total verrückt oder wütend machen; jemanden zur Verzweiflung oder auf die Palme bringen; die Wände hochgehen (lassen). Eine Anspielung auf die Wände einer Zelle oder die Mauern
einer geschlossenen Anstalt. **It's enough to drive you up the
wall!** – es ist zum Auswachsen! (Siehe auch das Synonym "drive
someone to drink", unten.)

> ► *The company has had ten months to make a decision on our in-
> surance claim; we desperately need the money and the continual
> correspondence is driving us up the wall.*
>
> ► *Before the Euro, that business* with the ever-changing exchange
> rates used to drive (send) me up the wall.* [*Theater]
>
> ► *Mrs Hädler is going up the wall with the mess her children make in
> the living room.*

To drive someone to drink

Jemanden um den Verstand bringen; jemanden wahnsinnig machen. Die Wendung lautet sinngemäß "aus jemandem einen Säufer
machen". Der Griff zur Flasche ist hier das Ergebnis einer kaum aus-
zuhaltenden Belästigung, Plage oder Person. **It's enough to drive
you to drink** – es ist zum Auswachsen / zum Junge-Hunde-Kriegen!

> ► *Our neighbour's dog barks all night; it's enough to drive you to
> drink.*
>
> ► *My wife drives me to drink! – You're lucky, I have to drive there my-
> self.*

To be (oder go) barmy oder loony oder bonkers oder crackers oder bananas oder cuckoo

Verrückt sein (werden); ausrasten. "Barm" ist ein veraltetes Wort für Hefe oder Bierschaum (in Norddeutschland auch "Bärme" genannt). "Barmy" (wie auch "bonkers") bedeutete ursprünglich im Mittelalter "besoffen" und erst in neueren Zeiten "verrückt". "Loony" kommt vom Adjektiv "lunatic" – wahnsinnig, das auf eine Überaktivität der Verrückten bei Vollmond ("lune" auf französisch) anspielt. Das Adjektiv "crackers" (wörtlich: Kekse) ist ein Wortspiel mit "crack" (Sprung; Riß), wie es im Begriff **crack-brained** (hirnrissig) vorkommt. Bananen (bananas) sind auch ein Sinnbild für Verrücktheit, da sie gebogen oder "schräg" sind. **A loon/ loony** oder **crackpot** – ein Verrückter. Der Kuckuck (cuckoo), ein Vogel, der seine Eier in den Nestern von anderen Vögeln legt, ist die Herkunft des Wortes "cuckold" (Hahnrei – ein betrogener Ehemann, der als "Idiot" dasteht), worauf das Adjektiv "cuckoo" im Sinne von "verrückt" hier anspielt.

▶ *We must have gone Christmas crackers* * *with the low prices in our December sales. (Werbeslogan)*   [*Knallbonbons]

▶ *Patient: I think I'm going bonkers. I keep imagining I'm a biscuit. – Shrink *: You mean those little square ones with lots of holes? – Patient: Yes! – Shrink: You're not barmy! – Patient: Thank goodness!* * *– Shrink: You're crackers!*   [*Psychiater *Gott sei Dank]

To have bats in the belfry

Verrückt sein; einen Dachschaden haben. "Belfry" ist hier die Glockenstube an der Spitze eines Glockenturms, die mit dem Kopf verglichen wird und wo unheimliche Wesen wie Fledermäuse (bats) herumspuken. **Batty** (verrückt) ist das abgeleitete Adjektiv.

▶ *Why does your aunt keep going on about* * *her daughter in Göttingen. Don't worry about that, she's got bats in the belfry.*

[*jemanden / etwas ständig erwähnen]

Dotty

Schwachsinnig; verrückt. Abgeleitet vom mittelalterlichen Wort "dote" für einen Narren. Das Adjektiv ist mit den heutigen Begriffen "dotage" (Alterschwachsinn) und "dote on someone" (jemanden abgöttisch/wie ein Narr lieben) verwandt. **To be dotty about some-one/something** – jemanden/etwas abgöttisch lieben.

- ▶ *She is going dotty with age.*
- ▶ *Sandra West of San Antonia,Texas was so dotty about her blue Ferrari that on her death in 1977, she had the car buried with her.*
- ▶ *A child once asked his father, "If moths are so dotty about the light, why don't they come out during the day?"*

To have a screw loose

Eine Schraube locker haben. Defekte im Kopf werden scherzhaft einer losen Schraube zugeschrieben, in Analogie zu der Fehlfunktion einer Maschine mit undichten Teilen. Das von "screw" abgeleitete Adjektiv heißt **screwy** (verrückt). Ein Spinner wird als **a screwball** [US] bezeichnet.

- ▶ *That guy is sozzled* * or he has a screw loose; fancy* * trying to get a mini-pizza into his CD-player.*   [*besoffen *nicht zu fassen, daß]

To be as nutty as a fruit cake

Völlig verrückt sein; übergeschnappt sein. Das umgangssprachliche Adjektiv **nutty** für "verrückt", das sich von "nut" ableitet, einem Be-griff für Kopf oder Rübe (siehe Seite 185), bildet die Grundlage des Vergleichs mit einem nußhaltigen englischen Teekuchen (fruit cake). Man sagt auch **to be nuts** – spinnen. **To be nuts/nutty about someone/something** – verrückt nach jemandem/etwas sein. **A nut/nutter** oder **nut-case** ist ein verrücktes Huhn oder Spinner.

- ▶ *By all accounts, Rasputin was as nutty as a fruit cake.*
- ▶ *The most dangerous part of a car is the nut* * behind the steering wheel.*   [*Schraubenmutter]

To be as mad as a hatter oder be a mad-hatter

Völlig verrückt sein. Der Begriff geht auf den Gebrauch von Queck-silber bei der Anfertigung von Filzhüten zurück, der mit der Zeit oft ein komisches Zucken im Gesicht des Hutmachers verursachte. "The mad-hatter", ein verrückter Charakter im Roman "Alice im Wunder-land" von Lewis Carroll, machte den Begriff noch volkstümlicher.

> We want to place more mental patients out of hospitals into the community, but when we attempt to buy houses for our patients, neighbours object to "mad-hatters" living in their street.

To be (go) off one's head / chump / nut / rocker / trolley

Übergeschnappt sein; spinnen. "Chump" und "nut" sind umgangssprachliche Bezeichnungen für den "Kopf". "Rocker" ist hier "rocking chair" oder ein Schaukelstuhl, der den Kopf hin und her schaukeln läßt, als ob man nicht richtig im Kopf wäre. Im Unterschied zu "chump" und "nut" sind die Begriffe "rocker" und "trolley" für "Kopf", außer in diesen Wendungen, nicht allgemein verwendbar. "Trolley" ist eine Anspielung auf die Entgleisung einer Beförderungslore, das heißt, jemand ist "aus der Schiene gehüpft".

> During brain-washing in the Korean War, American soldiers were isolated and tortured until they went off their chump (rocker/trolley) and denounced Yankee capitalism.

To be plumb crazy oder be (stark) raving mad oder be barking mad

Total verrückt sein; ein verrücktes Huhn sein. "Plumb" kommt vom lateinischen "plombum" (Blei) und bezieht sich entweder auf eine Konstruktion, die nicht senkrecht nach dem Lot (plumb-line) steht, oder auf den Wahnsinn, der von Bleivergiftung herrührt. "Raving", vom Verb "rave" (irres Zeug reden), verstärkt das Adjektiv "mad" im zweiten Begriff, wobei das Adverb "stark" (total) häufig "raving" vorgesetzt wird. (Siehe "stark naked", Seite 178.) Im letzten Begriff redet der wahnsinnige Sprecher nicht mehr, sondern bellt (barks) wie ein Hund.

> I take it * you're not coming to work today? – With a temperature of 41 degrees? I'd have to be plumb crazy (barking mad/stark raving mad) to go to work with such a fever.   [* ich nehme an]

73 Verschlechterung / Mißerfolg / Chaos

To come to a sticky end

Ein böses Ende mit jemandem nehmen; auf unangenehme Weise scheitern. "A sticky end" (wörtlich: ein klebriges Ende) steht sinnbildlich für eine unangenehme Pleite oder ein böses Schicksal, das jemandem widerfährt.

▶ *A lot of hedgehogs* * *come to a sticky end on our roads.*   [* Igel]

▶ *That con-man* * *Böhme will come to a sticky end in court one day.*

[* Bauernfänger]

To goof (it)

Murks machen; etwas verhauen. **A goof** ist entweder ein Trottel oder ein Schnitzer beziehungsweise Patzer. Vom altfranzösischen "goffe" – Einfaltspinsel (französisch heute "gaffe" – Schnitzer). **Goofy** ist "dämlich" und auch die Beschreibung von Personen mit vorstehenden Zähnen, da sie "schusselig" aussehen.

▶ *A worker went to a member of the works committee *and complained, "Last week I was given 100 marks too little in my pay packet".*

*– And this week? – This week they gave me 100 marks too much. – Well, anyone can make a mistake, … but two goofs in a row *!*

[* Betriebsrat * hintereinander]

A bloomer oder boob oder booboo

Ein peinlicher Fehler; Schnitzer. Eine Abkürzung von "blooming error" – einem verdammten Fehler (siehe "blooming …", Seite 49). "Boob(oo)" stammt vom Wort **booby** (Blödian) nach dem Verhalten dieses Trottels. "A booby" kam aus dem lateinischen "balbus" (das Stammeln) über Spanisch als "Blödmann" ins Englische, da das Stammeln früher mit Dummheit gleichgesetzt wurde. Nicht zu verwechseln mit "boobs" im Sinne von Frauenbrüsten (siehe Seite 187).

▶ *Doctors bury their bloomers (booboos), lawyers hang theirs, … and journalists put theirs on the front page.*

To drop a brick oder drop a clanger

(Mit einer Bemerkung) einen Bock schießen; (beim Sprechen) sich einen Schnitzer leisten. Beide Ausdrücke lehnen sich an das Chaos an, das 1905 in der Rotte entstand, als eine Truppe aus Universitätsstudenten in der Cambridger Landwehr den Befehl ihres Feldwebels überhörten, wegen Bauarbeiten anzuhalten. Die durch das Durcheinander überraschten Bauarbeiter ließen Ziegel (bricks) vom Dach des Gebäudes auf die Straße klappernd (clanging) herunterfallen. Der Befehl des Feldwebels, der diesen Unfall verursachte, gab ein Sinnbild für eine taktlose und unangebrachte Bemerkung ab, die, obwohl unbeabsichtigt, Bestürzung auslöst.

▶ *Surgeon: We've good news and bad news. The bad news is that we've dropped a clanger; we've amputated the wrong leg. – Patient: What good news can there be after that? – Surgeon: The good news is that your gammy * leg is getting better.* [*lahm]

To cock up (oder screw up) something oder make a cock-up (oder a screw-up) of something

Etwas versauen / verpatzen; Mist bauen. "Cock-up" hieß ursprünglich "code-up" und war Druckersprache für einen doppelten Druckfehler, nämlich das Verdrehen eines Buchstabens sowohl nach rechts oder links als auch nach oben oder nach unten, zum Beispiel "b" statt "q". Die Verfälschung des Urbegriffs ist auch eine volkstümliche Anspielung auf den männlichen Schwanz (cock), der häufig als negatives Sinnbild herhalten muß. "Screw up" ist wörtlich zusammenknüllen. **A cock-up / screw-up** ist eine verhunzte Arbeit oder ein Schlamassel.

▶ *The French Telecommunications Ministry was very proud of the new 1983 Paris Telephone Directory, until they noticed a cock-up; ... they had got their own telephone number wrong.*

▶ *I know that you're a responsible worker. You're responsible for more screw-ups than anyone else in this office.*

▶ *To err is human *, but in order to really screw things up, you need a computer.* [*Irren ist menschlich]

To come a cropper
Einen Sturz bauen; scheitern; voll auf die Nase fallen. Das Verb
"come" ist hier als eine Abwandlung von "become" anzusehen, und
"a cropper" ist ein schwerer Fall oder Sturz. Das Substantiv "cropper", das nur in dieser Wendung vorkommt, ist vom Kropf (crop) am
unteren Hals eines Vogels abgeleitet. Daher "auf den Hals fallen",
sinnbildlich für einen Reinfall.

▶ *If your daughter keeps climbing on that tree, she is bound to come a*
  cropper soon.

▶ *Hartmann came a cropper after he had taken enormous risks with*
  his personal investments.

▶ *The attempt to raise the sunken ship yesterday came a cropper in*
  heavy seas *.   [*bei schwerem Seegang]

A dead loss oder **a turkey** [US]
Ein totaler Reinfall; ein hoffnungsloser Fall. "Dead" wird häufig im
Sinne von "total" verwendet, zum Beispiel "dead centre" – gerade in
der Mitte. Einer der türkischen Botschafter in den USA kritisierte einmal den Gebrauch von "turkey" als rassistisch, obwohl der Begriff
nicht die Türkei, sondern den Truthahn bezeichnet und in Anlehnung an das tödliche Unglück gebraucht wird, das diesen dümmlich
aussehenden Vogel an Festtagen massenweise befällt.

▶ *We bought a bar on Corfu but it was a dead loss (turkey); we closed*
  after a year.

▶ *Bettina won't be able to help you with your homework; she's a*
  dead loss (turkey) at maths.

▶ *I took my car to a mechanic to change the oil, but he said the car*
  was a dead loss (turkey) and I should change the car, not the oil.

▶ *The multi-million-dollar film was a turkey (dead-loss) at the box-*
  offices *.   [*(Kino-)Kassen]

To go down the drain oder **down the tube**
Den Bach runtergehen; für die Katz sein. "Drain" und "tube" sind
hier das Abflußrohr einer Kanalisation oder Toilettenschüssel.

▶ *Our business is going down the drain; customer numbers have*
  halved, and even some of the shoplifters have stopped coming.

No joy! oder **no dice!** oder **no go!**
Tote Hose!; nichts erreicht! Außer **any joy?** – Erfolg gehabt? beziehungsweise Was erreicht? – werden die Begriffe fast immer als verneinende Antworten gebraucht. "No joy" (wörtlich: keine Freude) drückt aus, daß die Antwort oder das Ergebnis unbefriedigend war. "No go" und "no dice" sind Ausdrücke aus dem Würfelspiel für einen ungültigen Wurf, zum Beispiel wenn die Würfel vom Tisch fallen. Man hat also nichts damit erreicht. Die Wendung **to get no joy from someone** bedeutet eine ablehnende Antwort oder keine Unterstützung von jemandem kriegen.

▶ *Have you repaired the video recorder? No go, we don't have the necessary spare parts.*
▶ *Has the search party found any trace of the lost girl. – No joy I'm afraid*!*   [*ich bedaure]
▶ *Any joy? Did you get the job? – No dice this time!*
▶ *I rung the Telekom information desk to find out that company's address on the basis of their telephone number, but I got no joy; they said that information about subscribers* is confidential.*
[*Fernsprechkunden]
▶ *We got no go from the Council when we requested housing benefit*; the benefit is means-tested* and together we earn more than the limit.*   [*Wohngeld *von der Bedürftigkeit abhängig]

To peter out oder **fizzle out**
Sich allmählich totlaufen; sich langsam auflösen; verpuffen. In amerikanischen Gruben war "peter" ursprünglich ein Spitzname für Sprengpulver, wegen des hohen Gehalts an Salpeter (saltpetre). Wenn die Lunte langsam ausbrannte, ohne das Pulver anzuzünden, war der Salpeter nicht aktiviert (out). Diese langsame Fehlzündung ist das Sinnbild für eine Begeisterung, die sich allmählich legt, oder eine Tätigkeit, die im Sande verläuft. Bei "fizzle out" findet man ein ähnliches Sinnbild wieder, nämlich die Lunte eines Feuerwerks, die zischend verlöscht (fizzles out).

▶ *Many satellite broadcasters saw D-2Mac as the technology of the future, but when digital TV came along, interest in D-2Mac petered out (fizzled out).*

▶ *Lohmann was once a great film actor, but his career petered out*
  (fizzled out); now he is just a has-been * doing commercials for cat
  food.   [* abgetakelter (Schauspieler)]

To go to pot oder **go to the dogs**
Den Bach runtergehen; auf den Hund kommen; vor die Hunde gehen; stark bergab gehen. Beide Wendungen hatten ursprünglich mit
weggeworfenen Sachen zu tun: unbrauchbares Altmetall war für den
Schmelztopf (pot) bestimmt, und ungenießbare Essensreste wurden
den Hunden zugeworfen. Der Befehl **go to pot!** ist "geh zur Hölle!"
oder "rutsch mir den Buckel runter!". "To go to the dogs" bedeutet
auch unter Zockern "das Hunderennen besuchen".

▶ *Karl-Heinz has gone to the dogs (to pot) since his divorce.*

▶ *Several beach resorts near Venice were very fashionable in the 60's*
  and 70's but the beaches became polluted with chemical waste and
  now they have gone to the dogs (to pot).

▶ *If the shortage of money continues, our research projects will all go*
  to the dogs (go to pot). Each and every one of them!

▶ *Oswald wanted to apologize for what he has done, but I told him*
  to go to pot.

To be (in) a shambles
Einem Schlachtfeld gleichen. Das alte Wort "shambles" für die
Schlachtbänke im Schlachthof kommt vom angelsächsischen "sca-
mel" (Bank), einem Wort, das mit dem deutschen Schemel (Hocker
oder Fußbank) verwandt ist. Diese blutigen Fleischbänke sind symbolisch für ein Chaos oder einen Ort, wo chaotische Zustände herr-
schen. **To make a shambles of something** – bei etwas ein heilloses Durcheinander anrichten. Das abgeleitete Adjektiv heißt
shambolic – chaotisch.

▶ *Over the weekend five chipmunks escaped from their cage in the pet*
  department of the local DIY-superstore *; when staff in the wallpa-
  per department arrived for work on Monday morning, they found
  one unholy * shambles.   [* Heimwerkergroßmarkt * Riesen-]

▶ *I'll have to tidy my room up, it's in a real shambles; last night the*
  phone rang and I couldn't find it.

It's back to square one oder back to the drawing board

Man muß wieder ganz von vorn anfangen; wieder bei der Stunde Null beginnen; wieder kleine Brötchen backen. "Square one" ist das erste Feld von vielen Brett- und Gesellschaftsspielen, das auch als Anfangspunkt für diejenigen dient, die sich eine Strafe einhandeln und zurückversetzt werden. Das Zeichenbrett (drawing board) steht symbolisch für Projekte, die scheitern oder ernsthafte Fehler aufweisen und aufs neue entworfen werden müssen.

> ► *I lost two floppy disks with all my work on them; I had no backups so that's eight months work down the tube (oder the drain) *. I'll have to start from square one again (it's back to the drawing board again).*   [*den Bach runter]

To go to the wall oder go bust

Pleite gehen. Das erste Sinnbild ist ein Fußgänger, der von einem überholenden Wagen auf die Seite gegen eine Mauer geschoben wird, genau wie Gläubiger einen Schuldner bedrängen. Das Adjektiv **bust** bedeutet "kaputt", zum Beispiel "I've got a bust hand" oder "the lock on the front door is bust".

> ► *A lot of companies have gone to the wall as a result of the share collapse; I wanted to speak to my broker about selling my shares, but the ledge * on the sixteenth floor was busy.*   [*Fenstersims]

To be a washout

Scheitern (Versuch); Pleite machen (Geschäft); ein Versager sein (Person). Das Sinnbild ist eine verregnete (washed out) Freiluftveranstaltung.

> ► *This season is a washout for many hotels on the coast. Some of them have even started swiping * towels from the guests.*
>
>   [*klauen]

A dog's breakfast oder dog's dinner

Ein heilloses Durcheinander oder Schlamassel; eine verhunzte Arbeit. Ein Hundefrühstück oder -fraß besteht häufig aus unschönen Essensresten. **To make a dog's breakfast (dinner) of something** – etwas verhunzen / verpatzen.

► *Those electricians have made a dog's breakfast (dog's dinner) of the*
  fuse box *; the wires have been cut too short and left without insu-
  lation.   [*Sicherungskasten]
► *Naked women rolled on the canvas and spread the paint; for some*
  people these paintings are masterpieces of erotic art, for others they
  are a dog's breakfast (dog's dinner).

To go haywire

Verrückt spielen (Gerät); durchdrehen (Person); über den Haufen geworfen werden (Plan oder Projekt). In den Holzfällerlagern von New
England wurden Heuballen für die Zugpferde mit Draht zusammen-
gebunden. Schlecht organisierte Lager gebrauchten diesen Draht in
Ermangelung von Ersatzteilen, um kaputtes Werkzeug zu flicken,
und erhielten deswegen den abfälligen Beinamen "haywire outfit"
(chaotischer Verein).

► *The electronic scales have gone haywire and we're having trouble*
  giving exact weights.
► *The footballer suddenly went haywire and lashed out at * one of*
  his opponents.   [*schlug nach jemandem]
► *The strikes at Spanish airports have had a knock-on effect * here,*
  and flight timetables for many holiday destinations have gone
  haywire.   [*eine mittelbare Auswirkung]

Murphy's law oder sod's law

Das ungeschriebene Gesetz, wonach alles schiefgehen wird, was
überhaupt nur schiefgehen kann. Diese Regel wird einem amerikanischen Luftfahrzeugingenieur namens E. Murphy zugeschrieben, der
eine idiotensichere Ausführung von Motorbestandteilen befürwor-
tete, um einer falschen Installationsweise vorzukommen. "Sod"
(eine Abkürzung von "sodomist") in der Variante "sod's law" (wörtlich: Gesetz eines Sodomiten beziehungsweise Mistkerls) drückt
Verärgerung über die Ereignisse aus. Diese Begriffe wurden einmal
auch so umschrieben: wenn man ein Brot fallen läßt, fällt es immer
mit der geschmierten Seite nach unten. **Murphy's Law / sod's law
was proved right!** – es mußte ja so kommen!

► *Benedikt had been preparing for the Chemistry exam for six*

months, then on the day before the exam, Murphy's law (sod's law)
was proved right; he broke a leg and spent a week in hospital.

To be at sixes and sevens

In einem heillosen Durcheinander sein; heillos zerstritten sein. "Sixes and sevens" war ursprünglich der Name eines Würfelspiels aus dem 15. Jahrhundert, das als beliebter Zeitvertreib von Raufbolden in Kneipen galt. Daher sinnbildlich für chaotische Zustände.

▶ *At the Kremlin the Russian secret service met in a hall to demonstrate its new secret weapon to the President. Then a line of several hundred economists in black suits paraded past. Russian President: Tell me, what earthly * use are our economists to the West? – Secret Service Man: Just think of the havoc they'll wreak * over there; the Western economies will be at sixes and sevens.*

[*überhaupt *das ganze Unheil, das sie stiften werden]

To be (oder turn) topsy-turvy

Durcheinander sein/geraten; verkehrt herum sein; chaotisch werden. Der Begriff "topsy-turvy" ist eine Zusammensetzung von "tops" (die Spitzen oder die oberen Teile) und "turvy", das vom veralteten Verb "tervy" (umdrehen) stammt, im Sinne von "auf den Kopf gestellt". **To turn something topsy-turvy** – etwas durcheinanderbringen oder auf den Kopf stellen.

▶ *The weather recently is (oder has turned) topsy-turvy and is out of keeping with * the season; some scientists put it down to * global warming.* [*nicht entsprechen *auf etwas zurückführen]

▶ *The burglars had turned my flat topsy-turvy.*

 74 # Wichtig / Unwichtig

The sixty-four-thousand-dollar question

Die unbekannten Umstände, die jeder wissen möchte und wovon alles abhängt; die Preisfrage; die Gretchenfrage. Wörtlich, die letzte Frage in einem Quiz, deren Lösung den Hauptpreis von 64 000 Dollar mit sich bringt. Der Betrag ist nicht beständig; einige sagen "million-dollar question" in Anspielung auf die für moderne Verhältnisse größere Preissumme, andere verwenden nur "sixty-thousand-dollar question", da er so leichter auszusprechen ist. Als Richtlinie aber sollte man sich an die Urform des Begriffs halten, so wie sie sich ursprünglich in Amerika in den fünfziger Jahren eingebürgert hat.

▶ *Let's hope that Franz has a spare key, otherwise we won't be able to get back into the flat. – Well, that's the $ 64 000 question.*

▶ *Will there be a devaluation next week? That's the $ 64 000 question.*

The be-all-and-end-all

Das Hauptziel einer Organisation; das A und O; der Mittelpunkt des Lebens für jemanden. Sinngemäß das, wofür man steht und worauf man nicht verzichten kann, das heißt jemandes Existenzberechtigung. Auch eine Person, die vergöttert oder als unfehlbar verehrt wird.

▶ *Canal construction was the be-all-and-end-all of the career of Ferdinand de Lesseps (1805–1894); he completed the Suez Canal in 1869 and commenced the Panama Canal in 1881.*

▶ *Uwe's little son is his be-all-and-end-all.*

A big shot oder big noise oder bigwig oder a (big) nob

Ein hohes Tier oder Bonze. "A shot" bezeichnete in der Vergangenheit eine Kanone, und eine große Haubitze (a big shot) macht bekanntlich auch viel Lärm (a big noise). Diese schwere Artillerie steht hier symbolisch für wichtige Personen. "Bigwig" ist eine Anspielung auf die Größe einer Perücke (wig), an der die Wichtigkeit eines früheren Würdenträgers abzuschätzen war; je größer, desto wichtiger. Der letzte Begriff ist eine Abkürzung von "nabob", einem islamischen Prinzen in Indien.

▶ *Mr Schliemann is a big noise (big shot) in this company.*

▶ *The only time we see any bigwig (big noise/big nob) from the government in this region is when the elections are on.*

When the chips are down oder
when it comes to the crunch

Wenn es darauf ankommt oder ernst wird; wenn es hart auf hart geht. Ähnlich wie bei einem Kartenspiel, wenn die Wetten oder Spielmarken (chips) gesetzt werden müssen. **The crunch** ist die Entscheidung oder ein entscheidendes Ereignis.

▶ *We've only been threatened with eviction from the flat, but when it comes to the crunch we can go and live with my mother.*

▶ *The sale of our villa in Spain isn't going smoothly, and when it comes to the crunch (when the chips are down) I'll have to fly out there and sort the problems out* * *myself.*　　　[*Probleme regeln]

▶ *The new metro system has coped well* * *until now, but the crunch will come in ten days with increased passenger traffic for the international fair.*　　　[*ist damit gut fertig geworden]

The name of the game

Das Hauptziel oder die Devise von jemandem; der entscheidende Faktor. Der Begriff beschrieb ursprünglich das Hauptziel eines bestimmten Sports, zum Beispiel ein Tor schießen beim Fußball.

▶ *In business, making money is the name of the game.*

▶ *In our branch merging* * *now seems to be the name of the game.*

[*das Fusionieren]

▶ *You can get free treatment from supervised students at the School of Dentistry, but getting in the queue early is the name of the game.*

To be in the limelight

Im Rampenlicht der Öffentlichkeit stehen; im Vordergrund der Aufmerksamkeit stehen. Das Kalklicht ("limelight" – ein starkes weißes Licht, durch Erhitzung eines Stücks Kalk erzeugt) wurde im letzten Jahrhundert wegen seiner damals intensiven Ausstrahlung in Leuchttürmen und als Bühnenbeleuchtung in Theatern eingesetzt.

▶ *Mario is now in the limelight for saving a boy from drowning.*

▶ *The Wimbledon Tennis Tournament is in the limelight this month.*

Lord (beziehungsweise **Lady) Muck** oder **his / her nibs**

Eine hochgestochene/eingebildete Person. So wie Graf Koks im deutschen Begriff nicht aus Brandenburg oder sonstwoher, sondern von der Gasanstalt stammt, ist der Lord und die Lady hier nicht von Adel, sondern von ordinärem Dreck (muck). "Nibs" ist wahrscheinlich eine Nachahmung der Anrede eines hochgestellten indischen Prinzen "nabob" ("his nabob" – seine Exzellenz). (Siehe auch "nob", Seite 402, das dieselbe Abstammung hat.) Aus diesem Grunde wird meistens nur die männliche Form des Begriffs (his nibs – Baron Rotz von der Backe) in Wörterbüchern angegeben. Der Gebrauch von "her nibs" in bezug auf wichtigtuerische Frauen ist aber weit verbreitet und im Zweifelsfalle dem stärkeren "Lady Muck" vorzuziehen.

▶ *My daughter is getting too big for her boots* * *: Lady Muck (her nibs) borrowed my car without even asking permission.*

[* größenwahnsinnig / frech werden]

▶ *Our new neighbours think we are plebs * just because my husband is unemployed; Lord and Lady Muck won't speak to us.* [* Proleten]

Big deal!

Das ist nichts!; na und! Diese ironische Erwiderung bedeutet wörtlich "einen großen Geschäftsabschluß".

▶ *My dad could easily beat up * your father. – Big deal! Even my mother beats him up.*   [* zusammenschlagen]

Small beer

Nebensächlichkeiten; kleine Beträge. Ursprünglich Dünnbier, das wegen des niedrigen Alkoholgehalts als zweitklassig angesehen wurde.

▶ *Fifteen marks an hour as a waiter; that's small beer.*

Small fry

Unbedeutende Leute oder Organisationen; Kleinkinder; junges Gemüse. Wörtlich "kleine Fischbrut".

▶ *The police have only caught the small fry in the drug-dealing syndicate; Mr Big * remains elusive.*   [* der Chef]

▶ *I saw Mrs Götz with her small fry in the shopping centre today.*

To cut no ice with someone

Keinen Eindruck auf jemanden machen; jemanden kalt lassen: bei jemandem zieht etwas nicht. Die Wendung stammt aus dem Eiskunstlauf, wo die Schlittschuhe bei imponierenden Drehfiguren das Eis einschneiden.

► *When taking on staff, our company looks for experience rather than for formal qualifications; diplomas alone cut no ice with us.*

► *I'm cosmopolitan and treat people on a person-to-person basis; having the same nationality cuts no ice with me.*

 # 75 Wütend / Verärgert

To get someone's back up oder get someone's monkey up oder get someone's dander up

Jemanden wütend machen; jemanden aufbringen. So wie einer Katze so lange zugesetzt wird, bis sie wütend wird und als Drohung einen Buckel macht. Ein Affe (monkey), der, wenn gereizt, unerwartet schnell beißen kann, steht im zweiten Begriff symbolisch für jemandes erregten Zorn. "Dander" ist eine Verballhornung des niederländischen "donder" (Donner), im Sinne von "jemandes Wut erwecken" (get up).

► *A famous English journalist once said that the secret of successful journalism was to get the readers' backs up; they would then write half of the newspaper themselves.*

► *Gerhardt gets everybody's dander up (everybody's monkey up). He once went to Calcutta and became the only man in history to be told to "bugger off! *" ... by Mother Teresa.*   [*verpiß dich!]

To get someone's goat

Jemanden ärgern; jemanden wütend machen. **To get someone** hat die umgangssprachliche Bedeutung "jemanden verärgern", wie im Ausdruck **that's what gets me** – das ist es, was mich dabei ärgert. Eine Ziege (goat), hier symbolisch für jemandes Zorn, ist ein reizbares Tier. (Vergleiche oben "get someone's monkey up"). Obwohl dies

wahrscheinlich der wahre Hintergrund des Ausdrucks ist, zieht man
eine Parallele zu einem früheren Brauch, wobei Rennpferde auf dem
Transport neben einer ihnen bekannten Ziege untergebracht werden, um sie mit dem Ziegengeruch ruhigzustellen. Der Diebstahl dieser Ziege durch einen Konkurrenten am Vorabend eines Rennens
("get" im Sinne von "stehlen") würde dem Pferd eine unruhige
Nacht bescheren und seine Gewinnchancen zum großen Zorn des
Pferdebesitzers beeinträchtigen. **To get someone** hat (außer "jemanden ärgern") den zusätzlichen Sinn "jemanden anlocken oder
anreizen", wobei im letzten Anwendungsbeispiel beide Bedeutungen
angedeutet sind.

▶ *That guy gets my goat with his constant boasting.*

▶ *The repair man didn't turn up as arranged today. What gets me
   (what gets my goat) is that no-one phoned to say he wasn't coming.*

▶ *There's something about farm life that gets you, especially when
   the wind is blowing in the wrong direction.*

To bug someone

Jemanden verärgern; jemanden wurmen. Wörtlich "jemanden wie
eine lästige Wanze ärgern". Der Begriff kann auch "jemanden elek-
tronisch bespitzeln" bedeuten (von **a bug** – Abhörgerät).

▶ *Was your boss bugged when you told him you're quitting* next
   month? – He certainly was; he thought I was quitting this month.*
                                                          [*kündigen]

To have a chip on one's shoulder (about / against)

Einen Komplex haben; einen Groll hegen; sich mit einem Vorurteil
herumschlagen. Streitsüchtige amerikanische Schüler im letzten
Jahrhundert pflegten sich ein Holzstück (chip) auf die Schulter zu legen und andere herauszufordern, ihnen den Klotz als Anlaß für den
Kampf wegzustoßen.

▶ *Hartmut was once robbed at knife-point* by a foreigner in Frankfurt; now he has a chip on his shoulder against (about) foreigners.*
                                            [*mit vorgehaltenem Messer]

▶ *Ute has a chip on her shoulder. She thinks people look down on**
her because she's an unmarried mother.

[*auf jemanden herabsehen]

A drag

Ein Langweiler; eine lästige Sache. Ein Vergleich mit einer schweren Bürde, die man schleppen (drag) muß.

▶ *Axel is such a drag that when he was 15, his parents ran away*
from home.

To have (oder get) the hump oder be (oder get) humpy

Sauer sein/werden; einen Grant haben. Wörtlich "einen Buckel haben/machen". Eine Anspielung auf griesgrämige Leute, die dazu neigen, die Schulter wie einen Buckel hochzuziehen. Das Adjektiv "humpy" (grantig) wird auch von diesem "hump" (Buckel) abgeleitet.

▶ *My wife's got the hump about me coming home late every night.*
She went out early to visit her mother yesterday evening and left a
note for me – "Dinner's in the cookery book, page 34".

Keep your shirt on! oder keep your hair on!

Reg dich ab!; nur ruhig Blut!; geh nicht gleich an die Decke!; mach dich bloß nicht naß! Jemand, der einem anderen böse ist und einen Kampf sucht, würde zuerst seine Jacke und, wenn er eine wirklich heftige Schlägerei erwartet, auch sein Hemd (shirt) ausziehen. Dasselbe Sinnbild hat auch das Adjektiv **shirty** (so böse, daß man sein Hemd zum Kampf ablegen würde), wie es im Ausdruck **to get shirty** (sauer werden) vorkommt. Der zweite Spruch besagt, daß man sich deswegen die Haare nicht ausraufen sollte.

▶ *Keep your shirt on (Don't get shirty)! I'm just looking for a pet rab-*
bit that has strayed* into your cabbages. [*weggelaufen]

▶ *Rosenwanger got really worked up* about the extra work that had*
been left on his desk during the dinner break, and Behrens told him
to keep his hair on! – I had to laugh because the fellow* is as bald
as a coot*. [*aufgeregt *Kerl *völlig kahl]

▶ *A woman who is having a bit on the side* returns to her lover after*

answering the phone. Lover: It was your husband wasn't it? Is he
coming home? – Woman: Keep your hair on. He's at your house
playing Skat with you.   [* einen Seitensprung macht]

To be narked oder be riled
(about / at someone / something)
Auf jemanden / über etwas böse / sauer sein. Das Verb **to nark
someone** (jemanden ärgern), das vom Wort "nak" (Nase) aus der Zigeunersprache Romani stammt, vergleicht eine ärgerliche Plage mit
einem störenden Geruch, im Sinne von "jemandem stinkt es". "Rile"
in **to rile someone** kommt vom veralteten amerikanischen Verb
"rile" oder "roil" im Sinne von "(Wasser oder Schlamm) trübe machen".

▶ *Don't get Hildebrandt narked (dont' rile/nark H.); he can cut up*
  *rough *.*   [* handgreiflich werden]

To be miffed (about / at someone / something)
Wegen etwas beleidigt / verstimmt sein. Das Kunstwort "miff" im
Ausdruck **to miff someone** (jemanden beleidigen / verstimmen) ist
wahrscheinlich lautmalend für jemanden, der verärgert schnaubt
oder prustet.

▶ *My daughter is miffed at me because I couldn't find time to watch*
  her sing at the school concert.

To blow one's stack oder blow one's top [US] oder
blow a fuse
Wütend werden; in die Luft gehen. "Stack" ist der Schornstein eines
Dampfschiffs, der durch Druck weggesprengt wird (blowed). Ein
ähnliches Sinnbild wird in der zweiten Wendung gebraucht, nämlich eine Ölquelle, die unter Druck den Deckel (top) wegsprengt und
in die Luft schießt. "Fuse" ist eine Sicherung, die man aus Versehen
durchbrennen läßt (blows). Beim Synonym **to fly off the handle**
(an die Decke gehen; ausflippen) ist der Schneidekopf einer Axt, der
auf gefährliche Weise beim Hacken vom Stiel (handle) losfliegt, ein
Sinnbild für jemanden, der die Wut mit sich durchgehen läßt und
der möglicherweise auch handgreiflich werden kann.

▶ *When sixteen-year old Dagmar told her father that she was in the*
  family way*, he blew his top (blew a fuse/blew his stack/flew off
  the handle).   [* in anderen Umständen]

To hit the ceiling oder hit the roof
(Vor Wut) an die Decke gehen; in die Luft gehen. Man sagt auch
manchmal **go through the roof**, eine Wendung, die auch häufig
im Sinne von "stark zunehmen" gebraucht wird. (Siehe Seite 127.)

▶ *I told my wife that I was studying Italian two evenings a week at*
  the Volkshochschule. She hit the roof when she discovered that the
  school doesn't teach Italian.

To be in (oder get into) a paddy
Einen Koller haben; böse werden. Eine Anspielung auf die Iren
(Spitzname "paddies" vom verbreiteten irischen Namen "Patrick"),
die als trinksüchtig und aufbrausend galten.

▶ *Some people get into a paddy when they know they are wrong and*
  don't want to lose face*.   [* das Gesicht / Ansehen verlieren]
▶ *My boss got into a paddy because I was late. He was beside him-*
  self*, and I've never seen a more repulsive* couple.   [* außer sich
                        (wörtlich: neben sich stehend) * abstoßend]

To be up in arms oder be on the warpath
In Harnisch sein; aufgebracht sein. Wörtlich "aufgestanden und be-
waffnet" (up in arms) und "auf dem Kriegspfad" (on the warpath),
d.h. auf Auseinandersetzung eingestellt sein.

▶ *The tenants* are up in arms (on the warpath); they say that the*
  rent increase is outrageous* and are refusing to pay.   [* Mieter
                                                        * unverschämt]

To do one's nut
Rasend werden; durchdrehen. "Nut" (wörtlich: Nuß) ist eine umgangssprachliche Bezeichnung des Kopfs. "Do" (in Anlehnung an
"do someone" – jemanden hart bestrafen) wird hier im Sinne von
"schlagen" gebraucht, das heißt aus Wut sich den Kopf schlagen.

▶ *Doctor, I'm extremely irritable*, I do my nut at the drop of a hat*.*

– I beg your pardon? – Why didn't you open your lugs the first
time you blithering idiot*!*   [*reizbar *bei dem geringsten Anlaß
*die Löffel aufsperren *ausgewachsener Idiot]

To be hopping mad oder be livid
Fuchsteufelswild sein. "Hopping mad" ist wörtlich "so wild, daß
man Sprünge macht". "Livid" (wörtlich: bleigrau) soll die Gesichtsfarbe eines Wütenden darstellen.

▶ *The local football team plays lousy*. The trainer was hopping
mad when he caught a fan climbing over the fence at the grounds;
he grabbed the fan by the scruff of the neck* and ... made him return to watch the whole game.*   [*lausig
*beim Schlafittchen packen]

To be as cross as two sticks
Sehr böse oder ungehalten sein. Der Vergleich ist ein Wortspiel mit
"cross" (böse), da dieses Adjektiv gleichzeitig das Substantiv "Kreuz"
bedeutet und man leicht ein Kreuz mit zwei aufeinandergelegten
Zweigen (sticks) bilden kann.

▶ *When Sarah married a non-Jewish husband, her orthodox parents
were cross as two sticks.*

To get one's knickers in a twist
(scherzhaft oder frech)
Sich unnötig aufregen oder überflüssige Sorgen machen; sich ver-
heddern. Das Sinnbild ist eine aufgeregte Frau, die durch erregte Be-
wegungen ihren Schlüpfer ("knickers") heillos verdreht.

▶ *As soon as inflation rises slightly, central bankers get their knickers
in a twist.* (Aus einem TV-Interview des Senders CNBC)
▶ *I told Mr Fischer not to get his knickers in a twist, and that the
problem was not a fault in the computer, but the fact that he didn't
have a clue* how to use it properly.*   [*keine Ahnung hatte]

A pain in the neck oder pain in the arse (derb)
Eine sehr lästige Person oder Angelegenheit; ein Quälgeist; eine
Landplage oder Nervensäge. Beide Begriffe haben die Kurzform **a
pain**, wobei meistens die zweite gröbere Form unterstellt wird.

▶ *We decorated one customer's house perfectly as always, but the guy was a real pain in the arse (in the neck) and kept ringing up to complain about the price, the colour or the workmanship.*

▶ *There is no lift in the house and traipsing* up and down the stairs every day is a pain.*   [*mühsam latschen]

▶ *Blocked sinks are a pain!*

▶ *Lothar is a pain in the neck. – He's a pain all right, but I've got a much lower opinion of him.*

To be glad to see the back of someone
Froh sein, jemanden nicht mehr sehen zu müssen; jemanden lieber gehen als kommen sehen. Sinngemäß "froh sein, jemanden von hinten beim Weggehen zu sehen".

▶ *Mr Thiel has left the company and most staff here are glad to see the back of him.*

▶ *My wife's sister has been staying with us two weeks now; she's a pain* and I'll be glad to see the back of her.*   [*Plage]

To be fed up to the back teeth with something
Etwas ist jemandem total überdrüssig; etwas wächst einem zum Hals heraus. Das Sinnbild ist jemand, der mit einer bestimmten Nahrung bis zum Überdruß gefüttert wird, bis es wörtlich "an die Backenzähne reicht".

▶ *The only problem with buying something on the never-never* is that you're fed up to the back teeth with the thing by the time* you've finished paying for it.*   [*auf Pump / Abzahlung *bis]

▶ *A couple drive away after a meal in a restaurant. The woman keeps begging her hubby* to return, since she's forgotten her specs*. Husband: I'm fed up to the back teeth with your nagging*. You'd forget your head if it wasn't screwed on*. – Wife: But please, I'm blind as a bat* without my glasses. – Husband: Well, OK then. But get my hat in the cloakroom while you're at it*.*

[*Mann *Brille *Nörgeleien *du bist zerstreut; du würdest noch einmal deinen Kopf vergessen *stockblind *gleichzeitig]

I could kick myself!

Ich könnte mich selbst ohrfeigen!; ich könnte mich selbst in den Hintern beißen! Ausdruck des Ärgers über etwas, das durch Selbstverschulden schiefgegangen ist.

▶ *Footballer: I could kick myself for botching * that penalty! – Trainer: I wouldn't bother if I were you *; you'd probably miss and hurt someone.*   [*vermasseln *das halte ich für nicht nötig]

What's biting someone?

Was ist mit jemand los?; was hat jemand denn? Jemandes Beunruhigung oder Verärgerung wird den Bissen eines Flohs, einer Wanze oder eines anderen Insekts scherzhaft zugeschrieben.

▶ *I was sitting in the departure lounge on my way to Malaga and the guy * next to me was shaking like a leaf*. I asked what was biting him. He said that he had a groundless * fear of flying and that he even got shit-scared * when he saw the word "Terminal *". I asked him, in that case, why on earth * he should want to go by plane to Malaga and he replied, "I've got to, I'm the pilot".*   [*Typ *wie Espenlaub zittern *unbegründet *Schiß bekommen *Terminal(gebäude); tödlich *warum in aller Welt ...]

To get on someone's wick oder on someone's nerves

Jemandem auf die Nerven/den Keks gehen. "Wick" (wörtlich: Docht) ist ein Ersatzwort für **dick**, umgangssprachlich für das erregbare männliche Glied.

▶ *The Krügers complained to the Gemeinderat that my cockerel gets on their wick with his crowing every morning. I replied that they shouldn't come to live in the countryside if they can't stand natural sounds.*

To be cheesed off oder be browned off oder
be pissed off (vulgär)

Die Nase voll haben; angeödet sein; jemandem stinkt's. Da die ersten zwei Begriffe von vergammeltem Käse und verbranntem Essen (die Partikel "off" bedeutet hier schlecht geworden) abgeleitet sind, drükken sie Abweisung aus. Von diesen drei Adjektivbestimmungen besteht nur **to piss someone off** (wörtlich: jemanden aus Verärgerung pissen lassen – jemanden ankotzen) als transitives Verb.

▶ *Everyone in this office is thoroughly cheesed off (browned off/ pissed off) with Helmut; in fact those who have worked with him for some time have formed their own support group *.*

[*Selbsthilfegruppe]

▶ *What makes you think that your wife is cheesed off with you? – She keeps wrapping my lunch in road maps!*

Zeitpunkt / Zeitdauer

To be (a bit oder rather) late in the day
Reichlich spät sein; zu einem späten Zeitpunkt. Obwohl der Begriff wörtlich "etwas spät am Tage" bedeutet, bezieht er sich eher auf einen längeren Zeitraum, wie Wochen oder Jahre.

▶ *It's a bit late in the day to plant maize; it'll never ripen before winter.*

▶ *We pay our suppliers rather late in the day; people tend to remember those who don't pay, rather than those who pay late.*

On the dot
Auf die Minute genau; pünktlich wie verabredet; Punkt ... Uhr. "Dot" ist hier ein Punkt auf einer Partitur, der die Spielgeschwindigkeit angibt. "On the dot" bezeichnet daher ein Instrument, das im richtigen Moment und Takt gespielt wird.

▶ *Conductor, what time does this train get to Rostock? – Six o'clock on the dot. – Is there no way to get there earlier? – Yes, go and sit in the front carriage.*

(In) the year dot
Anno dunnemals; anno Tobak. "Dot" ist eine Sache oder Person in weiter Entfernung, die daher nur klitzeklein wie ein Punkt (dot) erscheint. Folglich ein Sinnbild für eine Zeit in weiter Ferne oder eine längst vergangene Zeit, an die man sich nur blaß erinnert.

► *When Noah built the Ark in the year dot, why didn't he swat* all
those creepy-crawlies * when he had the chance.*   [*totklatschen
*krabbelnde Insekten; Gewürm]

The early bird catches the worm
(Sprichwort) Morgenstund hat Gold im Mund. Davon abgeleitet ist
an early bird – ein Frühaufsteher oder jemand, der seine Chancen
schon recht früh zu nutzen weiß.

► *For the summer sale you have to queue up the night before it starts;
as you know, an early bird catches the worm.*

► *We newsagents start work at seven o'clock in the morning; it's a
job for early birds.*

Once in a blue moon
Sehr selten; alle Jubeljahre einmal. Der Mond erscheint gelb, aber
fast nie blau. Der Begriff ist daher eine Anspielung auf die Unwahr-
scheinlichkeit dieser Mondfarbe.

► *It's a miracle that you survived the crash; luck like yours occurs
once in a blue moon.*

► *Since my brother went to live in Ontario, he only writes to us once
in a blue moon.*

► *The singer came on stage and declared to the audience, "Once in a
blue moon a really beautiful song comes along, ... and until it
does, I'd like to sing this one".*

► *Scientists have found a definite link between marriage, sex and
astrology; if you've been married over 25 years, sex occurs once in
blue moon.*

To be as regular as clockwork
Mit der Regelmäßigkeit eines Uhrwerks funktionieren; absolut zu-
verlässig laufen. **To go like clockwork** – wie am Schnürchen klappen; reibungslos oder genau nach Plan über die Bühne gehen.

► *The author produces three cookery books a year as regular as clockwork.*

► *During the evening of the Eurovision Song Contest, the complicated visual links to the various competing countries went like clockwork.*

▶ *Doctor: Your pulse is as regular as clockwork. – Patient: That's because you're feeling my wristwatch!*

To do something until the cows come home
Etwas für unbestimmte Zeit / für immer tun (können); etwas tun (können), bis man schwarz wird. Am frühen Morgen kehrten Kühe auf der Weide von selbst langsam in die Scheune zurück, um gemolken zu werden. Die Zeit bis dahin wurde zum Sinnbild für eine Ewigkeit.

▶ *Grüninger told the police that they could search his house till the cows come home, but that they wouldn't find any stolen goods.*

▶ *If you're waiting for a bus, you'll be there till the cows come home. There are no more buses till tomorrow morning*

▶ *People can write complaints to your company till the cows come home and no-one ever gets an answer.*

▶ *We sold you the wrong video recorder three months ago, but you can't play around with it until the cows come home, and then bring it back to our shop second-hand.*

At the crack of dawn
Gleich bei Tagesanbruch; im Morgengrauen. Ein Begriff amerikanischen Ursprungs. "Crack" wird vom "Krach" aus dem Deutschen abgeleitet. Ein plötzlicher Knall wird mit dem Tagesanbruch verglichen, bei dem die Nacht schnell in den Tag umschlägt.

▶ *Sorry that we can't stay longer tonight. We have to catch the ferry to Hamburg at the crack of dawn.*

▶ *As a postman, I'm used to getting up at the crack of dawn.*

▶ *This morning I got up at the crack of dawn to see the sunrise. – Well, you couldn't have picked a better time.*

To cut it fine oder cut it close
Die Zeit sehr knapp kalkulieren. Das Fürwort "it" ist eine Anspielung auf ein Material wie Holz oder Tuch, das gleich nach Maß ohne Spielraum für Fehler zugeschnitten wird. So wie man bei der Berechnung der notwendigen Zeit für eine Arbeit oder Reise fast keine eventuelle Verspätung einkalkuliert.

▶ *Harry has already left for the airport, but he's cutting it close; if anyone arrives there later than him, they'll miss the plane for Milan.*

(For / in) donkey's years oder (for / in) yonks

Seit Ewigkeiten; eine Ewigkeit; seit anno dazumal / Tobak. Esel hatten den Ruf, (im Vergleich zu einem Pferd) langlebig zu sein. Das erfundene Wort "yonks" ist eine Fusion von "years" und "donkey's".

▶ *We lived in Danzig before the war, but we haven't been back there in (for) donkey's years (in/for yonks).*

▶ *Thanks, but I don't drink; I haven't touched alcohol for (in) donkey's years (in/for yonks).*

▶ *I spent donkey's years at college taking* Medicine. – Sorry to hear that. Are you well now?*   [* studieren]

▶ *It will take donkey's years to pay off all the furniture we've bought; by then they will be genuine antiques.*

Right from the word "go"

Von Anfang / Anbeginn an; die ganze Zeit. "Go!" (los!) ist der Startbefehl eines Wettrennens.

▶ *Agathe told her mother that her boyfriend Klaus had jilted* her, and her mother replied that she had never liked Klaus, right from the word "go".*   [* sitzenlassen]

To be in the offing oder be (oder have something) in the pipeline

Bevorstehen; sich in Vorbereitung oder der Planungsphase befinden; aufziehen (Gewitter). "The offing" ist ein veraltetes Wort für die Sichtweite der Küste oder des Horizonts. Ein Schiff "in the offing" war sichtbar und kündigte sein Einlaufen an. Ein Ereignis "in the pipeline" ist im Anzug, wie Öl, das in einer Leitung schon unterwegs ist und irgendwann am Ziel ankommen wird.

▶ *Stay with our channel; we have plenty of good tennis in the offing (in the pipeline) this afternoon.*

▶ *There are price rises in the offing (pipeline).*

▶ *Their pharmaceutical division has a promising anti-cancer drug in the pipeline, and that has already boosted their share price.*

▶ *Look at the black sky; there's a nasty storm in the offing.*

To take a rain-check [US]

Auf etwas später wieder zurückkommen; den Genuß von etwas auf später verschieben. Wenn eine Veranstaltung wegen Regens ausfällt, bekommen die Besucher einen "rain-check" – eine Eintrittskarte für die Ersatzveranstaltung irgendwann in der Zukunft.

► *Ludwig offered to let us stay at his villa in Italy this summer, and I told him that we had already booked our holiday for the summer, but that we would take a rain-check.*

► *Want another beer on me *? – No thanks. I've got to go now, but I'll take a rain-check.* [*auf meine Kosten]

A red-letter day

Ein sehr wichtiger oder großer Tag; ein Freuden- oder Glückstag; ein Tag, der im Kalender rot anzustreichen ist. Die Religionsfesttage wurden früher im Kalender mit roten Buchstaben angegeben.

► *The 3rd of June 1998 was a red-letter day for Udo; he finally got his pilot's licence after three failed attempts.*

To strike while the iron is hot

Einen günstigen Zeitpunkt beziehungsweise eine Gelegenheit (beim Schopf) ergreifen; das Eisen schmieden, solange es noch heiß ist.

► *The power cut in the city induced * a lot of burglars and looters * to strike while the iron was hot.* [*bewog *Plünderer]

► *Now is the best time to buy shares in that company; strike while the iron is hot.*

To be (oder have something) in store (for someone)

Das Schicksal, das jemanden erwartet; was die Zukunft mit sich bringt; etwas, das man für jemanden schon vorbereitet hat. Der Begriff bezeichnet sowohl die erfreulichen oder unangenehmen Überraschungen, die jemand für einen anderen "auf Lager" (in store) hat, als auch die Zukunft oder Dinge, die auf jemanden zukommen.

► *The TV channel Arte is devoting the evening to Alfred Hitchcock; they have a biography and two of his films in store for us tonight.*

► *My husband doesn't know it yet, but I have a little surprise in store for him; I'm expecting a baby.*

▶ *In my last company, there was no chance of promotion in store; that's why I decided to work here.*

▶ *The facial burns will mean extensive plastic surgery; I'm afraid there are a lot of painful operations in store for you.*

▶ *For many immigrants, America was an unknown land and on arriving at Ellis Island they hadn't a clue* what the future had in store for them.* [*hatten keine Ahnung]

To make hay while the sun shines

Eine günstige Zeit ausnutzen; Geld verdienen, solange es noch geht; das Eisen schmieden, solange es heiß ist.

▶ *Sportsmen and fashion models often sign as many advertising contracts as possible; they must make hay while the sun shines since by the age of thirty they can be on the scrap heap**

[*zum alten Eisen gehören].

On the spur of the moment

Ganz spontan; aus einem Impuls heraus. Die Metapher hier ist ein Pferd, das unmittelbar auf die Sporen (spurs) reagiert und losgaloppiert.

▶ *Thieves often steal on the spur of the moment.*

▶ *Some of the best jokes are cracked* on the spur of the moment.*

[*losgelassen]

▶ *I didn't want to sell my caravan, but he increased his offer slightly and on the spur of the moment I decided to accept.*

To be high time oder be about time

Höchste Zeit / Eisenbahn sein.

▶ *It's high time (it's about time) you got married and settled down.*

▶ *The flight delay is over and you can board the plane in five minutes. – And high time too! (And about time too!)*

In the nick of time

Im richtigen Augenblick; gerade zur rechten Zeit; kurz vor Toresschluß. Bei Fußballspielen in früheren Zeiten, als man noch keine Anzeigetafeln hatte, pflegte man den Spielstand auf einem Stock mit einem Messer einzukerben. Mit einem letzten Tor kurz vor dem Abpfiff (das heißt mit einer Einkerbung oder "nick" innerhalb der Spielzeit) konnte eine Mannschaft gerade noch gleichziehen beziehungsweise gewinnen.

▸ *We caught the train in the nick of time, just as it was about to pull out *.* [*abfahren]

▸ *Helicopters plucked several people from the top of the burning building in the nick of time; three minutes later the roof itself was also ablaze.*

A jiffy oder **jiff** oder **a mo** oder **a tick**
(beziehungsweise **two ticks**)
Ein Momentchen; eine Sekunde. "Jiff(y)" ist unbekannten Ursprungs. "Mo" ist die Abkürzung von "moment". "Tick" ist ein Tikken der Uhr, das heißt ein sehr kurzer Zeitraum. Häufig in den Ausdrücken **in a jiffy**, **in a mo** und **in a tick** / **in two ticks** (im Nu oder sofort) gehört. **Half a jiffy!**, **half a mo!** und **half a tick!** sind Einwände oder Aufforderungen – "Moment mal!" beziehungsweise "Momentchen!" **A Jiffy bag,** der eingetragene Name einer gefütterten Versandtasche (besonders für Bücher) mit Durchsteckverschlüssen, ist zum Gattungsbegriff geworden, in Anlehnung an die schnelle und bequeme Verpackungsart.

▸ *A Irishman rings up Panam to ask how long the flight from the Big Apple * to Dublin will take. Panam official: Half a mo sir! – Irishman: Jesus, these newfangled * supersonic jobs * don't half * go like the clappers *.* [*New York *neumodisch *Maschinen; Geräte *nicht schlecht; und ob *mit einem Affenzahn]

77 Zustimmung / Ablehnung

To turn a blind eye to something
Etwas dulden oder nicht sehen wollen; ein Auge zudrücken. In der Kopenhagener Seeschlacht von 1801 empfing der einäugige Viscount Nelson (später Admiral) ein Flaggensignal vom Schiff des Be-

fehlshabers mit dem Befehl, sich vor dem dänischen Gegner zurück-
zuziehen. Nelson setze das Handfernrohr auf sein blindes Auge und
erklärte, daß er kein solches Signal sehen könne und daß man wei-
terkämpfen sollte. Der englische Sieg in der Schlacht wurde später
dieser Handlung zugeschrieben.

▶ *Gunter's wife is turning a blind eye to his affairs with other women.*

▶ *The kitchen staff were poorly paid and the head cook often turned
  a blind eye when small amounts of food disappeared from the
  storerooms.*

▶ *It is forbidden to cycle on the pavement on that stretch of road, but
  the road itself has become so dangerous for cyclists, that police are
  turning a blind eye.*

▶ *Arab countries accused the United Nations of turning a blind eye
  when Israel infringed* international resolutions.*   [*verletzte]

Okey-doke oder **okey-dokey**
In Ordnung; okay. Eine scherzhafte Verformung von OK, die die ersten Buchstaben von "orl correct" darstellt, wobei "orl" wiederum
selbst die falsche Schreibweise von "all" ist. OK ist wahrscheinlich
1839 in Boston entstanden und verbreitete sich schnell längs der
Ostküste der USA. **To okay something** – einer Sache seine Zustimmung geben. Die Amerikanismen **yep** (ja) und **nope** (nee) sind umgangssprachliche Verformungen von "yes" und "no".

▶ *I'll see you tonight then. – Okey-doke (okey-dokey).*

▶ *Are you thinking of buying a new three-piece suite *? – Yep, but I'll
  have to okay it with my husband first.*   [*dreiteilige Sitzgarnitur]

To give someone / something (oder **get**) **the green light**
oder **give** (oder **get**) **the thumbs up**
Jemandem oder etwas (einem Projekt/Vorschlag) grünes Licht geben; jemanden (einen Kandidaten usw.) oder etwas (eine Idee usw.)
akzeptieren. Bei den Gladiatorenkämpfen im alten Rom hing das Leben des Unterlegenen von einem Daumenzeichen des Kaisers ab. Daher das Gegenteil – **to give** oder **get the thumbs down** – jeman-
den/etwas ablehnen oder abgelehnt werden.

> ► *If the factory gets the green light (the thumbs up) from the local authorities, it will create thousands of new jobs in an economically depressed region.*
> ► *Did Anke get the job? No, she got the thumbs down (oder they gave her the thumbs down).*

Someone can like it or lump it

Jemand muß sich etwas wohl oder übel gefallen lassen. Das veraltete Verb "lump" bedeutete "sich zähneknirschend mit etwas abfinden".

> ► *Your neighbour is complaining that your hedge is now blocking his view. – I want my privacy, so my neighbour can like it or lump it.*
> ► *When you live near a noisy airport, it's like it or lump it.*

(I / he usw. **would**) **not do something for all the tea in China**

Etwas um alles in der Welt nicht tun. Selbst wenn man mir (ihm usw.) den ganzen Tee in China anbieten würde. Eine Wendung aus der Kolonialzeit, als Tee noch einen großen Wert hatte.

> ► *I wouldn't pick up hitch-hikers at night, not for all the tea in China.*
> ► *Jutta hates flying. She wouldn't fly for all the tea in China.*

Not on your nelly!

Nie im Leben! "Nelly" ist ein Unsinnswort für "Leben", geprägt in den dreißiger Jahren. Der Begriff ist ein volkstümliches Gegenstück zu **not on your life** mit der Urbedeutung "ich tue es nicht, Sie können Ihr Leben darauf wetten". Der Begriff **no way!** (auf gar keinen Fall; nichts da!) drückt nicht nur Ablehnung, sondern auch Unmöglichkeit aus. Die Grundidee hier ist, daß ein Verkehrsweg für den Durchgang gesperrt ist.

> ► *You should apologize to Bärbel for what you said about her. – After the dirty trick she pulled on me *, not on your nelly (no way)!*
> [*nach dem linken Ding, das sie mir gedreht hat]
> ► *I won't lend you the money, not on your nelly (no way)!*
> ► *I can't finish this job before three o'clock. No way!*

To give someone the V-sign oder **a two-fingered gesture** oder **the finger (sign)** [US]

Jemandem ein Zeichen der Verachtung ("du kannst mich mal") geben. Das V-Zeichen ist ein umgekehrtes Siegeszeichen (V für "victory") mit zwei Fingern, wobei die Fingerknöchel nach außen gerichtet sind. Dieses Zeichen sorgt oft für Belustigung und ironische Bemerkungen bei Fernsehzuschauern in britischen Wohnzimmern, da es von bis auf die Zähne bewaffneten Soldaten, die in Unruheherden vor der Kamera jubeln, häufig mit dem Siegeszeichen verwechselt wird. Dieses Zeichen entstand ursprünglich als eine Abwehr gegen den Teufel, wobei die zwei erhobenen Finger die Hörner des Satans vor dem Gesicht abdecken sollten. Mit dem Zeichen konnte man ebenfalls jemanden einen teuflischen Bösewicht nennen. Später wurde es für "hau ab, Arschloch!" angewandt. Ein ähnliches Zeichen (the finger sign) mit dem Zeigefinger nach außen wird in den USA und anderen Ländern wie Frankreich gebraucht.

▶ *"Words cannot express my feelings for this man, ... but fingers can", she said while making the V-sign.*

To take a dim view of something

Etwas mißbilligen; von etwas nicht erbaut sein. Wörtlich "sich ein verschwommenes Bild von etwas machen", sinngemäß, sich eine negative Meinung über etwas bilden.

▶ *Many Muslim countries take a dim view of alcohol consumption.*

▶ *A bad photographer is someone who always takes a dim view of things.*

I'll be blowed if I'll ... oder **I'll be damned if I'll**

Ich denke nicht im Traum daran, etwas zu tun. "Blow" wird hier im veralteten Sinne von "verdammen" (damn) angewandt, das heißt, ich komme in die Hölle, wenn ich etwas tue.

▶ *My employer asked me to stand in for * a sick colleague at the weekend, but after the pittance * they paid me, I'll be blowed (damned) if I'll do it again.*   [* für jemanden einspringen *Hungerlohn]

Someone would not touch
something with a bargepole

Jemand würde etwas nicht einmal mit der Beißzange anfassen. "A bargepole" ist eine Stange oder Stake für Flußkähne (barges), die eine Länge von etwa vier Metern hat. Sinnbildlich für "etwas tunlichst vermeiden".

▶ *Many doctors won't touch the question of euthanasia with a barge-pole; for them it's a taboo subject.*

▶ *Schneider KG are looking for carpenters but are only offering six-teen marks an hour and no bonus *. – Get away! * No self-respect-ing * carpenter would touch a job like that with a bargepole.*

[* Zuschlag * ach, geh! * (Zimmermann,) der etwas auf sich hält]

Do you mind? oder don't mind me!

Ich muß doch sehr bitten! Ironische Bemerkung der Mißbilligung für eine störende Handlung. Wörtlich: "macht das Ihnen etwas aus?" und "geben Sie keine Acht auf mich!"

▶ *A man pushed past me in the supermarket queue and I said to him, "Do you mind? (don't mind me!)"*

▶ *Jürgen returned home late one night to find a drunk piddling * next to his door and he said to the lush *, "Don't mind me! (Do you mind?)"* [* pinkeln * [US] Besoffener]

A raspberry

Eine verhöhnende Ablehnung. Vom reimenden Slang "raspberry tart" (Himbeertorte) für "fart" (Furz). Dieser Begriff für eine schroffe Absage lehnt sich an den Ausdruck **to blow a raspberry** – verächt-lich prusten; einen Furz nachahmen.

▶ *Selling is a hard business, especially on the days when you get no orders, only raspberries.*

▶ *I've applied to the Sozialamt several times for an allowance * but all I get are raspberries.* [* Beihilfe]

Go to hell! oder **go to blazes!** oder
go and take a running jump! oder **go to pot!** oder
go and jump in the lake! oder **drop dead!** oder
go chase yourself! oder **up yours!** (grob)

Geh zur Hölle!; scher dich zum Teufel!; du kannst mich mal!; laß
mich in Ruhe! Ablehnende und abweisende Erwiderungen. "Blazes"
(ein Feuermeer), die anderswo kaum gebrauchte Mehrzahl von
"blaze" (lichterloher Brand) ist ein Hüllwort für Hölle. "Pot" ist eine
Anspielung auf einen Schmelztopf für unbrauchbares Altmetall, ein
Sinnbild für etwas Wertloses. (Siehe Seite 398.) "Go chase yourself!"
ist sinngemäß "jag dich zur Hölle!" "Up yours" ist eine Kurzform von
"stick it up your arse!" – "du kannst es (das heißt deinen Vorschlag
usw.) dir in den Arsch stecken".

▶ *The Council want to build a footpath over the land, but the owner
is continually telling them to go and take a running jump.*

▶ *"Go to blazes!" say fireman, who are fuming * after brigade bosses
order them to give up their holidays for peanuts *.* (Aus einer britischen Tageszeitung)   [*wütend; wörtlich "rauchend" –
ein treffendes Adjektiv in bezug auf die Feuerwehr
*ein paar Kröten]

▶ *During the divorce proceedings Berta's husband wanted custody *
of the children, but she didn't mince her words * and told him "up
yours!"*   [*Obhut *ganz unverblümt sprechen]

▶ *Luise, will you marry me? Say the two words * that will make me
happy for the rest of my life! – Drop dead!*   [*Anspielung auf
"I will!"]

▶ *Door-to-door * sales are going downhill *, but I did get several orders this week. – What orders? – Orders such as "go to blazes!"
and "drop dead!"*   [*Haustürgeschäft *bergabgehen]

▶ *I think I'm suffering from a split personality *. – Go chase yourself!*
          [*gespaltene Persönlichkeit]

You can put that in your pipe and smoke it!

Laß dir das gesagt sein!; schreib dir das hinter die Ohren! Im Sinne
von "da hast du ein Problem, worüber du jetzt echt nachdenken
kannst"; vom Glauben her, daß das Pfeiferauchen nachdenklich
stimmt.

▶ *You always leave the place dirty and your noise is keeping other tenants * awake at night; I want you to vacate the flat by the end of July, so put that in your pipe and smoke it!*   [*Mieter]

▶ *Ursula told "Dreamkitchens" that the kitchen unit * was the wrong colour and had been so badly installed that she wouldn't pay until it had been replaced, so they could put that in their pipe and smoke it!*   [*Küchenmöbel]

bust, go bust 399
butt *(Zigarette)* 76; *(Körperteil)* 188; work one's butt off 31
butterflies, have ~ in one's stomach/tummy 21
buttons, push all the right ~ 291
butt-ugly 155
buy, buy it 357
buzz, give someone a ~ 164
buzz, ~ off 113; # 147

C

cabby # 215
caboodle, the whole ~ 107
cackle, cut the cackle! 13
cadge 40
cagey # 360
cahoots, in ~ with 160
Cain, raise Cain 373
cake, take the cake 361; sell like hot cakes 121
cake-hole 187
call, a close call 336
can *(Klo)* 182; *(Gefängnis)* 385; carry the can 210
candle, not be able to hold a ~ to someone 310
card-carrying 46
cards, be on the ~ 237; # 341; play one's ~ right 291; get one's ~ 40
carpet, ~ someone 194
carrot, the ~ and the stick 211
carry, carry on 373; carry on with someone 373

carryings-on 373
carry-on, a ~ 373
cat, a fat cat 44; not a ~ in hell's chance 240; rain cats and dogs 92; see which way the ~ jumps 133; look like something the ~ brought in 177; look what the cat's brought in! 177; have no room to swing a ~ 262; grin like a Cheshire ~ 284; enough to make a ~ laugh 220; let the ~ out of the bag 168; there's more than one way to skin a ~ 78
catch-22 296
cathouse 240; 330
catnap 244
cauliflower, ~ ear # 350
ceiling, hit the ~ 409
cent, not have/worth a red ~ 43
chain-smoker 76
chalk, different as ~ and cheese 382; not by a long ~ 151
chap(pie), # 91; # 259; 276; old chap 49
charlie *(Penis)* 189; a proper ~ 172
chase, go chase yourself! 424
chat, ~ up someone # 79
chatter-box 323
cheese, hard cheese! 149
cheesed off 412
cherries, pick the ~ from the cake 238
chestnut, an old ~ 323

chick, a ~ # 74; # 306
chicken *(Feigling)* 18; ~ feed
119; be no spring ~ 203; # 303;
someone's chickens come
home to roost 212; don't
count your chickens 238
chief, all chiefs and not enough
Indians 225
child's play 206; # 322
chimney, smoke like a (factory) chimney 76
China, not do something for all
the tea in ~ 421
Chinese, it's all ~ to me! 224
Chink(ie) 249
chip, have a ~ on one's shoulder
406; when the chips are down
403; be a ~ off the old block
145; have had one's chips 238
chip, chip in 321
chippie 37
chock-a-block # 109; 151;
264
chocker 151
chop, get the ~ 39; # 365; # 381
chop, chop chop! 325
chopper, a ~ *(Hubschrauber)*
109; choppers *(Zähne)* 185
chuck get the chuck 26
chuck *(schmeißen)* 26; ~ in 14;
26; ~ the whole thing; ~ it
down *(regnen)* 92; # 112
chuffed 285
chum, ~ up with someone 97
chummy 97
chump *(Kopf)* 185; be off one's
chump 185; 393

churn, churn out # 51
ciggy 76
cinch, a ~ 205
cissy 269
city, fight City Hall 230
clanger, drop a ~ 395
clap, the ~ 232
clap, clap someone in jail 385;
clap eyes on something 340;
be clapped out 232; # 259
clappers, go like the ~ 129
claptrap 65
clash, ~ with # 30; 307
clean, come ~ 167
cleaners, take to the ~ 53
clear, clear off # 19; 113
clinch, ~ a deal 336
clink, in ~ 385
clobber *(Klamotten)* 175
clockwork, as regular as ~
414; go like ~ 414
clogs, clever clogs 171
clot 173
cloud, be on ~ nine 284; have
one's head in the clouds 201
cloud-cuckoo-land 201
clover, in clover 200
club, join the club! # 97; 144
clubbing, go ~ # 277
clue, not have a clue 165; # 418
clue, clue someone up 164
clunker, a ~ 110
coach, drive a ~ and horses
through something 238
coals, haul over the ~ 193
coast, the ~ is clear 337

fancy, tickle someone's ~ 286
fancy # 392; ~ that! # 49
fanny *(Körperteil)* 188; 189;
  sweet Fanny Adams 181
fart, old fart 50; 204
fashion, do something like it
  was going out of ~ 154; # 353
fast, pull a ~ one 54
fat, a ~ lot of good 258; # 268;
  have a fat chance 258
feather, be a ~ in someone's
  cap 79; you could have
  knocked me down with a ~!
  70
feather, ~ one's (own) nest 120
Federal, make a ~ case 364
feet, drag one's ~; be six ~ under
  355
fellow # 60; # 407
fence, a ~ 386
fettle, in fine (poor) ~ 286
fib, to ~ 60
fiddle, as fit as a ~ 136; # 358; be
  on the ~ 52
fiddle, ~ something 52
fiddlesticks 65
fiddly # 77
field day, have a ~ 286
fig, not worth a ~ 258; not give a
  ~ 24
fill, fill someone in about 163;
  fill someone in 141
filthy, filthy rich 45
finger, have a ~ in many pies
  279; give someone the ~ (sign)
  422; get one's ~ out 30; be all

fingers and thumbs 379; keep
  one's fingers crossed 149
fingertips, have something at
  one's ~ 79
fink 386
fire, hang fire 134
fire, ~ someone 39; ~ away! 167
fireworks 197
fish, drink like a ~ 368; different
  kettle of ~ 381; plenty other
  good ~ in the sea 236; feed the
  fishes 137
fish, ~ for compliments # 106;
  351
fishwife, swear like a ~ 49
fishy # 23
fix, in a fix 298
fix, fix someone up with something 159
fizzle, fizzle out 397
flabbergasted 70; # 331
flak, give / take some flak # 47;
  192; # 224
flake, flake out 244
flaky 244
flannel, to ~ 326
flap, be in (get into) a flap 25
flash, like a flash 131; a flash in
  the pan 86
flat, flat out *(erschöpft)* 130;
  drive (run) flat out 130
fling, a ~ *(Affäre)* # 332
flip-flop, do a ~ 382
flipping 49; # 376
flog, flog something 121
flop, flop house 261

give, ~ over! 13
gizmo 107
glitch 234
glorified 314
glove, fit like a ~ 177
glued, ~ to something 288
gnashers 185
go, no go! 397; right from the word 'go' 416; on the go 34; have a go at something/ someone 237
go, go about something 12; # 251; go on about # 391; as ... go 305; there you go! 16; go down well with someone 85; ~ under # 304; ~ in for sport # 385; gone and (done something) # 170
goalposts, move the ~ 143
goat, get someone's ~ 405
gob 187; 318
gobble, ~ up something # 236
gobbledegook 321
gob-smacked 70
gob-stopper 187
God, think that one is God's gift to someone 215
gold, as good as gold 301
goo 314
goodbye, kiss ~ to something 17
goodness, thank ~! 186; # 391
good-time girl 331
goof, 394
goofy 394
gook 248

goolies 189
goon 269
goose, ~ bumps/pimples 18
gospel, take as ~ 61
grabs, up for ~ 351
grade, make the ~ 90
graft, 31
grand *(Geld)* # 195
grandmother, don't teach your ~ to suck eggs 80
granny # 161; 380
grapevine, on the ~ 168
grass, put someone out to grass 14; the grass is greener on the other side 353
grass ~ on someone # 346
gravy, get on the ~ train 120
Greek, it's all Greek to me! 224
green, have green fingers (a green thumb) 92; give (get) the green light 420
greenback 116
greenhorn 377
gremlin 233
grind, the (daily) grind 31
grotty 314; # 316
ground, to ~ (a child) # 292
ground, be someone down to the ~ *(typisch)* 308; suit down to the ~ 308
grouse, to ~ 191
grub *(Essen)* 74
gum, up a gum tree 298; by ~! # 74
gun, jump the gun 130; stick to one's guns 47

shoulders above someone
310; be soft in the ~ 389; not
to make ~ nor tail of something 222; do something
standing on one's ~ 77; someone would forget their ~ if it
wasn't screwed on # 411

headshrink 37

headway, make (no) ~ 90

heaven, move ~ and earth 32;
stink to high ~ 343; be in the
seventh ~ 284

heck, the heck 70; a heck of a
lot 155; heck of a person 155;
a heck of a condition 260

heel, drag one's heels 133; cool
one's heels 132

hell, hell for leather 131; (what
usw.) the hell 70; go to hell!
424; a hell of a lot 155; do
something like hell 361; like
hell! 361; hell's bells! # 155; a
hell of a … # 248

hellbent, ~ on doing something 47

hen, hen night/party 217

henpecked, a ~ husband 277

high-and-mighty # 69

high-brow 221

highfalutin(g) 222

high-flier 240

hike, ~ the rent/prices 127

hills, as old as the hills 203

hilt, up to the hilt 360

hitch, go off without a ~ 295

hitched, get ~ 218

hobnob, ~ with someone 97

hobo # 41; 41; # 147

Hobson's choice 240

hodgepodge 381

hog, road hog # 358; go the
whole hog 363

hold, get ~ of something # 109;
349

hole, a ~ 265; need something
like a hole in the head 258

holler # 19; # 87

honey, # 127; # 150; # 179

honky 249

hooch 366

hood(lum) 387

hoodwink 56

hook, by ~ or by crook 32; ~,
line and sinker 225

hook, hook it 256

hooker 49; # 299; # 332

hookey, play ~ 256

hoot, not give a ~ 24

hop, a ~ 91; # 216

hop, hop it 113

hopping, ~ mad 410

horny 327

horse, a dark ~ 166; eat like a ~
75; I could eat a ~ 75; work like
a ~ 31; as strong as a ~ 157;
hold your horses! 131; ~ sense
170; straight from the horse's
mouth 163; flog a dead ~ 259

hot, hot stuff # 272

hotchpotch 381

house, like a ~ on fire 94; be as
safe as houses # 57; 334

K

kangaroo court 387

keep, ~ oneself to oneself # 166

kettle, a pretty / fine ~ of fish 299; a different ~ of fish 381

khazi, the ~ 182

kick, ~ smoking (a habit) 76; ~ off *(anfangen)* 11; # 25; ~ up a fuss / a stink / a racket 374; I could ~ myself! 412

kicks, for ~ # 29

kidding, be ~ 59, no ~? 59

kike 248

kill, be dressed to kill 176

killing, make a ~ 121; # 378

kingdom, send to ~ come # 359

kip, have a kip 245

kisser 188

kittens, have kittens 20

knack, get the ~ of something 78; have a ~ of 78

knacker, to ~ something 232

knackered *(müde)* 243; *(kaputt)* 232

knees-up 91

knickers, get one's ~ in a twist 410

knife, before you could say ~ 129

knobs, something with knobs on 303; the same to you with knobs on! 303

knock, knock something off *(klauen)* 388; knock someone off *(töten)* 358; knock (it) off 13; knock around the world / with someone 113; knock back *(austrinken)* 365; *(kosten)* 123; knock down (a price) # 157

knockers 187

knocking shop 330

knock-on, ~ effect # 400

knot, tie the knot 218

know, be in the ~ 165

know, I'll have you ~ # 342; # 353

knuckle, ~ down to something 33; ~ under 230

knuckles, rap someone over the ~ 213

Kraut 247

L

lady, it's not over till the fat lady sings 15

lake, go and jump in the ~! 424

land, ~ something 352; ~ a blow 352; ~ oneself in trouble 352

landlubber 84

language, mind your ~! 294

lap, live in the lap of luxury 200

lark, happy as a lark 287

Larry, happy as a Larry 287

last-ditch # 88

laurels, rest on one's 225

lay, a good lay 328

lay, lay someone / get laid 328; lay off something 13; lay it on thick 361; lay on something 268

M

mackerel, holy ~! 70
mad-hatter 392
mag, a ~ 164
maid, old ~ 216; meter ~ # 319
make, as … as they make them
　302; make it with someone
　330; ~ out that # 152; make
　off # 272
malarkey 65
man, no use to ~ or beast 259
Maria, Black ~ 385
marines, tell that to the ~! 345
mark, make one's mark 88
mate # 57; 97
matey, be ~ with someone 97
McCoy, the real ~ 61
measly 180; # 329
medicine, give someone a dose
　of their own ~ 210; take one's
　~ 211
megabucks 116; # 252
memory, take a stroll / trip
　down ~ lane 105
men, separate the ~ from the
　boys 303
Merc 220
message, get the ~ 163
Mick 247
mickey, take the ~ 345
Mickey-Mouse # 36
middle, the ~ of nowhere # 268
middle-of-the-road 312
midge # 154; # 355
midnight, burn the ~ oil 33
miff, ~ someone 408

mile, stand out a mile # 84;
　# 158; 343; # 387
mill, put through the ~ 208
mince, not ~ one's words 322;
　# 424
mind, give someone a piece of
　one's mind 190; have half a
　mind (a good mind to) to do
　something 105
mind, mind one's P's and Q's
　293; do you mind? / don't
　mind me! 423; ~ you # 366
mine, a ~ of information # 80
Minnie, moaning ~ 191; skinny
　~ 158
minute, there's one born every
　~ 175
missus # 96
mite, a ~ *(Kleinkind)* # 136
mitt, a ~ 185
mo, half a ~ 419
moan, to ~ on 191; ~ and groan
　191
Mob, the ~ # 58; 384
mobster 384
moggie # 73; 93; # 345
mollycoddled # 49
money, for my ~ # 314
monger (gossip-~) # 170;
　(scandal-~) # 361
monicker 274
monkey, not give a monkey's
　(toss) 24; cold enough to
　freeze the balls off a brass ~
　93; throw a ~ wrench in the
　works 348; ~ business # 54;

IAIN GALBRAITH · PAUL KRIEGER

Englisch
in letzter Minute

rororo

MIT WÖRTERBUCH

rororo sprachen

Ein Gesamtverzeichnis aller
lieferbaren Titel der Reihe
rororo sprachen finden Sie in
der *Rowohlt Revue*. Vierteljährlich neu. Kostenlos in
Ihrer Buchhandlung.

Rowohlt im Internet:
www.rowohlt.de

Geschäftsbesuche, Briefe, Telefonate, Mitarbeitergespräche, Verhandlungen und Meetings verlangen ein klares sprachliches Konzept. Die Serie **Business English** von **René Bosewitz** und **Robert Kleinschroth** hilft praxisnah und übersichtlich in allen beruflichen Standardsituationen: mit griffigen Dialogen und informativen Texten, mit didaktisch ausgereiften Übungen und nicht zuletzt mit viel Witz.

Go for a business English trip around companies with **Manage in English** *Business English rund um die Firma* (rororo 60137) Lockere Texte, ironische Dialoge, geistreiche Zitate von Konfuzius bis Murphy und Witze über Pleiten, Pech und Pannen im Geschäftsleben vermitteln Know-how, Wortschatz, Idioms und Redemittel zugleich.

Look into the departments of a company with **Better than the Boss** *Business English fürs Büro* (rororo 60138)

Discover the manager in you with **Test Your Management Skills** *Business English für Durchstarter* (rororo 60260) Aktive und zukünftige Manager lernen die Fährnisse des Berufslebens besser zu umsteuern und sich im internationalen Business sprachlich zu behaupten.

You will never be caught speechless with **How to Phone Effectively** *Business English am Telefon* (Buch: rororo 60139 / Buch mit Audio-CD: rororo 60146 / Toncassette: rororo 60147)

A handy guide to the better letter **Drop them a Line** *Business English im Schriftverkehr* (rororo 60261)

Sharpen your tongue for the meeting with **Get through at Meetings** *Business English für Konferenzen und Präsentationen* (Buch: rororo 60262 / Buch mit Audio-CD: rororo 60265 / Toncassette: rororo 60266)

Ein Gesamtverzeichnis der Reihe *rororo sprachen* finden Sie in der *Rowohlt Revue*. Vierteljährlich neu. Kostenlos in Ihrer Buchhandlung.

3667/1